The Book Of S

密书

【美】汤姆·哈伯 著
Tom Happer
孙少红 译

重庆出版集团 重庆出版社

版贸核渝字（2012）第182号

The Book of Secrets by Tom Harper
Copyright © Tom Harper 2010
This edition arranged with INTERCONTINENTAL LITERARY AGENCY Ltd.
Through Andrew Nurnberg Associates International Limited
Simplified Chinese Translation copyright © 2013, by Chongqing Publishing House.

图书在版编目（CIP）数据

密书 / (美) 哈伯著；孙少红译. — 重庆：重庆出版社, 2013.8
书名原文: The book of secrets
ISBN 978-7-229-06582-9

Ⅰ.①密… Ⅱ.①哈…②孙… Ⅲ.①推理小说－美国－现代 Ⅳ.①I712.45

中国版本图书馆CIP数据核字(2013)第107709号

密书
MISHU

［美］哈伯 著

出 版 人：罗小卫
责任编辑：刘 嘉 李 梅
责任校对：何建云
装帧设计：秋水书衣·居居

 重庆出版集团
重庆出版社 出版

重庆长江二路205号　邮政编码：400016　http://www.cqph.com
重庆国丰印务有限公司印刷
重庆出版集团图书发行有限公司发行
E-MAIL:fxchu@cqph.com　邮购电话：023-68809452

 重庆出版社天猫旗舰店
cqcbs.tmall.com

全国新华书店经销

开本：710mm×1000mm　1/16　印张：25　字数：406千
2013年8月第1版　2013年8月第1版第1次印刷
ISBN 978-7-229-06582-9
定价：32.00元

如有印装质量问题，请向本集团图书发行有限公司调换：023-68706683

版权所有　侵权必究

第1章

德国，上温特

吉莉安爬上顶层，蹑手蹑脚地穿过楼梯平台，溜进自己的房间。幽暗混沌的光线透过窗帘渗进来，本就一片狼藉的屋子看起来越发脏乱不堪。屋里充斥着尼古丁的刺鼻气味：薄薄的床垫、无人盖过的被褥、覆盖着厚漆的家具、扔在地板上的破旧地毯，到处都弥散着这挥之不去的气味。三十年了，除了梳妆台上新增的一台黑色笔记本电脑，一切依旧。

吉莉安摘下帽子，甩开一头浓黑秀发。她瞥见镜里的自己，心底泛起一丝惊惧：这发色还是有些不对。随即吉莉安又安慰自己，细微的差别别人应该看不出。吉莉安拉开拉链，脱掉上衣，苍白的手臂上爬满了污泥道子；因为黑夜中的攀爬，手指已经磨裂，满是血污。可她似乎并没有注意到这些。她终于找到了自己要找的！吉莉安来到电脑前，翻开盖子，启动电脑。就在此时，楼下的街道上，一辆车的车门"砰"地打开，又"砰"地关上了。

电脑启动，吉莉安如释重负，紧张不安的感觉随即散去，她这才发觉自己已经精疲力竭，浑身都在颤抖。她太累了。等不及电脑完全开启，吉莉安进入浴室，脱下湿漉漉的衣服丢在地上，迫不及待钻到了喷头下。这老旧的旅馆设备简陋，乏善可陈，好在淋浴设施还齐全。热水滑过她的面庞，缕缕湿发服帖地贴在耳际，热水给她的皮肤带来温暖感，让她的整个身心放松下来。她闭上眼睛：无边的黑暗里，她看到一座倚崖而建的孤堡，冰冷的石头似一张张冷酷的脸孔，石块上细小的罅隙依稀可见；她伸手推那古老的大门，恐惧攫住了她的喉咙，似要一跃而出……

突然，她睁开眼睛。水依然喷泄而下，冒着热腾腾的白色水汽，但她却听到卧室传来一声响动。难道是错觉？毕竟这旅馆年代久远，东西咿呀作响、砰然落地等情况时有发生。但这三周来，种种新生的惊恐与不安，似蠕动的虫子，在吉莉安身体里爬行，她的警觉性提高了很多。她起身离开浴缸，裹着一块难以遮身的旅馆浴巾，踮着脚尖走到卧室，湿脚印在身后地板上蜿蜒。水，仍在流淌着……

卧室里空无一人。梳妆台摆放在两扇窗户之间，梳妆台上的电脑嗡嗡运行着。

声响又传来了！有人敲门！她一动不动。

"小姐，电话。"

一名男子操着德语说道。他不是旅馆主人！吉莉安看向房门。天！她居然忘记挂上安全链了！一个箭步冲过去挂上？这会不会反而惊动他，让他破门而入？她从床上抓起连帽上衣，匆忙套在身上，拉上拉链，又从枕头下翻出一条睡裤穿上，这样，软弱无助的感觉霎时消退不少。

"小姐？"声音越发尖利而烦躁，真真切切。吉莉安慌恐万分。此时，门把手开始转动。

"哎！"她强装镇静地回应道，"谁啊？"

"电话。小姐，是一个很重要的电话。"多么假，多么不合时宜的谎言，想必这个谎言预谋已久了吧？可还是那么蹩脚，像是与电影剧情格格不入的台词。门外的男子狠劲撬锁，锁芯不耐烦地冲撞着门框，门快要被打开了！

"我现在不方便接！"吉莉安慌乱地回答。她手忙脚乱地从梳妆台上抱起电脑，塞进背包。"我过五分钟后去接！"

"一刻不能等啊，很重要的。"吉莉安听见钥匙在锁里急躁地转动的声音。门要被打开了！她飞奔到门前，挂好安全链，抓住把手，试图控制门把手。可门外的握力又狠又足，不一会儿她的手指开始失去血色，手腕几乎被扭断！

一声脆响，门锁断掉，门砰然打开，把吉莉安撞翻在地。安全锁瞬间紧紧绷住，使出浑身解数支撑着这强大的冲力。门剧烈地战栗了几下，停住了。门外传来低沉压抑的咒骂声。有人猛拽猛推，却奈何不了牢固的安全锁。

吉莉安头晕眼花，陷入绝望。她强撑着爬起来。门擦破了她的脸颊，血淌下来，但她丝毫没有注意，她清楚地知道自己现在需要做什么。吉莉安把背包甩到背上，推开窗户，爬到窄小的阳台上。那里，一架锈迹斑斑的防火梯顺墙而下。她当时坚持要住在防火梯旁的房间，却没预料到这防火梯会派上用场。原以为早已在美因茨逃脱了他们的追踪，没料到事不如愿。她拉下衣袖护住手背，伸手去够防火梯。

几次都没有完全够到，梯身开始颤抖起来，梯级上落满的雪花纷纷扬扬，簌簌落下。她未及缩回伸出的胳膊，俯身向下张望。

严寒的空气似乎在她的五脏六腑里凝结成冰。透过茫茫雾霭、纷纷雪花，她瞥到一个黑色的影子正沿着梯子往上爬！屋里又传来一声巨响，安全锁哪受得了这么强劲的撞击，肯定已经粉身碎骨了！会有其他人听到这声响吗？她旋即又否定了自己的想法。自从入住这家旅馆，她还没有遇见过其他客人下榻。

吉莉安进退两难。此时只有一件事至关重要。她猫身从窗户退回屋里，冲进浴室，锁上门。也许这还撑不到两分钟，不过已经足够了。她坐在浴缸边缘，打开电脑，身体由于极度恐慌而瑟瑟发抖。卧室里传来安全锁四散破碎的声响，门被打开了！狂躁的脚步冲进来，停住了，紧接着向敞开的窗户奔去。这给她争取了几秒钟时间。

没有时间解释了！她伸手启动内嵌在机盖上的摄像头，数据卡的灯光开始闪动，建立连接。屏幕上，一个新的窗口跳出来，一串名字罗列其间。她忍不住咒骂了一声。所有的头像一片灰茫茫，似乎已从网络世界中销声匿迹，又或许正酣睡着。

外面卧室内，各种声音踟蹰了一会儿，向浴室逼近。一只沉重的靴子狠狠踹着浴室门，她很担心门会被生生踹下！所幸门纹丝不动。吉莉安心急如焚，不安地在这串名字中搜寻。一定有人在线！数据卡的灯光渐渐变弱为黄色，联系中断了！吉莉安大惊失色，心脏几乎停止了跳动。不一会儿，连接重建，绿灯闪烁。门又被踹了一下！门开始松动了。

找到了！就在名单的最下方，她见到了一个以粗硬的黑体字显示的名字——尼克。她就知道他会在线。突然，一丝疑虑闪过心头，但立即被咚咚的踹门声驱散。来不及多想了，她必须这么做！吉莉安点击他的头像，打开对话框。来不及等他回应，她找到文件，点击发送。数据卡的灯杂乱地闪烁着，开始将信息向外传输。

快点啊！吉莉安咕哝着。她期待尼克的头像出现在屏幕上，她好给他提个醒，告诉他怎么处理这文件。可是他的头像显示区一片漆黑，空无一物。回答啊，见鬼！

"信息传输还剩一分钟。"状态栏显示。可是她已经没有那么多时间了。浴缸侧后方有个小窗户，她举起电脑塞进里面，手指飞速地在键盘上敲出两行简讯，暗暗祈祷有人能看到这信息。又是一声踹门声！吉莉安拉开浴室门帘，遮住电脑。

门轰然倒地。一名男子，身着一袭长黑衣，戴一副黑手套，迈过散落一地的木门碎片，向她步步紧逼。他嘴里的烟头像金针一样闪烁着冰冷的光芒。吉莉安不假思索地拉紧了上衣的拉链。

屋外，一声微弱的尖叫沿街飘散回响，愈来愈弱，直到被这冰凉的雾气所吞噬。大门外的脚印已被松散的雪花所覆盖。汽车扬长而去，轮胎上的链子叮当作响，似幽冥啸叫。世界的另一端，一幅图像从电脑屏幕上闪出来，一条新信息抵达了。

第 2 章

约翰·古登堡的忏悔

上帝莅临人间，视察这城市和这世人所建之塔。他说："看吧，他们隶属于同样的民族，拥有同样的语言。这只不过是他们欲做之事的开端，从今而后，他们将欲壑难填，无所不能。"

上帝啊，怜悯我有罪的灵魂吧！我效仿巴别塔里的人们建造了一座通天之塔，欲求通往天堂，如今却大失所望。这完全是由于我的盲目自大在作祟，并非上帝妒贤嫉能。我本应摧毁这被诅咒的物体，将它抛进奔流之河，或掷入熊熊火焰，直到覆盖书页的金色薄膜融掉，直到墨迹化开，直到纸张燃为灰烬。然而，它的魅惑，它的创造者，都让我心醉神迷，因而无以行动。我把它葬入石中，并将记下我的忏悔，这仅此一份的忏悔将和它一起恒久存在。我知道，上帝会以公义审判我的。

我要从事件起源之地美因茨说起。这是一个坐落于莱茵河畔的镇子，码头和高耸的塔尖仿若是它的名片，随处可见。一个人一生中或许拥有很多称号，现在，你得称呼我为亨奇·古登堡。亨奇即约翰，是对孩童的昵称，古登堡是父姓，意为鹅肉，用这个词形容我父亲简直恰如其分。家族财富滚滚而来，父亲的体重也与日俱增，大腹便便，肚腹凸起，松松垮垮地坠在腰带下，肉嘟嘟的双颊垂于下巴两旁。

他就像鹅那样撕咬有力。

如今看来，事件进展是那么顺其自然。父亲最终与这个地方结缘，得要归因于他的大笔财富。他成了造币厂的常客，这份闲职恰好填补了他内心那种莫名的空虚，让他不仅坐拥养老金，还让他有机会参与圣马丁节大游行，占据一个显要位置，成为队伍中令人瞩目的焦点。他几乎不必付出什么劳动，只要偶尔检视一下厂子里的工作即可。在我大约十岁或十一岁那年的某日，他带我一同前往。

正值十一月份，那天天空阴暗，密云在教堂塔尖上簇成一团。我们疾步穿越广场，还是被一场骤雨淋个透湿。街道上没有什么人做买卖，一切生命体似乎都被这急雨冲刷得销声匿迹。造币厂里却是人声喧闹，一派暖洋洋的景象。厂主亲自接见了我们，递上滚烫的苹果酒。我一仰脖儿喝了个精光，喉咙虽然灼灼发热，可身体里升起了热气，舒坦极了。他对父亲一直毕恭毕敬，言听计从，这让我又快乐又骄傲（后来我才知道，他依照合同来管理造币厂，一心希望这合同能做些变更）。我紧贴在父亲身旁，揪住他湿湿的衣袍边，随着厂主进了车间。

这里好似世外桃源，巫师的魔法室，又好似侏儒的穴居之所。盐味儿、硫黄味儿、木炭味儿、热汗味儿和灼热的空气味儿混杂在一起，令我深深着迷。在一个房间里，铁匠们把冒着腾腾热气的金色液体从坩埚中倾倒到有槽的工作桌上；旁边一扇门内，男人们坐在长凳上，正起劲地捶平薄金片，狭长的走廊里回荡着这隆隆的抢锤声。不远处，一个壮汉手握一把大剪刀，将这黄澄澄的金属剪成拇指大小的金块，像剪开一大卷布匹那样不费吹灰之力。女人们则将这些金块在轮子上打磨，好让边边角角都圆润、平坦。

我看呆了，目不转睛地盯着这一切。原来，天堂之外也可以如此和谐融洽，如此齐心协力。我不由自主地想伸手去拿一块金子，父亲宽大的手掌却一把把我拍了个趔趄。

"别动！"他警告我。

一个比我还小的小男孩把这些金块收到一个木碗里，拿给屋子尽头一个记账员模样的人，然后记账员把它们放到一架小天平上——检测。

"所有的金块都必须一模一样。"厂主说道，"不然我们就白费劲了。一个币种的所有货币只有都彼此相同时，才有价值。"

记账员把桌子上的一堆圆金片划拉到一个毡包里，称了称，转身在记账本上做了记录，然后把包递给一个学徒。学徒接过来，神色凝重，向后墙处的一扇门走去。我们紧随其后。

进去之后，我马上感觉到这个房间与众不同：铁制窗户隔栅密密匝匝，厚重的门锁沉沉悬在门上。四个造币的大汉，打着赤膊，围着皮革围裙，站在工作台前打铸铁印模，乍一看还以为在打造小型铁砧呢。学徒把包交给其中一人，这人把包翻个底朝天，把东西倒在身旁的长凳上，把一个圆金片塞进铸模钳口处，一锤砸下去，火星四溅，印模砰然裂开，一枚新造硬币便加入到了已铸造好的一堆簇新硬币中。

我痴痴地瞅着。在沉闷的灯光下，硬币熠熠生辉，闪耀着完美的色泽。父亲和厂主背对着我，正用放大镜仔细检查一个铸模。长凳旁，造币工专心致志地把印模中的金色半成品对准钳口。

我知道不该这么做，但是，我从以百倍速度迅猛增多的物体中取一点，怎么能算偷窃！这就好比从河里舀一勺水喝，从荆棘中采一枚野莓果吃，合情合理啊。我伸出手去，被铸模挤压过的币体仍然留有温热。有那么一瞬间，我仿佛看见圣约翰那被雕刻得栩栩如生的面孔冲我瞪眼，眼神满含责备，但它立马被我紧握在拳头中，消失了，我丝毫不感到羞愧。

这并不是因为我贪婪，起码不是贪图金子，而是因为一种渴望，一种对完美事物的贪求，那时我那幼稚的脑袋根本不可能明白这些，我只模糊地意识到，这些硬币将流入世间，不停地被变来变去，转换为财富、权力、战争和拯救，这一切都是因为每一枚与其他所有的互为胞兄胞弟胞姐胞妹，同卵而生，难辨彼此，这些手足姊妹们所在的家族系统，如水一般，斩不断，压不垮。

他们完事了。父亲握着厂主的手，夸了他几句，厂主满脸堆笑，提议父亲去他那儿饮几杯烈酒。趁厂主转身对造币工交代什么的时候，我使劲拽了拽父亲的衣袖，指指门口，夹紧双腿，以示不适。父亲经我一拽，面露惊讶，仿佛刚刚回过味儿来，意识到我也在那儿。他将了将我的头发，不过这仍然没让我觉得他有多慈爱，以前也从没有过，尽管他总是在这方面煞费苦心。

我知道，一走出门，我就会被逮住。记账员站在桌后，学徒站他对面，两个人紧盯着失衡的天平，疑惑不解：一个秤盘将把天鹅绒包高高举起，另一个被铜块压得趴在桌子上纹丝不动。我开始心虚发慌，体内好像张开了一个大大的洞口。同时，我对这个经过精准调校的仪器深表折服：哪怕是一枚硬币不见了，它居然也能够察觉到。

厂主气急败坏地冲到桌子旁，张口就骂。记账员把铜块拿起来，又放回去，秤盘上下摇晃了几下，还是回到了最初的失衡状态。造币工马上被唤过来质问，可他极力否认，为自己喊冤。记账员打开包，把包里的硬币一一拿出来，数完一个，就搁进格布上的一个小方格。我跟着他默数，差点儿相信丢的那枚会奇迹般地出现。硬币十个一行，渐渐在桌子上排开来，第一行，第二行，第三行，第四行……

"37、38、39……"记账员探手进去，把包里子翻出来，"没了。"

他查了查记账本，告诉大家："应该有40枚。"

记账员瞪着造币工，造币工瞧着厂主，厂主焦急地扫了一眼父亲，没有人想到看看我，可这丝毫不让我感到轻松。我知道那洞悉一切的上帝正俯视着我，我能觉察到他眼睛里喷出的怒火。我的汗细细密密渗出来，一股脑儿滴到手心里，那枚荷兰盾像铅一样沉甸甸的，承载着我深重的罪恶感。

我张开手。或许是它滑出来了，或许是我想交出它，总之荷兰盾跌到地上，骨碌碌滚远了。五个人的视线齐刷刷随着它滑过石地板，又慢慢转向我。有一个人快速出手，狠狠给了我后脑勺一下子，把我打翻在地。我睁着泪眼，看见记账员弯腰拾起那枚失而复得的硬币，掸去尘土，爱怜地把它放进第四行的最后一个方格里。就在父亲把我拖走前，我见他舔了舔笔尖，转身在大账本上记下结果。

晚上，父亲又把我结结实实揍了一顿，他边挥舞着他那缀满饰钉的皮带抽打我，边诅咒我的罪过，咒它下到万劫不复的地狱。我号啕大哭，毫不掩饰，强忍硬撑只会让他越发动怒。我趴在椅子上，望着壁炉，只见到一串数也数不完的荷兰盾，每一个都那么完美无瑕，明晃晃地闪着光。

第 3 章

美国，纽约市

之前人们来往于朋友圈子，尼克思忖道，如今他们穿梭于朋友"单子"。方寸大小的照片标有备注，簇拥在网页上列于网页上，似战斗机驾驶员的猎获物；实时联系表里，罗列着一串串名字，排名依照与外界接触的频度为准。只要你一切断联络，就会被无情地打入社交"冷宫"，跌落至名单底部——对此，你不要太在意。尼克对此心存些许抵触，不过还是使用着这些程序。此时，他盯着面前显示器上的一组名单，目光落在一个绿色按钮上，它正在一个突出显示的名字旁闪烁着。这个名字在他的名单底部蜷缩了数月，混杂在一帮旧同事、老校友和勉强算得上朋友的"朋友"中。不过，故事并不是从这里开始的。

吉莉安。尼克靠到椅背上。房间里一片漆黑，只有桌上的几台显示器和房间另一头的应答器射出紫莹莹的光芒；应答器旁，电视机里正播放一部午夜电影，却无人观赏。几个月来，他一直渴盼此时：他查看手机、语音留言、短信和所有的电子邮箱，甚至每当邮递员上门就燃起希望之火，日日如此，但总是一无所获。现在，她来了。

鼠标指针在闪烁不停的绿色按钮处徘徊着。尼克心跳陡然加速。他深吸一口气，定定神，拽直毛线衫领子。他真该刮刮胡子。他摁下鼠标。

尖叫声像刀子般，划过他的五脏六腑。他首先想到这是从电视机那儿传过来的，可电视机已调成静音。他大气不出，等着那声音再次传来，可四周一片死寂。难道是错觉？屏幕上，窗口里现出一幅斑驳的图像，看起来像壁纸：泛着灰白的墙壁上，用蜡纸印刷着幼小葱绿的圣诞树；又似窗帘——小树宛若在摄像头前摇摆起伏。图像急遽闪动，模糊难辨。

"吉莉安？"他对着电脑上方的麦克风喊道，"你在吗？"他眯眼看摄像头。"这不是在作弄我吧？"他心内泛起酸涩，他早该知道自己会失望的。

可确实有人在。他听到混杂的男声，伴着一阵骚动。突然，圣诞树"刷"地闪开后，一张男子的面孔浮现出来，五官黑黝黝的，带有地中海特色，经摄像头镜头折射，扭曲变形，像被压挤得稀巴烂的土豆，嘴里叼着一只燃着的烟头，脸颊上似乎溅有血迹，难道是刮胡子时不小心划伤了脸？在他的肩上方，尼克清楚地看到棕色瓷砖和浴室的小镜子。

男子怒吼了几句，尼克丝毫没听懂。他俯过身来，似乎要从窗口里探出手，揪住尼克。他张开手掌，遮满屏幕，图像模糊朦胧，却又真切无比，尼克惊慌失措，连忙起身远离桌子。紧接着，图像区陷入一片黑暗。

尼克盯着屏幕，脑袋昏昏沉沉。视频处黑暗空白，可信息显示框仍打开着，他这才注意到有两行信息从对话框下方跳出：

用这个。答案是 bear

救我他们来了

旁边，一个图标闪动着，有一份文件已被传送完毕，等待下载。

意大利，那不勒斯

鹅卵石铺就的街道上，一辆黑色的梅塞德斯车缓缓驶过，似在巡游。清晨，半明半暗的光线笼罩下，世界一派肃杀气氛：阴云密布，男男女女，身着暗色外衣，步履匆匆，赶着上班，时不时瞥一眼油污水坑里自己的倒影。凯撒·吉马托坐在车内后座上，观察着他们。车窗是暗黑色的玻璃，从窗内看出去，世界几乎一团漆黑。他喜欢这样的季节，这样的日子，这样的时刻。他的过往生活中弥散着阴影。

一阵粗厉的歌剧声突然传来，搅扰了车内的宁静——帕瓦罗蒂正扯着尖细的喉咙，对着手机话筒，卖力演唱普契尼咏叹调。趁吉马托不注意，他的孙子将手机铃声换成了这个手机铃音。神通广大的吉马托，有心要把铃声换掉，却苦于一窍不通。

年轻人坐在对面，从膝盖上的牛皮公文包里掏出手机，说了几句，然后递给吉马托。

"是尤格。"他说。

"哦。"吉马托听着接过手机，"干得不赖。在她那儿找到什么了吗？书稿呢？"他蹙起眉头。

"他会不会从那玩意儿上看到你了？"透过车窗，他瞧见个年轻女子，身着白色雨衣，奋力蹬着自行车，黑发在后背上飘散开来；凉风阵阵，吹得雨衣紧裹着她的身体。

"把它发给我们在塔林的朋友。查出这个人认识谁，住哪儿，都知道些什么。"

他挂断电话，把手机递给助手。帮人忙就是麻烦不断，他心想，甚至帮自己的恩人也不例外难免这样——总有一件事没有完成好永远会有一件事是漏网之鱼，亟待处理。

"叫内瓦多来。"

美国，纽约市

尼克坐在小餐厅的长凳上。桌面上，笔记本电脑打开着，旁边放着一张薄纸。不锈钢摇酒器里，香草奶昔散发着浓郁的味道。清晨四时，小餐厅里这儿几乎空无一人。当他无法入眠时，他就喜欢来这儿，喜欢这霓虹、铝合金制品，这人造皮、塑料桌布和这 1.5 美元一杯且可以续杯的咖啡。这一切都那么鲜活，尽管他知道自己有如此念想，只因为好莱坞大片部部都把虚构的故事拍得唯美无比，让人深信不疑，狂热盲从。这是吉莉安告诉他的。

吉莉安。

他盯着电脑。餐厅老板是一伙希腊人，他们注意到，沿街而来的过路人常拐进这咖啡店歇歇脚。好在老板们头脑没有过时，还算灵光，立马在店里开通了无线上网功能，招徕顾客。尼克登录已一小时，一直睁着疲惫的双眼紧盯着屏幕，生怕错过吉莉安的再次出现。她的名字已经蹿到名单顶部，可名字旁的图标却一片灰白，毫无声息。

上次在线：1 月 6 日 07:48:26

他啜一口奶昔。7:48，比他早六个小时。她在哪儿？在欧洲某个地方？她在那儿干吗？

救我他们来了。

这肯定是恶作剧。吉莉安什么事都做得出来。可如果真是这样的话……

她为什么要不远万里跑到欧洲找乐子？他在头脑里回放了一遍那视频：尖叫，扭曲的面孔塞满屏幕，手掌伸向摄像头。这不像是恶作剧。

吉莉安可能有危险。

他想到她发送的那份文件。他把打印页在桌上铺开，拿起，试图挖出一些蛛丝马迹。他曾希望这就是答案，能够一语中的，破解整个悬念。然而，事与愿违，它让人越发迷惑：没有文字，只有一幅黑白图片，四只手绘狮子和四只手绘熊姿态各异，或追踪，或蹲伏，或酣睡，或咆哮，或挖掘，或攀爬。一只狮子呈坐立姿势，舔着爪子，透过纸页，目不转睛地望着尼克，挑逗他靠近些。

靠近什么？

那肯定是她一直在为之忙碌的什么东西。可为什么要发给他呢？这价值不菲？答案是 bear。他试过点击图片中的那些熊，但什么都没有出现。

他调整战略。他打开网页浏览器，找出以前她常光顾的网站，无异于一个伤心不已的恋人，痴痴流连于旧情人昔日的所到之处。她发的博文、发表评论的论坛，数量不多。他记起她在离开他前不久读过的一本书，关于董事会讨论为中世纪研究家冶金的。他竭力回想，可头脑里的文字一团模糊。七月份，他最后一次见到她，从那以后，网络上的她踪迹全无。是巧合？还是她由此受的伤害远远深过表面上的？想到此，他居然感到欣慰。

接着，他登录了她使用过的一个社交网站。像很多人那样，她注册，连续两周都在更新资料并游说朋友加入，接着又决定做些有意义的事来充实人生。从此之后，尼克再也没见她登录过这网站。但她肯定在不久前刚访问过。网页上方，用户可以上传一行简评，言明叙述自己目前所为。他看到：

吉莉安·洛克哈特

身陷虎口

（最近更新 1 月 2 号 11:54:56）

这又是玩笑？她擅长戏剧般地夸大其词。她热衷反讽的圆滑性，即亦真亦假的表述。她戏弄人家说可能性存在，却从不给答案。吉莉安什么事都做得出来。

尼克吸完杯里的最后几滴奶昔。吸管里，空气泛起泡沫，又砰然爆裂。

第4章

法兰克福，1412

少年时代，我亲眼见过两名男子被活活烧死。那是在距美因茨有一天行程的法兰克福。父亲在那儿的韦特劳集贸市场有几桩生意要做，便带上我一起前往。这是造币厂事件三个月之后的事情了。他心情愉悦，路上成群结队的小商贩和跛足者引得他和同伴们大笑不止。我也跟着乐，尽管我并不知道这算什么笑料。

快到镇广场时，人群密集起来。父亲凭仗他的大块头和手杖，奋力挤到人前，这让我能够看个究竟。我双眼圆睁，激动难耐，想知道什么样的娱乐表演能够吸引这么一大群围观者。真希望一只跳舞的熊出场。

绞架立在广场中央，犹如一扇隐形门的门框。我虽然年幼，也知道它通向哪里。它下面，一捆捆稻草越积越高。我想哭，但又知道父亲不允许。

两名警官把囚犯揪出人群。一个身着黑长袍，头戴主教法冠，其上画有一个魔鬼，手举横幅，横幅上几个大字赫然入目："异教首领"，意即异教徒大教主。另一个什么都没戴，头发剃得精光，手腕和脚踝锁在同一条链子上。

"他做什么坏事了？"我问道。

"这人是造币厂厂主，"父亲解释说，"他玷污了他的硬币，就好比一个缺德鬼啤酒制造者往啤酒里掺了水。"

他俯身蹲下来，掏出一枚硬币，把玩着，用手指拨弄它，一时间，光灿灿的金币面冲我眨巴着眼睛。

"你看到了谁？"

"圣约翰。"

"另一面呢？"

"王子的胳膊。"

父亲赞许地微笑起来。我心里一阵舒坦。"圣人和王子。上帝的权能和人类的权能。这世界的两大支柱。"

他指着押上绞架的那家伙。警官已把他双手拷到横梁的铁钩里，正试着往远处的另一个钩里塞他结结实实链锁起来的双腿。一个站着，把这有罪之人的双腿架在自己双肩上，另一个蹲着，从下方托举。围观者吹响口哨，呐喊助威，煞是猥琐。

"他触犯了谁，亨奇？"

"触犯了王子，父亲。"

"还有呢？"

"上帝。"

他舔舔自己的厚嘴唇，点点头。"如果某个币种没有妥善管理好，遭到破坏——哪怕是一颗金粒丢失了——它将失信于民，上帝所管辖的一切都将就此瓦解。哪怕是一颗。"他重复道。

绞架那儿，两个警官终于把异教头头挂到了铁钩之间，一具活尸，悬于炙叉。这会延长他的燃烧时间，推迟死神的抵达时刻。那个异教徒则幸运许多：他被直挺挺绑在柱子上，火舌恰能够瞬间将之吞没。由此我猜测，他的罪过轻些。

执行官从广场各个角落取来细木条和引火绒，堆到稻草上。警官举起烧瓶，往稻草上洒油，边洒边不忘喷一喷那两名可怜鬼。法官站到匣子上，展开一大卷密封的纸卷，宣读判词。我听不清法官都嚷嚷了些什么，即使父亲不厌其烦地在我耳边重复法官的判词，什么那个异教徒否认耶稣是上帝之子、教堂是救世之途；什么他鼓动教堂弃绝现行职能，改头换面；什么他半夜举办黑色仪式，亲自召唤撒旦，在圣餐酒里混入死产婴儿的骨灰，教堂圣坛上跟人私通，与自己的亲姐妹乱伦。这真令人难以置信！那人喉结高高凸起，瞧起来是那样面容和善——不过，父亲说，魔鬼精于伪装，以此为乐。也许我真应该更仔细地听听。

乌云聚拢，阴风骤起。天色暗下来，警官手中的火把越燃越旺。罪人呜呜咽咽，慌乱祈祷。法官不得不将嗓门提高八度，声若惊雷，面孔涨成紫色，以此盖过野兽的啸叫、钟声的敲响、路人的喧闹。一读完，他就跳下匣子，示意警官点火。

火舌顷刻间乱舞，冲上木垛，舔舐坐以待毙的不幸者。异教徒瞬间身亡，或者是晕厥过去。金币赝造者撑得久一些。我看到火焰撕扯他油迹斑斑的长袍，四散喷发，像从里至外啮咬他。惨叫声、木条燃烧的噼啪声、人群的呼喊声混成一团，冲撞着耳膜。

我感到有什么击打我的后背，抬头一看，是父亲。他那 O 形腿分张开来，眼睛望向天堂，脸上洋溢着伸张正义的快活神采，手杖挥舞着，雨点般敲打我肩膀上方的空气，也将这一幕牢牢敲入我的脑海。

之后的人生旅途中，我目睹过他人因为种种不同寻常的罪行而遭火刑。每见一次，我的一小朵灵魂之花就因同情而凋零。

第 5 章

美国，纽约市

即便是在纽约，天气也惹人心烦。雨声吵醒了尼克，硬如坚冰的雨针喷射到窗户上，又狠又急。他翻个身，想多贪恋会儿最后几缕睡丝带来的惬意。猛地，他记起了什么。

他猛睁开眼。床头柜上，手表显示时间是十点五十；而窗外漆黑一团，辨不清是什么时候。怪不得他睡过头了。他翻身下床，冲向搁放于窗边架子上的笔记本电脑。他整夜未关机，还调高了音量，以免吉莉安再次呼叫。可什么动静都没有。他逐一检查收到的电子邮件，连垃圾邮件也不放过，可还是一无所获。他的太阳穴开始隐隐作痛，阵阵突跳。他需要咖啡。

一见到布莱特，他就知道自己起得太晚了。这位室友在安乐椅上四肢舒展，盯着面前的显示器，一手敲打键盘，一手晃悠着一片软塌塌的隔夜比萨。

"你干吗呢？"

"弄验证码呢。"布莱特嘴里塞满意大利辣香肠，含混回答。"每弄完一百个，这网站就提供免费色情视频。"

尼克心想，如果机器统治了这个星球，布莱特无疑会沦为它们的内奸。他地位低微，不啻为一条寄生虫，一口一口撕咬着因特网的下肚腹。他网罗电子邮箱地址，发送垃圾邮件；他搅和网上拍卖，哄抬物价；他大肆宣传鼓吹虚假药物的功效；此时，他又破译各个网站用以阻止自动注册的乱码字母——为了几角毛票，布莱特简直无所不为。若有这样一个反因特网压力团体的话——尼克姑且认为它们存在——布莱特绝对是头条证据。尼克至今还在纳闷他们俩是缘何共居一室的。

"你昨儿那么晚出去？"布莱特问道，"伺候妞儿去了？"

尼克踱到厨房吧台处，手指轻叩水壶："我收到吉莉安的一条信息。"

"嗯……"布莱特舔舔手指上粘的油脂，伸手够鼠标，"她回到镇里了？"

"我觉得她在欧洲。"

"一百个！"布莱特点击下去。字母消失了，屏幕上现出一对互相扭扯的裸体女人，嘴巴圆张，面部像罩上呆滞的面具，透着假惺惺的愉悦。"这妞不赖。"

尼克把热水倒进咖啡渣里，想冲一杯，未及冲好，就没了耐心，打算去街角的商店喝上一杯。

"我出去一下。"

布莱特挥挥手。手里的比萨像一张死气沉沉的毛皮，左右拍动。"我待屋里。"

尼克搭乘Ａ列火车来到第190大街，沿华盛顿堡大街走着。急雨柔和下来，转为怡人的冰凉水雾，渗透衣领，钻入身体。上次来这儿时，适逢仲夏，放眼望去，枝繁叶茂，树影婆娑，孩童手捏水枪，追逐嬉戏。他到"好心情"货车那里，给吉莉安买了冰激凌。可如今，树木枝丫光秃，大街空空荡荡。面前有一座灰白色山丘，森林上方，一尊中世纪修道院石塔高高矗立，孤零零地守望在曼哈顿岛顶端，讲述着那久远的年代，久远的地点。那正是修道院博物馆。再远处，斜坡顺山势而下，直逼哈德逊河。河岸边，山崖于水雾中投下朦朦胧胧的影子。乔治·华盛顿大桥上，车来车往，喇叭低鸣，响彻空中，似远远的闷雷。

博物馆里熙熙攘攘，门庭若市。尼克缴过入场费，信步去到导游那儿。这导游女士头发花白，做出警觉姿态，似鹰隼，准备随时猛扑向参观者。翻领上的胸针像标签，贴在她这个展览品上："帕米拉"。见尼克走近，她双眼灼灼放光。

他掏出吉莉安发来的图片。

"你认识这幅图吗？"

导游凝神注视这纸页。四只狮子和四只熊也盯向她，毫不畏怯。

"不认识。"尼克觉察到她泛起的失望，"要不你去问问苏泽兰特博士。"

"到哪儿找这位先生？"

"是女士。她可能在独角兽展厅。"她指向门外的走廊。"在尽头那儿。"

修道院博物馆是个奇异之所。吉莉安称它为"四不像"：各色来自旧世界的建筑物被大卸八块，碎片东拼西凑，重新缝合，变身为一个博物馆。罗马式走廊，通向哥特式大厅；西班牙式教堂与法式牧师会礼堂毗邻。尼克沿空寂的拱形走道而行，低头穿过一扇12世纪的大门，进入一个光线幽暗的狭长房间。墙壁被七张巨幅织锦遮住。一名年轻女子跪在其中一幅前，手持一个像小手电的东西，用心查验线索。织锦画上，猎狗凶相毕露，猎人长矛在手，人狗为营，步步紧逼，围住一只独角兽。一只猎狗已被它的尖角刺穿。它眼神悲哀，溢满绝望。

地板光滑，尼克的鞋子踩上去，吱吱作响。女子吓了一跳。

"您是苏泽兰特博士？"她看起来像刚刚走出黑白照片：黑发束到脑后，扎着黑缎带，象牙白肌肤，光滑细腻，一身整洁的黑裙装，搭配白色的衬衫，纽扣直系到脖颈处。唯有那双泛着光泽的红漆皮鞋子，增添了一抹亮色。

"我叫尼克·阿什。很抱歉打扰您……"他欲言又止，"我是吉莉安·洛克哈特的朋友。"顿一顿，"她在这儿工作过。"

"哦。"她一脸歉意的微笑。"我十月份才来的。我不认识……"

"不管怎样，没准儿您可以帮我呢。"尼克摊开打印纸，递给她。他捕捉到她眼神的一丝闪动。"我昨天收到的，说来有些神秘色彩。我期望这儿有人能告诉我这是什么。"

她端详了一会儿，嘴唇静静开合，口中喃喃而语："十五世纪，铜版雕刻，出自一位德国艺术家之手，可能来自莱茵河上游地区。时间可追溯到公元1430年左右。"她见尼克一脸茫然，笑起来，有些难为情。"这是一张纸牌。"

"那不是还要有红心啊、梅花啊之类的吗？"

"狮子和熊是同花色的一组纸牌。"她将一缕散发塞到耳后，"事实上，我认为这是野兽组。动物的数目揭示了纸牌的数目。"

"您显然对此颇为精通呀。"

她耸耸肩，又难为情起来："不见得呢。这属于艺术史范畴的东西。我的研究与动物象征手法更相关。但这些纸牌很有名，是迄今为止铜版雕刻印刷的最早范例。"

"是谁制作的？"

"这就不得而知了。大部分中世纪艺术作品都不署名，也没有相关记录说明来处。艺术史学家称他为'纸牌之王'。还有一些其他的雕刻作品，依据形制判断，均是他的力作，纸牌是留存下来的主要作品。"

"还有别的吗？"

"欧洲也有一批。大部分在巴黎吧，我觉得。这副纸牌很特别：它有五组花色，而不是常见的四组。鹿、鸟、花、人……"她轻击打印页。"和野兽。"

短暂停顿突至，他和她一阵尴尬。他看打印页时，不知不觉贴近了她，把她挤后了一些。此时，高高嵌在墙上的彩色玻璃窗洒下一地光晕，她正沐浴在这光下。彩色玻璃把她的胸部涂抹得色彩斑驳，像极了一处伤口。霎时，尼克脑海中浮现出一张扭曲的脸，它朝摄像头扑来。他哆嗦起来。

"我能留着它吗？"她举起纸页，好奇地盯着他。他犹豫了一下。

"没问题。"

"忙完工作，我再看看能不能发现点别的什么。"她冲着织锦点点头。"我真应该……"

"哦，对了。"

尼克手忙脚乱，翻翻钱包，抽出一张名片。她伸手接过，手指掠过他的手指——那么修长，那么白皙，指甲涂成鲜红色。她读道：

"电子数据取证技术重建？"

"我干的是缝缝补补的活计。"

老台词了，想风趣时，他就使这招。可此时听上去真虚伪。

出门时，他又碰到那个导游。她仍没有游客可带，无从施展释疑解惑的本领，便站在走廊上，看雨水流下瓦片凹槽，落入花园。

"你找到苏泽兰特博士了吗？"

"她帮了大忙。"他不确定这话是真是假，"我刚才想问你件事儿。你在这干得久吗？"

她挺了挺身板。

"17年了。"

"你认识吉莉安·洛克哈特吗？她在这儿工作过。"

镜片后，她那落满阴影的双眼眯缝起来。她假装打量他身后的圣人雕像。"她是你朋友？"

"曾经是。我，我联系不上她了。我想知道，你清不清楚她离开这里之后去哪儿了。"

导游把目光拉回到尼克身上，紧盯他的双眼。十七度春秋，启蒙无知，矫正错误，艰辛度过。这个中滋味，全汇入她令人生畏的注视中。"我们也联系不上她。我不想在背后说人闲话，不过照我看，这是件该死的好事。我的法语不太好，你担待担待。"

尼克试图迎住她的注视，可他发现自己办不到。就在他无言以对时，手机突然响起，欢声高叫，硬生生搅乱了走廊上那份雨点噼啪轻抚的静雅。导游的眼神几乎使他石化。他涨红了脸，盯着地板，从衣袋里掏出手机，翻开盖子，还没看清屏幕上闪动的来电号码，就慌忙关机。手机归于死寂。

"这是博物馆。"她嗓门简直比手机铃音还洪亮。

"我这就走。"尼克许诺。"不过，如果您能告诉我任何有关吉莉安去向的线索……只要您知道，不妨告诉我。"

显然，快快打发走他，对她来说是一件迫不及待的事。"我听说她在史蒂文斯·马西森那儿找了份工作。"她瞧瞧尼克，不知这消息对他有没有价值。"是拍卖行。他们在第十五大街和第十大街上设有陈列室。我肯定洛克哈特小姐正是不二人选。"

尼克有心问问她此话怎讲，却没敢张口。

第6章

美因茨，1420

"撒拉看到儿子以撒与以实玛利一同玩耍，她对亚伯拉罕说道：'驱逐这个女人和她的儿子吧，奴隶之子怎能同我的爱子以撒一道继承伟业。'"

读经者的声音袅袅飘出修道院餐厅。透过拱形门，我见到一大本《圣经》铺满诵经台，他字字句句，朗朗而读。众僧侣端坐于长凳，静心习文。我听得不甚真切，声音时断时续，只因为外面走廊上，法官正在做陈述总结。

"此案即将开庭，其根本问题，即弗里德里希·古登堡的遗产分割问题，是关乎优先与否的问题。"

走廊里，四月暖阳洒下浅浅光影。拱廊处幽暗无光，修道院一如往常。耶稣会世俗助手穿梭往来，各司其职。通道尽头，有人滚动铁桶，进入食品室，隆隆声不绝于耳。庭院中央，众人心无旁骛，注视法官。他面朝观众，坐于桌后，面前的桌上堆满他从不曾参阅的。他一手搁在大腿处，玩弄一串珠子，一手摩挲长袍上的毛皮，好像那是活物。

"一方面我们收到逝者爱妻埃尔莎子女的诉求。"他抬手指指坐在凳子上的我、我弟弟弗里德里希、我姐姐和她丈夫克劳斯。"无人质疑亡者对爱妻，即店主女儿的挚爱。亦无人怀疑逝者遵从内心召唤，故而立此遗嘱，留给三位孩子大笔财富。"

父亲十一月份过世，走得突然，却不悲惨。他寿限六旬又十年，自始至终，体魄强健。恰因如此，女仆弄污银子，他抽出皮带，意欲惩罚，却未料到因而丧命。有传言说，女仆惊恐万分，父亲倒地整十分钟后，她才回身查看他停止毒打的缘由。我不在场，可据现场目睹者说，他们从未见过父亲的面容如此宁静安详。

"然而，头脑统领心脏，就如丈夫统领妻子，耶稣统领教会。"法官目光扫向坐在另一条凳子上的我同父异母姐姐巴宰、她叔叔和她表兄弟。"因此，我们务必也将此案另一方，即亡者与第一任妻子所育女儿的诉求考虑在内。"

我弟弟瞪一眼巴宰，眼神杀气腾腾。她低下头，像在祈祷。

"弗里德里希的遗孀埃尔莎品德高尚，对亡夫的逝去深感悲痛。不过，商铺虽由石块建成，却依然是商铺。"

这话矫揉造作，分明在戏谑我母亲娘家姓，那姓译成"来自石块建成的商铺"。

"然而，若忽视亡者第一任妻子的品质，则本庭未免玩忽职守。谁不知道她是地方官女儿，部长侄女呢！家族绝对有些来头。秉承家族一以贯之的服务、守法之道义，其女巴宰现今决定领受圣职，诚愿加入圣玛利亚修道院基督教会。"

说来怪异，这让我记起了得知父亲去世时的所感所受：长呼一口气，感觉从未为己所有的东西离我远去。我弟弟反应更快，他狠劲攥紧拳头，指甲几乎溢出血来。

"最近几年，有关美因茨一条变动法规的议论数不胜数。该法规声明，那些一直掌管城市自由权利的古老家族应当与后起之秀、工匠及店主共同担责。"他的脸由于轻蔑而显得冷酷。"本市始终认可并支持上帝之谕。我们同样保护卑微大众，此为耶稣之意。因此，本庭将'古登堡'宅，宅内陈品及其他一切舒适生活的必需品判归埃尔莎所有。至于其所生三子，考虑到弗里德里希对他们关爱有加，我们奖予每人二十荷兰盾。按照优先法案，剩余遗产悉数归至逝者长女——备受宠爱、兰心慧质的巴宰门下。"

法槌重击桌面，一锤定"乾坤"，判决终定论。

我没有动怒，当时没有。我年满二十，未来离我还远。我尚有一生时间，任怨恨生发滋长。

我哥哥弗瑞尔长我十三岁，未来已过大半，他对此感受更为强烈。

"混蛋贼！嫖娼、贪财的犹太恶小子们！"

走廊壁橱里，着色明艳的圣马丁身子探出木马，慷慨地把斗篷施舍给乞丐。我一语不发。我出生一年后，弗瑞尔就搬出家门。对我俩而言，手足之情是一道横杠，我俩勉强悬于两端，仅此而已。

"父亲娶了店主女儿为妻，他们心存恨意，为了报复，熬了三十年。现在他们终于得逞了！"

懂事以来，我就知道为何母亲久久闭门不出，为何每逢路上遇见她，邻里总借口有事，匆匆回避，我一直纳闷，父亲怎么会娶母亲。他毕生为己谋利，唯有此举不曾有利可图。

弗瑞尔的脸上腾起怒火，却分明又困惑不解。我担心他会从马上揪下圣马丁，摔出一地碎片。

"母亲会过得足够滋润，埃尔莎丈夫会照顾她。我至少在商界已小有名气，商界看重的可是能力，不是继承产。可你呢？"他佯装关切地看向我，我猜他脑袋里，一场战争正在上演，他看到了战争代理方。"你一没财产，二没手艺，三没地位。你打算怎么办？"

我是父亲的儿子——至少这是我从他那儿继承来的。我知道我钟爱什么。

"我要做个金匠。"

第 7 章

美国，纽约市

A列火车行驶在哈莱姆地下某处的隧道里。电光遇墙弹射，脏污电缆、生锈管子的影像细密交织，游移在空中。尼克将脑袋倚到刮痕累累的窗玻璃上，闭上双眼。

吉莉安与他在火车上相识，这是他唯一一次在火车上交友，也可能是唯一一次拥有对方。北轻轨线从新哈芬返回，下午三时左右，四周空无一人，只有几名私立学校的学童、去市剧院看歌剧的一家。她在格林威治登车，无视整节空车厢，在他对面落座。他躲开她的眼睛，极力注视膝上稳稳放置的笔记本电脑。吉莉安，这个地道的纽约人，岂会就此善罢甘休。

"你知道 commute，意思是通勤，源于拉丁语 commutare 吗？意思是'彻底改变'？"

直言爽语。尼克摇摇头，盯着屏幕。

"有点讽刺，你不觉得吗？"

尼克不置可否，轻哼一声。她一点不气馁。

"对于通勤者而言，一切永无变化。同样的时间，乘坐同样的火车，坐在同样的人对面，做同样的工作。下班回家，同样的房子，同样的孩子，同样的抵押贷款，同样的养老计划。"她望向窗外，郊野风光闪过，似滑动的白练。"我想问，这些地方，像来城、新罗谢尔、哈里森，果真存在吗？你碰到过去过那儿的人吗？"

尼克隐约记得儿时去过来城的一家游乐园。"他们不愿承认。"

她在座位里上下弹动，像学步婴儿。"你知道 commute 还可以和什么词搭配吗？"

"A death sentence（死刑）？此处 commute 意为'减刑'"。

她开怀一笑。"完全正确。对了，我叫吉莉安。"她伸过手，礼节过于郑重。后来他发现，吉莉安行事夸张，这种即兴而发的方式，恰恰反衬出她内心的漠然。再久些，他意识到她在用这样的方式保护自己。"你是……？"

"尼克。"他伸手，笨拙地绕过电脑盖，去握她手。她称不上惊艳：下颌坑洼，胳膊过长，褐色头发，暗淡无光。看来她属于对化妆品不屑一顾的群体。但她身上有某种东西，让你难以移神———一种活力或者一种光环。

"我不通勤。"他补充说。

她旋身，滑到他身边坐下。"你在忙什么？"

尼克砰地合上电脑，窘迫地笑起来。他四处张望，与她的双眸相撞：绿得澄澈，溢满顽皮，毫无歉意，直视着他。

"如果我告诉你这是机密文件，你相信吗？"

她骨碌骨碌滚动眼珠，一副"得了吧"的表情，见他一脸严肃，转而兴奋高呼。"不可能吧！你是侦探？"

"算不上。"他清清嗓子。"其实我，呃，我缝缝补补……"

地铁刹车，抵达十四大街车站，车轮发出刺耳尖叫。

尼克随人堆涌向大街。雨又下起来，沿台阶急淌而下，尼克觉得自己是条大马哈鱼一样，铆足了劲扑腾。距拍卖陈列室，约有两个街区那么远，他已湿透。他可是穿了件体面衣服来的。屋里似乎没人淋过雨。目之所及，人人衣衫簇新，衣褶熨烫平整，仿佛居住于另一个世界，那里终日七十度高温，阳光播洒大地。单就大厅所见判断，这是一个玻璃、钢铁和大理石攒聚而成的精美世界。一个硬实的世界。这与吉莉安的风格相去甚远。

"需要帮忙吗，先生？"招待员是个小伙子，头发松软，戴无框眼镜，夹杂一丝欧洲口音。他的笑告诉尼克，他在尽心尽力，让尼克感觉宾至如归。

"我想找一个朋友，吉莉安·洛克哈特。听说她在这工作？"

"我来帮您查查。"

他敲着桌上的电脑。"吉莉安·洛克哈特小姐。供职于中世纪末手抄本及印刷材料部。"再敲一下。"她在巴黎分店工作。"

"她的电话号码是？"

"我只能给你陈列室电话号码。"他拿起钢笔，在卡背面留下号码。边写袖扣边碰撞桌面，发出噼啪的响声。"你肯定知道打国际长途电话需要加拨011。"

接待员身后，成行挂钟高踞墙上，像一个个战利品。尼克瞥了一眼。纽约下午四点，巴黎晚上十点。"我猜他们要关门了。"

又敲一下电脑。"你好像很走运。他们今晚举办晚场售卖。德·贝里公爵（Duc de Berry）的手抄本——肯定热卖。我想洛克哈特小姐无疑应该在场。"

尼克穿过大街，来到对面咖啡店。手机仍是关机状态——在博物馆时就关闭了。他开机，拨通卡片上的号码。

"这里是史蒂文斯·马西森，晚上好。"法语，女音——不是吉莉安。

"晚上好。呃，请问吉莉安·洛克哈特在吗？"

"请您稍等片刻。"

耳畔传来维瓦尔第（Vivaldi）协奏曲。尼克尽量不去考虑每个音符正耗掉他多少话费。对吉莉安说点什么呢？从何说起？

一阵嘟嘟声提示有来电。他从耳朵拿开手机，查看屏幕，认不出是哪儿的号码，不过，过了一会儿才意识到原因。是他的房间号码。布莱特？

维瓦尔第曲声中止，他把另一来电转为语音留言，忙把手机贴近耳朵，刚好听到有男子问话："您是谁？"

他大失所望，尽力克制。"我叫尼克·阿什。我要找吉莉安·洛克哈特。你们的纽约办事处说她今晚在那儿加班。"

"您收到她消息了？"英式口音，优美动听。尼克竖起耳朵，背景声音里，有人低声交谈，玻璃杯叮当作响。

"一封电子邮件。她没说在哪儿。"他顿了顿，"我确实有些担心她。"

"我们也是。我们一个多月没见到吉莉安了。"

"你是说她辞职了？"

"我是说她失踪了。"

尼克再次看到那张脸孔扑向摄像机。救我他们来了。可这刚刚发生在昨天。"你说她离开一个月了？"

有一会儿，尼克只听到嘶嘶声，大西洋海浪涌入光缆，喧哗回响。

"不好意思——你说你叫？"

"尼克·阿什。是吉莉安的朋友。来自纽约。"

"你说你昨天收到她一封电子邮件？"

"嗯。"

"好，至少她还活着。"无法判断英式口音是否在戏谑调侃。"她说她在哪儿了吗？"

尼克斟酌着说："信息很短。她听上去像遇到了麻烦。"

"哦天哪！"再一次，口音男将字句里所有的深厚情感通通漂白。可以说他悲痛万分，或者仅仅是厌倦之至。"你给警察打电话了吗？"

"我实在没什么线索可以提供。"

"哎，我有。可丝毫没用。他们告诉我说年轻女人很愿意出走。说可能是陷入热恋——我给他们看了照片，他们更加坚持己见。你知道法国人的做事风格。说到我们的高卢友人，德·贝里公爵要被拍卖了，恐怕我得……"

"还有一事。"尼克匆忙发话。"你听说过纸牌之王吗？"

对方听来很惊讶。"当然。十五世纪德国雕刻家。那些奇妙的纸牌。"

"吉莉安在邮件里提过他。"

"是吗？"

尼克静候着，等对方问下一个问题。可毫无动静。

"她正忙于与纸牌有关的东西吗？"他提示说，"待售或拍卖的东西？"

"近百年来，还未听说纸牌大师有新作被发掘。它们显然还没踏进我们的门槛。"

再次暂停。海浪翻滚，发出巨响，扑打光缆。

"我真得去招待一下顾客了。不过，多谢你打电话。如果发现新线索，请务必联系我们。我们都在为吉莉安担心。"

挂断电话，尼克才意识到还不知男子姓甚名谁。他骂了一声，打算再打回去，又感觉自己不会得到答案。外面，黑幕拉上，一月份的短暂一日，便这样早早收场。他想喝完咖啡就回去。

桌面上，手机突然蓝光闪烁，嘟嘟作响。屏幕显示，七个未接电话，一条新语音信息。他查看号码。电话是从住处打入的。

他没理会语音信息，直接拨了布莱特的电话。只响一声，他就接起。

"尼克？是你吗？"他听来气喘吁吁，几欲落泪。"你赶快回来。是吉莉安。"

尼克强迫自己镇静。"她打电话了？她还好吗？"

"呃，吉莉安打过电话，对。听着，你必须马上赶回来。"

"你跟她通话了吗？她说什么？她遇到麻烦了吗？"

"麻烦？对，我要说她被可恶的麻烦缠身。是——听着，你甚至不能……"他嗓音哽咽，说不下去，一会儿，又说，"抱歉。你就现在赶回来吧，好吗？到了 Buzz 我。"①

尼克用时二十五分钟。周五夜晚，大雨如注，出租车不见踪影，尼克几乎一路小跑。到了公寓大楼楼下，羊毛衫已里外湿透。他飞奔上楼，来到大厅，走过钢铁邮箱、光照昏暗的门廊。

到了 Buzz 我。

他有钥匙，布莱特干吗要 Buzz？

自从收到吉莉安信息，一切都不合情理，一切都陷于荒谬。要不干脆停止他事，琢磨一番……可他不能停，不想琢磨。他只想要答案。其他都可以延缓。他

---

① Buzz：指谷歌发布的名为 Google Buzz 的产品，用户可直接在 Gmail 内分享信息、照片和连接。

猛摁电梯按钮，转而又决定爬楼梯，这样速度更快。他一步两台阶，沿途与受惊的邻居们贴身而过，虽然彼此面熟，却互不相识。他到了三楼，推开防火门。

走廊漆黑。他猛击墙上开关。低能电灯泡嗡嗡启亮。

到了 Buzz 我。

为什么布莱特听来如此恐慌？吉莉安对他说过什么？他担心什么？据尼克所知，布莱特不过对吉莉安满头的红发、坚挺的双乳感兴趣，除此，吉莉安对他无足轻重。

救我他们来了。

在当今二十一世纪，不止一种方式可以 Buzz 他人。

事后，他说不出为什么这样做——只因为他的世界变得如此奇异怪诞，最离奇的事情也正常合理。尼克从包里取出笔记本，放到地板上，急急打开。离房间这么近，笔记本轻而易举与他的无线路由器连接上。他点击任务栏的一个图标。一个新程序布满屏幕。

欢迎来到 Buzz

联系表列于下方，吉莉安仍然高踞榜首。

上次在线：1 月 6 日 07：48：26

没变化。尼克向下翻查，找到布莱特。

上次在线：当前在线

跪在自家门外油地毡地板上，尼克甚觉好笑，他点击视频按钮。

屏幕上模糊现出房间的影像。布莱特脸的位置，清晰可见，后仰耷拉在椅背上。双目张开，像要尖叫，嘴巴被管带胶布粘住，发不出声。血，从太阳穴的伤口冒出，汩汩淌下。他的肩上方，房间中央处，尼克看到一名男子，身着皮夹克，头戴黑法帽，守在门对面。他很不耐烦，不时地甩甩胳膊，换换姿势，挪挪重心。手里，一柄长枪管手枪寒光闪闪。

救我他们来了。

不管他们是谁，他们已经来了。

第8章

科隆，1420

"你能接受这一切吗？"

我坐在工作台前，拼命专注于面前摊开的纸页。我想给新师父留下勤勉刻苦的印象——可周围处处是干扰源，分散我的注意力。仿佛我所有的幻想之梦都在这个房间大放异彩。无以数计的工具，挂在墙壁钉子上：冰凿和磨光器、刮刀和凿子，还有许多我叫不上名字，不过总会知道的。有一条横梁满满当当，搭着一组锤子，大小不一，大到坚实木锤，小到宝石锤——那么细巧精致，与之相比，天使的头发也会略逊一筹。对面墙壁的行李架上，珍品更是琳琅满目：长线连缀起串串玻璃珠、银珠；水晶碎片、铅碎片；小锑瓶、等待与黄金合炼的汞；粉红珊瑚枝杈交错，宛若鹿角；套满指环的修长铁指。窗边陈列柜，正面采用格框构造，金杯金碟端放其中，静候买主。即便是手肘边桌子上的道道焦痕，也仿佛是鬼斧神工之作。店面外，广场对过，扶壁与脚手架高耸，大教堂建设尚未完工。

金匠大师，现在是我的师父，康拉德·施密特（Konrad Schmidt）一声叹息，我这才回过神。

"七年时间，我保证将金匠行会的行规、技艺与奥妙通通传授与你。按照行业法规，你将就宿我家，一日三餐，与我家人同食，凡我吩咐之事，必须全力完成。我不会无视你的学徒尊严，无端发难。你汲水为淬铁，不为饮用；你打柴为锻造，不为我妻子生炉火。作为报答，你现在需付我十枚荷兰盾，以后每三月付一枚，缴纳食宿费用。你要奋发向上，以不负此高尚行会一员的称号。你不可将我们技艺的秘诀所在透露给他人。你不得在店内或我家中行窃。你不得在我檐下妄犯邪恶无耻之行，亦不得辱我家人。你能接受这些吗？"

我从墨水瓶里抓过苇杆笔，在纸的下方潦草涂下名字。为给新拜师父留下满腹学识的印象，我炫耀心切，用拉丁语签了名。约翰尼斯·德·美因茨，即来自美因茨的约翰。亨奇·古登堡，曾经的我，迷失了踪影，已于六天前，被抛弃在美因茨的码头。

　　我热情高涨，康拉德·施密特却不为所动。他拿过纸，往湿墨迹上撒沙，放置晾干。

　　我久久打量这个掌管我未来的人。他年约五十，眼睛漆黑深邃，脸颊因年老而凹陷。他身穿高领、葡萄酒色长外衣，外罩毛边短上衣，左手戴一只硕大的戒指，高贵而不俗气。灰白鬈发从天鹅绒帽下探出；脸庞每条皱纹都镌刻着严肃神色。他难得一笑，偶尔开怀一次，看上去却似伤心。

　　那他又得到了什么？我目光从他的肩上掠过，瞅见墙上银镜中的自己。我委实是年轻学徒模样。身穿的崭新本白色衬衫，购于美因茨，整整一周我都精心包好，随驳船往河下游而去。头发柔软服帖，趴在布帽里；皮肤在澡堂搓得通红；脸颊新剃过须。我所有的家当，全躺在脚下的袋子里。踏上科隆的码头，远望教堂立于山顶，似一片草叶，我终于逃出父亲的管教，从令人窒息的家庭气氛中解脱，获得了自由。这里，我知道，将是我大展宏图的风水宝地。

　　施密特见我凝神注视，没有过问。"我带你看看房子别处。"

　　我拎起包裹，跟随其后。后门通往一个小庭院，院内建有厕所、储藏室、柴房，一个大熔炉倚墙而立。炉旁，一个男工，腰系皮革围裙，操弄着一对呼呼喘息的风箱。听到脚步声，他转过身来。

　　"这是格哈德，"师父说。"他今夏学徒期满。现在是这儿的雇佣工。"

　　我立马对他心生厌恶。他那双手，硕大笨拙，怎么可能创造出店里那样雅致的部件！他的脸，肥胖涨红，经熔炉炙烤，热汗淋漓，眼睛狭窄，眼部皮肤肿胀。见到他，我想到父亲，尽管他最多长我五岁。他冲我点头，哼哼一声，回身接着工作。

　　"我照看店面时，由格哈德督导你。"

　　我的高昂情绪瞬时黯淡。康拉德·施密特与我心目中的师父形象完美契合：郑重、权威、让人服从。格哈德，我一看便知，呆头呆脑，什么都教不了我。我一脸沮丧，闷闷不乐，尾随施密特，沿着屋外木楼梯，去往下一楼层。

　　"我和妻子住这儿。"

这一层划为两个房间，一间客厅，一间卧室。绿色帐幔遮住石墙，三只深色箱子沿墙边缘依次排列。一个金发女人坐在其中一只上，身旁放着一只摇篮，衣衫解开，正在哺乳婴儿。

"我妻子。"施密特粗声介绍。他拽我去楼梯，就在此时，我瞥见她冲我嫣然一笑，以示欢迎。她的年龄必定与我更相近，而不是她丈夫，她身材姣好，不因岁月而走样。我这才明白为何施密特再三强调我的道德义务。

"你有其他孩子吗？"我边问边随他爬向阁楼间。此刻我们高高在上：屋顶、烟囱和延展至远方的教堂塔尖尽收眼底。下方庭院里，高大的格哈德看上去小巧玲珑。

"有个女儿，师从编织工学徒，还有个儿子，不久你就会见到他。行会刚刚批准我收他为徒。你俩将同住一屋。"

我们来到楼梯顶端平台，猫腰进入阁楼。一缕清凉的秋日亮光，透过三角墙上的窗户，盈盈溢入房间，满屋流淌。除了一盏灯、一只箱子和一张单人床，房间别无他物，略嫌空荡。

"你和皮耶特住这儿。"

我穿过房间，向窗外望去。正对面在建的大教堂高高矗立，唯有针样纤细的小教堂，已然完工，昂首挺立。城市沿此处延伸，状若一轮宽阔的新月，依河流弧形而建。河水似舞动的缎带，奔往南方，归至美因茨。此情此景，煞是怡人。我稍感安心。没准，让格哈特指导，不至于痛苦不堪。

砰！门被撞开，我受惊回身，以为是风吹所致。一名少年，半大男孩，站在门外楼梯上，好奇地盯着屋内。他皮肤柔嫩白皙，毫无伤痕或瑕疵，帽下鬈发丛丛。好一会儿，我以为他是降临凡间的天使。接着，我注意到他与康拉德样貌相似。二人仿若两只黏土器皿，经同一名陶工之手浇铸，一只经烈火焚烧，裂缝道道，一只湿润光滑，未遭窑炼。他对我微笑起来。

施密特做个手势，指指我俩。"这是我儿子，皮耶特。"

那一刻，我感到有魔鬼闯入灵魂。

第9章

美国，纽约市

布莱特瞪大双眼——至少他还活着。他从笔记本窗口向外凝望，头猛垂到肩后。持枪凶手紧盯房门，未曾发觉布莱特电脑屏幕上，尼克已经探出脑袋。

尼克大脑飞速转动，胃部一阵抽搐，想要呕吐。这是怎么回事？

身后，门哐当拉开。

"尼克？你在干吗？"

尼克猛回头。是八岁的马克斯，走廊对面的邻居，妈妈就职于一家大型法律公司，无暇顾家，小男孩自带钥匙。尼克帮他做过几次家庭作业。他站在门后，吮吸着苏打水，好奇地窥视着地板上的尼克。"布莱特又把你锁在门外了？"

"我——"

砰砰！枪声穿透墙壁。少顷，扬声器内，又传来响声，这数码回声，比原声更为响亮。此时，布莱特已经一命呜呼。子弹射入，弹片四溅，他庞大的躯体抽搐不已，蜷缩成团，气息散尽，仿佛唯有如此，才可挤进狭小的摄像头。男子紧盯监视器，注视屏幕上的尼克。有一刻，他们四目对峙，虚拟空间里，杀机重重。男子扑向房门。

马克斯失声尖叫，猛关上门。尼克抱起笔记本，撒腿就跑。五脏六腑被惊恐、惶遽淤塞，他几欲呕吐，冲进楼梯间。上？下？楼下，街道，人群，安全——是否正中凶手下怀？有人在那儿接应他吗？上楼，会不会无处脱身？

房门打开，他瞬间决定，下！他螺旋下行，飞速滑动，紧抓扶手，求生心切。途经二楼走廊门，他飞起一脚，将其踹开，以图混淆追者视听。可楼梯间只他一人：他的脚步声清脆入耳，直达楼顶。凶手不可能上当。

楼梯底端，尼克刹住脚步。大厅人踪全无，他瞄一眼通向大街的玻璃门外，心下一惊：情况不妙。台阶上，有人踱着碎步，往返徘徊，刻意避开靠门处头顶的光线。一件黑衣搭于右臂，牢牢遮住攥着什么的手部。

此人身份难以确认：痴等女友的小伙？找人借火的烟鬼？等候接客的司机？尼克无心追究。动物本能抢占上风。恐惧、疑惑、惊骇，一概退居其次。楼梯处，脚步似重磅炸弹，步步炸响。

说时迟，那时快，尼克一个饿虎扑食，跃入候在一边的电梯。大拇指对准按钮，一通猛摁；脚步声几乎响彻在头顶。

门沉闷一响，滑动闭合。门缝愈来愈窄，尼克望出去，发现凶徒旋风般奔入大厅。他早已扯下法帽，露出精心修理的发型；一排金色耳钉列于耳垂，熠熠闪光。他转头，四目相对。门紧紧关闭，电梯开始上升。

他朝顶楼而去。本能再次指示：远离险情，越远越好。可多远呢？所有的走廊都是死胡同。一扇门通往楼顶——夏夜，他曾带吉莉安登高，眺望星空。可放眼望去，只是一架架飞机航空灯，星星点点，汇入拉瓜迪亚机场的洪流。那，到底去哪儿？

电梯停下。下方再次传来嗒嗒的脚步声。尼克折入一条短走廊，走廊尽头，门上钉有绿色标识："火警通道"。尼克径直冲去，猛击金属横杠，用力把门砸开。他夺门而出，跟跟跄跄，攀上楼顶。

身后，爆发一片高声怒号，高楼似乎抗议尼克擅自侵入。是火警。那次，他和吉莉安用一张信用卡、一圈录像带，使之功能尽失。此时，它尽情咆哮，警报声不绝于耳，在冰冷的夜晚回荡。太棒了。消防队或警察，这些救兵马上会到。

可到之前……

雨点洒落，扫过脸庞。他绝望无助，筛糠似的哆嗦着，周身痛如斧削刀割。此时，他已来到一小方阿斯特罗草皮上，不知哪个乐天派参照天然草坪铺设而成。四周尽是水箱、加热通风口，卫星天线覆盖住楼顶，严实无缝。很多掩护——但都无法藏匿太久。

火警声锤击耳鼓。他听不清凶手是否正沿楼梯而上。人造草坪湿软不堪，他杵在那儿，不知何去何从。他为人处世一向理性，生活有条不紊、沉闷乏味却又安全无忧。此时此刻，他一无所有。没有约束。没有思考时间。驱使他登顶的本能也损耗殆尽。他无处可逃。

说来奇怪，在这空虚茫然的时刻，他想到的不是吉莉安，不是父母双亲，亦不是他姐妹。他想到布莱特：四个楼层之下，他倒在安乐椅里，凄惨死去。那个曾告诉万千男人如何整晚泡妞，却从未带女性回来过夜的布莱特。那个曾竞拍无数拍卖品，却无意购买的布莱特。那个被枪抵住脑袋却仍用计警示尼克的布莱特。

尼克飞速小跑，穿过湿漉漉的楼顶，身体塞到空调后，缩身趴下。雨水如注，浸透衣衫。还好外套是黑色的。他四处打量，目光在支撑水箱的压杆间游窜。

时间分秒前行。有那么一刻，尼克以为追踪者或已作罢。幽光半明半暗，掺着淡粉，如暮色般苍茫。微风中，楼梯门扇轻摇缓晃。火灾警报高声号叫。濡湿的衣衫紧贴胸口，好似心脏病突发，虚汗急淌。

然后，尼克看到他——蛰伏在门口，眼光来来回回，搜索一团凌乱的楼顶。手枪掠过尼克藏身之处，又移至别处。他个子不高，体格魁伟，看上去气喘吁吁。尼克首次判定他不太可能是超人。

大概由于尼克清楚自己是待捕猎物，他迫切想要逃跑，这渴望不可遏制，却又分明将置他于死地。他必须反抗。他们不可能永远这样耗下去。即使在纽约，也肯定有人听到枪声，通知了警察。

凶手自然也心知肚明。他轻挪脚步，踱离楼门，紧握手枪，在楼顶迅疾扫描。尖锐刺耳的警报声中，这一切悄无声息。

突然，警报声骤然停下，一如骤然响起。空旷寂寥的静寂淤满尼克双耳。枪手也猝不及防地止步，四下观望，满腹狐疑。

尼克伸手掏衣兜，摸到冰冷潮湿的钥匙。他握到手心，移至兜外。夜晚，城市的喧嚣扰攘声隐隐约约，重又钻入耳朵，驱走嗡嗡声响，可他不敢贸然动作，以免发声。楼顶上，凶手越逼越近。

尼克伸直手臂。胳膊麻木，被湿衣袖沉甸甸地压住，抬举吃力。他心生此计。远远抛掷钥匙，转移凶手注意力，展开肉搏战，从他手里夺过手枪。他若近前一步……

尼克抖个不止。他以前从未做过这种玩命之事。

凶手小步进逼，转身。尼克臂肌绷紧，准备投掷——但，此刻，凶手直盯住他。如果尼克稍一动弹，未待钥匙出手，他就已经毙命。即便他稳住不动……他屏住呼吸，肺部压力聚合，压迫胸口、喉咙。

接着，凶手转身，走向门口。尼克等候着，依然大气不出。他紧攥钥匙，闭上双眼。时机来临了吗？他从没想到自己会如此惊恐失色。

他睁开眼睛。凶手跪在空调器旁，仰头向外张望。他背对着尼克——若要寻机制服他，那就现在，尼克告诉自己。

他深吸一口气，浑身戒备，似箭上弦，只待拉弓。他感觉肌肉因极度寒冷而迟钝僵硬。万一自己动作过慢呢？万一他走上人造草皮，对方听到动静呢？

凶手立起身。他最后瞥一眼楼顶，又径直扫视一次尼克头顶上方，进入门道身影消失。尼克听到他小跑下楼的脚步声。

尼克一动不动，守在原地，直到确信男子已离开，他才费力站起。刚一挺直，全身簌簌抖动，无法控制。他几乎无力站稳——谢天谢地，还好他没有对凶手采取愚蠢的举动。他剥去外套，步履踉跄，蹚过湿草皮，来到门旁。他不敢大意，紧张地注视着楼梯，以防凶手杀回马枪。他想看看凶手刚才在捣鼓什么东西，却双膝发软，几乎瘫倒在空调器旁。

维修片没有闭牢，裂开一道黑洞洞的缝隙。尼克伸手拉开。里面，一把乌黑的手枪，卧在一堆刻度盘和管子中央。

尼克探手进去拾起。这枪比他预想的要重，尼克手指不听使唤，手枪差点跌落。保险栓在哪儿？自童子军军营结束，他再没碰过枪支。在军营里，他曾经用过 22 步枪瞄准纸靶，那与这把手枪显然不可同日而语。即使手握此枪，他仍然震慑于它的无边威力。就是这把枪，夺走了布莱特的生命。

他把它放到人造草皮上，离开了。莹莹的蓝光红光投射到峡谷般黝黑的公寓楼墙上，反弹回来，黑暗窗户内拥挤不堪，十楼到一楼的气息扑面而来。就在这时，他听到了警报声。

第 10 章

科隆，1420-1

那年秋天，我加深了对康拉德·施密特的了解。

师父公正严明，可要让他有所触动，实在不易。我自认是个能力超群的学徒。他教我们使用装置，抻长黄金，制作金线，我一点就通，很快就呈上了我的处女作：柔软、笔直。皮耶特耗费整个下午，糟蹋老父的大量黄金，可交出手的分明是残品：丝丝金线，如湿面团，软榻松垮，黏粘成捆。我们捶打夹在羊皮纸间的黄金，制作薄膜。我的作品脱颖而出：轻如空气，薄如蛛网；皮耶特的劣作则硬块凸显，状如浓粥。康拉德演示如何将硫化银烧制到雕版上，方能使棱角线条呼之欲出。我的杰作，锋锐如玻璃。皮耶特的陋作，不忍卒睹，看起来像遗留在炉中过久。

岂料，我虽年少有为，施密特却视若无睹。我向他展示一件作品，他仅仅轻哼一声，当即分派给我别的任务，然后继续不辞辛劳，调教他儿子。经数小时观察，我成竹在胸，想要改进紧线器。他默默听完，摇摇头，示意我离开。起初我将这归因于如山父爱——可我越观察他们，越觉得这原因牵强。康拉德极少批评皮耶特的活计，却会因他疏忽鸡毛蒜皮之事而大打出手：一桶牛奶晒在烈日下，见到顾客忘记脱帽，架子铁锤放错位置。最终，我恍然大悟，正所谓，醉翁之意不在酒——康拉德在其他方面吹毛求疵，因为他不肯承认子继父业无望。我揣测，他不得不收自己儿子为徒，无视行会异议，原因即在此。或许，这也是他厌恶我技艺的缘由。

康拉德也厌恶我本人，不过我把这归结于"同行是冤家"。他那双胖手，对付金属轻车熟路，远远超乎我的想象，可他不具备我对金子的驾驭本能。起初，他吩咐我做无足轻重的工作，试图阻止我日臻进步，却高估皮耶特，委之以重任。然而，事与愿违，他不得不为皮耶特的过错担负责任。从此后，他转变态度：与其为皮耶特四处救火，不如对我的工作不吝赞美。可一旦他抓住我的把柄，便棍棒相加，暴打我一番，不打到痛快，绝不罢休。

那年，我还得知康拉德·施密特和其家人的一些其他事情。

我得知，他妻子是第三任夫人。她经常夸我，对我大加赞赏——我勤勉刻苦，我诚实可靠，我技艺纯熟——我受宠若惊，直到后来，我才发觉，她不过是借此羞辱继子皮耶特而已。

我得知施密特因无钱购买所需黄金，没有力作问世，导致身为行会大师，却不具正式会员资格。他非但不攒钱，反而频频去河边酒馆，挥霍钱财，借酒消愁。

我偶然知道康拉德把橱柜钥匙挂在脖子上，从不离身，只有每月一次去沐浴室才解下。我知道后，尾随他到那儿，趁他洗澡，拿出两方蜡块，水汽氤氲，蜡块已湿软；钥匙搁入蜡块间，一对压，钥匙痕便一目了然。入夜，我借助铸模复制了一把，然后，趁皮耶特呼呼大睡，我轻手轻脚溜下楼，打开橱柜，肆意爱抚躲在里面的宝贝。

这个家庭并不和美，我的美因茨老家也一样，所以我毫不介意。我热爱我的工作。我明白自己的技艺招致嫉妒与怨恨，我尽力只字不提，并且乐得独处。

唯一钦佩我手艺的，是可怜巴巴、单纯真诚的皮耶特。他小我四岁，视我如兄长，对我敬畏有加，毫不设防。我自小在家中最年幼、最落后，这对我无疑是一种全新的体验。虽然有时会有压力，但更多时候，这是专属我的骄傲，让我身心愉悦。我开始保护皮耶特：偷偷塞给他几件我的作品，帮他蒙混过关；暂且忽视自己的任务，却一遍遍向他展示如何掌握某一门简单的技巧。尽管有时这换来一顿皮肉之苦，可我不在乎。每当在工作台旁忙碌，他的膝盖轻触我的膝盖时，每当我手把手指导他使用雕刻工具时，我心内的魔鬼兴奋不已。自然，我也饱受巨痛与羞愧的折磨，可巨痛是鲜活的，羞愧是甘甜的，像火焰，在我体内熊熊燃烧。礼拜日去大教堂，我仰视救世主的十字架，祈求宽恕，可我自知这祈求并非发自内心。夜晚，我俩同卧一床，我狠掐手掌，掐得它们血流不止，似殉难而亡的基督，鲜血淋漓，我以此抗拒恶意来扰的疯狂诱惑。多少个夜晚，尤其当冬季来临，皮耶特紧紧偎依着我取暖，半睡半醒，我只好翻身离远，直到升腾而起的欲念自我背叛。最终，我推理，魔鬼见无法战胜我，将撤离我的肉体，寻找女人附身。到那时，我将陶醉于浓烈的欲念与苦痛的壮美，心灵返璞归真，高尚宁静，微微颤动。

春天来临，美因茨判决一年之后，我又有所发现。四月某日，温暖怡人，活计不多，康拉德想教授我们一课。格哈德看守柜台，招呼顾客，康拉德则带我和皮耶特来到工作台前，摆出一个瓶子、一小张纸、一个茶碟、一纺锤图章戒指。

"我们全部的技巧与手艺——来自于哪里？"他提问。

"来自上帝，父亲。"皮耶特回答。

我瞅见格哈德在店前傻乐。大概他跟我一样想法：皮耶特的技术毫不为上帝增添荣耀。

"全部技艺为上帝所赐，我们尽心尽力，学以致用。"他朝皮耶特扮个鬼脸，"对于完美的最佳称颂，就是完美地模仿它。"

他从纺锤上摘下一只戒指，套到食指关节略偏上处。然后他做出一件事，我从未见过：他拿起瓶子，倒出一小摊墨水到碟子里，戒指蘸一蘸，立马乌黑黏粘。他用指头抹一抹戒指面，把它对准桌面上一片纸，握紧拳头，猛力摁压。手抬起后，纸上赫然呈现一只奔跑的雄鹿湿像，栩栩如生。再一蘸，再一抹，再一压，又一只雄鹿问世，与第一只一模一样。康拉德把纸一撕为二，我和皮耶特各得一半和一只半成品戒指。

"这是你们的设计。谁的样品更优，奖谁一便士。"

一便士并不让我心动：我知道自己必赢无疑。可康拉德的举动却演奏出了纰漏之音，而我也拿不准这音在何处。我边设计戒指，边苦苦思索。首先，我取出一张软羊皮纸，纸经水浸泡，已近透明，然后，我用尖铅笔在纸上描绘图案。再把一层薄蜡涂到戒指面上，将纸张背面与小铅块摩擦。接着，我把戒指放到老虎钳中，羊皮纸覆于其上，重新绘制图案，笔笔劲道。我拿开羊皮纸，打过蜡的戒指上，跳出一只浅灰色雄鹿。

我拿起戒指原样，将两者相较。我茅塞顿开。

"施密特先生。"我叫他。"你让我们模仿哪一个图案？"

他中断与格哈德谈话，转过头，怒视我，像怒视一个笨蛋。"戒指上的图案。"

"可是……"在他的瞪视下，我舌头打颤，结结巴巴，鼓足勇气继续说道，"戒指上的鹿朝右，纸上的鹿朝左。一件堪称完美的样品……"我声音渐弱。

"戒指上的图案。"他重复一遍，转身离开。

此时，我因这挑战而热血澎湃，急欲一试身手。我刮掉蜡，擦去朝向错误的鹿，从头再来。我又取来一个大点的蜡球，放到桌面，敲敲打打，直到它平整而光滑。皮耶特从旁观望，双眼圆睁，一言不发；他的样品看来不似一只鹿，更似一只跛足犬。

我把图案重绘到蜡片上，用冰凿雕刻成形，把蜡放进墨汁碗里浸一浸，效仿康拉德，对准纸面摁压。蜡移开处，第二只雄鹿成功复制，与第一只背靠背，朝左。我喜不自胜，忙绘制新图案，手持刻笔，将其转移至戒指上。

可越端详，我越不满。雄鹿确实朝向右边，但除此之外，它简直是粗制滥造。鹿角沾满泥巴，杂乱不堪。一腿细长，一腿粗短，尾巴看似凸出的臀部。鼻子也不见了踪影。

它在桌面纸上懒懒舒展着肢体，我仔细研究它的样貌、羊皮纸、蜡和金子。每代物种都有明显进化。雄鹿繁衍生息，与我追寻的完美形象渐去渐远，演变为戒指上这面目全非的丑八怪，仿佛寓言书里的怪物复活。

广场对过，教堂钟声敲响四点。顾客陆陆续续，挤满柜台；我知道，再过一会儿，康拉德准会喊我们去忙活别的事。没有时间再试一次。我照着此物，原样雕刻，尽我所能用刻刀修正缺憾。这样，它观来稍稍像鹿，可依然与康拉德的原型大相径庭。

我任务完成，拿着戒指去找师父。他粗略查验一下，轻哼一声，把一便士扔给皮耶特。皮耶特意外获胜，兴高采烈；我耻辱交加，脸红发烫，眼噙泪水，极力克制它们滚落。康拉德肯定看得清清楚楚，因为他轻声告诉我："完美只存在于上帝。"

可我坚信，自己大有可为。

第 11 章

美国，纽约市

布莱特生前从没像现在这么风光。尼克站在走廊里，肩膀裹着毯子，看好多警察、技术员如蚂蚁般进出公寓，检视布莱特尸体。查明他亲眼目睹布莱特死亡的时间，需这般兴师动众吗？他们不让他进屋，给他一杯咖啡，一条毯子，让他待在走廊里。一条黑黄带子拦在房门处，防止有人闯入。

他疲惫不堪，浑身瘫软。他已经向两名警官分别陈述了两次事件经过。而他们并不如期望的那样同情有加。他们只是告诉他，马上会有侦探找他谈话，可这是半小时前的事了。

两名男子出现在房门口，一个身着制服，另一个身着灰白套装，看上去价格不菲，尼克可没这样值钱的物件。制服男子指着他，咕哝几句，套装男子点点头，弯腰穿过防护带，向他走来。

"阿什先生？我是罗伊斯侦探。"

罗伊斯侦探体形瘦弱，时值一月，就已晒得皮肤黝黑；他看起来像马拉松选手，留的短发已见灰白，连鬓胡两端尖尖，爬过双颊，如踢马刺。

"我听说你要讲的故事挺精彩。"

尼克倚着墙，扯紧毯子。他快昏厥了。

"还能再给一杯咖啡吗？"

"我不会耽搁你太久。你要是用自己的话表述一下……"

还能是谁的话？"布莱特——"

"你说死者？迪安吉洛先生？"

"他打我手机——"

"大约几点？"

"大约五点吧，我猜。我可以查看一下手机。"

"不用，我们会去电话公司查记录。昨天这时，你不在房间？"

"我说了，他打我手机。我在外面。"

"你记得你在哪儿吗？"

尼克回想几小时前，好似很久之前。"第十五大道和第十大道旁的咖啡店。我手机关机。当我——"

他住了口。罗伊斯已经转身，往走廊另一头瞧。有人身穿白色连衫裤，头戴白头巾，脸蒙面罩，向他走来。此人看来仿佛刚从核反应堆爬出。他戴着手套，托住凶手的枪支，枪支用亮闪闪的塑料袋包住。

"我们在楼顶找到的。我们要拿去检查指纹及其发射特性。"

尼克吃了一惊。"等等。上面有我的指纹。"

罗伊斯饶有兴味地盯住他。

"我在空调器后捡起它，它藏在那儿。我说过了。"

技术员冲侦探扬扬下巴："记到口供里。"

他走开，身影消失在尼克房间。罗伊斯转过身，朝他做个鬼脸，一副与己无关的神情。

"抱歉。我知道你在想这不是调查取证的最佳时候。相信我，最佳时候永不存在。你听过吗？有台词称，百分之九十的谋杀案要么在二十四小时内破获要么永远是悬案。"

尼克疲惫地点点头："我觉得有道理。"

"这台词净瞎掰。不过，现在我们知道的越多，以后我们就能越快搞定。"罗伊斯精力过剩，身体里好像流动着高咖啡因，他躁动不安，耐心尽失。"明天到警察局去把你知道的说完。现在，我只需要了解：据你所知，迪安吉洛先生有没有染指非法或犯罪性质的事件？"

尼克犹豫不决。他该怎样评价布莱特才不至于对布莱特不利呢？邋遢、声名狼藉，甚至可能冒犯他人——但不至于犯罪。

罗伊斯见他拿捏不定，自己总结道："我们必须知道，尼克。"他站得太近，俯视尼克，声音在狭窄的走廊上回荡。"这不是哪个大动肝火的女友或是什么吸食可卡因的贼下的手。凶手另有其因。布莱特吸毒吗？"

尼克局促不安，但照他们"肢解"房间的速度推断，不消多久，他们就能查明真相。"他吸一点大麻。好多人都吸呀。"他想让自己的口气听上去漫不经心，可话一出口，像是自我申辩。

"你吸？"

"不吸。"尼克拢紧毯子，裹住肩膀。"真不吸。"这话有多让人信服？"我觉得布莱特与这无关。我认为他们是想杀我。"

"他们？"罗伊斯掏出一个小笔记本，粗略查看。"警官说，你告诉他们屋里只有一名作案者。"

"确实是。"尼克疲软乏力，濒临虚脱。他头痛欲裂，感觉双眼无神。"我指的是他们……"他含含糊糊地挥挥手。"就是……管他是谁。"

"对。"

"听着。"尼克抓住罗伊斯的衣袖。毯子滑落肩膀，堆到地上。"昨晚我收到前女友一条信息——在线。她听上去绝望无助，好像有人追杀她。当我打开摄像头时，只听到一声惨叫，然后，有个家伙把它关掉了。"他看到罗伊斯的表情，明白自己听上去有多荒唐。

罗伊斯抽出胳膊，理顺尼克抓出的衣褶。"我们会调查的。她叫什么，你女朋友？"

"前女友。吉莉安·洛克哈特。她现在在巴黎，在史蒂文斯·马西森那儿工作。拍卖行。"

罗伊斯收好笔记本，没做任何记录。"明天你再告诉我们事情原委吧。我觉得你该马上休息一下。"

尼克后退几步，又有两名"连衫裤"走出房间，抬着一个银色大盒子，盒子被塑料布密实地包住。过了一会儿，他才发觉盒子里装着什么。

"那是我的电脑。"

"证据。"一个技术员纠正他。面罩滤弱他的声音。他塞给尼克一块写字夹。"这儿签字。"

"布莱特绝没碰过那机器。"他胆敢碰，我就要他命，尼克差点补充道——不过没说。"他……凶案发生时，他在用自己的电脑。"

"我们也带上了那台。"罗伊斯告诉他，"不过，如果凶手锁定的目标是你，像你说的，那这事就与什么东西有关。这东西跟布莱特死时在同一房间。如果摄像头开着或者……"他眼角瞥见房间里有名警官招手示意他过去。"我们将看看能查到什么。"

他冲门边那人点点头，回身盯住尼克，目光毫无怜悯之意。

"我们会找到真凶的。我向你打包票。"

尼克从未料到人命案要牵扯到如此冗繁的官场程序。已经午夜时分，他们还不放过他。他将所见所闻原原本本告知一名刑侦专家，对方则如实记录下枪手特征。他面见实验室技术员，此人掸掸他双手，取了点火药残渣；又朝他嘴里塞棉药签，提取ＤＮＡ样本。"这样做，以便不浪费破案时间。"他宽慰尼克。最后，"被害人支持部"的一个热心女人给他一张名片，让他随时联络，他被准离开，如获大赦。一切终于结束，他已经体能枯竭，虚弱无力，只剩一丝气息拖曳着躯壳穿过几个街区希望能找张床入睡。倒是可以借宿在朋友处，但一想到需要对他们从头至尾解释事件原委，他就心力交瘁。他在华盛顿广场旁的一家旅馆登记下榻，瘫软在床。

头一沾到枕头，他的眼泪便夺眶而出，簌簌流淌。

第 12 章

科隆，1421-2

康拉德·施密特师父慷慨大方，可对生意方面的一个话题闭口不谈。他从没告诉我他的收益如何。我也从没问过；我不需要问。我父亲的财富几何一向模糊不明——置放在间间仓库和艘艘与莱茵河等长的驳船里——可金匠的财富直观具象，——陈列在商店橱窗的坚固橱柜里，供大家尽情观赏。一月月过去，我依旧继续夜半寻宝之旅，可发现的宝藏愈来愈少。东西一件件消失，不再有替代品；剩下的则摆到前面显眼处，这样顾客不会注意到后面的空架子。一天，我撞见康拉德手脚着地，趴在熔炉缸前。他在筛滤冷却的炉灰，胳膊沾满煤灰，黑乎乎一片。他注意到了我，眼神狂暴，我惊呆了。

"我们制作铸件时溢出铸模的金子呢？哪儿去了？"他盘问道，"这下面该有一堆没主儿的珍宝，可我连一粒都找不到。你知道怎么回事吗，约翰？"

我一言不发。清扫炉子是皮耶特的活儿，我替他做。我告诉他，这样他就有更多时间完成店面里的工作，要是被师父发现，只会分给他更多杂事。我收集起溢出的金子残渣，装进包里，藏到阁楼的一块地板下——不是为攒积"无主珍宝"，可若时机成熟，我要呈交自己的杰作时，足够我使用，不必再索求原料。

康拉德的情绪随财富的衰减而败坏。他因为我和皮耶特的轻微过错而狠揍我们，假想格哈德缺点无数，对他恶意辱骂。格哈德则变本加厉，狠揍我和皮耶特，以此发泄郁积的不快。整整一冬，我俩都没怎么静静坐着过。晚上，我俩赤身裸体，躺在床上，互相比较瘀青的数量与伤势，同时，我极力掩饰住自己的渴望。

奇怪的事情接二连三发生。车间架子上摆满崭新的瓶瓶罐罐，个个漆着神神秘秘的符号，象征什么？我无从知晓。康拉德甚至禁止我俩打开它们。每月一次，大约月满时分，他早早打发我俩睡觉，接着，便有热切的谈话声从车间飘忽而至，直到深夜。我们从未见过来访者。某一晚，我到楼梯舒展筋骨，望下去，只见到庭院里，铸炉烧得正旺，火焰熊熊。康拉德蹲伏在地，赤裸胸膛，好像手握钳子，内盛一个巨大的鸡蛋状坩埚。他把钳子插入火焰，口中念念有词，我听不清。他没察觉我在偷看。

五月的某个夜晚，我发现了康拉德的秘密。他去酒馆会一位朋友了。我耐心等待，直到皮耶特那熟悉的轻鼾声从旁边枕头传来，这才溜出房间，轻手轻脚爬下外面的楼梯，进到车间里。我带了袋子，还有钥匙。如今，康拉德坚持亲自监督皮耶特清扫熔炉缸，但他得等到早晨灰烬冷却，才能筛捡。我发现，如果夜晚下来，我能捡到大块金子为己所用，而且剩下的也够多，足以瞒过康拉德，不让他发觉上当受骗。有时，我的双手被炉灰烤得微焦，尤其当我们将近傍晚时打造铸件，炉灰热度尚存，但这水泡和硬茧的代价，我心甘情愿付出。

我趴在炉前，手擎到灰烬上方，以适应其热度。正当我准备妥当，要从火中取金时，听到店前有纷杂的声音传来。脚步声——几双脚朝店门走来，干咳声——我已在工作间听过数百遍。

我跳起来，手背碰到炉子，烫得生疼。我撒腿跑向敞开的后门，但好奇心促使我留步。两个水桶立于房间角落，我一头扎到它们后面，恰在此时，门推开了。

有人点上灯。劣质灯油噼啪发声，嘶嘶作响，绕着店铺，洒下缕缕阴森森的冥光。谢天谢地，我藏身的角落没被扫射到。我透过两桶间的裂缝，窥视着外面的动静。

四个男人围住桌子。我师父，背对着我；鹰钩鼻男，我认出是临街的药师，教堂执事，我不知其名；还有一个人，我从未见过。这是个侏儒，或者说像侏儒那样矮，黑胡须根根竖立，帽子斜戴。我正观察他们的当口，他从炉子那儿横拽过一条凳子，跳上去，以便能够直视别人双眼。他从腰带上解下一个小袋子，放到桌上。

"药师告诉我你饱受挫折的煎熬。或许，你所缺的，我能提供给你。"

他的嗓音尖利刺耳，似一只猫头鹰。他扯掉布包。他的双手挡住了我的视线，透过他的指缝，我分辨出一只小盒子的形状。

"我在巴黎买的，在无辜婴孩堂的阴暗处。"一声邪笑。"卖给我的那个人不知道它的价值。可我知道——你们也会，假如你们能够说服我放弃它。"

"我们能不能饱饱眼福？"执事从桌子另一头欠过身子。他擎起灯，远处墙壁覆上一层鬼魅的光影，抖个不止，在我看来，不像是灯光飘忽引起的。

"任何人都可以看看。"矮子鄙夷道。他把盒子递给牧师。牧师打开它，我才看清，那不是个盒子，是本书。封面缠的青铜带子在灯光下光芒四射。

执事略翻几页，递给药师，沉默不语。药师更细致地检查起来。

"这就是勒梅用的？"他神神秘秘地问。

"从《亚伯拉罕的书》得来的所有秘密。"小个子的回答同样神秘莫测。

药师把书给了师父。"你觉得怎样？"

好久，康拉德不发一言。我看不到他的面孔，可看到他弯腰躬身，伏到书上，抓牢桌子，手上青筋暴起。

终于，康拉德开口了："如果你所说的一切都属实，为什么你要把这书给我？"

侏儒大笑起来，嗓音刺耳，鼓荡耳膜。"人们可以高价卖给你高脚杯，为什么却偏偏低价卖给你未加工的黄金？因为我不懂手艺或是技巧，没有工具甚至没有原材料。我拥有的，只有这本书。而你需要它来美化你的艺术。"

他冲康拉德阴笑，探过身，想把书拿走。康拉德照准他的手，重重一掴，把它拍到桌上，制止住他。

"我们要了。"

他从脖子上摘下钥匙，打开橱柜。小矮人蹦下凳子，紧随在后，仰头盯着陈列在架子上的那些圣杯、水杯、盘子和碗。他舔舔嘴唇。他够下一个，细细查验，然后再够另一个。他够不到架子上端的东西，就指指，让康拉德取。我看得出来，他与我志趣相投，一触摸这些物件，内心便燃起妒羡之火。

"这个。用这个交换书。"

他举起一个瓷漆华丽的圣杯。底座雕饰有圣·约翰时期的景象，杯身则由编制复杂的金属线支撑托起。一位神父委托他人制造了它，然后死去；他的继任者，一位越发克己的僧人，拒绝遵守契约。康拉德怒不可遏，不过，我觉得，此物一出手，他还是稍稍有些如释重负的，毕竟这作品着实罕见。它是我的选择目标。

康拉德吞咽几口唾沫，点点头。灯火摇曳，似毒蛇吐着芯子，绕着杯盏滑行。侏儒把圣杯塞到包里。

"你这笔交易绝对划算。"

他走后，其他人没有逗留多久。执事和药师有事告辞；康拉德在桌旁坐下，双眼直勾勾盯着书，几分钟后，他合上它，把它锁进橱柜。我耐心等待着。他离开后，我听着他登上屋外楼梯、穿过头顶天花板的脚步声，卧室门槛处木板的吱呀声，床被他压得不堪重负，发出的嘎吱声。我数到一百，从木桶后溜出来，点上灯，打开橱柜。

书小而旧，封面边缘已经磨损，书页皱皱巴巴。一个铜扣子将其锁住，除此之外，再没有什么能解释康拉德为何为它如此破费。我解开铜扣。

内文是拉丁语，字迹偏小，书写仓促，页边空白处，有许多用棕色墨迹做的修改和注释。有整整七页全是绘画：一条蛇蜷曲在十字架旁，花园里冒出一棵枝权纵横的树，国王手握巨剑，观看幼童被士兵肢解，扔进木桶。我打个冷战，猜不透这些图画的意义。

我一页页翻看，文中的话语似乎复活，跳出纸页，向我扑来："我翻开《哲学家丛书》，从这些书里，我得知了他们掩藏的秘密。"接着："我用水银初次尝试，由此将半镑，或者大约半镑水银，转变成纯银制品，比直接从矿井里开采出的好一些。"篇末："1382年人类重建，四月的第二十五日，我将红石炼至相似数量的水银上，将其真正转变为几乎半磅的黄金，它奇妙、柔软、完美。"

次日，我恍恍惚惚，如在梦中，脑袋里，各种可能性拥堵，因此阵阵晕眩。我似处女，新遇情人：我迫不及待，亟盼夜幕再次降临。康拉德鞭打我，因为我从坩埚往外倒金子时，倾洒不少；他再次鞭打我，因为我正雕刻胸针，冰凿失误，留下一道丑陋的划痕。康拉德好不到哪里去。一夜之间，他面容苍老了十岁；他如游魂一般在店里转来转去，摸弄着脖子上挂的钥匙，一小时检查橱柜三次。

那天夜里，康拉德入睡极晚。教堂钟声敲响，我一下下默数。终于，我听到楼梯吱吱嘎嘎，卧室地板吱呀发声隐约入耳，师母发出一声梦呓般的低语。我仍旧等待着，直到屋里只剩身旁皮耶特的轻柔呼吸声清晰入耳。

终于，我溜下楼梯。至此，我已对黑暗中的路了如指掌。第五和第八级台阶响声太大，如何拨动门闩以防摩擦出声，橱柜锁需要多少力道打开才能避免发出噪音。我伸手进去摸索，指尖掠过架子，触碰到熟悉的碟子轮廓，最后，终于摸到了皮革封面。

身后有响动，我呆立原地。我竖起耳朵，夜晚，万籁俱寂，我却心神不定。可能是煤块落入炉格，或者康拉德在床上翻身——可我需要集中精力。我也需要光照。我不想让那晚的热心看门人透过窗户时时窥视。

我爬回阁楼。我上到楼梯顶时，才意识到橱柜门还开着。我咒骂一声，不过没关系。无论如何，我会在早晨之前把书放回原处。我点上灯，放到床边，把灯芯剪低。皮耶特翻个身，梦呓几句；他甩甩一条胳膊，像要扔出去。它搭到我大腿上，我没有移开。这情景，使得此时此刻再完美不过。

我不知道自己在那儿躺了多久，苦苦思索这本神秘的书。它对我来说毫无意义。该书讲述作者，一个法国人，如何数十年艰苦劳作，终究揭开石头的秘密，不是石头，应该是一种元素，通过它的作用，水银可转变为银子和黄金。可他怎么做到的？尽管小矮人把握十足，这仍然不为人知。他提到蛇和各式草药；月亮、太阳和水银；红白色粉末；甚至婴儿的血。可这一切究竟何意，我琢磨不透。

"为这书绘图的犹太人融入了绝妙的玄机和精湛的技艺：因为虽然画作上乘，一目了然，可如果不精通卡巴拉，就不可能理解其暗含之意。"我用力盯着图画，直到双眼酸疼，可我对犹太卡巴拉一无所知。简单的画面，却隐藏着无人知晓的秘密。

不知何时，我睡着了。梦境闪耀着金色。我站在山顶，沐浴在阳光下。青草、岩石、山丘和山谷在阳光的照耀下，披上了金色的外衣。一个金色十字架立在我身后。我低头看，只见两条蛇，蜿蜒穿过青草，朝我而来。我惊声尖叫——可它们没有攻击我，反而互相争斗。一方吞噬掉另一方，然后追赶自己，绕圈蛇行，渐渐模糊，犹如雾霭。最后它用下颌咬住尾部，开始一口吞咽自己。

我再看时，蛇已变身为一个金环。我捡起来，戴到头上，当作王冠。就在此时，一束金光射穿我的身体，仿若一道喷泉，将我脚下的山峰与天堂完美地维系到一起。一位天使现身，手捧喇叭，像极了我的父亲。他摸摸我的前额，先知的印章盖到我眉毛上，呈现金色。我双膝跪下，拥抱金色的大地，它柔软、温暖、无限宽容。

我从梦中醒来。让我惊恐又欢愉的是，我发现皮耶特伸出的胳膊已经揽住我的腰，他的手呈杯形，握在我双腿之间。睡梦中，我肆意与他摩擦。一种无以言表的愉悦弥漫全身。

唉，将我们收为麾下的魔鬼深知我们的弱点，因此伺机而动。梦境使我迷醉；我知道自己该停止，可是做不到。不知是这个魔鬼也支配了皮耶特，还是他睡意正浓，不清楚自己的所作所为，他欣然回应我，甚至如饥似渴。我亲吻他的全身；我抚摸他金色的头发，把他的脸蛋贴紧我的胸膛；我揉捏他温润的肌肤，直至他呻吟喘息。他将我翻成侧卧姿势，紧紧贴住我，亲吻我的颈部。我们合二为一，融为一体，如两只锁于抽屉的汤匙。我欲火焚身，战栗不已；我热血奔流，如金熔化。

一声巨响，阁楼门咣当打开。我如黄金般的热血霎时如铅般沉重。康拉德·施密特站在门外楼梯上，手擎灯笼，面容衰老，皮肤松弛，每道皱纹都爬满迷惑。我不知道他想发现什么，但绝不是他那裸体儿子与他的学徒扭在一起，如此大逆不道，如此不堪入目，如此惊世骇俗。

疑惑转为暴怒。他跨步进屋，手摸腰部藏匿匕首之处。阁楼狭仄、窄小；门口被他堵得严严实实，我已经无路可逃。

我最后看一眼皮耶特，欲望仍未平息。他赤条条蜷缩在床上，哭叫求饶，说不是他的错。然后，我纵身一跃，扑出窗外。

第13章

美国，纽约市

大约有五秒到十秒的时间，尼克大脑一片空白。他裹在旅馆粗劣坚硬的床单里，既体味到温暖，又仿若骨头散架，他半梦半醒，灵魂游离于肉体之外。雨已停歇，阳光穿透白色的窗帘。

他逐渐恢复意识，他知道，原先的世界已经倾覆倒塌。他翻个身，头埋进枕头，仿佛这样就能使充斥大脑的杂乱念想窒息而亡。他低低啜泣，身披床单，翻来覆去，烦躁难抑，仿若濒临溺亡。各种意象一遍遍在他的脑海闪现：吉莉安、布莱特、沿着无穷尽的楼梯追得自己魂飞魄散的杀手。他身心俱疲。

手机铃声扰断他的悲伤。他轻轻叹息，不予理睬，希望它中止。可铃声持续鸣响。

他伸手到床头柜乱抓一气。

"尼克？"

女声。英音。他听出是谁了吗？

"我是艾米丽·苏泽兰特。"她顿了顿，"在修道院？"

"对，是的。"尼克还未完全神志不清。"听着，这不太——"

"我研究了一下你带来的那张图片。它……很有趣。"

"哦。"

"我们能面谈吗？"

"你不妨现在就谈吧？"

她稍作犹豫。"面对面谈更方便。它引出一些有趣的问题。今天下午我要去大都会博物馆。你能在那儿的屋顶露台等我吗？"

"没问题。"只要她能挂断电话。

"我四点到那儿。"

他喃喃地说声再见，挂掉电话。未及放下手机，铃声又起。他把手机对准耳朵。"喂？"

"你今早怎样？"是罗伊斯，梦魇之声。不等他回答，他继续说："我们需要你来警察分局一趟，将昨晚的经过写一份供述。"

疲惫的巨浪再次袭来，湮没尼克。"现在几点？"

"九点二十。你尽快赶来。"

警察局位于第十大街，毗邻两座灰塔，这座矮而宽的建筑想必曾经摩登一时。尼克如约而至。一名身着制服的警官引他走出大厅，穿过迷宫般曲曲折折的灰褐色走廊，来到楼房深处的一间小屋。屋里没有窗户，唯有一面宽大的油地毯外框镜子，横跨于一面墙壁。尼克扫一眼自己的映象，慌忙躲开。他还穿着昨天的衣服。不知在楼顶上时蹭到什么东西，衬衫前襟满是油腻腻的污迹。胡楂短硬，略有痒感，令他的双颊邋遢不整。双眼肿胀，头发枯暗，尽管用过旅馆的洗发剂，可于事无补。他见到，一架摄像机支在三脚架上，准备拍摄他，心陡然一沉。

他等了十五分钟，罗伊斯才露面。他一进屋，尼克就感到自己瞬间枯萎。罗伊斯称得上是不折不扣的掠食他人能量的吸血鬼。他一屁股坐到尼克对面，手肘支桌，身体前倾。

"多谢你来。我知道你正处于艰难时刻。"他推开椅子，身体后倚，翘起二郎腿，手指鼓点般有节奏地敲击鞋帮。技术员则在一旁拨弄摄像机。

"好啦。"镜头下方，一束暗红色光线忽明忽暗，扫向尼克。"我们开始吧。请说一下你的名字和职业以便备案。"

"尼克·阿什。我供职于'电子数据取证技术重建'"。

像很多人那样，罗伊斯一脸茫然。"什么？"

"就是将被扯破或者撕碎而难以辨识的文件复原。我操作系统来扫描碎片，采用运算法则进行数码重建。之所以这样做，是考虑到它们可能是证物。"

"你为我们做这个？"

"为联邦政府——美国联邦调查局，其他机构。"此话分量仍然不减，足以震住别人。可对罗伊斯。这只是另一个切入口。

"你能接触到机密文件？"

尼克摇摇头。"这只是一个研究项目。该项技术有待考证。"

闻听此言，罗伊斯失去兴趣。"我们回到昨晚。首先，请你描述与死者是什么关系。"

尼克从他们搬入公寓开始讲起，知无不言，言无不尽。吉莉安发出信息，布莱特打来惊慌失措的电话，他决定查看摄像头和由此目睹的可怖一幕。提到楼梯追杀，楼顶与死神擦肩而过的惊险时分，他脉搏跳动加快，心有余悸。

罗伊斯听着这一切。他蜷缩到椅子里，仿似一只大蝙蝠。他一改昨晚喋喋不休的追问，没有插话。可这静默适得其反，越发令尼克坐立不安。房间无任何噪音渗入，他只听得到自己的声音和摄像机的呜呜哀鸣。

他结束陈述，抬起头。罗伊斯似乎正观察桌角的一滴污渍。

"这故事真不赖。"

这话什么意思？

"你觉得你和室友关系密切吗？"

"我俩——我和死者——道不同，不相为谋。不过，相处还算愉快。"

"实验室检查了从你公寓获取的笔记本。没有多大收获，因为你显然将一半硬盘加过密。"

"我说过了，我得遵照与联邦调查局签署的合同行事。"

"而你朋友的机器，"罗伊斯滔滔不绝，"着实让我们大开眼界。如果你听到他那机器上存储了数量庞大——数目确实巨大——的淫秽图像，你会惊讶吗？"

尼克身心疲惫，无力掩饰。"布莱特喜欢看色情片。他又不是始作俑者，而且这并不触犯法律。"

"他跟你分享过他的收藏品吗？"

罗伊斯委实难以应付。刚才他还冷漠无情，十足一只佩戴徽章的刺猬，眨眼间他又一副老大哥口吻，试图套近乎。

"我有女朋友了。"

罗伊斯并未在意。"你看到他看什么了没？"

"尽量不看。"

罗伊斯往前凑凑。"为啥？有那么差劲吗？"

"不是。只是……"

"布莱特会谈论吗？"

他口若悬河。"有时候吧，我猜。"

"你听他提起过未成年少女没有？"

这让尼克大吃一惊。他大脑飞速运转，同时尽力表现得格外震惊。凡事只要涉及布莱特，就绝不会产生黑白分明的结果，只会像淤泥般黏稠成一团灰色。可他也有自己的道德底线。

"布莱特绝不会做违法的事！"

"你自己承认他嗜毒成瘾。如果他还活着，我们可以以蓄意窝藏毒品罪名拘留他，在你们公寓内搜出的那些大麻就是物证。"

"你——"

罗伊斯猛拉开椅子，差点撞翻摄像机。他张开双臂，趴到桌上。套装夹克下摆在身后铺展开，犹如双翼。"布莱特不是意外死亡。有人把他捆到那把椅子上杀了他，因为他们想杀人灭口。调查进行到这个阶段，我们没必要再他妈的继续深入下去找出作案动机。"

尼克无言以对。罗伊斯企图把他牵扯进来，以证实他自己的妄断。

"我认为你大错特错。"他终于开口。"我告诉过你发生的一切。杀手肯定是闯进公寓，把布莱特绑起来，然后让他打电话给我，叫我回去。他是意识到我在摄像头上看到了他，才把布莱特杀掉的。"

"你经常这样干吗？监视布莱特？"

简直像对一个十岁小儿说话。他们明明听到你说的是什么，却偏偏蓄意曲解。

"我从不监视布莱特。是他让我 Buzz 他。"

"什么？"罗伊斯口气透着困惑，可他的表情显露无疑：尼克要说什么，他心知肚明。

"Buzz 是一种通信接口——软件。也就是融即时通信、网络视频和语音呼叫为一体的程序包。"

"听上去很棒嘛。"罗伊斯话锋一转，"我们想让你将电脑内容解密。"

"不行。我和联邦调查局的合同——"

"没关系。我们能取得授权，不过，如果你主动合作，这事可就办得漂亮了。"

尼克瞪着他："谁认为这事漂亮？我特地赶来是解答你们的疑问。现在我却被捕了？"

"不。"罗伊斯缩回身。"你只不过是在给我们提供供述。不用担心，一切都好。"他乜斜一眼摄像机。他有没有疏忽之处？尼克开始后悔没有带律师来。

"从我的角度看待这事。"罗伊斯语气稍有缓和，理性地分析道，"我们得到的这枪，正是杀死布莱特的那把，而它上面沾满你的指纹。我们仍在等从你手上采集的样本结果，查验是否有火药存留。"

火药存留？他们认为他开的枪？他捡起枪时，火药难道沾到手上了？

"有目击者见到你在犯罪现场——"

"我当然在犯罪现场。"尼克几乎嘶吼起来。"我他妈的住在那儿。"

"而你给我讲述这样一个——坦率讲——不可思议的故事：某个蒙面男子持枪追你到楼顶，然后转变主意，消失在夜幕下。给你留下一把枪。"

罗伊斯双手搭上椅背，向前凑凑。"我很愿意相信你，尼克。千真万确，我愿意。可你实在让我为难。"

尼克大脑高速运转，苦苦思索怎样才能让自己免罪。

"马克斯。"

"谁？"

"马克斯。住在走廊对面的小孩。布莱特被杀时，他正和我说话。他会告诉你我和此事无关。"

那天早上，罗伊斯第一次露出犹疑神色。他道声抱歉，离开房间。再返回时，他重重落座。

"我们还没有跟那孩子谈过。他妈妈说他受到惊吓，不让我们接近他。"

这就对了。马克斯妈妈堪称一个五级飓风般的女人，因为很少见到儿子，她变本加厉地护佑他，以此弥补，近乎凶猛。如果他被鞋带绊倒，她很可能会起诉运动鞋制造商。

"那孩子见到凶手了吗？"

"不知道。一切发生得太突然。"尼克清清嗓子。嘴唇如骨头般干裂。"现在我想走了。可以吗？"

第 14 章

莱茵河上游，1432

　　旅者驱马行至悬崖，俯身望去，山谷横陈。他看到了什么？自然，看到的是奔流的河水，它们遇到海角，争相奔涌，你推我搡，流速陡增，接着，步伐放慢，缓缓化为一条缎带，舞动在树木繁茂的山丘之间。鱼儿游到岸边浅滩沐浴阳光，蹿入杂草间追逐嬉戏。水中杂草柔弱轻盈，飘忽不定，如烟似雾。水面蜻蜓嗡嗡哼唱，金色的阳光暖洋洋的，吻热了铺满沙儿的河床。

　　海角后，河水奔入浅湾，与一条支流在此交汇，莱茵河是如此阔达、华丽，相形之下，孱弱的支流显得细柔、素朴。定睛细看，旅者看到一小片林中空地，有小河蜿蜒流出，如果双眼未被烈日烤花，还可见到一所简陋的小屋，由枝叶和泥土搭建而成。屋前河岸斜坡那儿有一张桌子，两只桌腿已经锯掉，突兀地歪向水面。桌面钉的厚木板，呈山脊状排列成行，观去似一级级台阶。旁边，一个挖空的树干恰好形成一个简陋的水槽。

　　旅者抖动马缰，驱马返回树林。小径坡度陡峭，方向却还明朗。斑斑点点的阳光掠过林间大地；蜜蜂和各种昆虫的嗡嗡声奏响树林，渐渐地，这旋律却又被流水声所掩盖。眨眼间，他来到支流岸边。它的深度超出他的预想。他翻身下马，将马缰缠绕树枝几圈，大踏步迈入水中，试走几步，查看浅滩。

脚底湿石光滑，强大水流狠狠冲击他的双腿，他步履艰难，勉力维持平衡。下游处，一堆废弃的鹅卵石残存，浸满曾经修筑防浪堤者的澎湃热血。河水已经冲垮堤坝，那些堤石非但未能遏止流水，反而推"波"助"澜"，引水过坝。旅者暗忖，他的马儿应该能够蹚水过河。

他正欲转身返回，一束阳光渗过树梢，炫目如银，灼痛他的双眼。他单手举起遮挡，却不料身体失去平衡；他急急前倾，以图双脚站稳，可所踩岩石难以负载他的身躯，就地翻转。扑通！他直挺挺向前扑栽入水中。

顷刻间，水流将他吞没，推搡他往垮塌堤坝的通道处而去。他奋力挣扎，奈何水势凶猛，玩弄他于股掌之间。他无法自控，随水流转，仿若漂流的嫩枝，听天由命。水下似有强大吸力，令他脱身不得，他呛了满口河水，拼力浮出水面缓气，孰料头部撞到圆石，昏了过去。

浅湾那儿，两条河流交汇处，一片暗斑锈蚀了银样的粼粼水波。观望者高高立于悬崖之上，或许对此不以为然——这暗斑或许是涟漪激荡，或许是雄鹰翱翔，划过天际，投下身影。再近些，阴影渐渐幻化为人形。他一副野人模样。头发齐肩，胡子及胸；污秽肮脏，不辨其色。他站在齐腰深的水中，依水势轻摇微晃，不费气力；双脚扎入淤泥之中，任鳝鱼与杂草双双飘舞，盘绕两腿。他从河床中铲起泥浆，倒入木桶，那木桶已经开裂。桶将满时，将其半推半漂地运回河岸，然后，手脚并用爬上岸。

他赤裸全身。干裂的块状泥巴糊满胸膛、双臂和脸庞，活脱脱陶工的一具雕塑，禁不起烈日曝晒，表皮撕裂；腰部以下的皮肤则全然不同，经河水漂洗，干净白皙。他把木桶拖到倾斜的桌子旁，一股脑儿倒空。淤泥顺梯而滑，渗漏出梯级，残余的白色黏土则附着于木板上。"野人"挖下这土，搁进水槽，拎起木桶，往水槽注水，用手搅拌。白糊糊在水中打起旋儿，翻起个儿，阳光直射槽底，虽则漩涡滚腾，他却目光犀利，牢牢攫住了金子迸射的光芒，这光芒如此无可比拟，摄人魂魄。

河口隐约闪现异物。起先他以为那是浮木，又或是一具浮尸，甚或是遥遥牧场死去的羊只，被暴雨卷入河中，顺水而来。异物流经身旁，他才看出究竟。

他稍作迟疑，只因他并不习惯行动急迫。他奔向浅湾，双脚一蹬河底，一个猛子扎入水中，潜水而往。他水性堪比游泳健将，动作迅猛有力；只几下划臂，就接近了目标。他一把拽住落水者湿透的衣衫，拖住他返回。此处水流冲击越发强劲有力，逼得他往畅流河道滑动；他双腿下沉，可无法触到河底。溺水者近乎癫狂，挥舞双手，撕扯扑打，呛水无数，几近窒息。这强烈的生存意识如此狂躁，很可能害得两人葬身鱼腹。掘泥工卖命踢动双腿，保持漂浮，几个回合下来，制服了对方。他一只胳膊勾住对方肩部，另一只托住腰部，使尽浑身气力，拖曳两人游回河岸。他把捕获物拉到岸上，将其摆为端坐姿势，抓住他双手，压弯他上身，使之与腿部平行，这可怜鬼的身体几乎断为两截，水从他嘴里喷射出来，如挤破的气泡。

旅者逃脱鬼门关，淬几口唾沫，连连呻吟，恶心欲呕，他翻过身，趴卧到盈盈绿草岸上，身体起伏不止。挖泥人留他在阳光下自然烘干。他带来面包和蜂蜜，放到离客人不远处。又吹旺棚屋边即将燃灭的火堆，加热一碗牛奶。待他回到原处，食物已杳无踪影，男子靠着一截木头坐起身。他斜瞟一眼自己的救命恩人。

"多谢。"他做出感激不尽的手势，"如果不是你……"他喉头哽咽，难以发声。

"你叫什么名字？"挖泥工问。他语速迟缓，已经不习惯讲话，舌头生硬地在嘴巴里蠕动，搜寻语音。

客人微笑道："埃涅阿斯。"

这名字犹如拨动往昔的棍棒。种种过往回忆吐着泡泡，钻出河泥，翻腾搅动：穿透教室窗户的阳光；一身灰色道士服的僧人；一本古旧的故事书。

"Multum ille et terris iactatus et alto.（有一个人，游走于陆地和大海，行色匆匆，步履仓皇。）"

埃涅阿斯吃惊地坐起。他定睛端详掘泥工，朗声大笑，甚是困惑。"你这家伙真奇怪。你像农牧神或野人般出没森林；你像美人鱼般四处游动，救旅者于厄运；你又援引弗吉尔的诗句，为我吟诵。告诉我，你叫什么名字？"

掘泥工神色迷乱，几近惊恐。那么多年，多少名字跳跃过舌尖：呼喊或发怒，或嘲谑，或无知，或畏惧。还有那么多非己所有的赐予之名。可这些名字均位列一名之后：

"约翰。"我回答。

那晚，埃涅阿斯在我的棚屋留宿。他兴致勃勃，丝毫不像差点丢掉性命的样子。到下午三时左右，他已经可以挂着我用柳枝削成的木杖站立。黄昏时分，他陪我返至小径，领回了马匹。夜幕降临，他燃起火堆，与我一同分享鞍囊里保存的葡萄酒。他还送我一面小镜子，镀银镜面，铸铁镜框。

"它来自亚琛。"他告诉我，"它吸取了那儿大教堂里遗物的神圣光辉。收下它。或许某一天它能够赐福与你，因为你救了我一命。"

埃涅阿斯喜好谈话，乐于与人为伴。话语似滔滔江水，从他口里涌出，充满活力。他对我尤为好奇，尽管我再三躲避他的问题。他问我来自哪儿，我轻描淡写地指指河流远方；他问我如何落到以掘挖莱茵河烂泥为生的悲惨地步，我又往火堆里扔进一块木头，一声不吭。这十年，时移世易，不过，正如一个落井之人会无数次碰撞井壁，尽管每一碰都疼痛难忍，但却只有触到井底的那一刻难以忘却。

埃涅阿斯讲述他的来历。他比我小五岁，不过，仅凭面容判断，任何人都会猜我二十岁。他出生在意大利锡耶纳附近的一座小村庄；父亲是农场主，毫无名望。埃涅阿斯不愿待在农场，更愿升入大学。

他靠过来，脸被火光映得光泽莹润。"你有没有觉得上帝造你是为了某个目的？我觉得我是。我知道我命中注定要追求比父亲的牧草地更高尚的东西。我能学就学，如饥似渴。一场瘟疫席卷锡耶纳，学者们纷纷逃离，却无法带走全部书籍。我低价买来，自学书里的所有知识，瘟疫过后，又以买价的五倍价格售出。说实在的，没有什么像知识这样有利可图了。"他被自己的玩笑逗乐，然后沉思一会儿。"或这么说，'没有什么像知识这样使人受益。'哪种说法听着好些？"

我耸耸肩。眼前的对照让我不由得无比别扭：贵族继承人，脚踩河床，活像一头猪；农场主之子，自强不息，奋斗不止。不过，他还没有混出名堂。

"刚开始我想当医生，或者也可能当律师。我向来能言善辩。"他真不谦虚，可态度真诚，倒也不像自吹自擂。"我试了好多条路——没有一条是成功之路。一年后，一个人经过我们的村庄。一个红衣主教，去往巴塞尔。"

他斜瞄我一眼，明显期待一点反应或者认同。

"眼下巴塞尔正在举办一场大型议会，以处理教堂的种种有失公正的事件。你知道吧？"

即便曾经知道，我也早已忘得一干二净。

"我服侍红衣主教，随他一路同行。"

"你不是牧师？"我问。他一举一动并不像牧师。救回马匹后，他做的第一件事是翻遍鞍囊，找出干净的衬衫和长裤。即使几乎溺水，他居然保住了脚上的软皮靴——靴腰翻转，看起来很时尚，靴子的绿色丝绸衬里和他的小腿肚一览无遗。

他放声大笑："不管上帝怎么为我安排的，我认为这并不是圣职。我太过热爱这个世界。我以秘书官身份随从红衣主教，他带我来到巴塞尔。不久，我发现他的财富囤积在天堂——他根本没钱付给我。我不再为他服务，又找到另一份服务工作。"他冲我眨眨眼，"一点不难。议会有那么多工作要做，任何人，只要会写自己的名字，保证能被雇用。"

他手支下巴，凝视火焰，典型一幅思考者的漫画。

"你该跟我一起去。"

我当然提出异议。可埃涅阿斯说的对——他口才出色。整个晚上，他凭借三寸不烂之舌与我争论，直到火焰燃尽，鸟儿啁啾。他不会遭到拒绝。

次日早晨，我离开棚屋，踏上去往巴塞尔的旅程。

第 15 章

美国，纽约市

尼克走出电梯，来到屋顶露台，风力强劲，扑打脸庞。昨夜的记忆塞满脑袋：水箱，人造草皮，濒临死亡的恐惧。而这截然不同：骨白色的铺路板，玻璃盒子般的咖啡馆，冬季已停业；巨大的蜘蛛造型，由铁丝缠绕而成，比他还高。栏杆如圈围的藩篱，凭栏远眺，中央公园的树木行行列列，无精打采，树林陷入死寂。透过枝杈，他只见到水库。这让他想起在学校时学过的一句诗：

湖边莎草已枯萎

没有鸟儿歌唱

艾米丽·苏泽兰特坐在钢铁长凳上等他。她带有一种古朴气质——倒不似大学里中世纪研究专业学生那样，烫着拉斐尔前派的鬈发，衣着华丽，却有二十世纪中期的庄重优雅。她下身一条得体黑裙，裙摆恰到膝盖上方，上身一件高领红色外套。乌油油的黑发用红缎带束起，垂在脑后。双手叠起，端放在腿部。她看起来不知所措。

他坐到她身旁，冰凉的铁制长凳紧贴他大腿后侧。"抱歉我迟到了。"

"我刚才不确定你来不来呢。"

我差点不来了。从罗伊斯那里离开后，他漫无目的地徘徊了将近两小时。想到要跟人说话他就头疼。如果你的整个世界破裂坍塌，你能说什么呢？路上行人匆匆经过——热狗卖主、交通警察和涌出梅西百货的旅游者——他们与他全无关联。他不过是游荡在人群之中的幽灵。最终，惊恐和自怜逐渐消退。如果缩到壳子里，自我封闭，他会疯掉：他需要行动，需要做事。所以，他来了。

"你说你找到了一些线索？"

艾米丽从手包里取出书，放到膝盖上打开。尼克的打印页折叠平整，夹在书里。书好像是用德文写的。

"《德国现存最古老的扑克牌》。"尼克读出页面上端的标题。艾米丽望他一眼，惊讶不已。

"你会说德语？"

"我在柏林工作过几年。"

"那你该读读这本书。它将所有'纸牌之王'的现存作品分门别类。"

"然后呢？"

"你的纸牌不在其间。"她一只指甲轻轻滑动在书页间，翻到书后面部分。一组精雕细刻的狮子和熊抬头望他，两张纸牌是并排绘画的。动物们姿态不一，各具特色。

"有两种八兽图的现存版本。一种在德累斯顿，一种在巴黎的国家图书馆。你注意到什么没？"

尼克观察了一会儿："它们不一样。"他指指右上角。德累斯顿纸牌那儿，一头雄狮威风凛凛挺立，狮头后倾，仰天长啸，不可一世。巴黎纸牌那儿，狮子则呈坐立姿势，目光刺穿纸张，桀骜不恭。

他展开打印页。画面布局倒是没有不同——四熊四狮，排为三行——可这次，右上角的动物竟然是一头在抓痒的熊。

"你说纸牌是打印的。如果它们都出自同一块版，难道不该一模一样吗？"

"历史上某段时期，原版牌被切分开了。实际上，有时候这能从纸牌上看出来。"她一只指甲围绕巴黎纸牌狮子中的一只，在上面圈圈画画。

尼克侧过身。他看到这狮子四周现出模模糊糊、极不规则的轮廓，仿佛是从杂志上剪下，贴到了纸上。

"为什么有人要这么做？"

"最佳解释是，原版牌非常热门抢手，他想制作更多。但如果印制频率过高，铜版磨损会相当迅速。或许是雕刻师把仍然可以使用的铜版切分开，重新组合搭配，制成了一副新牌。"她手掌张开，平贴纸面，遮住纸中心的两头狮子。"拿走这两只，八兽变六兽。再加一只，九兽——顺便提一下，这是真的。"她翻至下一块版，同花色的第九张。三行动物，每行三只，外加一熊。

"某种程度上，它预示了活字印刷术的使用。"艾米丽补充道，"页面组成元素分割为更小的单位，可大幅提升灵活度。"

尼克靠近细看。"这纸牌没有一丁点剪图轮廓的痕迹。"

"是没有。"艾米丽表示赞同。"虽然它是……不知道什么的数码影像打印页。模糊线条很容易消掉。你说你在哪儿找到它的？"

尼克抬头望望屋顶露台。天空又是乌云密布，大多数参观者已经回到室内。几名学生正详细研究一件雕塑，你一言我一语，说者博闻强识，力图赢得听者的认同。一名正统犹太教徒，黑色套装打扮，头戴软毡帽，在栏杆边填字谜。看门人挥舞扫把，扫净路面落叶。除此之外，别无他人。

也没有鸟儿歌唱。

他意识到艾米丽正看着他，等待回答。她苍白的双颊在寒冷的空气中泛着淡粉色。该怎样对她说才不至于显得荒诞离奇呢？

"吉莉安·洛克哈特——我，呃，我朋友——前天晚上发给我的。"

"你怎么不问问她从哪儿得到的？"

尼克不予回答。"你认为她发现了一副原版纸牌？一副无人知晓的？"

"存在这种可能性。或者只是一幅赝品。要么她找到的是具象的伪造物，要么她制作了一幅数码赝品，开开玩笑。"她仿佛能读懂他心思，补充道，"你说你认识吉莉安·洛克哈特,我就向博物馆的人打听了一下她。毫无疑问,她反复无常,捉摸不透,这尽人皆知。"

一阵风吹过,她的话语四散飘零。尼克感到冷气窜过脊背。玩笑?看起来,纸牌的出现能提供唯一的线索。他坚信它能。可亲眼目睹布莱特死去;自己蜷缩在楼顶,身后有人持枪搜寻;坐在警察局被审讯:这都足够真实。这些事件均因纸牌而起。

"如果纸牌是真品,价值多少?"

艾米丽皱皱眉头。"我确实不清楚。我不在收购部工作。我认为这些牌几十年没有易主了,所以无法将它与其他物品相较。"

"大致多少?能值数百万美元吗?"看得出,这问题让她反感。他不由感到窘迫,好像自己在出钱雇她陪睡。

"我曾眼见丢勒(Dürer)的雕刻作品被私下出价不到一万美元。他时代较晚,但名气更大。对'纸牌之王'来说……"她略一沉吟,"得要数以万计。大概最多十万吧。"

"值得为此杀人吗?"

"什么?"

尼克深深吸气。他一方面迫切想说出来,表露困扰自己的种种想法。只要他一刻不说,就一刻不得安宁,觉得自己是个骗子。另一方面他唯恐她会把他视作疯子。

"吉莉安发给我这牌时,像是遇到了麻烦。从那以后,我再也没收到她的消息。然后,昨晚,我的室友被谋杀了。"

她倒抽一口凉气。"这真不幸。多——可怕。"她注视腿上摊开的书,胳膊紧紧贴住身体两侧。

"我觉得他们——不管是谁干的——是冲我来的。"

听来挺滑稽——还有些自以为是,硬将布莱特的悲剧揽到自己身上。他扫一眼艾米丽。她没看他。

"你找过警察了吗?"

"当然。他们觉得这很荒唐。"他们认为我是凶手。

"一点都不荒唐。"她轻声而谈,但字字清晰,"我不知道吉莉安·洛克哈特出什么事了，但是……在博物馆里，一提她名字，你可以看到大家的反应。那反应让人感觉好像推开一扇禁入之室的门。他们透露得不多，不过……"

一群鸟儿钻出水库边的树林，嘎嘎鸣叫，冲天而起，绕着公园另一侧的高塔回旋。艾米丽竖起外套衣领。

"接着，纸牌出现。它们如此怪异。动物们看来都闷闷不乐。至于人类……"她翻到书里另一幅铜版画。纸面上，五个小人手舞足蹈，高视阔步，尼克越细看，越觉得他们不像人。一些像动物那样通体毛发；另一些的皮肤则耷拉悬垂，犹如树叶。他们吹响号角，拉弓射箭，舞"棍"弄"棒"。其中一人置身其间，弹奏琵琶，愚人一般，未曾发觉身边的喧闹嘈杂。

"这是第五组花色，野人。他们有些让人心烦意乱。"她哀叹一声，"现在你可能认为我是疯子了。"

"没有。"尼克轻碰一下她的胳膊，想宽慰她，却立马后悔这么做。她像受惊的鸟儿，慌忙避开，双臂交叉胸前，环抱肩膀。

"对不起。"他又后悔说这话。听来像是他求她宽恕自己的罪过。

她站起身，整平裙子后侧。脸庞几乎隐没到高衣领里。"我该走了。"

尼克站在原地，进也不是，退也不是。"自己当心。我很感激你提的建议，可现在我或许不是你想帮助的人。"

第 16 章

巴塞尔，1432-33

父亲曾经说过，两周之内没有什么变化，是人们适应不了的。或许心灵依旧，但行动与惯例、选择与期待都会有所改变。与埃涅阿斯同行的第一晚，我睡小旅馆的地板，只啃面包充饥。第二晚半夜，我爬上大通铺，钻进毯子一角。第三晚，我与小旅馆其他人食量相当，尽情畅饮，毫不在乎是睡麦秸还是睡泥地。埃涅阿斯付钱请理发师修剪我的头发和胡须，这一修剪，我的面容看起来年轻了十岁。再经澡堂一小时的搓洗，又有五年光阴在水汽中蒸发。

"我看啊，"埃涅阿斯告诉我，"你无疑该打听打听巴塞尔的圣浴节。在那儿，男女同浴，相互乱交，但人们毫不在意。你看到的景象……"他做出一个下流手势，我忍住没发抖。有些记忆的创伤，两周时间是不足以愈合的。

等到达巴塞尔，我已经彻头彻尾大变样。我脚蹬新靴，头戴新帽。埃涅阿斯还花三便士从一名法国商人那儿为我购得一款束腰宽松上衣。即便如此，这城市还是让我胆战心惊。它让我想起美因茨：莱茵河畔的一座富饶之城，高楼鳞次栉比，宝塔耸入云霄，塔上的风标和十字架在朝晖映照下，反射出露珠般晶莹的光芒。四周，围墙坚固，绕城而建。墙外，座座市属村庄紧紧相挨，向四方延伸。

市里到处是赶来参加议会的人，屋顶都塞得满满当当，但埃涅阿斯的口才所向披靡，即刻在修道院替我争取到房间。他把我带到那儿，然后告辞——离开的这两月，他收获不浅，亟待将很多所见所闻向主人汇报。我躺在草褥上，浑身颤抖，在这陌生的城市里，心生孤独之感，仿佛遭人遗弃；我想，自己必须跑到河边，跳上候客的驳船，让它将自己载回森林小屋。可恐惧慢慢隐退，我进入梦乡。第二天早晨，埃涅阿斯一头闯入房间，笑容满面，难掩激动之情。

"绝佳机会！"他热情高涨。"你一个老乡，一个非常了不起的人。他的秘书官跟一个女孩从澡堂一起私奔了。"他眨眨眼。"我说过，他们乱交。你这老乡是多产的思想家：如果他找不到抄写员记录下他的言语，不久这些言语就会充溢他的脑袋，直到它爆炸。我今早见到他——我刚提你名字，他就让我把你带过去，刻不容缓。"

埃涅阿斯的个人魅力之一，是他的果断决绝。他与我所知的任何人一样，人情练达，长于社交，但他赞扬别人时惯于夸大其词，口无遮拦。我一点都不怀疑经他添油加醋一描述，我成了继圣·保罗之后最伟大的抄写员。即使我未来的雇主只相信埃涅阿斯的一半话语，我也唯恐不能让他满意。

我们说的这个老乡就宿于奥古斯丁教团教士招待所，石灰水涂白的一座庭院上层。埃涅阿斯敲门，不待回应，便径直推门而入。我跟在后面，局促不安。

房间陈设简单，除了一张床、一张桌子，几乎没其他摆设。桌子稍大。桌上摆放着两副烛台，这使得整张桌子酷似圣坛。沓沓纸张铺满桌面，不留空隙，被随手可取的杂物压住：一把小刀、一块蜡烛头、一本《圣经》，甚至一只棕褐色苹果核。桌上还有三只墨水瓶，分别盛有红、黑、蓝墨水；一把精挑细选的芦苇杆笔和鹅毛笔；一柄放大镜；喝剩的半杯酒，酒里浮着一只死苍蝇。一堆堆书像堡垒般将桌子包围——比我见过任何一个房间的书都多。书后，即是这"纸张王国"的君主，我们前来拜访之人。

他几乎没注意到我们，望着墙钉上悬挂的一幅耶稣画像出神。他双眸浅蓝，清澈似水，自内而外发散出永恒不老的光彩，尽管办理受雇手续时，我得知他实际上比我还小几个月。他剃着光头，露出瘦削的脑壳，骨头暴突，几乎要撑裂头皮。我想起埃涅阿斯那个关于他思想过多，脑袋爆炸的笑话，暗自揣测这笑话是否基于事实。他的白色法衣袖墨迹点点，双手却出奇的干净。

埃涅阿斯毫不耽搁。"这是我跟你说过的约翰。约翰，我很荣幸地向你介绍尼古拉斯·库萨努斯。"

我略鞠一躬，深知对方难免追问我的过去，心下做好准备，以便回答。

"你会写字吧？"

"他比西塞罗还懂拉丁语。"埃涅阿斯很肯定地说道，"你知道他把我从水里捞起来后，第一句话说的是什么吗？他说——"

"拿笔写下我的指示。"尼古拉斯撤掉椅子，立起身。他看都不看，拿起酒杯，呷了一口。我没看见他喝没喝掉那只苍蝇。我搬过一把椅子坐下，用刀削好一只笔，笔尖削得又尖又细。我手抖个不止，差点把笔尖削为两截。

尼古拉斯沿桌踱着步子，背对着我，依旧眼观画像，沉思默想。

"由于上帝构成完美，内中所有差异紧密联合，一切矛盾归于和谐，因而，多样化形式必将无以存在。"

他停下，等我写完。这份静默饱含深沉，甚至埃涅阿斯也安静不语。房间里寂静无声，只听到笔尖摩擦纸面，沙沙呻吟。我绞尽脑汁回忆如何拼写各个单词，汗珠滚滚淌下，刺痛脸颊。十年来，我几乎没捉过笔写过字。与其说我在牢记他吐出的一字一句，不如说我是瞎子走路，磕磕绊绊，茫然无措。绝对如此。字字句句，如重重雾霭，将我困住。

我刚放下笔，尼古拉斯急急转身拿起纸看。

"由于上帝完美地构成，内中所有差异彼此不同，一切矛盾紧密联合，上帝必将无以存在。"他把纸扔到一边。"你知道我的话是什么意思吗？"

我摇摇头。我浑身发烫：我只想回到河里，恣意畅游，任冰凉的水流浸没我。

"意思是，上帝是所有一切的统一体。因此，上帝不允许存在多样性——当然，我们动笔描写上帝时也不允许存在多样性。多样性导致过失，过失导致罪过。"他转向埃涅阿斯。"我需要一个能够精准记录我的话语的人，仿佛我的舌头在纸上书写一样精准。"

埃涅阿斯形容沮丧。不过，他并不是轻言放弃的人。"天堂自有列位圣人不畏艰深，深解您意。约翰疏于练习，被您的学识震慑。让他再试一次吧。"

尼古拉斯回转身，面朝画像。不待看我是否准备妥当，他开口道："主啊，遇到您，内心滋生爱意；您殷切的目光在远方注视着我，从不偏离，您的无上大爱亦如此。因为您的爱一直伴我左右——爱我的您，您的爱即代表您自己——因此您一直伴我左右。您没有抛弃我，主啊，而是用您那最温存的呵护，护我无碍应对人生任一转折点。"

他可能还在继续，我的笔尖早已停止滑动。它滞留在一句只写了一半的话那里，似遭遗忘，我泪珠颗颗，坠下脸庞。我觉得自己愚不可及——比愚不可及还糟糕——可我无法自救。尼古拉斯的言辞如一柄铁锤，只一击，我费心修筑的心灵防护墙即粉身碎骨，化为废墟。回音震荡穿透我的身体，撼动了我的生命地基。我仿佛一丝不挂，杵在上帝面前。

房间一角，埃涅阿斯吃惊不小，但没恼火。尼古拉斯较难解读。虽说他孜孜追求自己的信仰，但对于如何调控自己的情绪却不得其法，在这方面，他无异于低能儿。我窥见他眼含震惊之色，拼尽全力，想要做出恰当的回应。末了，他延续老方法，以此掩饰自己的失态。他从桌面上捏起纸页，快速阅读。其实并没多少内容。我等他再次把它丢到一边，也顺便把我轰走。

他眉头紧皱。"这个好点。不完美——第三行的 amandus 拼写有误——但确实有进步。没准还有希望。"

我抬起头，可怜巴巴地望着他。希望如朝阳，从我的莹莹泪眼中冉冉升起。

"我留你一周。如果你的工作让我满意，那么议会举办多久，我就雇用你多久。"

埃涅阿斯拍响巴掌。"我说过他不会让你失望的。"

这就是我——一个偷窃贼，一个说谎家，一个堕落者——怎样受雇于史上最圣洁之人当中一位的故事。

我猜测，议会教堂人员度日如年。他们并不缺少雄心——他们中有许多人，包括埃涅阿斯，唯愿罗马教皇一职受控于议会决策。但这个目标遥不可及。各组委员会会面，争论决议；全体会议审议决议，再将结果呈交教皇。那年秋季，许多信使穿梭往来，想必已经踏坏了阿尔卑斯山脉的新辟小路。然而，没有一件事能够改变我在巴塞尔第一天的所见所感：乞丐触目皆是，但因富人为数不多，也就不值得大做文章了。

议会举办期间，尼古拉斯给我提供工作机会。我乐意他们无休止地研讨下去，直到决断日到来。我对自己当下的境况感到满意，尽管这境况单纯简单。我日日去到尼古拉斯的书房，如实记录他的指示，分毫不差；晚上则返回房间读书或祈祷。偶尔在小酒店遇到埃涅阿斯，只是偶尔，并不经常。他是一个大忙人，总在忙碌奔波，为自己的雄心壮志铺设砖瓦。我乐于倾听他的故事，对他的发展进步也不会心生妒意。我心态平和，宛如那将我翻卷投掷的滔滔巨浪已悄然退潮。

议会搁浅在寒冬季节。河面上，大块大块的坚冰扑入眼帘，硬如磐石：一天早晨，天寒地冻，我亲眼见到一块巨冰将一艘运煤驳船撞成两段。我待在尼古拉斯的书房，用碎布包裹双手以保暖，好让指头不被冻僵，可以握笔。我的主人似乎对这严寒无所察觉。日复一日，他就那么站着，凝视他的画像，法衣外罩的一条毛皮长围巾，是他向自己所处季节妥协的唯一凭证。

"太初有道，道与上帝同在，道就是上帝。约翰，你知道哪里出问题了吗？"

他跟我相熟之后，长篇大论便趋于口语化；他视我为一块铁砧，将他的种种想法吐露其上，进行千锤百炼。我这块铁砧对后背上敲敲打打、错综复杂的工作不甚了解——但尽职尽责。

"'犯罪'？伊甸园之蛇？"

"对于人类而言，无可非议。可亚当的过错在于违逆，而非愚昧。"他踱到窗前，刺目冰冷的光线衬出他的轮廓。"世界发展初期，言语所承受的最沉重打击，莫过于巴别塔的灾难。当人们不再了解彼此，他们又怎能了解世界？"

"依我看来，巴别塔是对上帝的冒犯。"

"它承载建筑者靠近上帝。上帝惩罚的罪恶不是雄心，而是野心。现在，请看看这份遗留之物如何四散传播吧。胡斯派和威克里夫派所奉行的异教首要成果是什么？"

我缄默不语。

"他们大力宣扬《圣经》亦要划分为二——译为英语或捷克语或他们偏好的任一语种。设想一下将要随之而来的谬误、难解的困惑和激烈争论。"他瞥视窗外，目光落到教堂尖顶上，那里是议会的全体会议召开之地。"上帝知道，我们已经找到了足够多的争论话题。"

他目光收回，定格在画像上。"上帝即是完美。正如我曾经对你说过的那样，他不允许存在多样性。所以，我们为什么要容忍教堂里存在多样性呢？我们甚至不能就一个礼拜仪式达成一致。每个教区有自己的宗教安排和典礼仪式，并致力于使自己的典礼胜于相邻教区的典礼。他们认为，如此一来，便能从上帝那里争得更多恩宠——殊不知，这样做，实际上是分化他的教堂。"

我的笔停留在桌子上方，墨水滴滴答答落到纸上。"我要把这写下来吗？"

他轻叹一声："不。这样写：'我们务必考虑到人类自身存在弱点，除非这与永恒的拯救背道而驰。'"

中午，他准我离开用餐。那天，我已安排好与埃涅阿斯会面——我们两周未聊了——我匆匆穿过街道，来到标志为"跳舞熊"的小酒馆。这地方隐于河边一间布匹仓库的地窖里，人来人往，欢歌笑语围绕拱门，经久方散；壁炉上方，一只烤猪挂于炙叉，以此为轴，缓缓旋转。猪油滴入火焰，团团烟雾腾起。

我遍搜各个房间，不见埃涅阿斯踪影。他经常姗姗来迟，不过没人对此心存不满。我买了一大杯啤酒，坐到长凳一端。来自斯特拉斯堡的一群商人占据了桌面的大部分：他们随便跟我打了个招呼，便不再理睬。他们只消看一眼我的穿着，便知我手头没有值钱货物待售。

我边等待，边观望人群，认出一些人——来自里昂的神父，卖纸的意大利哥儿俩，他们的纸供我的主人免费无限使用——可我不想跟他们说话。酒窖温暖宜人，啤酒甘甜，混有香草和蜂蜜的味道。

就在此时，我看到了他。他坐在两张桌子开外的长凳上，听一群金匠交谈，不时插话。一手握住一大杯酒，一手举着一块肥大猪排啃得起劲。肥腻的油脂淌满嘴唇，在烛光下油光发亮；双目肿胀，环视房间，疑虑重重，满腹怨气，十年了，依旧如故，仍是一副当年在康拉德·施密特工作间里对我拳打脚踢的神情。格哈德。

我本应即刻挪开目光，希望他没有注意到我，可我已沦为震惊的阶下囚，任其摆布。我只能盯着他看，恰似落网之兔。稀疏的头发早已消失踪影，露出一片通红的头皮，水泡般覆住头顶；背部微驼，或许由于连续多年在熔炉前弓腰弯身所致。但确实是他。如果我能认出他，他自然也会认出我。

我们四目相遇。我痛骂自己怎么把胡子刮了，不然足以掩饰身份；我摸摸包里的朝圣镜，在心里祈祷十年的受苦受难已让我的面容沧桑，逃离了他的记忆。谁料埃涅阿斯使我逃离苦海，重获新生。我头脑发蒙，亲见对方由惊讶转而怀疑，坚定为笃信。然后是胜利。

他推开长凳，站起身。我乜斜一眼壁炉，叉上烤猪在火舌里翻转，猪身冒油。我清楚，如果格哈德揭露我的罪过，自己的处境可就不妙了。

一个女仆，端一托盘杯酒，走过格哈德面前，挡住他的路。他踉跄后退一步，就在这当口，我打定主意，从座位上跳起来，冲往楼梯，不顾众人侧目。经过火堆旁，热油溅到手上，我身体缩后——但我更怕见到埃涅阿斯。我不能让他知道自己倾力相帮的人是这副德行。

我来到街上，沿着通往大教堂的窄巷奔跑。到了广场市集，弯腰躲到制革小摊后，转身回到原路，顺着一行商铺间的窄道去往河边。这儿行人寥寥。如果格哈德追踪我，在这儿可以一眼发现我。

我出了窄道，上了码头，头顶上方就是桥梁。很少有船家胆敢在这三九严寒季节出航，但让我喜不自胜的是，台阶下方，正好有一艘小驳船的船长在起锚。我飞奔到码头边缘，刹住脚步。

"你们去哪儿？"我向下喊话。

"去亚琛。然后去巴黎。"

不是船厂答话，而是一名乘客。他身披短款旅行披风，头戴围巾，手把长木杖——尽管若是驳船载他一路直奔亚琛，他好几星期都不必走一步路。一小群男男女女呈半圆形围住他，皆是朝圣装扮。

我扭头回望，忐忑不安。格哈德此刻是不是正召集警卫，大加批判他们庇护这等罪人逗留市内？

"我能加入吗？"

朝圣者与同伴磋商一会儿，又看一眼船长，船长耸耸肩。

"如果你有两枚银便士来补贴旅途花费的话。"

我蹦蹦跳跳跑下台阶，跃上船头。东翻西找，好不容易从包里搜出两枚硬币——包里也就这点物什。我连帽子都没带在身上。

船长眼神充满好奇，但他没有过问。他解开绳索，撑杆拨动船只离开卸货处，直到河水载起它，送它前行。我坐在船头，背对城市，没有回头。

第 17 章

Iskiard 王国

旅馆坐落于一座饱经风吹的小山丘上，俯瞰大河，高高大大，但盘曲嶙峋，宛似围绕周遭那盘虬卧龙的树木。墙头悬垂的标志套索般在微风中摇曳。远方，四座守卫者的城堡威严耸立，黑暗来临，它们严加看护着这片领土，夕阳的余晖中，它们轮廓刚劲，线条分明。孤独的流浪者加快步伐，木杖击打路面，短促有力。他不想久逗留野外。黄昏之后，正是野狼倾巢而动，寻觅猎物的大好时机。

他爬上楼梯，进入旅馆，四下打量，身披斗篷，遮出一片暗影。烛光微弱，炉火暗沉，无以稀释房间里重重散布的阴郁。三名剑客，甲胄齐整，围坐一起，畅饮羊角杯里的蜂蜜酒，吹嘘自己的英雄事迹。角落里，两名商人——一个是侏儒——嘀嘀咕咕，数着硬币。大厅略嫌空旷。吧台后，女仆身着低胸上衣，缓缓凑过来接待他。

"请问您需要什么？素不相识的朋友。"

"我找恩斯莱德巫师。"

她不露声色，但音调里有一丝敬畏。"恩斯莱德待在楼上房间。提醒你，陌生人：他令人惊骇。"

流浪者点点头。楼梯建于房间后部，旋转上升。他大步向前，沿梯而上：经过窄仄、加栏的窗户，窗户边缘张挂蛛网，穿过低矮小门，进入黝黑走廊。束束月光爬过窗户，铺满地板；另一扇门前，一团蓝色纱线烧得正旺，噼啪作响。

流浪者走近一步，停在原地。他听到什么声音了？

"嘿——呀！" 一个人影旋风般浮出阴影。流浪者只见弯弯鹰钩鼻、尖利毒獠牙闪至眼前，月光下，冷剑寒光四射。可流浪者何许人也？——威震八方的英雄，身经百战，所向披靡。他一步避开，以杖为矛，直击对方身体。丑怪物趔趄后退，失去平衡；流浪者走向前，旋动手杖，虎虎生风，只快速两击，就要了他的小命。

"谁胆敢擅闯巫师住所？"声音洪亮，耳中回响，无从找寻。走廊尽头，道道光线跳动弹跃，似竖琴琴弦。

"流浪者尼古拉斯。"他将起斗篷衣袖，露出手腕烙刻的兄弟标志。"我以西方来客名义，请您放行。"

炽红卷须开始移动。大门无声开启。流浪者一步踏进。

门内，一间密闭石室，光线昏暗，月色朦胧，唯有嵌在墙壁的一对石脑油火把，闪着荧光。屋顶高不可见，连蝙蝠栖息的橡木都归于无形。各色魔术与炼金器械盘踞房间各个角落——虹吸管、烧瓶、罐罐龙的祸根与独角兽的长鬃毛。一方石桌后，一位老者，目光锋利，直射这位不速之客。老者灰色斗篷在身，脏污凌乱；一圈银环，箍住苍苍白发。正是恩斯莱德巫师。

"流浪者尼古拉斯。你踏入此门之前，仍有未闯之关。"

"抱歉。"尼克应答道。"我稍微有点忙。"

恩斯莱德面无表情，但尼克心如明镜：自己口气鲁莽不敬，对方必定不快。

"您听我说，我很抱歉，时间紧迫，无暇遵守种种礼节。我需要和您谈谈。"

"那为何不打电话说？这儿不是聊天室。"

"我不想被窃听。"

恩斯莱德轻叹一声。"工作又让你疑神疑鬼了？"

"我室友昨晚死于谋杀。"

跟虚拟化身说这些，从数码合成的面孔上找寻震惊或是怜悯但却无功而返，这实在令人气馁。它空洞的双眼就那样死死盯住他。

"上帝啊，哥们，抱歉。"恩斯莱德装腔作势的英式口音被中西部鼻音取代，那出自芝加哥某处一个叫兰德尔的人之口。"怎么回事？"

尼克一五一十告诉了他，从吉莉安的信息讲起，又将自己对于卡片的一知半解补充进去。"如果是真货，那就有些价值。但有可能是赝品。"

"想要我看一眼吗？"

"拜托了。"

巫师密室内，流浪者伸手从斗篷里掏出一块貌似大块理石的东西，透明玻璃球体内，彩色薄雾流转，如漩涡低回。恩斯莱德接过，搁到墙壁架子上，混放于其他相似球体之间。俄勒冈州或中国的服务器农场某地，一份文件从尼克的账户复制到兰德尔处。

"我来大致通读一遍。"

兰德尔脱机下线，它的虚拟化身沉寂无声。几秒钟后，巫师开始原地蹒跚而行，挥舞手臂，这是一种桌面主题屏保。尼克惴惴不安，尽管屏幕如旧，但只是意识到幻化房间里，兰德尔并没有借助那张虚化的面孔朝外观望，就足以让他因落单而倍感孤独，这简直匪夷所思。更令他费解的是，他从未一睹兰德尔真容。

他们几年前相逢于一场在线会议，身份都是网络讨论会的参与者。兰德尔巧舌如簧，使一名法官深信：小报刊登超模入戒毒所的不雅照，不过是在造假，该超模收取小报报社不菲酬劳，数目未为可知，而兰德尔也由此声名大振；他亦被誉为该行最为聪慧的研究者之一。有可靠消息称，他从中渔利颇丰。更有八卦说客户对他感恩戴德，私下免不了慷慨解囊，投其所好。

"数字证据的可靠性是二十一世纪执法所面临的最大挑战之一。"他在会议上侃侃而谈。"只需一架五十美元的摄像机，一台笔记本，几乎一切都可以伪造。不过，希望犹存。只要一改换数字影像，就会有指纹残留。不经过旋转或者裁剪，几乎不可能将两幅图像合二为一。这就是数学运算，它们在数据方面留下痕迹，就像往水塘抛一块石头，涟漪阵阵一样。如果你能测量所有涟漪的高度、波长和速度，据此即可回算获知石头入水方向，它的大小。"这种设想需要大量数学运算——事实证明，数学既可还原文件，亦可检测赝品。那之后，尼克给他发电邮，与之交换记录，二人由此结缘，偶尔合作。兰德尔带他来到"哥特巢穴"。一连数月，几乎每晚，他们都徜徉在网络魔幻王国中：猎杀暴龙，拯救公主，武力突袭藏有超乎想象的巨额财富的城堡。当然，这都是在尼克舍弃公主陪伴，换得吉莉安垂青之前的事情。

恩斯莱德巫师重获生机，一轮白色光环围绕其身，光芒四射。

"有趣吗？"

"毫无价值，一堆废物。"

尼克一次次耗费时间空候电脑传达裁决，长此以往，他早已知道，自己不能期望太高。可此次不仅仅是历史重演。他心灰意冷，情不自禁紧捏鼠标，一不小心，流浪者碎步小跑，被点击发送到恩斯莱德那遥远的密室一角。

"我说的不是运算法则。图像被彻底毁坏了。"

"你什么意思？"尼克引领流浪者返回房间中央。"文件损坏了？"

"不是文件。"

后知后觉，尼克这才意识到，兰德尔要揭露什么真相。

"你记得我关于水塘涟漪的那个类比吧？唉，设想一下，你拿起一个样品，结果发现水塘里根本不是'水'。这就是我的意思。"

"我不——"

"有人对这份文件动过手脚。显然，图画仍在，表面上看来完好如初。可本质上，文件译码已被什么东西完全改变。"

尼克恍然大悟。"加密术。"

"完全正确。有人在文件里藏了东西，当你看图画时，并不显示。那幅图像含有单个像素五百多万，每一个都以六个字符串的形式储存。你只需改变少数几个，那些数字和字母就可拼写出一条信息，同时你可以掩藏一整串文本，无人知晓。"

尼克深谙个中玄妙——他之前遇到过这种情况。

"吉莉安也可能知道如何这般暗箱操作吗？"

"当然。有好多程序可以帮你忙。弄明白她用的哪一个，通读一遍文件，该程序就能将数据补充还原。不过，程序可能有密码保护。"

答案是 bear。"我这就开始动手。"自从上次吉莉安上线，头像闪亮，第一次，尼克重又燃起热切希望。

70

"你可以试着搜一搜她的 IP 地址。"兰德尔建议。"查查她去哪儿了？"

"她 Buzz 我。对等联网——我以为这样就无从查考。"

"肯定有人幕后操纵。"恩斯莱德转身看着他。"不然，他们怎么能找到你？"

屏幕上，流浪者尼古拉斯手拄木杖，目光穿越洒满月光的房间，射向巫师。百老汇下区一家忙碌的网络咖啡馆里，尼克仰靠着不锈钢酒吧高脚凳。这里人头攒动：既无侏儒，也无术士，而是芸芸众生。腓力比人与印第安人携家乡亲人登记入住；欧洲背包客一族在博客里大肆吹嘘；几个墨西哥孩童畅玩"反恐精英"。部分细微、不易察觉的聊天声透过电线与电视广播播撒全世界。就在这嘈杂骚乱中，欧洲一名受惊女子发往纽约一间公寓的信息被截获。尼克扭头回看。一个韩国人，双颊布满粉刺，寸头发型，像是在等候一台免费机器。他怎么那么眼熟？之前见过他吗？

"你现在在家吗？"兰德尔冲着话筒问道。

尼克摇头，马上记起兰德尔看不到。"家是作案现场。禁止我回去。"

"那没准是件好事。"兰德尔径直绕过桌子，站到流浪者面前。"你得当心。我和你，我们的职业决定我们对于以黑客手段窃取的非法物品，比如文件、图片和数字都习以为常。可这是真实的。真实的人们，真实的子弹。不要胡闹。"

"我会小心的。"

尼克点击 Escape 键，退出"哥特巢穴"。回到这个妖孽横行，人妖为伍，恐慌恣肆的世界。

第 18 章

巴黎，1433

　　埃涅阿斯曾经说过，人生是一张白纸，任由上帝随意书写。可在沾染墨迹之前，纸必须完整成型。我边在造纸商的工作间等候，边如此思索。整个房间散发出潮湿腐朽的气息，如冬季末的苹果店。有女人坐在桌旁，手持匕首，将一堆又湿又重的破布割成碎布条。布条盛入大木桶，两名学徒，挥动长桨，捣成黏稠粥状。一切准备就绪，满满一桶"粥"便被推到房间一角发酵一周，再反复捶打，直到最初的布条彻底"面目全非"。唯有此时，造纸师父才舀出线状黏糊，放到印刷机上，榨干水分，粘胶使其硬化，再用浮石摩擦，经如此打造，下笔写来，方能平坦光滑。因而，人生恰似纸张，须经解构和再造，以此承载滴滴墨迹蕴含的上帝旨意。

　　造纸师父拿给我一捆线绑纸张。身后，一名学徒旋动印刷机螺丝钉。水分渗出湿纸，流落至互相交叉、层层叠放的毛毡，哗啦水声不绝于耳。有那么一刹那，我神思恍惚，仿佛是墨水汩汩而流，字词从纸里蜂拥而出，命运难以揣摩。

　　"想必你师父安排你做不少差事。"造纸工接过我递上的硬币。

　　我一耸双肩。"我们拯救有罪之人，启蒙愚昧之徒。我们对顾客一无所求。"

　　我扛上纸张，踏上来路，穿越大桥。桥上所建住宅很密集，彼此紧挨，难以一睹桥下之河的风采。拱形桥面下，磨粉轮吱吱呀呀，是唯一一处透露水之存在的迹象。圣母大教堂正面雕刻着以色列二十四位国君，他们俯瞰人间，屏息静气，高度警惕。我在他们的注目下，踽踽独行，过了难睹真容之河，来到大学建筑阴影笼罩下的圣赛芙韩教堂街道密区。鹅绒与羊皮纸削片悬浮半空，极似雪花；一开口呼吸，它们便长驱直入，闯入五脏六腑。抄写员端坐于敞开的门窗边，身边货架上，各色图书书页打开，借助外物，固定原处；照明灯光耀眼夺目，突出映射书稿中以大写字母显示或列于页边的新奇美妙野兽之名，有学生服饰高雅，但不免陈旧，与店主讨价还价，能省则省，只为留几个子儿，与圣雅克路对面的妓女们快活一番。

店位于街巷中部，门外搭起布凉棚，门前一张桌子，桌面摊开几本遍体鳞伤的书。门边钉挂一巨幅招贴，一展店主书法的多样性：加粗黑体，首字母花样百出；优雅草书，词干蜿蜒迂回，恰如枝蔓缠绕的花园；粗短小写，不戴眼镜，休想辨认。房子角落，米娜娃塑像静立一堆书籍上，目光垂落，凝望街道。

"你可来啦！"

奥利维尔·德·纳波尼——文具商、装订商兼我的老板——正与一名顾客研读《圣经》，他抬起头。我本打算悄无声息地上楼，继续完成那日允诺他的一件工作，他却招手示意我过去，指引他的顾客起身，以方便介绍我们二人。

"你一个老乡。允许我向你介绍约翰·福斯特。来自美因茨。"

我知道他来自何处。我知道他曾在哪儿居住，曾去哪儿做礼拜以及曾于哪儿就读。我知道他长我两岁，然而，他黑发染白霜，看来长我两岁不止。我亡命天涯，奔走他乡，以避过往，灾难如多米诺骨牌，彼此连锁，依次而至。可在这儿，在巴黎，一张定格在童年的面孔活生生立在店里，好奇地微笑着。

他认识我。

"亨奇·古登堡。"

他迎上前来，笨拙地拥抱我一下。我犹疑不定，在这面孔上搜索他所知道的丝丝缕缕，试图在奥利维尔面前掩盖我内心的惊慌，而奥利维尔却笑容可掬，万分惊讶。我逃离科隆后，从不知外界对我进行如何评说，亦不知我的罪过被散播多远。或许康拉德为了保护爱子，对此事守口如瓶，未漏半点风声。福斯特的神情无疑表明，他一无所知，唯因他乡偶遇故知而由衷激动。

我拥抱还礼。"见到你真是太好了。"

我们从未彼此为友。福斯特怀揣抱负，洞明世事，混迹于纯正贵族血统子弟之间，生育这些子弟的母亲们绝非店主。他如今必是有头有脸的人物：蓝色外套布料鲜艳，饰有熊皮与金线。这不是时下流行款式，而是长者着装，对同代人烦躁厌倦者所穿之衣。

"你怎么在巴黎？"我问。

他扬扬手中小巧的《圣经》。"买书带回美因茨。"

"我可没料到你做了售书员。"

他抿嘴苦笑。"我到处谋生，做几笔有风险的生意。那你呢？最后一次，闻听你前往科隆学习金匠手艺。"

"这手艺不适合我。"我茫然笑笑。"我来巴黎，以抄写为职。"

"没有比这更好的地方了！"福斯特热情洋溢，毫无矫饰。"这么多书，而且质量没得说。我能买则买。"他指指门外停放的单匹马拉的双轮马车。"我今晚之前装满它，明儿再回来载运更多。"

"你一定要拿上那本《圣经》。"奥利维尔插话道。"要是别人我得要价七个金埃居，不过，既然是你朋友抄写的，我再减四苏卖给你。"

"既然是我朋友抄写的，我付你七埃居——前提是，剩下的得归抄写员。"

"那还用说。实际上他为我抄了很多其他作品。要不我带你——"

"今天不了。"福斯特合上书。"我得走了。天黑之前我还有其他待办事项，明天动身回美因茨。"他面朝我。"我开春还会再来。"

"那就到时见。"

"希望如此。能见到熟悉的面孔感觉总是很美妙。"他向店门走去，却又停步，似乎记起什么。"请原谅我行动迟缓——我本该立即说出来的。听到你母亲的消息，我难过之极。"

我一门心思盼他离开，因而并没听出他话中有话。"我母亲？"

"她心地美好，信仰基督。有很多吊唁者出席她的葬礼。愿上帝护送她去天堂。"

我坐在桌旁，强忍住即将涌出的泪水。我的灵魂苦不堪言，而我的身躯已麻木不仁。自我去往科隆那日起，我再也没见过母亲；那日，她站在河畔，身形僵直，裹着灰色斗篷。这十年来我会想起她，不过并不经常。如果没遇到福斯特，我以为她健在无恙，或许我还能快乐生活几年。我甚至不知道我哀悼的是她，还是那尘封已久、不能忘却的回忆。我感到体内的一口巨井已枯竭干涸。

74

太多的想法拥塞了我的头脑。我回过神，低头看桌子，望着默候我的羊皮纸、墨水和书。工作无法为我疗伤，但可以分散我的注意力，缓解疼痛。我用粉笔摩擦羊皮纸，使之洁白，接着借尺画线，每一线条都用石墨重重描绘，以显示我打造纸张的精心细致。我概略画出一个方框，以供首个词首大写字母所用，并空出两行备做红色标题。

我将书搁放于阅读架上。这是本页数少而薄的册子，不会花费我太长时间。我削好笔，翻到第一页，当日第三次内心遭受震撼，又一久已遗失的生活片段赫然入目：一个好斗的侏儒与他卖给康拉德·施密特的奇迹之书。

我翻开《哲学家丛书》，从这些书里，我得知了他们掩藏的秘密。

第 19 章

美国，纽约市

下载完毕

尼克大口啜饮果汁，边拨弄着碟里最后一片华夫饼，使其围绕碟子内沿做圆周运动，边瞥视屏幕。夜幕垂落，他回到小餐厅的霓虹茧壳中，享用当日第一顿丰盛的餐食。他隐在后面的角落里，机警地观察来来往往的顾客。下班人群熙熙攘攘，一如既往：西装革履的金融人士、秘书、三三两两的学生。无人长久逗留。柜台旁的自动唱机里，查理·丹尼尔（Charlie Daniels）乐队正演奏"乔治亚的恶魔（The Devil Went Down to Georgia）"。

他舔去指尖的果汁，摁下笔记本的一个按钮。

你确定你想要安装光盘加密软件吗？

是。

这是他试的第三个程序，仍然免费。他咬住吸管顶端，进度条则缓缓移动，爬过屏幕。

是什么驱使吉莉安做这样的事？他认识她时，她是……倒不是一名勒得分子，只是每每谈话涉及过多科技，她就板起脸，神色不悦，且唯愿电脑服务于人类，却并无心过问其中原理。而现在她居然熟知数据加密方法，就连尼克对此都几乎一窍不通。

你想现在运行光盘加密软件吗？

是。

一个新窗口在屏幕上开启，三个白色方框在这个简单的界面上列成一行。尼克点击中间。

请选择一个待解密文件夹。

几番点击后，纸牌出现，八兽围于中央方框内。这环节倒是容易。

尼克深呼吸，再次点击。屏幕忽闪不定。

输入密码：

成功了。尼克大喜过望，一拳砸向桌子。空碟子在胶木桌面上跳跃，发出咔嗒咔嗒声。旁边的桌旁，一个小女孩吃惊地抬起头看过来，接着继续埋头美美品味冰激凌。尼克定定神，竭力压制住体内汹涌流窜的希望。

答案是 bear。

管它呢，他暗想。他拨拉开碟子，把电脑拖到眼前，这样的话，就可避免拼错之嫌。BEAR。

密码错误。

输入密码：

他重试，这次改用小写字母输入。他焦急万分，十指飞舞，一通乱敲；他不得不重复三次，才确认自己输入无误。可每一次都遭到否定。

希望是如此令人不堪承受。密码提示符候于原地，无声无息，内里空无一物，键孔热盼正确密码键。若是能解锁该多好……他试一次，再一次，变换大写字母，增加数字——吉莉安的生日，甚至（虽然他心生悲哀）他们的周年纪念日。他想重击屏幕，砸出裂口，穿透像素墙，一把攫住里面裹藏的秘密。找到在刚过去的三十六小时里让他的生活天翻地覆的所有原因。

他戴上耳机，重新登录"哥特巢穴"。兰德尔必定在留心寻找尼克。尼克刚到，他就从四溅的火花中倏然现身。

"是光盘加密软件。"尼克立即说道。"程序。"他说清楚，以免兰德尔误解。

"我知道。我看过。"

"有什么方法可以破解吗？"

停顿。"那个程序相当顽固。没有密码，你是不会轻易获得答案的。吉莉安没有发给你什么可以解开密码的东西吗？"

"她说，'答案是 bear'。"尼克打出这几个字。月华如水的房间里，流浪者从斗篷里取出一张羊皮纸，递给巫师。

"图画里有四只熊。或许这就是线索所在？"

手机低沉的哔哔声穿透耳机。"等会儿。"他摘下耳机，拿起电话。"喂？"

"尼克，哥们儿。"罗伊斯，依然如故：热情洋溢却又令人不快。"我们要问你一些别的问题。你要不再过来一趟？"

尼克看看手表。几乎像是能瞧见他似的，罗伊斯补充道："不是现在。我要出去。明早。带位朋友过来。"

尼克回到游戏当中，恩斯莱德已消失不见，流浪者手中握着一幅簇新羊皮纸卷轴。

得走了。祝猎熊好运！

尼克没有笑。他又点了一杯碳酸饮料，重新打开光盘加密软件。他试了各种"bears"的变体、所能考虑到的各个数字、各样日期的搭配组合。屏幕一角，时间倏忽而逝，键音咔嗒，仿似奏出秒之旋律。他不知道"bear"是否是吉莉安在惶恐不安状态下打错的词。Beat？ Neat？ Near？

"毫无头绪。"尼克砰地合上计算机盖子，招手示意女侍者拿账单。他把信用卡扔到碟子上，她刷卡，他眼神则游弋到霓虹闪烁的空间里。密码提示符已然深烙于他脑中：他知道，入睡之后，他将在梦中与之相会，它会在他眼前起舞。

"先生？打扰一下，先生？"

女侍者手捏信用卡，回到他面前。他伸手拿笔签字，可没有刷卡单。

"不好意思，先生。您的卡被拒绝了。"或许由于一直喋喋罗列店里的特价商品，她此时的语气机械单调。尼克迷惑不解。

"要不你再试试？"

"已经试了三次了。您应该打电话给银行。您还有别的卡吗？"

"我该付多少？"

"二十七美元七十五分。"

他瞅瞅钱包。一张二十美元、一张十美元。他两张都掏出来，放到桌上。女侍者见小费并不丰厚，不屑地吹爆嚼着的口香糖。

"祝您愉快。"

他一回旅馆房间，就拨通信用卡背面的电话号码。按照电脑提示音，他摁键输入卡号，然后倚到床上，忍受这漫长却需耐心等候的煎熬。算他走运，一名话务员几乎即刻接起电话。

"阿什先生，您今天需要什么帮助吗？"例行安全检查后，她问。

"我想用卡付餐费，可女侍者说卡被拒绝。"

"这卡已经作废了，先生。"

"作废？"

"三小时前，它被指遭窃。"

"遭窃？"尼克大脑飞转。"谁告诉你的？"

电话那端，键盘啪嗒，毫无间歇，低沉清晰。"是您，先生。"

尼克仰面躺到床上。他感觉体虚，一片阴影正攫取着自己无法抓住的东西。"我，呃，卡不在我钱包里，所以我以为它肯定被偷了。我当时可能手足无措了。"这话听来内疚程度如何？"不过我现在又找到了。我能重新激活它吗？"

"很抱歉，作废卡不能重新激活。七到十个工作日内，您应该会收到一张补办卡。"

尼克挂了电话。他抖个不停。他们怎么能这样过分——无论他们是谁——仅一个电话，他的一部分生活就宣告作废？

也许不是人为所致。信用卡公司也出错，有些卡会误被作废……

那旅馆呢？他登记时，他们刷过他的卡。难道这在账单上有所显示？若是如此，他们就知道他在哪儿。他的手机号。这安全吗？纽约市的基地电台无以数计，假如他们拥有使用权，就可以瞬间锁定他的行踪。

他们。

他跳下床。他必须离开这儿。除了笔记本电脑和昨天扔在角落里皱巴巴潮乎乎的衣服，没什么可收拾的。他从壁橱里找到一个洗衣袋，塞进这些"家当"，关上灯，转念又打开，以防有人暗中监视。

他出门来到走廊上。另一端，电梯旁，一名旅馆侍者手推客房服务车，在另一房间门口等候。他听到尼克的动静，盯着他看了很久。

他是他们中的一员？他认出我了？一阵尴尬感突袭而来，尼克随之意识到自己的样貌骇人：蓬头垢面、胡子拉碴，一肩扛笔记本，一肩挎洗衣袋。难怪那家伙满脸生疑。

房间客人打开门，并未露脸。使者推车而入，又狐疑地瞟了一眼尼克。他一退出视线，尼克就闪回房间，背倚墙壁，簌簌发抖，前额汗珠滚滚。

不付钱，他就无法结账退房。那他绝对得落入罗伊斯手里，锒铛入狱。可没有卡，他没法付账——并且如果他们在监视他，立刻就会知道他开始行动。他得去哪儿呢？他有朋友，可每次想到他们，他就想象到他们如布莱特那般瘫软在椅子上死去。他不能那样对他们。

他将门双重上锁，挂上安全链，门把手下放了一把椅子。他检查窗户，确保它们没有开启。他脱衣钻进被窝。

睡意姗姗来迟，可它的大驾光临，并没使他休息放松。他梦到自己飞跑穿越一片森林，那里树木茂密、枝杈交缠，像是"哥特巢穴"里的景物。他一路追赶某生物，它横冲直撞，消失在前方林下的灌木丛中。无论他如何飞奔，却总不能接近它。森林里，噪音喧嚣，有别的猎人追赶同一个动物——或者他们在追捕他？他知道罗伊斯也在人群中。他加快速度，岩石绊住脚步，树枝擦伤面颊。

他来到一片空地，一块长长的牧场伸展至陡峭悬崖脚下。此时他看到了自己的猎物，一头黑背熊，胸膛冲撞着高大草丛，长距、迂回跳跃。

"射中他。"吉莉安在旁边发号施令。他并没看到她过来。"答案是bear。"

他低头，发现自己手握一把枪。格外沉重。他有种可怕的感觉：自己正在做一件错事，可他不知道这错事究竟是什么。他举起枪，瞄准熊，它早滚成了一只黑球，像是在给自己挠痒，对近在咫尺的危险毫无察觉。

"可怜的熊。"艾米丽蓦地冒出来，感慨道。可为时已晚：尼克已经扣动扳机。只可惜，熊不再是熊——是布莱特。他贴住悬崖，轰然倒地，浸入血泊之中。

黎明终于降临凡间，与窗外的世界热情相拥，他几小时前就已醒来。密码是什么？他依然一筹莫展。

第 20 章

巴黎，1433

身披斗篷的人站在教堂院落内，目光在头顶上方的拱门和手中握持的书之间游走。局外人——我除外——不明就里，必定以为这是某个虔诚之举，那书或是本圣经，或是本祈祷书。而我了解实情。

我花费一半夜晚，就着烛光，抄写该书，各式措辞从我的笔尖流溢出来，令我热血沸腾。我本应放弃它，移交给另一名抄写员——告诉奥利维尔我没有时间，不得不将费用拱手相让。可我做不到。词语潜入我的身体，操纵我于股掌之间，恰如科隆那晚的情形再现。我从奥利维尔那儿查到顾客姓名：特里斯坦·安博瓦兹。他来取手抄本时，我久久地站在店后楼梯上，他一离开，我便尾随其后，一直进入教堂院落。

我躲到一块墓碑后，静观其变。无辜婴孩堂尖塔后，夕阳西下，残阳如血，在他身后投下一片长长的阴影。上方，七幅由尼古拉斯·勒梅一手打造的着色嵌板用以装饰教堂大门的巨型拱顶；这位魔术师成功穿过镶有红石的水银，神奇变出半磅纯金。一张张画面展露在我的脑海里，似一场遗忘许久的梦：持剑的国王，十字架与蛇，狮鹫牢守高山顶端一朵寂寞的花儿。拱门两侧墙壁绘有两列女子，衣着艳丽，步伐庄严，向大门处前行。

我收回目光。特里斯坦·安博瓦兹已经离去。我还未来得及眨眼，一只粗糙的手掌从身后探出，紧箍我双臂；一把匕首抵到我脖颈上。他嘴巴凑到我耳边，须楂刺扎着我的脸颊。"你是谁？你在干什么？"

"祈……祈祷。"我低声嗫嚅，忐忑惧怕，不敢吞咽，生怕他割裂我的喉咙。

"你从书店到这儿一路跟踪我。为什么？"

"书。"我气喘。眼珠在眼窝里四处滚动，急切盼望哪个教堂司事或助理牧师救我于虎口。教堂空无人迹。

"书怎么了？"

"我知道你寻找什么。我——我想帮你。"

他拿下匕首，扳转过我，与他保持一定距离。匕首横亘我们中间。

"怎么帮？"

第一次，我不再只是远观他的背影。他长相俊美，满头乌黑鬈发，面色奶白，动辄微泛红潮。他的美瞳里跃动着青春的火焰。即便身处险境，我体内长久蛰伏的魔鬼又开始在我下身蠢蠢欲动。

"我受过金匠培训。我知道如何制作金属合金，及如何使用水银使之净化。我会用粉末烧制它们，将它们锤击得薄如空气或用神秘符号雕刻它们。并且，我了解冶金之道。"

匕首开始轻晃不定。他压低嗓音，不过除了已逝亡灵，无人会听到我们的对话。

"你知道石头的秘密吗？"

"不知道。"我坦白承认。

我眼睛一眨不眨，目光与他的目光交融，朝他迈进一步，挑衅他要么放下匕首，要么刺穿我身。他垂下紧攥利器的手。"让我来帮你。"

"历经大约三年的错误磨折之后——这期间我潜心学习、埋头劳动，无暇他顾——终于，我找到了梦寐以求的宝物。"

勒梅在书中如是写道。用不着坚持三年，只消六个月，我找到的全是他的错误。我愈是深入钻研该艺术的秘密，就愈是南辕北辙。然而，我不能放弃求索。最初，我每周协助特里斯坦一两晚，可行动伊始，我们摩拳擦掌，干劲十足，进展看来相当迅速，成功似乎也唾手可得。逐渐，我们转而长夜作战，在熔炉前打着赤膊，挥汗如雨，直到黎明来临，我才偷偷摸摸溜回奥利维尔的房子。由于缺乏睡眠，我视线变得模糊。我的手稿抄得乱七八糟，毫无规则，不过是对门旁摆放的精品样本的粗劣模仿。奥利维尔校对，他用红墨水笔在手稿上勾勾画画，那触目惊心的红，叫我窘迫。

必然地，他不久就对我极少卧床有所知觉。第一次被他撞见时，太阳初升，我正企图悄没声儿地闪入房间，他警告我要下不为例；第二次，他威胁我要撵我出门；第三次他恳请我不要自断生路。他的"善心"比他的忿恨更令我憎恶。我内心深处明白，他说的都是实话。

第二天，我离开了。特里斯坦从住所腾出一间屋子给我，就在那儿，我无时无刻不在忘我地破获着勒梅的秘密。若非浓浓倦意汹汹而来我绝不入眠，我极少进食，难得出门，他的邻居们势必将我视为幽灵。六周以后，我意识到是一名囚徒。

第 21 章

美国，纽约市

他们又回到了同样的房间，警用塑料桌以及折叠金属椅摆放在内。这一次门是打开的，可以尽览远处走廊里的繁忙景象。或许这正是让人感觉房间更加安全的原因所在。或许是因为他带了赛斯·戈德伯格过来。他曾经只身一人来到这儿，没有律师陪同，真是愚蠢透顶。不过，那会儿他并没考虑到自己有什么可隐瞒的。

赛斯坐在桌旁，草草翻阅公文包里的一部分文件。尼克一直将辩护律师等同于魔术家——睿智、灰白胡须、易怒却仁慈——可赛斯不过三十五岁左右，这么年轻，估计与尼克同时就读大学。可要说二人相差十年也无妨。当尼克就如一个长不大的孩子，唯求在酒吧里美美享受服务时，赛斯却尽显权威气质，这种气质如一股强大的冲击波，似乎让所有人都印象深刻。他们在纽约大学相识，通过与他们二人都有来往的熟人和垒球运动而彼此保持着称不上紧密的联系。尼克从未设想过他们会以委托人与律师的身份共同现身警局。

尼克瞟向门外，脸颊上新刮的伤痕隐隐作痛。那天早上，赛斯做的第一件事，是为尼克买早餐。第二件事，是指派尼克到路对面的药房买剃须刀和剃须膏，接着，敦促尼克借用咖啡店窄小的卫生间将自个儿拾掇利索。

"规则一：观之无辜，你才无辜。如果他们当庭播放此次面谈的录像，十二名陪审员横竖看你像炸弹客，那他们根本不会听你辩解。"

"那'不能以貌取人'的说法行不通了？"

"你愿意娶个丑妻进门不？"

砰！门撞到墙上，罗伊斯风风火火迈进门。还是灰白西装，不过嵌有白细条纹，令他活似股票经纪人。

"多谢再回来。我们不会耽搁你多少时间的。"

罗伊斯坐好，稍等了一会儿，技术员调试摄像机。

"我们找你邻居家的孩子谈过了。他证实大约就是在枪声响起时，他看到你在走廊上。"

"'就是'枪响时。"尼克纠正他。

"但他无法证实你所描述的蒙面枪手确有其人，因为他一听到枪声就躲回屋里了。不过他听到有脚步声。"

自从布莱特打来电话，此时尼克才感到内心的结开始松解。他身心放松，那么安然闲适，罗伊斯正就另外的查询线索、潜在关联及不同角度大谈特谈，他却几乎只听到只言片语。蓦地，一个名字窜进耳中——

"请你描述一下你与吉莉安·洛克哈特小姐的关系。"

尼克眨眨眼，大为讶异。吉莉安的名字仍然会激起生理反应，即便是现在。他的一部分身体细胞依然时刻准备着聊起她，每每他在酒吧里喝到酩酊大醉，伤心欲绝，这种欲望便越发难以阻遏。赛斯朝尼克使个眼色，暗示他，当心。

"大约一年前吧，我在火车上遇到吉莉安。我们闲谈起来。我给了她我的电话，我们保持着联系，最后我们开始……"

开始什么？尼克与女孩的约会进展，总不乏精确单词描述，彼此关系处于何种阶段，都可在真挚交谈中得到分析与分类。约会期间。关系稳定。男女朋友。喜结连理。婚姻破裂。完全切合分类学。可与吉莉安一起，事情不知怎么就发生了。

"我们在一起了。"

罗伊斯可不买账。"你们是性关系吗？"

尼克羞红了脸。遥想当年夏令营小屋，暗夜之下，青春懵懂的少年们争先恐后地吹嘘谁干过谁。他向赛斯投去求助的眼神，赛斯只耸肩作答。

"是的。"

"你们同居吗？"

"吉莉安还留着自己的住处。在东边某个地方。她有个室友，简直是地狱鬼卒——我们从来不去那儿。"

那是另一道伤疤。情感方面，他的速度总是快她一步，总是随时待命，准备承诺。可她却固执己见。"我需要自己的空间，尼克。我以前打开过心扉。我得慢慢来。"而他也暗暗发誓，他会证明自己与众不同，他值得她托付终身。

"现在她的职业是什么？"

"她在修道院博物馆做管理员。"他敢用金钱打赌罗伊斯从未到过那儿。"在福特·华盛顿公园附近。大都会博物馆在那儿存放着中世纪收藏。"

"洛克哈特女士跟你的室友布莱特·迪安吉洛熟悉吗？"

尼克征询赛斯意见，赛斯点点头，在黄色标准拍纸簿上做记录。

"当然。我和吉莉安约会时，跟布莱特合住一间公寓。"

"他俩合得来吗？"

"应该是吧。"虽然公寓不大，布莱特又是"宅男"，可三人同处一室的情形，尼克只记得寥寥几次。他忘不了那尴尬场面：布莱特眼光躲闪，全力掩饰自己对吉莉安美胸的垂涎，吉莉安僵直坐在沙发上，而尼克则忙前忙后，设法靠些无聊之举来打破僵局。再不然，只要吉莉安露面，布莱特就另有招数，会竭尽所能地"隐身"。六个月的绝大部分场景。这么一回想，尼克感慨颇深，体会到布莱特一直以来成人之美的善意。

"你最后一次见到洛克哈特女士是什么时候？"

"去年七月的某个时间。"七月二十三，十点半左右。

"她甩了你？"再一次，猛然退变而为高中时光的青涩天然状态。尼克尴尬透顶，好在赛斯相时而动。

"你可以换一种问法吗，侦探先生？"

罗伊斯整整领带。"你们的关系以疯狂吵闹收场吗？"

"不是。"

吵架成为家常便饭。有时他认为她有意挑起事端，因为她无法抵御自我戏剧化的行事作风。她威胁他，说要离开他，他彻夜不眠，乞求她重做考虑，直熬到凌晨四点。其他时候，恰如两个地壳板块彼此碰撞或"分道扬镳"而不可避免要爆发一样，大战之火烈焰熊熊，火势绵延数日方休。每逢这时，他便如坐针毡。

不过，她离开他那晚，两人相安无事。她为他做晚饭，取笑他的新发型，与他共同入睡。整晚她都温顺可人，这虽不常见却也并非无先例。次日早晨，他独自醒来，发现枕头上有一张便条。

我们结束了。

没有道歉，没有解释，没有泪水，没有退路。一夜激情，半载缠绵。

"你想法再联系过她吗？"罗伊斯追问。

尼克在座位上扭动几下，极不自在。"联系过几次。"

那些回忆，他不愿再重温：黯淡的时日里，电话铃响，却没人应答；电子邮件写好，再起草，却被废弃；忘记进餐；忽视工作时日过久，以致布莱特开始担忧。

"那——这样我们才能弄明白——你最后一次与洛克哈特女士联系的确切时间是？"

"去年七月。此后彼此失去联络，直到三天前我收到她的视频呼叫。"

"那么，你并不知道她去了巴黎，在拍卖商那里工作？"

"收到信息后我才得知。"

"尽管之前六个月你丝毫没有兴趣要查找这一线索？"

"我很担心。我说过我在电脑上都看到了什么。"

罗伊斯倾过来。"而布莱特·迪安吉洛被杀前大约一小时，你用手机拨打洛克哈特女士电话了？"

房间陡然缩小，灯光明亮灼眼。"我找到她在巴黎办公室的电话，就打过去了。"

"巴黎比东海岸时间快六小时。你真以为她在那儿？"

"拍卖行告诉我有一笔深夜拍卖正在进行。我想这值得试试。你可以找史蒂文斯·马西森证实这是否属实，如果你乐意。"他一口气答完。从赛斯使给他的眼色可判定，他防御过头。

罗伊斯攻势不减。"值得吗？"

"什么？"

"值得试试。"

"她不在那儿，你问的是这个意思吧。"

"可你总跟一个人通话了吧？这个人可以为你作证。"

"我不记得他名字了。我——我记得他压根儿就没说。他一口英音。"

"我们会调查的。"罗伊斯绕过此处，接着盘问。"继续，洛克哈特小姐通过电子邮件联系你时——"

"是 Buzz。"尼克插话。

"对。你就是用这同一个玩意儿窥探你室友的。"

赛斯举笔，无声抗议。

"好吧，她 Buzz 你——我说对了吧？"

尼克点头。

"她还随同信息发来什么？"

他本想问得偶然而随意，可罗伊斯实在无法低调处事。他都知道了。尼克心想。我告诉他的？他否认自己。他们肯定查看带走的电脑了。

没有必要矢口否认。"她发给我一份文件——一幅中世纪扑克牌图片。"他预见到下一个问题已如离弦之箭，呼啸而来，便不再多言。"我完全不知道为什么。我多希望我知道。"

绝望浸渍着他的嗓音，某个语音分子似乎抑制住了罗伊斯的嚣张气焰。赛斯趁势上阵。

"我的委托人非常配合，积极回答您的所有问题。您可否告知他您为何对他的前女友如此感兴趣？"

罗伊斯站起。"我想，戈德伯格先生，我和你该单独谈谈。"他打开门，扶住，做手势，暗示尼克出去。"我们就谈一分钟。"

事实上他们谈了十分钟。防护玻璃的纹路很像监狱铁栅，尼克观察门玻璃内的二人。两人站着，隔桌对视，激烈地辩论着。争吵结束，出来的不是赛斯，而是罗伊斯。

"你的律师叫你。"他得意而笑。"我去咖啡机那儿。"

尼克回到屋内。摄像机已关闭。赛斯发出一声疲倦的叹息。

"他们想让你交出护照。他们认为你可能会趁机逃跑。他们对于你在布莱特被杀之前打往巴黎的电话耿耿于怀。"

"他们是不是认定我雇了个法国佬儿杀了他？"

"小声点。"赛斯瞟瞟窗户。"规则一：绝不要对警察出言尖刻。亦不可讽刺。那套把戏在检察官眼里不过是菲列牛排——他们把它切成薄片，想怎么供应给陪审团就怎么供应。整个事件一团糟。你对他们开口之前应该先跟我谈谈，尤其是屋顶暗杀那段。你真指望他们会信以为真？"

"可那是事实。"尼克辩驳。

"我不是这个意思。罗伊斯坚信你要么濒临癫狂要么极其愧悔。使你免受图圄之灾的唯一原因就是一个八岁孩童的证词。布莱特这事辩护起来困难重重。并且他们还握有关于吉莉安的把柄。"

"什么？"尼克顿感头昏目眩。难道警方已将图片破解？他们还知道什么？

"我已经竭尽全力帮你了。"赛斯低语。"罗伊斯准备就在那儿逮捕你。我说服他暂且不要操之过急。护照这东西就是他做出的让步。"

"在公寓里。他们会让我去那儿吗？"

"我和你一起去。"

第 22 章

巴黎，1433

特里斯坦的房子不亚于一栋大型旅店：宅邸四四方方，石头建成，位于圣·日尔曼教堂附近。它可以坐落在任何地方。一迈进大门，城市即刻退而化为一痕痕遥遥烟迹与高墙后伫立的尖塔。特里斯坦的父亲在查尔斯国王的朝廷里执事，被派遣到君士坦丁堡履行外交使命。他已离开数月，而归期不定。他带去了妻子、两个女儿以及大部分家人，只留特里斯坦独守偌大空房，嘱他恪守规矩，严格自制，不可造次。

若说特里斯坦的父亲害怕儿子或与妓女、懒惰者和赌徒闲混，那么他有充分理由担心忧虑。假设石头的秘密能够借由通奸方式揭开，或以赌牌方式赢得，那不出一个月，特里斯坦就能将之收入囊中。而娼妓、豪饮与赌博不过是真实目标之外的调剂品，聊以解乏。他有三位长兄、两位待嫁姐妹，他心里清楚，自己独居豪宅的日子——他的生活常态——正接近尾声。这一情形似乎让他大为不快，硬生生将他的灵魂撕裂为二，它们彼此展开决战。他越发无度地挥霍他的继承财产，沉迷于性交与赌博，从中提取反抗蔑视这唯一乐趣，同时他潜心探索"艺术"之美，心心念念希冀它打碎父亲财产的桎梏，还自己自由。

特里斯坦的实验室设在几年前东翼新增建的塔里。第一次他带我到那儿时，我难抑惊异。建筑上所讲究的那种形散神聚的气息如此浓厚，唯贵族才可承担其造价，塔内部远未完工：站在地上，抬头仰望，一直望到锥形屋顶，它高踞上空，似乎直冲云霄，隐于永恒。一扇扇宽阔的窗户穿通上方石墙，是为从未建成的房间而准备的；与我们同一水平面处，所有围绕物均漆有图样，完美仿照无辜婴孩堂里勒梅的嵌板作品。而远墙处搭建的转炉与对面的门却如败笔，分割了这柔美弧线。

特里斯坦指指上方，黑暗无穷无尽，让人眩晕不已。"的确是梦想领悟上帝密旨的地方。"

我想到尼古拉斯和巴别塔。上帝惩罚的罪恶不是雄心，而是野心。

特里斯坦是个一本正经、暴躁任性的合作者，非师非友。我不在乎。我重操老本行。我痴迷于解悟勒梅之谜。我在科隆时的迷狂卷土重来——同时生发出很多莫可名状的感觉，难以抗拒。我不喜欢特里斯坦；有时候我憎恨他。可是，夜空下，熔炉前，我们任劳任怨地工作，半裸上身时，或是我为他握住碾槌磨粉末，他的手不经意间抚过我的手时，我体内的蠕虫就会孽生不伦的欲望，让我兴奋不已。塔成为我的囚牢，继而成为我的整个世界。勒梅的图画占据我的视野，黑乎乎的房顶是我的天堂所在，椽上筑巢的蝙蝠与燕子就是那挥着羽翼的天使。

有一天，特里斯坦兴致勃勃地带回一位驼背老者。他花白头发齐肩，白须飘飘，拂过胸膛；他手拄拐杖，步履蹒跚，极像用杆支撑驳船前移。他双目失明，而听觉却出奇的灵敏与警觉。

特里斯坦扶他坐到长凳上，周边，装置杂陈。特里斯坦取来葡萄酒。

"这是安塞姆师傅。"他介绍。"您高寿？"

"七十八。"他声音单薄，一开口就微微笑。

"把您在无辜婴孩堂院落里对我说的话告诉我这位朋友。"

"许多年以前——我父亲去世之前，愿上帝使其灵魂安息——我年轻，血气方刚，在钻研'艺术'之谜。就像你们这样。这让上帝大为欣喜，我由此幸遇本时代最伟大的专家——任何时代——当月亮沉下，太阳升起时，他的明耀光辉盖过我们所有人。尼古拉斯·勒梅。"

我坐得笔直。甚至图画中的人物似乎也挺直了身体。"你认识勒梅？"

"我坐在他的车间，就像现在坐在你们面前一样。"

"多久以前？"

"很多年以前。十五年前，他去世了，愿上帝安息他的灵魂。"

"他制造出金子时，你在现场吗？"

老者摇头。唇边发须沾上葡萄酒，像是洞开的深深裂缝。"帕雷内拉，他心爱的妻子。她是唯一在场者。"

"然后呢？"特里斯坦提示他。"他告诉你他的秘密了？"

安塞姆师傅举举空杯，示意添酒。特里斯坦在等他的回答。

"这艺术不是魔术。你知道石头究竟是什么吗？是医药，世界上一切患病物体的补药。"

他举起左臂——萎缩、干枯，一无用处。"这手臂还是我的一部分，不管它变得多么弱而无力。统一我生命的灵魂贯穿了它，一如贯穿别处。你们所称的铅或是锡与金和银并无二致，不过在完美程度上存在差别而已。

"宇宙中有一样完美的物质——上苍，精华，第一物质，叫法随你。它的最真状态即为无形。唯当与世界上的物质结盟，它才有形可依。它是一种活化的原则，一个有生的构想。呈贵金属质态时，它最纯，呈基本质态时，它最弱。街头魔术师变鸡蛋为猫咪的伎俩，怎可能用于转铅为金。你需要净化它。你将它与石头一起制成合金，如此，种子便裹于金属之花中，待到与完美同在，它便呈现出合你需求的形态。不为财富或珠宝，只为使宇宙完美。"

特里斯坦的兴致很高，可冷却，如空气流经煤炭，他盯着安塞姆的虚弱手臂，疑心重重。"我听说石头还能治愈人类。既然你与勒梅交情很深，怎么不治愈自己？"

老人咳嗽了几声。"我年老体衰，行动迟缓。石头价值无可估量，我不会把它浪费于如此卑下的肉体上。勒梅本人认为——使用得当——石头或将深刻影响我们人类身形，让我们千古不朽。可惜，他从未揭开此艺术的奥秘。"

"明显如此。"特里斯坦直言。

"那他怎么找到石头的？"我摩挲着手上的水泡，只怨自己一时心急，伸手就拿刚从火里取出的容器。"书上说，它可以从金子里提取出来。"

"是的。是的，确实如此。"唾沫飞溅。他伸长舌头，贪婪地舔舐了唇角几圈。他的舌头很大，却伸卷自如，"金子是它的富产之处。可金子若离了石头，便与污秽泥浆无异。它必须在三个熔炉中进行净化。你必须提取出硫黄与水银杂质，在炼金之溪中将它们结合。勒梅就是这么做的。"

"可要怎样——"

"你得观察颜色。它在火中变幻七次，直到投射出彩虹样的光束，方缔造出完美时刻。这是完美的迹象。"

特里斯坦蓦地跳将而起。安塞姆师父胆怯不安，四下扫视。

"你这个骗子。滚出去！"特里斯坦一脚踹向桌子；摆放的广口瓶、玻璃瓶和长颈瓶瑟瑟而动，咔嚓作响。"你以为你可以来这儿半生不熟地背上几句趴在勒梅家排水槽上偷听来的谎言——假装你曾认识他？滚出我家。"

他一把拧住老人肩膀，猛地把他往门口甩飞出去。要不是我正好站在那儿接住了他，他很可能就折断了脖子。

安塞姆师父事件致使特里斯坦连续两周情绪异常。一次，我回到塔里，看到他踩住一地破瓶碎片，眼睛直愣愣的。手腕处血珠滚滚，我想给他包扎，他怒气冲冲，推搡挣脱。他整夜整夜嫖娼，越来越频繁。间或邀请我加入——起初以为我可能会慨然接受，他就虚情假意；发现我并不动心后，他得意扬扬，恶意难掩。心情尚好时，他叫我"和尚"；心情糟透时，他叫我"太监"，不过他猜不到我节欲戒色的真正原因。

或许安塞姆师父欺诈成性，整日游荡在无辜婴孩堂院里，掠食前来探索勒梅秘密者的梦想。虽然他胡言乱语，但某些东西却一针见血，好像一条丝线，引领迷失者穿越魔幻迷宫。我日日夜夜地跟随着它，有时候几乎将它扯断，有时候将我的心纠缠成结。我开始明白。

我这辈子钟情黄金，浑然忘我。我急速下落，坠到水底，四处扒寻，从河泥抓出几粒珍贵的粮食；即使在巴塞尔，我曾摒弃孽欲，重新定义自我。可如今，我恍悟，令我销魂的并不是那迷倒众生的光芒。即便我蒙昧无知，我也看穿它表面，感知其内中蕴含的神圣普适性。无论是荷兰盾的完美无暇、康拉德·施密特车间里捶成的金色薄膜，还是尼古拉斯·库萨努斯的智慧，都让我感受到它的存在。

我知道这些东西让我为之倾倒的原因。因为我能够想象出完美的情影，如梦境般真实，除非我俘获它的芳心，否则，世界便支离破碎。

我倍加努力。特里斯坦终日寻欢作乐，我则拿着勒梅的书回到无辜婴孩堂。"在这教堂里，我绘有象形文字图形，"勒梅坦称，"我亦在墙壁上建立一个行列，以石头所有颜色的出现次序排列。"特里斯坦实验塔里的壁画展示了源自拱门的七幅嵌版作品，与书中绘制的七幅图画一样。但他并没有花费心思让人复制拱门两侧列队前行的女子。

我借鉴安塞姆师父所言，对它们进行研究剖析。"你必须提取出硫黄与水银杂质。"到此时我方知，硫黄与水银并非名字所示的物质，而是对神秘元素的高明叫法，是两种互相对立的原则——热与冷。

"你得观察颜色。它在火中变幻七次。"我数数队伍中的女子：每列七名。我凝神观察，发现她们毫无差别。描画得如此奇巧，一眼看去，没有两个是完全相同的——有的转身面向教堂院落，有的移开目光或远视前方，或微笑，或蹙眉，或欢笑，或孤寂——但皆为同一名女子的化身，只在头发颜色与长度上互异。时而如月般洁白，时而如夜般漆黑；棕色、青铜色、琥珀色、蜂蜜黄或青灰色。每列队伍前面，两名相同的女子分列拱门两边，微笑相向，心照不宣，火红如雪松树皮。正是石头颜色。

因此，我出入药剂师店内，流连忘返，仔细搜索，汲取知识营养。我找寻博学多才的男女智者。我熟读勒梅的书，直到能够一字不差地背诵，直到睡着时亦会绘出图形。我从他的谜语中领会暗含之意，图片，开掘新的理解源头。我融化、铸合金、淬火、烧煮。我知悉的金属冶炼之道林林总总，如果我在康拉德·施密特店里待上七年，也学不到如此之多。我遵照勒梅的点拨，逐步进展，然而难免出错、失误。

这期间，我发现了一些稀奇古怪的现象。我燃烧氧化铜，用一氧化铅分解它，生成如罪孽般深黑的液体，但它迅即干燥可触。还有一次，我铸造铅、锑与锡合金，制造出一种令人称奇的新金属，经火焰燃烧，它极易熔化，一旦冷却，坚硬如钢。我向特里斯坦演示，他只是喉咙里咕噜一声，问我这是否拉近了我们与石头的距离。

这并不是一段愉快的时光。当我四肢乏力或特里斯坦不通人情，逼使我几乎落泪时，我便诅咒我的命运，信心尽失。究竟是什么样的邪灵驱赶我前行？我耗费整整十年自我疗伤，冷却自己无节制的欲望，脱离多年苦痛与屈辱，是它们，迫使我坠落到河流软泥之中。在巴塞尔，一间陋室和一支笔，就能让我心满意足，甘心情愿做更高尚者的忠实奴仆。而一次偶遇，书中的一个句子，瓦解了这一切。我仿佛正穿过一条暗黑的隧道，跌跌撞撞，背负巨大的负担，脚戴沉重的锁链。

好在我有所突破。按照勒梅的指点，我开辟途径为它着色，金色变为黑色，然后古铜色，然后云片灰，然后紫红色。银色迟迟不愿就范，我愈挫愈勇，几周过后，它也束手就擒。苍天有眼，十一月末的一个夜晚，我手举研磨钵，瑟瑟抖索，见到一种红色粉末，恰是雪松树皮的颜色。

我往指尖轻擦几粒，伸到灯下观察。它质地精细，有如粉尘，闻之香甜，摸之如盐。数量少得可怜。我数周的辛苦付出，不过换回一丁点少之又少的粉末。

我把罐子倒扣到碗上，拿过灯，去找特里斯坦。屋里黑灯瞎火，遮蔽了令人作呕的污秽。因实验成本增加，特里斯坦把仆人一个一个地辞掉了，直到我们对影成双，孤守狼藉。如洞穴般的房子越发令人毛骨悚然。就在离灯不远处，鼠类大摇大摆在蛛网间玩闹；高悬墙上的壁毯中，可怕的生物对我虎视眈眈。一次，我碰翻了一条木凳，吓得几乎灵魂出窍。我元气大伤，几乎油尽灯枯，而眼前的奇迹，却又让我为之一振。

特里斯坦正躺在床上。一个骨瘦如柴的妓女癞狗一样趴在他身上。两人赤裸着身体，半睡半醒；我见到她腿后面一溜跳蚤叮咬后结的痂，头发里有虱子样的东西爬动。很显然仆人们并不是特里斯坦需要精打细算的唯一对象。

他用肘部支起身体。妓女翻到一旁，显露出干瘪的双乳和蓬乱的枯发。

"你终于肯加入我们了？"特里斯坦目光淫荡。

"我找到它了。"

他推开娼妓，从床上一跃而起，踢翻了地板上的一杯酒。父亲的剑在鞘中，静卧架上，他一把抓握到手里。"你确定吗？"

"有一种方法可以证明它的存在。"

我们在勒梅高深莫测的图形目视下，回到塔里。向上看去，黑色，无边无垠，咧着巨口，打着哈欠。我默默无言，把粉末堆到一张折叠的纸张上面。我本想保留一部分，以免第一次实验没有成效，可粉末量如此微少，我不敢轻举妄动，连一粒都动不得。我把它包好，用蜡密封。长凳上放置着一面银镜，曾几何时，那是我用来诱捕太阳光线的，此后它就一直躺在那里。我瞥见镜中自己的映象，不禁打了个冷战。

我皮肤灰白，头发稀薄，眼窝凹陷，深不可见。由于赶着做实验，我手部烧伤了无数次，而新生的皮肤却粉粉嫩嫩、富有光泽，如婴儿肌肤般柔滑。一边的脸颊则被飞溅的硫酸烧灼，形成一道月牙状的伤疤。

特里斯坦拿出棕色玻璃制成的鸡蛋状瓶子，将称好的粉状铅装满天平，撒上几滴水银。然后将一个玻璃塞子塞入，点燃细蜡烛加热瓶子外缘。我则铲起煤块，送入熔炉，拉动风箱，不知疲倦。我睁大双眼观察，火焰颜色逐渐变幻，从红色到橙色到炫痛双目的亮白。我看在眼里，喜在心里，我知道，我们已经万事俱备了。

我用一对夹钳夹起玻璃蛋，插入火芯。特里斯坦一只胳膊搭到我肩膀上，凑近来看。夜晚寒气袭人，而我俩却衣衫湿透。

"要花多长时间？"

"时机成熟，自然知晓。"我告诉他。

我们站到旁边，屏息凝视，我俩身体紧挨，汗液混到一起，辨不清源头。我几乎没有意识到。瓶子里，金属散发出的蒸汽缭绕升起。铅软化、融化，冒起气泡，汲干了水银。

我从特里斯坦身边走开，攥紧风箱拉手，催助火焰腾腾燃烧。高温灼烧我的面庞，烟雾滚滚翻腾，在塔里弥漫。特里斯坦手遮眼睛，踉跄避开，我脚底钉钉，坚守炉前。

玻璃瓶里有东西闪闪发亮，我知道时机成熟了。我探进拨火棍，敲破玻璃塞，拿起火钳中的纸包，掷入火中。它穿过空隙，落至火底沸腾的金属上，猛地燃烧起来。那是我所见过的最纯粹、最洁白的火焰，一如阳光亲吻雪地。随着它的燃烧，我发现一晕光环，七彩的光晕洒满瓶子，色彩斑斓，美不胜收。彩虹。

我大声呼喊特里斯坦。他小跑过来，想必也早已见到。我们一起从火里拽出瓶子，竖直放到地上。特里斯坦拔出剑，高高举起，直劈而下。玻璃蛋破裂为二，碎片四散。透过灼刺双眼的烟雾、腥汗，我们双目圆睁，低头细找，只为一睹我们心血之结晶的风采。

第 23 章

纽约市

　　回到公寓后的情景比他预计的要糟糕。一名制服警官递给他们塑料手套和像塑胶浴帽似的弹性袋子套到脚上，然后举起堵住屋门的胶带。尼克和赛斯弓腰钻过，进入卧室。

　　尼克意识到，最后一次见到卧室是在 Buzz 上。他瞧一眼布莱特的书桌，又收回目光望望摄像头所指的地方，设法锁定凶手站立的位置。布莱特的电脑不见了，那把他被绑在上面的椅子也不见踪影。幸亏尸体也已收走，不过地毯上有散乱的痕迹，很可能是布莱特曾经躺卧留下的。

　　他走进自己的卧室。警察肯定也来过这里：室内整洁但无序，就如一件产品被硬塞回包装里。他小心翼翼挪动步子，坐到床沿，整理思绪。他慎之又慎，以免触到什么东西，破坏污染了现场。他在床头柜前蹲下，拉开抽屉。皮革旅行钱包——父母送他的毕业礼物——缩在抽屉后面，压在须后水、平装书和避孕套这些日常用品下。他取出护照，把钱包塞进夹克口袋，以备不时之需。护照封面上，一只金色雄鹰，利爪紧握着一捆箭，对他怒目注视。

　　"尼克？"

　　他合上抽屉，转过身，尽力不让自己面露愧色。赛斯站在门旁，不远处，一名警察监视着这边。他们发现他了？钱包鼓起来了？

　　"拿到了。"公寓里寂然无声，他的声音听来毫无生气。他把护照扔给赛斯。"我们走。"

　　他最后扫视一眼房间。三天前他随手扔下的一只袜子依然揉作一团，蜷在地面。一本杂志翻开着，翻开处正是那晚吃饭时他浏览的文章。他本打算熨烫的两件起皱的衣服挂在壁橱门上。他以前的生活。他记起从《国家地理》看到的一篇文章，在阿尔卑斯山脉发现了一位冻僵的穴居人。他毫发未损，栩栩如生，甚至抓在手里的一碗浆果也保存完好。科学家猜测，他肯定是在冰川旁睡着了，不幸被迎面前行的冰所掩埋。尼克好奇心重，总想知道他的心理活动。他明白发生什么事情了吗？他有没有在某个时刻醒来，感到透骨奇寒，却发现自己陷入困境，动弹不得？冰是否足够透明，可以让他见到外面阳光普照下的世界？他喊叫过吗？或者他的肺早已被冷冰冻结？

他瞥了一眼床边的闹钟，想把自己唤回到现实，可怜它也中了房间内的符咒。00:00。蓝色的数字熠熠闪光，时间却显示为虚无。肯定是警察搜索房间时拔掉了它的电源插头。

"快啊。"赛斯催他。

尼克缓步踱向门口，尽可能地让种种回忆浮现出脑海。这是因为他见到了吉莉安的照片。她立在梳妆台上，从一堆堆瓶子与气雾剂后探出头来。不知为何，他从未腾出时间来将照片收起。他凑向前，想好好看看。

"别。"赛斯阻止他。他晃晃护照。"你已经向警察提供了足够多的帮助。"

十八个月前从柏林回来后，尼克还未使用过护照。他甚至不确定它是否还在有效期内。没有护照在身，他感觉自己仿似困兽，茫然失措，就好比向狱卒交出了自己牢房的钥匙。无家可归，浪迹天涯。

他无处可去，只好在大街上游荡。一夜之间，温度下跌；收音机预报有雪。一股股蒸汽从井盖里徐徐升起；海地小贩极力向他兜售刮冰机与黑皮手套。混凝土建筑物反射出混凝土样的广袤天空。

他知道自己需要去银行，但是一拖再拖；一想到又要被断然拒绝，更像是被怀疑，他就惊恐不安。他找了其他事情来做，欣赏百货商店橱窗或光顾书店翻阅期刊架上的杂志。遇到一处咖啡店，他搜遍了包，好容易摸出足够喝一杯浓咖啡的零钱。

咖啡店里暖和舒适，客人很多。尼克见不能单独用桌，便与一位年轻女士共用一张。桌面摊着一摞三英寸厚的时尚杂志，女士正津津有味地阅读。他一坐下，她神色即刻晴转阴，之后，就彻底忽略他的存在了。

他把笔记本搁到桌子边缘处，启动。他可能想干点活儿，但大部分工作资料都保存在 FBI 的服务器上，其余的则在第十大道的警察局里。他的注意力自然而然又放到了纸牌上，冥思苦想已经有些苗头的一条线索。答案是 bear。除非不是。也不是 grizzly, panda, koala, polar, Kodiak, Yogi, brown……

尼克关掉程序。脑袋开始疼痛。他到包里翻找，只找到一个五美分硬币，没有止痛药。公寓里倒是有一些，不过罗伊斯不见得会让他重回到犯罪现场取药。他几乎能够拟好谈话草稿。"你吃止痛药上瘾？你给洛克哈特小姐提供毒品吗？你书桌上怎么留着一张她的照片？你不是亲口承认你们六个月前已经分手了吗？"

照片。他打开桌面上的一个新建文件夹。若在现实世界，它早就落满尘埃，边缘泛黄，还或许沾上几滴干燥的泪渍了。而在数码王国，他不过是多个挤挤挨挨、完全相同的图标中的一员，生动、清新，一如创建之日。文件夹里是一些照片，有序排列，有如只只钉住的彩蝶，这是吉莉安留下的一切。虽然她能与在一列空荡火车上相遇的陌生人约会，但拍照时她却出人意料地拘谨不安。他点击"幻灯片放映"，让图像一张张从屏幕上蹁跹滑过。不到一分钟，他六个月的生活便重新演绎了一遍。

接近末尾，现出在房间里拍的照片。他清晰无误地记得拍照时间。他出去锁门，回到卧室，见吉莉安蜷缩在床，只着一件旧的大学 T 恤做睡衣。这一幕倒谈不上非同寻常，但那一刻有某种特别的东西让他神魂颠倒：床头灯低沉的色调，她大腿间 T 恤上缩处的阴影，V 形领口裂开处耸起的乳房，缠绕她喉咙的赤褐色发丝。这搭配妙不可言：她美丽、诱人、为他所有。他瞥见书架上的照相机，一把抓过，未等她反对，便"咔嚓"抓拍下这动人心魄的一幕。后来，他打印出来，镶上了边框。吉莉安自然有怨言，但他不在乎。他第一次如此信心满满地展示象征他们关系的一件战利品，他拥有权在握，十分自豪。

这以后，这关系并没维持多久。

可这几个月以来，他第一次释怀；他盯着图片，几乎没注意吉莉安。他放大图片，目光聚焦到 T 恤上。一面深蓝色盾牌铺满屏幕，装饰点缀的单词 BROWN 横排吉莉安胸部。后面，是一只体形硕大的棕熊，巨大的前臂揽住盾牌。

　　书店楼下因特网联通。尼克旋风一样奔到楼梯口，查看书店目录。教育与事业：地下室。他乘坐电梯。楼下顾客稀少：大家刚度完圣诞假期，还没工夫想起自己有多嫌恶自己的工作。

　　他在书店后面走道尽头找到了自己苦苦寻觅的信息：《走进常春藤联盟》，J.B.莫福德。他急不可耐，草草翻阅着一幅幅哥特式教堂和牙齿过于完美、手握莎士比亚复印资料的金发女生图片。他并没翻多久。

　　布朗大学

　　学生人数：7740（约数）

　　吉祥物：Bruno the Bear （褐色熊）

　　他蹲坐在涂成胶灰色的凳子上，在膝盖上摆好笔记本，警惕地四下扫视，确保无人监视。光盘加密程序立即开启。尼克点击图片。

　　输入密码：

　　bruno

　　密码错误

　　输入密码：

　　Bruno

　　密码通过

第 24 章

巴黎，1433

我醒来，身下是一方裸石。我的皮肤湿粘寒冷，骨头如铁一般僵硬。全身赤裸，只在腰部遮了一小块布。我脑袋疼痛，睁开眼睛，刺目的冬日阳光直射而下，我脸部肌肉微微抽搐。

我坐起来。找不到衣服，我只好从墙上扯下一条布帘，披上肩膀，赤脚走过空阔的房子。布帘长长地拖在身后，粉尘里现出一条宽广的道路。走到塔门前，我停下。脑袋蓦地剧痛，似有铁锤敲击。我知道会看到什么。

我这才意识到，数周以来我们一直在狂热地做实验，塔疏于打扫，已面貌大变，到处肮脏无比。罐子里未刷掉的残余物结成晶体，失败实验的魂魄在被弃之处冻结。桌子上有几处洒满鸟粪。熔炉冰冷，早已熄灭，炉前地板上散落着我们的玻璃蛋。玻璃碎片遍地皆是，冷光闪耀，如四分五裂的王冠，旁边卧着那把丢落在地的剑。

我听到塔门处有声响，转过身。特里斯坦站在那儿，披一件棕色斗篷，手里端着一杯新鲜葡萄酒。眼圈深黑。我半希望他挥剑劈来，斩掉我的头颅，像油画中的希律王那样。

他看看混杂在碎玻璃片里冷却的金属块。它黯哑、灰白，与填充的铅几乎没什么两样。我耗费心血苦苦打造的粉末，也无处可寻。

我们失败了。

一整天，我都在实验室的碎屑里不懈地搜寻着。我清扫壁炉。我装满一桶水，擦净我触摸过的每个杯子与容器。水的寒意沁入肌肤，使我头痛加剧，但我强逼自己继续，直到所有东西都光洁如初。我出门，拎起木桶，兜头浇下，冲掉身上的尘土。我将货架上的工具摆放整齐，把剩余材料塞进盒子和罐子。其他事情我无能为力。我的生活片段总是如此不合常理，荒谬绝伦，而这一天的时光夹杂在这些片段中，犹似虚无、空白。我不能在那儿待了。可我不知道去哪儿。

当晚，特里斯坦的三个朋友来玩牌。他在大厅里生起火，取来一桶葡萄酒。要在以往，我会回避，把自己关到塔里，可那晚我不能回到那儿。我也不想隐藏在房子的某个角落。周围的事物开始在我脑海里复苏，它们令我的心有些惶惶然。

我无意与特里斯坦的朋友们攀谈。我推测他们都是或多或少有贵族因子人家的公子，年轻气盛，游手好闲，胸无大志，终日穷奢极侈，直至兄长继承财富。我默默无语，全神贯注于手里的纸牌，而不是赌博——我尽可能少地参与赌博，不过还是比之前赌得多，同时忍受每次我伸出手所引发的"施舍，施舍"的狂喊声。纸牌吸引了我的注意力。它们爽心悦目：野性十足的鸟兽、五彩缤纷的花朵、形态各异的人们映着火光，轻快地在我手中飞舞。我的灵魂之地本已满目疮痍，然而一簇灰烬重又发出光焰。有两次本可以赢的机会，但我拱手相让，没有出牌，只为将它们看个仔细。这些生灵惟妙惟肖，线条柔和而立体，像被雕刻到纸张上一般。作者必定拥有高超的绘画技艺。它们让我想起在康拉德·施密特车间里我用金子雕刻的人物。

这一念，激起回忆一浪，可这回忆并不很清晰。我忧心忡忡，连失两局，因而决定全神贯注于赌博本身。

这赌博并不复杂。关键是慎重出牌，手持同一花色的五连号，或不同花色的四个相同号，才能获胜。轮到自己时，牌友出一张牌，拿起另一张，这张牌或为前一个牌友所出（可看到），或可从一副纸牌中另抓（看不到）。拿到牌后，他可以增加赌注，这样，下一牌友不得不配合加注或是弃权该轮赌博。

整晚我都玩得心不在焉，我手头拮据，下注谨慎，第一轮就乖乖弃权。其他人很快瞧出端倪，另出奇招：下注越是少得可笑就越好；他们鼓掌欢呼，撺掇我配合他们下注。我不干，他们又把我嘲弄了一回。可就在那一刻，我低头一看牌，发现命运已张开双臂，赐予了我一次诱人的机遇。3个8——野兽、鸟和牡鹿——牡鹿10和J。

我照旧出小注，观察其他牌友，同时暗自思量我是该看好8这一组还是牡鹿序列。特里斯坦拿起鸟2，出了牡鹿5——好兆头。他朋友从纸牌中抽出一张，我看不到，他一脸苦相，出了牡鹿9。

"不下注。"

我克制自己，保持冷静。我假装在掂量自己的手气，在未抓的牌和已出的牌之间摇摆不定。我拿了9。此时我的牌为牡鹿8、9、10和J，三个8。只需一张牌，我就稳操胜券。这念头像血液里流淌的酒精：不为赢钱，只为挫败特里斯坦和他朋友，开心一下。只赢一次，别不多求。

可毕竟鱼与熊掌不可兼得，二者需舍其一。纸牌玄妙莫测：我一次次清点图像数，确保数字无误。桌上有两个8，每个都可以将我的8这一组补充完整。同样，7或Q也能让我的牡鹿跳跃驰骋。如何取舍？我头脑发蒙，拿不定主意。

"他得多久才会决定放弃啊？"我左边的人发话了。他叫雅克；未抓的牌属于他。我特别想将牌看个究竟，可就是张不开口问他。

我低头再看一遍抓到的牌，注意到一张牌稍微戳出一些，是鸟花色的8。我抽出来，甩到桌上，扔下一枚25美分硬币。钱很少，但因我需要维持生计，只能酌情下注。

其他牌友见状，喜不自禁，如我所料。他们纷纷起哄，拿出钱包，东搜西找，抓挠头皮，双手合十，假意悲痛。除了身旁的雅克。我一甩出牌，他似乎就僵在了那儿。若不是我十分留意胜算的可能性，或许不会注意到。其他人仍旧注意力分散，而他则不动声色，把鸟花色的8藏进掌心，加注到1便士。

一轮赌博完毕。再次轮到我，我随手从纸牌中抽出一张，暗自祈望是7或Q。我环握住纸牌，斜向火光察看。

八名粗鄙野人向我扑来，挥舞棍棒，残忍嘲弄我痴心妄想。要是我前一轮不出鸟8，此时我就是赢家。

我把纸牌摔回桌面，甚至都没有假装思考一番。绝望将我俘虏：我又朝押的赌注里扔了一便士，纯属恶作剧心理作祟。雅克毫无防备，边瞥我一眼，边眼疾手快地捡起纸牌。我的失成就他的得：两个8，外加他起初抓到手的牌。

我坐在那儿，看着其他牌友，心下暗想他们是不是有我需要的纸牌。有两个家伙显然一无所有，不一会儿就弃了权。他们的牌洗过后归回到一副纸牌中。我无法发现特里斯坦取留纸牌的个人套路；他从不加注，每一次注数增长，他只不过冷眼旁观。而我呢，我每次都盲目抽牌，暗自祈祷。拿到手的是一张接一张的鸟和花。唯一让我欣慰的是，雅克看起来与我战术相同。他从不拿看得见的牌，而是像我一样，从看不到的牌那儿碰运气。我还知道，只要我手握剩下的双8，他就拿不到他想要的4。

我的一小堆硬币逐渐缩减至无，我依旧一无所获。我又抽一张，扔回去，几乎连看都懒得看。雅克抓出一张牌，装模作样地安排手里的纸牌布局，然后出牌。一枚银币紧跟着掷到桌上。

"有人加注吗？"

特里斯坦咒骂一声，放下纸牌。我看看自己的——连续四张牡鹿，包括8，还有野兽8。显而易见，雅克故意加注，欲将我排挤出局。这晚，我与胜利失之交臂，又与失败正面交锋。我已身无分文。

"这儿呢。"

第二枚银币落到桌上，滚过涂漆的木面，汇入赌注。我看看特里斯坦。

"给你的。现在都别加注了。过过招，看谁赢。"

那一刻我对他的喜爱前所未有——尽管后来我琢磨他这么做是想激怒他的朋友。他们简直是一群野狗，稍一示弱，即刻就会遭受同伴的猛烈攻击。

此时只剩我们二人对阵。雅克移到壁炉另一侧，面向我而坐。一半脸映着火光，泛出油光；另一半被黑暗遮盖。其他人围坐周边，互相打赌——下一张牌是什么花色，要多少回合才能一决胜负，我出的牌是比雅克的还高还是低。我俩不用下注，赌速加快。手在桌面上方飞舞，像苍蝇叮肉，抽离纸牌与掷出纸牌几乎同步进行。

雅克拿起牡鹿5，丢下。有那么一会儿我考虑要不要捡起，再寄希望于得到6——可这样我就不得不将一个8奉送。我另抽一牌，斜握，刚要丢出，却注意到它的花色。

花8。我心如刀绞；上帝必定在天堂某个地方掩嘴嗤笑。我又手握三个8，第三次了——而且我拿着它们毫无用处。我把它扔出。

雅克拿起了它，我就知道他会。他把它塞进牌里，又拔出一张，动作夸张。我看它落到桌上。皇后端坐一片牧场内，照镜自赏，一头矮小牡鹿在她铺散开的裙摆边缘悠然吃草。牡鹿Q。

我火速伸手拿起——但被挡在半空。雅克紧紧抓住，用力捏握，我的关节咔哒作响。他一手握住，另一手摊开其他牌。四个8。花、野人、鸟——和野兽。

特里斯坦怒气冲天，狠狠踹向桌子。他两个朋友起哄尖叫。雅克仍旧捉住我的拳头，一股脑儿往自己身边拨拉那堆钱币。

"等等。"

我的手痛不可忍，可我顾不得理会。我咬紧牙关，把纸牌正面朝上，摊放到桌面。四个牡鹿，野兽 8。又一张野兽 8。

我甩脱雅克的手，抓起两张纸牌摆放到一起。它们一模一样。不是相似或是相像——是完全相同。完美的复制品，一个模子刻出来的。

特里斯坦第一个反应过来。另两个稍微迟钝，但一得知自己被骗了，动作可不含糊。他们猛扑向雅克，把他拖下凳子；几个人试图摁住他，但他强而有力。一个遭他踢裆，站立不稳，踉跄后退。他抡起火钩，把另一人打翻在地，然后夺门而逃。特里斯坦紧追其后，那两人一瘸一拐，铆足劲儿，追出门去。

我捡起牌，跟在后面。房前，庭院泥泞，几个人压住雅克，对他拳打脚踢、狠命撕咬，高呼"作弊"、"犹太人"，不绝于耳。特里斯坦出于愤怒，似乎被鲁莽的狂怒所控制，我担心这会把雅克送上西天。

我不能袖手旁观。我冲到扭打成团的人堆前，强行挤进，雨点般的拳头不分青红皂白劈头盖脸地落下，我频频躲闪。其他人以为我要加入群殴，顿时兴致高昂——他们拉开特里斯坦，叫嚷说我这个仆人该报仇雪恨。一人还坐到雅克腿上，不过没必要。他的衬衫浸满鲜血；嘴唇开裂，一只眼睛几乎睁不开了。左手五指遭铁靴踩压、碾磨，血肉模糊。

我跨跪在雅克胸膛，手举纸牌。月夜，刺骨冰冷，一呼一吸，白气蒸腾。

"你从哪儿得到的？"

雅克吃力地拧过头，一口血块吐到地上。一颗牙齿与石头撞击，咯咯作响。

"斯特拉斯堡的一个人。"

"叫什么？"

他摇摇头。

"他怎么做的？"

雅克误解了我的问题。"他卖给我的。"

其他几人感到厌烦。"杀了他。"有人嘶吼。

我不予理睬。"我去哪儿找他？"

"在熊标志那儿。"

他咳嗽起来，喷出一柱鲜血。有几滴飞溅到纸牌上，我慌忙把它拿开，起身走远，尽力不去听身后声声兴奋的尖叫。鲜血、葡萄酒的双重作用让我感到头昏眼花。我久久望着手里的纸牌——巨大空旷、似遭诅咒的房子里，它意味着所有。

还有多少张存在于这世界？制造者究竟有何秘诀能交出如此完美无缺的佳品？

第 25 章

纽约市

纸牌分开，自动发牌到左右窗格里。一格显示出一副纸牌，与中央的加密图片难以区别。另一格里，出现三行字。

177 （里沃利路）Rue de Rivoli

628 箱

300-481

"抱歉，打扰您了。"

尼克猛一抬头，差点把笔记本碰到地上。一名销售助理，臂膊抱住一堆浏览指导手册，低头看着他。他前倾身体，遮住笔记本屏幕。

"有什么可以帮您的吗？"

尼克忙不迭合上电脑。"我不需要。"

"咖啡馆里可以联网。"女孩真是古道热肠。

"多谢。"

他慢吞吞沿楼梯走回一楼，紧紧将笔记本贴住胸膛。破解密码带来的亢奋早已被困惑所驱逐。臀兜里，手机蜂鸣震动，他却几乎无知无觉。

屏幕醒目显示，刚刚十分钟内有两个未接电话。肯定是因为地下室没有信号。他查看一下手机号。一个是赛斯打来的，另一个是当地的陌生号。他回拨给赛斯。

"尼克？"他几乎不待铃响就接了起来。"谢天谢地。"

"怎么了？"赛斯在车里。背景音是来往车辆的轰鸣。尼克不得不提高声音分贝，对方才能听到。

"很糟糕。那小孩改证词了。"

似乎有火箭声从赛斯的手机里尖啸而过。

"现在他又说枪响时或许他没在走廊见到你。或许是枪响前，或许正好是枪响后。"

"什么意思？他就是听到枪声才四处躲藏的。喂——喂？"

一阵刺啦蜂鸣声，无人应答。一会儿，赛斯回话，声音断断续续，含混不清。

"你需要——罗伊斯——吉莉安——逮捕你——"

"我听不清！"尼克高喊。

"我正驶进荷兰隧道。交通糟透了。我再打——"

信号中断，只听得到一片单调乏味的低沉之音。尼克盯着电话听筒。他感觉通体麻木，摁下"重拨"键，以确定对方不是不小心挂断的。赛斯的语音信箱立即接听。

他的头又开始疼痛，神疲力乏，全身颤抖。马克斯为什么要改证词？是因为他母亲想竭力保护他？布莱特吸大麻，她夜夜抱怨从他们门缝里飘散出来的烟味儿，现在她终于得偿所愿，快意报复了。这太不公平！他想砸东西。

手机又响起。正浏览打折平装书附录的顾客不满地瞪他一眼。他看看显示的号码——一个当地号。要是罗伊斯该怎么办？

铃声催促得紧，他当机立断，接起电话。

"尼克？我是艾米丽。"

"你好吗？"这几个词条件反射般地蹦出来，与对方口头握手问好，完全未经思考。一出此言，他就意识到有什么不对劲。

"我很害怕。"她听来一副胆战心惊的样子。"尼克，有人正跟踪我。"

她压低声音，如在窃窃私语，她心焦如焚，吐出的单词不安地滚动。他依稀能听到背景音里有自来水的嘶嘶流动声。

"你现在在哪儿？"

"公共图书馆的女卫生间里。"

"是门口有狮子的那个？"

"嗯。第五大道四十二街。"

"好。"尼克大脑飞快旋转。"跟踪你的那个人——长什么样？"

"我没看到他的脸。他戴着帽子。他——"一声轻喘。"有人来了。我——"门"砰"一声响，一阵急促的喧杂声，然后一切都沉寂下来。

"我这就来。"尼克说。不过是徒劳，电话另一端早已挂断。

如果你囊中羞涩，纽约市可不会对你心慈手软。钱不够打车，他跑向华盛顿广场公园的地铁，把最后一枚钱币扔进投币口。走路会不会快些？他候在站台上，焦急不安地盯住隧道，心里盼着它到来。站台时钟积满污垢，指针在分分秒秒周而复始地转着。

他出了地铁，上到四十七街道，此间他再没收到电话。他疾速奔跑在车站和图书馆之间的街区，夹着厉风，忍着腹侧疼挛。两头石狮，忍耐与刚毅，面不改色地看他跃上台阶，飞扑向一层服务台。

"卫生间在哪儿？"

他气喘如牛，言语阻塞。女接待员肯定把他当精神病了，或许以为他毒瘾大发。她用眼神示意他身后的保安，然后抬眼看天花板。

"第三层。"

他使出浑身力量，快步冲上楼梯，边审视遇到的每一张面孔，边尽力不引起注意。他戴着帽子，艾米丽说过。可天气酷寒，楼梯上有半数人身穿带帽外套。他仰头，看到一个白T恤牛仔裤打扮的男子转过二层楼梯平台走来；楼顶、枪蓦地闪现在他脑海。他差点滑倒。不过这男子是个北欧人种，金发碧眼，皮肤白皙，不是那名楼顶杀手。

他来到第三层，穿过木格板圆形大厅（他几乎没注意到它），进入设有卫生间标志的敞亮走廊，停在门外。

现在怎么办？他不能冒冒失失闯进女卫生间。这会让罗伊斯抓住把柄的。

门拉开。手机嗡嗡鸣响，侵扰了图书馆的安静。他绷紧神经，可出来的是两个大学生模样的女孩。

"麻烦一下。"

她们放慢步子，但没停。

"不知道你们可不可以帮帮忙。我找不到女朋友了——到处找都没找到。拜托你们其中一位查看一下……"

"没问题。"

一个女孩冲他笑笑，笑容清新活泼，表示乐意相帮。她探头到门后。"里面没人。"她告诉他。

他的心猛然一沉。"还是谢谢了。"

她们一走开，他就溜进了卫生间。里面确实没人。没有艾米丽的踪影，只有白色瓷砖，白色水槽，纯白门面反射出的白花花灯光。

一个小隔间的门紧闭着，但没上锁。他仍旧心存侥幸，想推开看看，虽说这不怎么光彩。他用手肘轻轻推开，没人——抽水马桶里，有什么东西晶亮闪光。他低头细看。黑洞洞的漏斗形排污口处，一个银色手机戳出一角，好像沉没的宝藏。是艾米丽的吗？

一阵电流颤声打破沉默。他盯着水里闪闪发光的手机，目瞪口呆，半晌才意识到声音发自自己衣袋。

"喂？"

"尼克？"

听到艾米丽的声音，他舒一口气，身体放松下来。经这一惊一乍，他已虚弱无力，软塌塌靠住隔墙。"你在哪儿？"

"楼梯井的付费电话这儿。"她稍一停顿，略带尴尬。"我手机掉到厕所里了。"

"我刚找到了。你还好吧？"

"嗯，还好。我觉得那个人被我甩掉了。你在哪儿？"

"现在正要去找你。别挂断。"他挤出门，暗喜自己回到了合法活动范围内。一名穿着考究的妇人沿走廊而来，鄙夷地瞥他一眼：他咧嘴一笑，用手机敲敲头，十足傻瓜样。

"等会儿。"艾米丽的声音透出惊慌。"我想他又找到我了。我在三层所罗门房间等你吧。"

尼克大步奔跑。拐角处，一个红色的身影一闪，消失在主大厅旁的艺术馆内。是她吗？他放慢脚步片刻，高度警觉。五个日本游客尾随她进去。出来一对老夫妻。一个矮小魁梧、身穿黑派克大衣的男子匆匆经过他们身旁，差点被老爷子的拐杖绊倒。他帽子垂下，露出一个光头，左耳处一排什么东西金光闪闪。这张脸尼克见过。

他不得不开始飞跑。

所罗门艺术馆房间内光线昏暗，书架与陈列柜分列两旁。一个玻璃陈列柜孤零零立在房间中央，如一个圣坛或一个神龛；内里，虔诚的光线掠过一本翻开的巨书，书页铺开，似巨鹰舒展双翼。书页射出奶油白光，经玻璃陈列柜反射成像，黑色印刷字体形成个个小孔，产生一种影影绰绰、万花筒式的远景视觉效果。其后，一个红色的娇小身影进入视野。尼克不知道她是否见到派克大衣男正大跨步越过阴影向她逼近。

角落里，保安慵懒地监视着游客。尼克走过去。

"打扰您了，那边那个男的，我看到他拿着一把枪。"

他音调惊惶，煞有介事，不像说谎。保安从椅子里弹起，解开手枪皮套，对着无线电麦克低语几句，向前走去。尼克跟在后面，闪身绕过陈列柜。艾米丽！她假装盯着打开的书，眼角余光不安地扫视房间。她害怕极了，直到他的身影到了头顶，才有所发觉。

"尼克！"她扑到他怀里，瘦削的双臂抱住他，紧得出奇。"我好害怕。"

"你还没有脱离危险。"

尼克搂住她的肩膀，沿着房间的边缘，走向出口。在房间的中央，另一个保安已经到了，两人正详细盘问派克大衣男。尼克指指他们。

"是他吗？"

艾米丽点点头。

他们溜出门口，朝电梯跑去。房间里的三个人好像没有注意到他们离开，尼克也没有回头看。他们逃命般跑到门前台阶上，沿四十二大街横冲直撞的强风张牙舞爪扑来，这时，尼克才长舒一口气，放松下来。

"我带你回家。"

他们拦下一辆出租车。艾米丽付了车费，尼克没有阻止。她的家位于市中心一条整洁的街道，门前树木栽种密集，风格简洁素朴，却依旧难掩门窗后大笔静默财富的炫目光焰。艾米丽见尼克若有所思。

"博物馆的房子。"她满脸歉意地微笑。"就是一间公寓而已。我住六个月，然后就得搬回现实世界了。六个月期限差不多快到了。"

他目光漫过街道，查看是否异常，艾米丽笨手笨脚地打开前门，现出一个门厅，光线浑浊暗哑，一道道楼梯一扇扇门让人眼花缭乱。他随她爬到二楼。他不确定自己是否被邀，但她并不拒绝。他们踩在铺有地毯的梯级上，步调轻缓，似是不忍打扰这宛若沉醉于梦乡的房子。

艾米丽失声惊呼，扯下宁静的外衣。身后两级楼梯处，尼克闻声抬头。她站在一扇门前，看着什么。这必是她的公寓无疑。她避开，好让他看清。

门开着。只是微开，但在纽约市，房门开到这种程度，实属罕见。锁身毛糙，有鳞状碎片，明显被人撬过。

他们愣在原地，像光束中的灰尘，久而不散。然后他们转身狂奔。奔下楼梯，奔出门，奔上街道，身旁，成排的灰色树木刷刷后退。直到到了交叉路口，他们才停下来，回头看看。不见人影。

"报警。"尼克呼哧喘气，弯下腰，双手放到大腿上。"警察没来之前不要进去。还有别人住在那儿吗？"

艾米丽摇摇头。她眼噙泪花。

"还有一件事。请不要告诉警察我在这里。他们肯定认为我罪大恶极。"

艾米丽惊魂未定。"你不和我一起等吗？"

"如果警察发现我在这里，对你没什么好处。"

"求求你。"艾米丽半伸手臂，像一只翅膀折断的小鸟。"我不会告诉他们你跟我在一起的。"

尼克的目光四处巡视。街区半腰处，汉堡王饭店飘出扑鼻的烤汉堡香味。

"我们去个暖和点儿的地方吧。"

从校返家路上，艾米丽坐在塑料椅边缘，夹在一群尽兴号叫的孩子中间，啜饮一瓶水。她没脱外衣。尼克双手玩弄桌上一个空纸杯，消遣时光。

"你知道图书馆里那人是谁吗？"她问。

"不知道。"

"上次你见到我，警告我你不是我应该帮的人。"

"不是不应该，是不想。"

"我不知道你那样说什么意思。"

尼克想想。"纸牌就像病毒。所有接触过它的人……先是吉莉安，再是布莱特。现在是你。"

"你呢？"

她晃晃脑袋，冷不丁将问题抛回。她的眸子如夏夜暴风雨一般深邃难测。

"有人闯入我的公寓；我差点没命，我朋友又被枪杀。有人耍诡计取消了我的信用卡。警察没收了我的护照、我的电脑，他们很可能马上以谋杀罪逮捕我。再加抢劫罪，如果他们发现我在这儿。"

他愤愤疾语，将体内长久以来回旋起伏的不公与冤屈一吐为快。他感到精力充沛，灵魂净化。"全都因为那纸牌。"

"因为那纸牌。"艾米丽重复道。她讶异于他的情感爆发——讶异程度倒是没有他预想的激烈。"昨晚我多看了几眼。八只动物，有三只没在其他纸牌上出现过。"

"那它仍可能是赝品。"

"或者是吉莉安·洛克哈特缔造了该领域近二十年来最有价值的发现传奇之一。"她神情肃穆，不着夸张痕迹。

"我记得你说过它只值一万美元。"

艾米丽的眼神让尼克羞愧难当。"那纸牌是首批青铜雕刻印刷品之一。它自身也是一件令人叫绝的艺术品。它的价值不可估量，无论多少金钱都无法衡量。"

"值得有人为它丧命吗？"

艾米丽稍稍缓和口气。"不一定是纸牌惹的祸。说不定牵扯到别的原因。"她歪着头，像端量一幅中世纪织锦那样上下端量他。"还有别的原因，不是吗？"

尼克总是拙于说谎，不可救药。"我不能告诉你。"

"不能——还是不想？"

"相信我，你不想知道。"

她从桌上探身过来。"我想。"她依旧盯住他，率真无畏。"你还发现了什么？"

尼克猛咽几下。纸杯在他手里几经蹂躏，层层面面已干瘪皱缩，形似枯树皮。他望向窗外，静听汽笛呜咽。

"吉莉安还发给我一条信息。与纸牌同时发送，可我刚刚收到。"他没有阐述细节。"它提供了一个地址。"

"你觉得吉莉安可能在那儿，或者在那儿留下了什么东西？"艾米丽激动不已，脸庞红亮，令人心生怜惜。"你打算找到它。"

尼克并不否认。"请不要告诉警察。至少等到明天再报警。"

"我不会的。"艾米丽转动桌上的水瓶。尼克注意到她思考时，习惯抱住双臂，使它们紧贴身体两侧。她抬起头，目光清澈坚毅。

"我和你一起去。"

若说他没有这么想过，那是假话。潜意识里，他切切盼望她与自己同行——她是同伴，是红颜知己，是他不甚了解的朋友。可这念头简直愚蠢之至。

"不行。"他尽力让自己语气显得坚决。

艾米丽只是盯着他，沉默似玩偶，任他牵线操纵。

"太危险了。对我们两人来说。我们互不了解。你都知道了，我是小偷，还是谋杀犯。"

艾米丽双眼扑闪，驳斥他的想法。

"而且这不是说我们心血来潮要跑到新泽西去玩。路途……漫长啊。"

"在巴黎，对不对？"艾米丽咬住嘴唇。"我记得你说警察没收了你的护照。"

尼克愕然，这样弱不禁风的女子，居然如此不留情面。"我对纸牌没有兴趣。我只想找到吉莉安。"

"没问题。我想帮你。"

"为什么？"

"因为我不想待在纽约，每晚回家都胆战心惊，生怕他们对我下手。因为我想查明那纸牌是否真的存在。还因为我觉得你需要有人不遗余力地帮你。"

她放下瓶子。瓶体触到塑料桌面，发出空洞声响。"我们怎么去那儿？"

"今晚六点半，有一列大陆航班从肯尼迪国际机场起飞，飞往布鲁塞尔机场。"

代理商敲击电脑。"有空位。"

尼克不记得最后一次跟旅行社打交道是什么时候——可能在大学，那时刚刚发明网络。他早已遗忘它如何迟钝缓慢。第四十二大街上，车辆蠕动如蜗牛，他尽力避免频繁回头张望。

"我需要看一下你们二位的护照。"

艾米丽"啪"地打开钱包，将护照从桌面滑过去。尼克的手伸进外套找旅游皮夹，摸索到硬邦邦的小册子。他掏出来，把它放到艾米丽护照上，它如纸牌般略呈扇形散开，似等候发牌者调遣。

旅行商粗略看看，核对照片。"你是英国人？"他问尼克。

"我妈妈是。" 这护照是他去德国时申请的，意在省去领工作许可证的诸多麻烦。他从未料到他会借它偷偷溜出自己的祖国。他仍然不确定这是否管用。

至少，旅行商看来挺满意，毫不生疑。他递还给他们。

"飞行愉快。"

第 26 章

斯特拉斯堡，1434

斯特拉斯堡——道路之城。北方之路，千里迢迢，奔往布鲁日的织物市场和遥远的伦敦；南方之路，来自米兰，比萨，穿越地中海，铺延至非洲的幽暗海岸；西方之路，始于巴黎和香巴尼，舒展肢体，驰往东方，直入帝国腹地：维也纳，君士坦丁堡，大马士革与东方的座座活力之城。几英里远处，不息莱茵河的奔涌之路，承载我生命的跌宕。

道路是君士坦丁堡的动脉；斯特拉斯堡则是心脏。它巍然屹立在莱茵河支流伊尔河的一座岛屿上。由于生存所需，人类独辟蹊径，导引莱茵河流向，雕琢出一条枝枝蔓蔓的运河"项链"，水石铺陈，圈绕城市。仅踏足此城，便似开启一段眩晕之旅：跨大桥，渡河道，穿城门，过高塔，走窄巷，山重水复，周而复始，直至转个弯，已身在巨大广场之内。就是这儿，道路会合之处，巴黎圣母院岿然傲立。就是这儿，我找到了自己寻觅已久之物。

我从西面来到路上。春日早晨，完美如画：柔情绵绵的太阳高悬在深蓝色的天空，而前日一场夜雨，将道路冲刷得纤尘不染。空气中浸润了露湿的清新，我的双颊泛起红晕。我已今非昔比，不再是俯卧特里斯坦熔炉前的那个可怜鬼。我手部烫伤及水泡已经痊愈，只脸颊处被硫酸烧过，留下一道伤疤，寸须不生，烙下个人印记。圣诞期间，我替人誊写赎罪券，取得一些报酬。我拿这报酬购买一件冷蓝色外套和一双新靴子。我如获重生。我停步向陌生人打探路途时，他们不再避尤不及，亦不再绕道而行。就这样，我一路找到有着"熊"标志的房子。

其实我无论如何都会找到它的。它建于圣母院对面，广场对过。圣母院西线一座新塔正在施工，广场俨然一片石场。我在大型街区间穿行。远远地，一头镀金熊攀缘在一枝悬于金匠店门的铁藤。

我从挂在脖子上的包里拿出纸牌，高高举起。我根本没必要看。四个月了，每一幅图像都烙印到了我的生命里，模拟完美，不逊于纸牌自身。左上角的熊是相同的，不过在纸牌上看不到藤。

我提心吊胆，走进店铺。这一切太熟悉不过了：纺锤上套的戒指，一盒盒珠子与珊瑚，橱柜横杆后的阴影处，金碟金杯亮光闪射。连柜台边的男子也让我想起康拉德·施密特，他某个方面散发出父亲的气息，而我的生父却无此特质。他见我走近，小心谨慎地表示欢迎。

我亮出纸牌，顿时看出他认得它。

"你制作的吗？"

巴黎

早上八点，一层薄雾低浮在巴黎北站上空，水汽好像来自百年以前，依旧在飘忽沉落。一名警察在站台尽头的咖啡馆旁溜达，注视着走出布鲁塞尔早班列车，刚刚到达的乘客。周六早晨，乘客稀少：尚未睡醒的俱乐部会员与尚未酒醉的足球迷；几个独来独往的商人；搭帮结伙的背包客，着短裤凉鞋，似是永久驻留在自己的青春年少盛夏时光。

最后走出列车的是一男一女——男子大约三十岁，一身牛仔，外罩长款黑色外套，女子身着高领红色大衣，脚穿亮红鞋子。警察观察这二人。他们是在一起旅行，这明白无疑，但两人之间又恍惚有种尴尬，暗示他们并不熟悉彼此。他们交谈时不直视对方；男子侧身挤过柱子，不小心擦到了女子的胳膊，二人同声道歉。一夜情，警察断定——两人同出差，酒后乱性情，又都过于年轻，尚不习惯如此，显得有些手足无措。男子可谓是两人中的幸运者。女子很美，是那种沉静内敛之美。警察目光炽烈，穿透女子外衣，沿着她修长的双腿曲线上移到大衣边缘，再移至紧束腰带的纤纤细腰，及至饱满的胸脯，接着上行到她乌黑的眼睛，凌乱的头发和撩拨人的猩红双唇。男子看来实在衣冠不整，惶惑茫然。可能已有家室，无颜面对发妻。

尼克见警察盯着他们，胃部一阵紧缩。他被认出了？他被列入某张监视名单了？难道纽约市警察局已把他的照片传给国际刑事警察组织了？他离警察越来越近，动作越来越不自在，身体受压，运转不畅。他转头看向艾米丽，嘟囔了几句没头没脑的话；她点点头，似有不适。

至少时差综合征帮了大忙：人在半睡半醒时，很难过度紧张。飞机上，尼克缩手缩脚挤了一夜，身旁，艾米丽盖着毯子，浅睡小憩。飞机飞越大西洋上空，尼克忧心如焚，久不能寐：忧身后未知情形，忧前方未知之物。正要打个盹儿时，空乘人员打开灯通知，飞机即将在布鲁塞尔着陆。然后他们快速通过机场，打的去往市内，乘头列火车驶往巴黎。这是艾米丽的主意。从布鲁塞尔出发，他们可任游欧洲，不必再次出示护照。不过，还有好多方法足以让他们身份暴露。

尼克环顾四周，发现警察早已远在身后。他太累了，并不因此感到舒心。他们在车站后面排队十分钟后坐上出租车。

"Cent soixante dix-sept Rue de Rivoli（里沃利路177号）。"艾米丽告诉司机。尼克双眼惺忪看看她，很是诧异。

"我为了拿到博士学位，在这待过六个月。"她解释。"如果不会说目标语言，很难进行大量原始研究。"

两人遂又意识到对彼此的了解少之又少。艾米丽紧抓住放于膝头的包，靠住车门；尼克面朝车窗外。

里沃利路 177 号是一座毫无名气的建筑物，这座银行夹在美国连锁商店与鞋店之间。他们到达时，一名保安刚刚拉开铁质安全门。他们进到路对面咖啡店里，要了一杯咖啡，一块羊角面包，等候其他顾客到来。两人各自心事重重，对坐无言。若说这是一场漫长难捱、噩梦迭生的比赛，那么尼克自感此时正一跛一跛跨越终点线。他只想放弃，只想睡个好觉。

九点半，他们走进银行。灰色桌子后，接待员热情问好，仔细倾听艾米丽讲述自己有一条祖母赠送的贵重项链，她在巴黎求学半年期间，需要在安全之地予以保管。

接待员点点头。他们的存放箱可满足此种需求。

"它们安全吗？"

接待员耸耸肩，这必是所有法国学校的必教动作。"Oui je pense（我认为是）."她见尼克脸现惶惑，即时流畅地转说英语。"你的卡片用来打开安全室的门，个人识别码打开箱子。"

"Et ca coute combien（这要多少钱）？"艾米丽仍执着地说法语。

"你们现在要付五百欧元，然后每月一百欧元。"

艾米丽假装犹豫不决。"能看一眼安全室吗？"

接待员指指后墙上的一扇玻璃格门。"C'est la."

他们走过去，眯眼细看。门后，是一间小屋，铺有地毯，一排排无趣乏味的钢铁橱柜绕墙而行。柜面读数器显示的红色数字夺人眼目。尼克找寻 628 号箱子，但防弹玻璃厚而实，尼克根本辨认不出数字。虽然门看似木制，实则触之冰冷——三英寸厚的钢铁，果真"冰力十足"。

"我想我们是没机会破门而入了。"他嘀咕道。

他们回到接待员那儿。艾米丽伸手到手提包里，取出五张一百欧元纸币和护照。

接待员略带歉意地微笑，"您需要提前六个月付款。请再付五百欧元。"

尼克倒抽凉气。艾米丽递过钱，等候接待员将详细资料敲入电脑。桌下一台机器吐出一张塑料卡片，她拿起，连同护照和一张纸一起递给艾米丽。

"这是您的个人识别码。您的箱子号是717。Merci beaucoup（多谢）。"

艾米丽刷卡。空气嘶嘶而鸣，钢门缓缓开启，他们一迈入，它就"咔哒"一声，重重闭合。他们默然走在铺有地毯的地板上。成百上千扇门上，边缘的红色数字闪着光芒，彼此之间存在些微时差和速差。头顶上方，日光灯发出灼目的荧光。这一切让尼克无力招架，渐感偏头痛。

艾米丽在一个存放盒前停下。"这是628。"

尼克略弯身体，站到艾米丽和箱门之间，按捺住要查看是否有人盯梢的强烈欲望。艾米丽戴上一副黑色皮手套。她动作敏捷轻快，用食指敲出几个数字：300481。

箱门摇摆而启，半开半掩。艾米丽伸进手。

金匠汉斯·邓恩从我手里拿过纸牌，瞥了一眼。

"你从哪儿弄来的？"

"巴黎的一个贵族那儿。"雅克那张爆裂骇人的面孔从我眼前一晃而过。"他说它来自这儿。"

邓恩把卡片放到柜台上。"不是来自我这儿。"

我内心隐秘构建了四个月的希望大厦摇摇欲坠，就要崩塌。邓恩继续说道："那是卡斯帕·德拉赫作品中的一张。油漆匠。"一丝莫测的神情爬过他的脸。"还有其他东西。"

"他在这儿吗？"

他见我张望他身后工作间，扫视那些学徒。"现在不在。如果你还想找他，明天再来。"

"他今天去哪儿了？"

"在圣·阿加伯斯特十字路口。"他望一眼太阳。"你得火速动身，才能在天黑之前返回来。"

"我怎么认出他呢？"我追问。

"找梯子上的那个人。"

很多时候，或许得说大多数时候，我们似盲人般跌跌撞撞，而命运却躲避我们，从我们手心里溜走。有时候，罕见之时，它急急跑来会见我们，像母亲召集孩子们。还有时候，它极尽奚落挑逗之能事，但始终将胜利的曙光撒播向坚持不懈者。那一日，我没有被疏落。它存在于我的灵魂，兴奋发抖，我绕道大桥与运河，路经伊尔河两岸成行成列的工厂与农场，它随之灵动活跃。船帆纺织太阳，织出束束光柱。黄色绒毛小鸭在水边湿地里摇摆蹒跚。

日落前一小时，我到达十字路口。劳动者们已离开牧场，大路不见人迹。薄雾蒙蒙。几只叽叽喳喳的小鸟在灌木篱墙上欢叫。四下再无声息，悠然静谧。稍远处，几所木房子进入视野，它们协力而组为圣·阿加伯斯特村落。

道路交会处，三棵山梨树，枝丫交错，刚刚萌芽。树前高高的标杆上，张挂起一块画有处女的木牌，这是旅行者的神龛。一名男子站在梯子上，靠向木牌，一手拿调色板，一手握画笔，全然无畏离地的高度。他背对我，但我即刻断定他就是我要找的人。我只需看看他画的圣母像。王冠被涂抹为一轮光晕，她裙摆平展，没有鹿，只有一个乖巧的孩童坐在上面，即便如此，她也是纸牌上的皇后现形。同样茂密的头发，一手抬起，漫不经心轻抚发丝；同样丰润的嘴唇，同样风情万种的双眸，荡漾盈盈眼波，兴味盎然地欣赏手镜中自己的影像——影像化身为孩童的稚嫩脸庞。她撩人的双唇，高耸的胸部及外衣褶皱覆盖下劈开的双腿，都使得她堪称我所见过的最厚颜无耻的圣母。

我走往梯下。

"你是德拉赫吗？"

他俯视我。太阳悬在他脑后，似一道光轮，灼灼亮光掩住他的面庞。

"是您制作的纸牌吗？那副鸟、兽、花和能奇迹般地自我复制的野人纸牌？"我高举 8。阳光低垂，穿透它，纸张闪射出琥珀色光芒。旋涡般流转的野兽轮廓源自纸牌背面。

我听到温柔的笑声，这笑声我后来再熟悉不过。

"是的。"

第27章

巴黎

巴黎圣母院大教堂前游人如织，出租车缓缓驶过。它从新桥过江，进入环绕巴黎大学附近圣·赛芙韩教堂的条条小巷。出租车半路停在一家旅馆外的车道上，这家旅馆是一栋古老的建筑，大门上方的遮阳篷张贴有某种牌子的啤酒广告。尼克和艾米丽走进去，一只虎斑猫从接待员的椅子上跳下来，高视阔步走开了。片刻之后，一位年长者从隔壁办公室走出。艾米丽问他问题，他讪笑，点头，算是回答。他从抽屉里掏出两把钥匙，并没要求他们出示书面材料。

他们乘电梯上楼，穿过一条狭窄的走廊来到屋里。尼克看看双人床，尽力平复内心涌动的暗流。

"我要的是单人床。"艾米丽道歉。"我马上下楼让他们换。"

"我可以睡在地板上。"此时此刻，他在任何地方都能睡着。

他放下背包，走到靠窗的小桌子前，从外套内兜里掏出硬皮信封。这二人彼此心照不宣，耐心等候，直到回到房间才打开它。

他们像一对拙手笨脚的情人，不约而同地把手伸向信封。手碰到手，又都缩回。尼克拿起信封，手指在信封口下用力，撕开信封。触来坚硬、滑腻的什么东西在内恭候。他把它滑落到桌上。是一个大约明信片大小的扁平椭圆形物体，包裹在白色包装纸内。

"让我来。"

这次，尼克让艾米丽动手。她翘起一只红色指甲，刮开胶带，剥开层层纸张。两双眼睛齐刷刷盯住它。

历尽磨难，尼克此时感到极度失望。他寻找的东西竟是如此熟悉。四只熊、四只狮子，不是在屏幕上，而是印在坚硬、沟纹回生的纸上。时光已将纸张打磨成灰白色，但印制的线条依旧清晰明了。

艾米丽戴上手套，捏住纸张边沿，拿起它。

"纸张上没有任何标志或记号。"

"难道应该有吗？"

"如果它来自图书馆或者选自重要收藏品的话，应该有。"她咔哒一声打开台灯，举起纸牌，避开暗处，卡片被照亮。"这些动物周围没有显现轮廓。这是由单张薄铜版印制的——而不是后来的复合纸张。还有这儿。"她指指纸牌中央。"水印王冠。这种标记与其他早期纸牌相同。"

"那些呢？"尼克指指纸牌右下角一片脏污的黑点。有一些是黑色，其他呈红棕色。"它们看起来像干燥的血迹。"

"也许是赌博时溅上的酒？"艾米丽把纸牌放回包裹纸，虔诚地把它覆住，像包裹一具尸体。她兴奋难抑，嘴唇湿润。"这是真货，尼克。本世纪发现的第一批此种类型的纸牌。"

尼克没有应答。要说有反应，她的兴奋不过为尼克的愤怒添柴加油。他突然一阵躁狂，想要撕碎纸牌——但没那么做。

"我们应该找吉莉安。"

"她想让你拿到这纸牌。"

"现在我应该做什么？加上记号，交给博物馆？吉莉安·洛克哈特的礼物，她的失踪真是耻辱。"尼克的疲劳感已渐行渐远，但他还是欲罢不能，停不了口。

"她还留下其他东西了吗？"

艾米丽的问题好似掴来一记耳光，他刹住口。尼克捡起信封晃一晃。有咔哒声传来。

尼克倒转信封。一块信用卡大小的塑料制品和一个小金质芯片哗啦啦掉到桌上。

他先检查塑料卡片。它呈红色，BnF 几个字母旁是一幅翻开书的图片。他翻转卡片，仔细验看。是吉莉安，她被缩印在角落一英寸见方的小方格里，像一杆枪，冷冰冰直视照相机。尼克踌躇一会儿才认出来。头顶灯照在她的额头，反射出炫目的光，一片黯淡古板的阴影罩住她脸部。自尼克最后一次见她后，她剪了短发，染成亚麻色。他记起吉莉安喜欢对他引用的一句诗："除了无常，一切都不肯停留。"

"BnF 是 Bibliothèque Nationale de France 的缩写。"艾米丽说。"法兰西国家图书馆。四十张扑克牌原件就在那里。这肯定是她的通行证。"她指着金质芯片。"那是什么？"

尼克用拇指和另一只手指捏起芯片。"它是一张 SIM 卡。手机用的。"

"她为什么留下这个？"

"也许想让我们知道她给谁打过电话。"

尼克掏出自己的手机，撬开后盖。他从固定架里抽出 SIM 卡，换上吉莉安的。他正要开机，却突然停手。他的手指在启动按钮上方犹疑不决。"或者——"

"或者什么？"

"或者因为他们能够通过追踪信号来锁定她的踪迹。"

他把手机放进衣袋，抓起外套，向门口走去。艾米丽一跃而起，神色慌张。

"你要去哪儿？"

"去地铁站。"

他一走出旅馆，寒气迎面袭来。阴霾黑压压，低矮地飘浮在巴黎上空，令人抑郁，空气散发出一种气味，这预示着有一场大雪将至。尼克急转弯，进入圣·米歇尔地铁站。塞纳河对面，一群小鸟环绕巴黎圣母院高塔飞翔。他买了票，从狭窄的十字转门挤身而出，走下一段楼梯，踏上拥挤的地铁月台。

尼克开启手机，信号搜寻中，屏幕显示，确定没有接收信号，他像吃了一颗定心丸，开始行动。

尼克翻查她的电话簿。有些名字听来耳熟，可能间接听到过；一些是法国名字，另一些看来是美国名字。没有什么可疑之处。"博物馆，娜塔莉手机，保罗家……"

没有"尼克"。他的胃抽动紧缩。她删了他。经历过种种事件，这不过令他稍感遗憾，但仍犹如子弹穿胸，伤害颇深。也许很大程度是因为这太过老套：这并不是一个姿势或一条消息，仅仅是一些家务事。

也许她想保护我，尼克竭力自我宽慰。但他无法说服自己。

那她为什么要送我这纸牌呢？

一辆红色双层列车停站。片刻工夫，场面混乱，一群购物者和观光客互相交换位置。列车缓缓发动，笨重地离去。

尼克搜遍她的所有文件夹，查询她的短信。它们空空如也——所有的信息都被删除。只剩一条。

我不知道我做了什么事情，但求你求你打电话给我。即使你不想说话，仅仅拨通号码就行。我依然爱着你。尼克

时间信息显示为六个月以前。她从没有回复。为什么她还保存着它，留它在这个被遗忘的角落里滋生尘埃？

尼克关闭消息。站台上又开始人满为患。远处，一个吉他手梳着一头编织辫，正用法语演唱平克·弗洛伊德。尼克查看通话记录，并未抱太大希望。

有三个电话。其中两个拨出号码看似法国号，在她的电话簿中无记载，第三个——离现在时间最近的——拨出对象是叫西蒙的一个人。尼克点击查验该号码详情。这号也像本地号。

他翻动屏幕，验看三条记录的通话时间和时长后，关掉手机。

尼克在因特网咖啡厅待了十五分钟，回到旅店房间。艾米丽坐在床上检查扑克牌，她双腿盘拢，似清纯女学生。

"你有什么发现吗？"尼克问。

她摇头。"你？"

"三个号码。"他一把抓出口袋中的碎纸片。"这是吉莉安手机拨打的最后三个电话。"

"是否是她的，你并不知道。"艾丽米谨慎警惕。

"是她的。"尼克跌进手扶椅。屋外天寒地冻，他的手仍凉如冰块。"其中一个打给出租车公司。我知道拨打时间和日期，这样我们可以去问问他们有没有记录。还有一个电话是打给叫西蒙的。"

"有他的姓吗？"

"连姓的首字母都没有。"那意味着什么？尼克从没听吉莉安谈起过叫西蒙的朋友。他将这念头摒除。

"幸运的是第三个号码名字完整：让·巴普蒂斯特·范德维尔德教授。他是巴黎郊区乔治·萨涅克学院的一位粒子物理学家。他专门研究 X 射线透视检查，管它是什么。"

艾米丽扬扬眉。"你从吉莉安的手机里知道的？"

"他有自己的网站。"尼克递给艾米丽在因特网咖啡厅打印的资料。"所有他的具体联系方式。我搜索他的手机号码，他的详细联系方式争相出现。"

艾米丽斜眼看看资料。"为什么吉莉安要找一个粒子物理学家？"

"我们去问个清楚吧。"

第 28 章

1434 年，斯特拉斯堡

关于卡斯帕·德拉赫我能说些什么呢？在我见过的才子中他是最不讲究的。在我看来，尼古拉斯·库萨努斯都比之不过。库萨在围墙花园内沉思，德拉赫却在田间游荡；库萨在园中修枝、浇水、整形、收获，而德拉赫却四处撒种，至于种子落在哪儿，他想都不想。他所过之处都开满了艳丽无比的花朵，可在茂密的花丛中、缠绕的花梗间却隐藏着毒蛇。

不过在那个春日的夜晚前，我对此却一无所知。我只记得他光脚踩着梯级而下，看到我吃惊的表情，他狡黠地笑了笑。之前我一直以为他像一位睿智可敬的金匠，要穷其一生修成新技艺。可我真正见到的是一个比我还小几岁的年轻人。他身形单薄，满头蓬乱的黑色鬈发，自然的蜂蜜色皮肤，在忽明忽暗的灯光下，眼睛像劣质油一样——时蓝、时绿、时灰、时黑，额头上还涂着几道蓝色，像野人一样。

他拽过我手中的纸牌，瞅了一眼。我期待看到认可的信号，或许是回头的浪子带给父亲的那种自豪神情。可我什么都没看到。他把纸牌递还给我。

"你输了？"

"什么？"我没仔细听。交换纸牌时，他的手指碰到了我的手指。就在那一刻，我感到内心的恶魔被唤醒了，"山雨欲来风满楼"啊！

"赌博。你输了吗？"

我想到了雅克那张血肉模糊的脸和留在石头上的血迹，忙说："没有。"

德拉赫冲我狡黠地一笑："拙匠常怨工具差。不会赌博怪纸牌。"

突然，他转身向河边走去。他是要赶我走呢，还是要我跟过去，我弄不懂，但我还是跟了过去。他蹲在河边，冲洗调色板，一道道彩色水线流到了河里。

我站在河堤最高处看着。"那些纸牌你是怎么做的？"我冲着下面大声喊道。在那个安静的夜里，我的声音好像格外响亮。"你怎么能做到那么逼真？"

他头也没回，问道："你是做什么的？"

我犹豫片刻："曾经是个金匠。"这是最好的答案了。

"如果我到你的店里打听上釉的秘密，或者打听如何烧制金和铜才能让刻出的图案显得生动逼真，你会告诉我吗？"

"我——"

"我发现了人们从未发现的东西。你认为我会告诉我在十字路口遇到的每个陌生人吗？"他把调色板从水中拿出来，晃了晃上面的水，夹在腋下。接着快步走上河堤，径直从我身边走过。

"我想做样完美无缺的东西。"我说，声音中流露出的绝望或是忧伤一定打动了他。他转过身。

"只有上帝是完美无缺的。"

这句话呈于纸面，读起来像是一句流露着傲慢语气的训斥，但仅几个字根本无法捕捉他那时的神情：先是板着脸，接着撇了撇嘴，最后又调皮地看了看我。

"上帝——还有你的扑克牌。"我说。

这话他听着很是受用。他伸开双臂，深鞠一躬，像是在剧院谢幕。

"我的那些纸牌看着都是一模一样的，上帝可造不出完全相似的人来。"这话着实让我震惊，但我尽量不动声色。他想了想，又接着说："除非是双胞胎，但这纯属奇谈怪论。"

他抬头看了看天。太阳早已落山，天色渐渐暗了。

"饿不饿？"

我俩穿过田地，走向村子。狭窄的小路被耕犁碾压得崎岖不平，我和他时不时撞到一起。我早已被他迷得神魂颠倒，真渴望能挽着他的手，可我当然不敢。能感受到他的衣袖轻轻掠过，能被他的肩膀偶尔碰一下，我就心满意足了。

他把颜料罐都放在一个粗布袋里，不论他走到哪里，都能听到像马具摇铃般叮叮当当的声音。一路上，他滔滔不绝，我侧耳倾听，欣喜不已。他问我叫什么，从哪来。当我说从巴黎来时，他注视着我，那副表情好像告诉我他知道我的一切。

"这里面有文章。"他说。"哪天你一定得告诉我。"

除了他，我还真想不出我愿向之诉说的第二个听众了。

我们到了一家叫"野人"的小旅馆门前。旅馆的牌子上画着一个正弹着琵琶回头看的男子，他的皮肤像落叶样从身上飘落。我好像来到了另一个世界，目光所及之处都是一张张生动的扑克牌。见我愕然凝视，德拉赫点了点头。

"在这儿我一向是受欢迎的。会有人为我们准备晚餐和过夜的床铺的。"

说到"我们"这个词时，他是那么随意，我弄不明白他仅是随口一说，还是有什么特别的意思。但对我来说，这就像是一颗扣子从他衣服上脱落，他并未觉察，我却把它捡起来久久珍藏。

我们穿过马厩院子，进到旅馆里面。燃烧的蜡烛驱走了黑暗，壁炉里的火苗赶走了春寒。虽然这个村子离斯特拉斯堡很近，不大能留住过往的旅人，但这儿并不冷清。三个身披上好斗篷的骑士坐在屋子中间，吹嘘着各自的功绩。角落里，两个维也纳商人窃窃私语。

一个梳着淡黄色麻花辫的姑娘端来了酒。德拉赫几乎一饮而尽，又叫姑娘上酒。我盼着她快走开，好把在法国数月之旅中酝酿的想法说给德拉赫听，那一刻，我激动得有些颤抖了。

最后她终于走了。

"我有个提议。"我说。我本打算就说到这儿，想吊他的胃口。可我自己却激动得无法自制，不禁脱口而出："你会做逼真的假扑克牌，那你有没有想过还能仿制别的什么？"

他只挑了挑眉，等我继续。我深吸一口气说道："文字。"

他过了一会儿才明白我的话，大笑着说："文字？谁会花多少钱买文字啊？我装饰过手抄本，知道那些书记员抄写文字挣不到几个钱。"

"有些文字要值钱得多。"

我的脑海中又浮现出父亲的铸币厂，那些一模一样的钱币像溪水般流到天平盘上。在巴黎，力求完美这一原则并未把铅变成金子。我深信，在斯特拉斯堡纸张可以变出金子。

"比方说，上帝之语。"

德拉赫听完，直接把酒从鼻孔里喷了出来。他用敏锐的眼光看了看我，怀疑是不是听错了。"圣经？"

"不，赎罪券。"

德拉赫大吃一惊。他靠坐在椅子上，开始思考。即使陷入沉思，他脸上散发的神采也胜过常人。

"赎罪券就是收据。"他终于开口了。"教会卖给你这些收据，证明你的罪恶已被宽恕了。这没什么甜头。"

"一张是没甜头，"我同意他的说法，"可一千张呢，一模一样的……"

"一千张。"他重复道，琢磨着这个数字。

"用你的手艺。"

"其实只是一页。"

"标准格式。"

"我们得留出空间写姓名和日期。"

"还有价格。"我激动得脸都红了。我觉得终于找到知音了，以前从未体验过这种默契。

"上帝知道一定会有人买的。"

"虽然是上帝保佑，但终有一天他会赦免众生的。"

这是一句自省的话，我忍不住说了出来。德拉赫收起对我的赞赏，向我重新投来审视的目光。

"一个完全没有罪恶的世界是脆弱的，而且无利可图。"

"当然。"我结结巴巴地说。我一心想再在他脸上看到赞许的神色。"我只是说——"

他做了个手势打断了我的话。顺着他指的方向望去，房间另一头的角落里，一个女人正弯下身子倒酒，向同桌的商人和种田人卖弄风骚。双乳几乎下垂至腰际，裙领也差不多低到同样的位置。脸上涂着一层厚厚的红粉，颇像一面灰泥涂抹不均的墙。

"只要有这样的女人——和那样的男人——我们就会赚到钱。"

对此，德拉赫和我的态度则大不相同。再看那个妓女两眼，我感到阵阵恶心。而他，心平气和、思维敏捷、超然脱尘一般。意识到他正像神父一样在看我忏悔，我忙镇静下来，想说点什么遮掩一下心底的慌乱。他摇了摇头，像是知道我要说什么，有意让我摆脱尴尬。他把手伸过来放在我手上。

"我会替你保密的。"

看我眼中流露着迷惑，他大笑起来。

"你的提议。是一个只有天才才能想到的计划。"

"可那些纸牌——"我迟疑道。

"仅仅是个开始。我把它们卖给那些识货的、有钱的赌棍。他们只构成一个小市场。有这些赎罪券，全人类都是我们的买家，只要人们有罪，他们就会再回来买。"

我俩的膝盖在桌子底下相互摩擦了几下。那时我就明白了，只要我和卡斯帕·德拉赫联手，世上就少不了罪恶。

第 29 章

巴黎

乔治·萨涅克学院建在巴黎西郊的一片低洼地上。校园里都是混凝土建筑，大多数窗子都拉着百叶窗帘，几个亮着灯的房间就像电视屏幕一样。一群少年在一个入口坡道上玩滑板，除了他们再也看不到其他的人了。

尼克和艾米丽在一幢楼前停下，摁响了标着"范德维尔德"字样的门铃。对讲机的塑料外罩已经开裂了，话筒被一幅标签拼贴图裹着，标签早已退色，内容是大力宣传地下团伙、激进政治、极端艺术或直接颂扬无政府主义。

"哪位？"

艾米丽向前靠了靠。"是范德维尔德教授吗？我是苏泽兰特博士。"

话筒里传出了吱吱啦啦锯东西似的刺耳声，接着，门咔哒一声开了。

"上来吧。"

电梯坏了，他们走楼梯上去。范德维尔德教授的办公室在四楼的走廊尽头。长长的走廊上铺着油地毡，很可能自 1968 年以来未再装修过。他们敲了敲门，一个轻快的声音让他们进去。

这是一间大办公室。左手边是一个大窗子，从那儿最多只能看到几座了无生气的高塔，远处的风景完全被遮住了。屋里有一张胶合板桌子，一张白板和两把扶手椅。桌子上扔满了纸屑；白板上还有擦到一半的公式，字体潦草；椅子已经破旧，裂开很多小洞，黄色的海绵从里面冒了出来。屋内唯一的装饰品是一张贴在墙上的海报，很久之前卢浮宫举办过一次展览，这张海报就是宣传这次展览的彩色手抄本中的一页。

范德维尔德教授站起身，从桌子后面走过去和他们握手。他高大魁梧，穿一条灯芯绒裤子，一件蓝色毛衣背心，高挽着衬衫袖子。要不是他戴着那副银边眼镜，尼克觉得他看起来更像个渔夫，而不像物理学家。

"艾米丽·苏泽兰特。"艾米丽说，"这是我的助手，尼克。"

范德维尔德轻轻弹了一下平放在灰色文件柜上的咖啡壶，示意他们坐下。

艾米丽双腿交叉在扶手椅上落座。"我们预约得太仓促了，可您仍然安排在周六下午和我们见面，非常感谢。很抱歉，您没收到我的邮件。"

范德维尔德在毛背心上擦了擦勺子，又打开了一罐雀巢咖啡。"没什么。反正我在这儿。你们又从纽约大都会博物馆远道而来。"

"您的论文我读过很多。"那是她在烟雾缭绕的咖啡屋里，边喝浓咖啡边上网浏览的。"可我的同事想弄明白整个过程。"

尼克歉意地笑了笑，好像在说他并不是来挑刺的。

"不知道您能否给他解释清楚。"

"当然可以。"教授起身带他们从侧门进入到一个没有窗户的简单房间。

"我们的质子微探测仪就在这儿。"

那台机器看上去颇像牙科手术室里的仪器：一根根从墙和天花板上伸出的白色金属管汇集成一个喷嘴，指向一个钢质斜架。一组歪歪扭扭的粗光缆把钢架和墙边桌子上的电脑连在一起。

"我们正在研究 PIXE 技术，也就是粒子诱发 X 射线荧光分析。"他一字一顿地说，可他那浓浓的地方口音反而让人听不大清楚了。"该技术是二十世纪八十年代在圣地亚哥研发的。你要做的就是通过这根管子——就是这根——向你分析的对象里发射一束质子。我的诸次试验中，分析对象是某本书的某一页。那些质子会穿过这一页，撞击原子并将其分解，释放 X 射线。我们用荧光镜系统测量这些射线。"

他轻轻敲了敲悬挂在天花板上的喷嘴，又指了指那台电脑："这些就负责分析射线，并告诉我们书页所含的成分。"

"难道这个过程不会损坏书本吗？"

"不会。我们只扫描一毫米见方的书页，而且质子只分解少数原子。如果不进行分子层面的实验，就不会造成损害。"

尼克瞅了艾米丽一眼。她好像希望他继续发问。"这种实验就能告诉你书页的成分了？"

"它能告诉我们油墨的成分。每一种油墨都有我们可以确认的化学标签。我们分析早期印刷的文本，以便确定出自何人之手。"

尼克深吸一口气，把手伸进衣兜。"那么您扫描这个时发现了什么了吗？"他举着那张纸牌，紧紧盯着范德维尔德的眼睛。

"我只研究书本，这张纸牌我并未分析过。"

但他的神情表明他认出了那张纸牌，而且不只这些，还有恐惧？这一切尼克早已看在眼里。"一个名叫吉莉安·洛克哈特的女人带给你的。"

"我从未见过这位吉莉安·洛克哈特。"他很费劲地说出这个名字，像先前背出 PIXE 缩写时一样吃力。

"您发现了什么？"

"我已经告诉你了。我从未见过这张纸牌。"范德维尔德站起来，"我想，你可能对我的工作并不感兴趣。很抱歉，我无能为力。"他把手放在门上。"请……"

尼克和艾米丽站在原地没动。"吉莉安什么时候来过这儿？"

"从未来过。"

"一个月前她给您打过电话。一周前，她失踪了。"

范德维尔德叹了口气："听到这样的消息我深感遗憾。真的。但——我确实无能为力。"

"她给您打过电话，您记得吗？"

"她叫什么来着？"

"吉莉安·洛克哈特。"

范德维尔德迅速摇了摇头："不记得了。"

"我们有她的通话记录。你们的通话持续了将近十五分钟。"

"可能我的秘书找我接电话时，我没让她挂。可能她没告诉我她叫什么——或者没告诉我她的真名。也可能她假装对我的工作感兴趣，因为她另有所图。"

他松开门把手，走回到机器旁边。"你以为我有所隐瞒吗？什么都没隐瞒。

我向你发誓，我从未见过你的这位朋友，或这张纸牌。但是如果你想让我分析这张纸牌，如果这样你能满意的话，我乐意效劳，怎么样？"

他伸出手，头扭向另一边。尼克瞅了艾米丽一眼，她谨慎地点了点头。

那个法国人把纸牌平放在管子前方的斜架上，不停地摆弄着喷嘴，直到调整到他自己满意为止。尼克靠过去，眯着眼睛仔细看。

"这个喷嘴什么都没对准啊！"

"我们采用两种测量方法。油墨是渗进纸里了，对吧？所以，我们首先测纸张，然后测油墨。如果我们省去第一步，就只能测到油墨的成分了。"

他转动了一个把手，固定好喷嘴，然后走到电脑旁。尼克仍然满腹疑虑。"我们得回避还是怎么着？"

"这很安全的。你在阳光下站十五分钟所吸收的质子比这都要多。如果不信任我，我做试验时你可以一直拿着这张纸牌。"

尼克后退了一步。"我还是在这儿看吧。"

其实没什么可看的。范德维尔德先按下电脑上的一个键，接着墙后传出了隆隆的响声，一盏红灯在管子上方亮起来，数秒钟后，红灯熄灭，响声停止。范德维尔德再次调整喷嘴，对准一片浓密的狮子鬃毛，那是油墨最重的位置。灯光再次闪亮，接着又熄灭。一张锯齿状的图表显示在电脑屏幕上。

"那个图表什么意思？"

"图表显示了我们能测到的诸种元素。" 范德维尔德用手指描着图标的波峰说，"这条线表示钠的含量。这是铜的含量。"

"那……能说明什么呢？你能弄清油墨的成分？"

"只能弄清部分成分。有些成分是 X 射线荧光镜系统测不出来的。有时我们不知道它们来自何处。比方说，我们发现了铅。也许它来自铅黄——一种干燥剂；也许来自上色时被加热的氧化铅；或者——如果被测的是一本书——是铅合金活字摩擦脱落所致。这台机器所能告诉我们的就是油墨含铅。"

"这有什么意义？"

"每种油墨都要有一个标签，懂吗？每一名印刷者所用的油墨都有所不同。我们有一个数据库。"

"能查下这种油墨吗？"

"当然可以，你来看。"

他按下电脑上的一个按钮，接着一个沙漏状光标在图表上方缓慢旋转起来。几秒后，屏幕底部出现了一行文字。没等范德维尔德说出结论，尼克就已经猜到了。

"没找到。"他耸耸肩，慢慢从电脑旁走开。尼克觉得范德维尔德在行动上谨小慎微，活像一只屡屡被踢的狗。他无奈地看了看尼克和艾米丽。"如果你的朋友来过这——我发誓她没来过——我会告诉她同样的结果。"

尼克把纸牌从斜架上拿下来，用纸巾包好，放在兜里。他盯着范德维尔德，确信他还有话没说，但却想不出该如何开口。

范德维尔德打开门，苦笑道："希望你们能找到那位朋友。"

尼克不情愿地走入黑暗走廊，艾米丽紧随其后。尼克听到范德维尔德用法语向艾米丽嘟囔了些什么，接着关上了门。两人一言不发地走下楼梯。外面，太阳早已西沉，玩滑板的少年也不见了踪影。只有路灯发出一片片橙色亮光。空气冰冷刺骨。

"你离开时他说了些什么？"尼克问。

"他说，纸牌上的符号并不全是由油墨印制的。"

尼克回头看了看，思忖着那话是什么意思。但当他抬头时，四楼那个房间的灯熄灭了。

第 30 章

斯特拉斯堡附近，1434

　　"小心，如果你溅出一滴，我们就得像异教徒一样被烧死。"

　　德拉赫一边咧嘴笑着，一边拿着洋葱往一根尖头木棍上戳。这让我有些害怕。他认真时才会笑。

　　可能是德拉赫发出危险警告的缘故，那天，我的全部感官都极其敏感。空气中弥漫着煤炭的芳香和亚麻仁油的怪味；八月的阳光在烟雾中投下束束光柱；我俩中间放置的大锅里，恶臭的气泡膨胀又爆开；我能感觉到顺着我赤裸的后背淌下的每一滴汗珠。

　　德拉赫拿着串好的洋葱蹲在锅旁。我拽了拽皮手套，移开铜锅盖。我们的眼神在油气中相遇。

　　"记住。一滴都不行。"

　　那时我与天地融为了一体。我欣喜若狂。

　　虽然现在看起来很奇怪，可那时德拉赫让我重新找到了被尊重的感觉。所以，在之后发生的很多事情上，我都原谅了他。圣·托马斯·阿圭那说世间万物的命运生来已注定，实现命运才能达到目的。我一直清楚自己一生何求，但二十年了，我却像一头失明的公牛四处乱撞。和德拉赫在一起，我终于看清了自己的人生之路。机遇孕育报负；报负开启希望；希望开始把我带回父亲死后我一心逃离的生活。

　　我一直以为那段生活早已从我的记忆中消失。可那时我发现，它只是睡着了，像一头进入冬眠的熊，等待春季的到来。我兄弟弗瑞尔住在美因茨父亲的老房子里。我给他写了一封信，后来收到了一封措辞谨慎的回信。信中弗瑞尔表示愿意——

但仍心存戒备——接纳我。通过弗瑞尔，我发现了几件事情。第一，他持有每季度以年金形式存到我名下的一笔金子。作为一名敏感诚实的书记员，他能清楚地解释，我走后年金中增加的每分钱的来路和去向。他遗憾地告诉我，科隆的康拉德·施密特起诉我中断学徒期，要索取全额补偿，所以大部分年金都付给施密特了，但他会把剩余的钱转到斯特拉斯堡。

弗瑞尔没提我离开施密特的原因。据此我推断出：在维护儿子的名誉和诋毁我的名声之间，施密特更倾向于前者，他并未把我离开的丑闻告诉他人。他早已把那个秘密带进坟墓了，因为弗瑞尔说他去世已经有几年了。我从未得知小皮耶特的情况。

弗瑞尔的汇款为我提供了一小笔资金和日后可指望的一笔收入，我又利用奇特的信用炼金术——对那些根本不缺钱的人最有吸引力——向他人借款，把那一小笔资金变成一大笔。我很快就意识到，显然我将是我们冒险活动的资助者。德拉赫虽是满腹才气，但对金钱却惊人的大意。当他告诉我那些纸牌就卖了那么点儿钱时，我惊呆了。他承认他再也不能做新纸牌了，因为为了还债，他把印刷机卖了。我不禁感叹，自己竟然把运气寄托在这样的人身上。

每当我想和他讨论钱的问题时，他就说："看看圣·方济。没有什么比贫穷的一生更光荣了。"

"还有谦卑。"我提醒。他听后大笑，因为他骨子里就爱慕虚荣，他自己清楚。他把我的头发弄得乱七八糟，说我是个好争善辩的老太太。之后，我很少再提钱的事了。

我在圣·阿加伯斯特村，就是我和德拉赫初次相见的十字路口旁的那个村子，租了一处农宅。那是一处不错的农舍：一头是有三个房间的茅舍和一间牛棚，另一头是一间石头小屋。一片白杨林环绕四周并将院子与村边的道路隔开。穿过草甸，我能看到弯弯曲曲的伊尔河流向三英里外的城市。四周没有邻居。没有人留意德拉赫平时不会出入，也没有人注意到深夜时分从小石屋里喷涌而出的怪味，更不会有人抱怨，一天晚上德拉赫不小心把母鸡烧着时院子里传出的噪音。那是我真正拥有的第一所房子，我热爱它带给我的自由。那年，我三十五岁。

总之，在德拉赫的帮助下，在很短的时间内，我把自己拖出深渊，重新找回了自己的位置。

我把锅盖拉回来，斜放在锅上，以防液体溢出锅外溅到火上。德拉赫和我的脸都用破布遮着，怕吸入迎面而来的臭气。他把洋葱放进冒泡的油里。两者一接触，亚麻仁油就冒起一层褐色的浮渣，洋葱周围也迅速起泡，泡沫层层增加，沿着锅内壁迅速上升。

　　"别让它溢出锅沿！"

　　德拉赫拉出洋葱，我用钳子把锅盖盖好。"太热了。"他严肃地说。

　　我拿着一根拨火棒和一把火钳，把三角架底下的煤拨散降温。当锅里的油沸腾得不像刚才那么剧烈时，我们又试验了一次。这一次，浮渣起得比较慢，洋葱周围还是冒泡，但没有外溢的危险。

　　"完美！"德拉赫宣布。我拿开锅盖，他用一把长柄勺把一碗树脂粉撒到油液表面。每次树脂粉一碰到油，锅里就会起浮渣和泡沫，若不快速搅拌，他们就会沸腾外溢溅到火里，那样一来，整口锅就得着火。这是整个过程中最需当心的环节：不仅仅因为有着火的危险，还因为德拉赫忙活起来像是要存心放火似的。他加的树脂粉一勺比一勺多，泡沫离锅沿越来越近，害得我只得拼命搅拌。德拉赫就像个拿着木棍戏弄小狗的孩子，感觉其乐无穷，而我则满心怨怒。难闻的气味，周身的疲惫和惶恐的心情一股脑涌来，让我疲于应付。

　　这锅混合物慢慢变稠。当熬出一锅尿黄色的浓汤时，我们便把它盛到玻璃罐里冷却。我们封上火，向伊尔河走去。

　　我脱下裤子，一头扎进水里，接着又浮出水面，好看着德拉赫在岸上脱衣服，一到水里，裹在身上的油污就飘离身体，形成一层发臭的浮油，顺水流走，我心中的愤怒也随之消失。我竟然能被德拉赫的无意举动激怒，真是太愚蠢了。

　　德拉赫蹚进河里，在浅水处蹲下。虽然玩火时，他一副大大咧咧的样子，但在水里，他却有一种莫名其妙的恐惧。这是我唯一能超越他的领域。我在水里扑腾了一会儿，然后潜入水下，屏住呼吸，想让他着急。当我在水下睁开眼睛时，看到阳光从芦苇丛中透射进来，便想起了在莱茵河里采金的日子。我真不敢相信，那就是我过往生活的样貌。

　　我破水而出，游回河岸。德拉赫已蹚到没过大腿的深水处了，他一脸急躁，逗得我开怀大笑。

　　我掉头游到他身后，站在淤泥里，往他后背上撩水，冲掉煤烟和油污。他皮肤紧实，由于长期劳作，双肩透着一种坚实之美。趁他转身之际，我又沉入水下，怕他看到我已经勃起。

我们穿好衣服，回到小院。牛棚里的牛栏和干草早已被两张木桌取而代之。我们把油搬进牛棚，用勺子舀到一块石板上。此时，先前的混合物已经冷却成油脂糊糊。旁边的一片贝壳里有一小堆煤烟，我们慢慢把它搅到糊糊里。我看它在稠液里打旋，然后溶解。

德拉赫用指尖蘸蘸糊糊，然后往石板旁的一小片纸上擦擦，纸上出现一块黑色的油迹，但当我看着它变干后，黑色却褪成了浅灰色。除了感叹我们花费的大量心血，我还稍感一丝失望。

"颜色应该更黑，更深，像真油墨那样才对。"我想起在巴黎特里斯坦塔里的那些日子，在脑海里搜索着彩虹的种种色彩。"如果火旺，能把铜粉烧成黑色。如果我们再把灯黑掺进去，颜色会更逼真。可能红铅黄也行，能让颜色更深。"

德拉赫看来一副心烦意乱的样子。他伸出一根手指，放到我嘴唇上，不让我说话。"这样就行。毕竟我们还没有印刷机呢。"

第 31 章

巴黎

"他为什么撒谎？"

火车正驶回巴黎市区。夜色笼罩着郊区。尼克向窗外望去，他看到的只是他和对面艾米丽的淡淡映象，像黑夜中的两个幽灵。

他换个问法："他为什么要撒谎？为什么假装从未见过吉莉安和纸牌？"

艾米丽打了个寒战，裹紧外套："他那么急于用机器来检测纸牌。他知道我们不是他的对手。"

"因为他早就和吉莉安分析过纸牌了。"

"但如果他什么都没发现……"

"……那他为什么撒谎？"

火车穿过一排铁轨会合处时震动了一下。某个车站一闪而过。

"我搞不懂吉莉安为什么把纸牌拿到他那儿。"

尼克看着她，一脸迷惑。"去分析油墨。"

"范德维尔德的工作是关于活字印本的。但直到1455年才出现第一本活字印本。据我们所知，那些纸牌可追溯到1433年左右，是凹版印刷品——即在雕版上刻好凹坑，把油墨填进去，再压印到纸上，完成印刷。而活字是凸版印刷的，油墨被涂在每个字母凸起的表面上。虽然我不确定，但我认为这两种印刷中所用的油墨是不一样的。"

"所以她去找一个不能帮她的人，并且一无所获——还有，这非常机密，他不能实言相告？"

"一定另有他人。"艾米丽平静地说。"有人在找吉莉安——可能他们到过范德维尔德那儿。可能这是他害怕的原因。"

他们在下一站下了车，尼克在空荡荡的站台上找到一部投币电话，拨通艾米丽拨的第二个号码。他双手抖得厉害，几乎不能把硬币放进投币孔里。他告诉自己，这是天气太冷的缘故。

电话铃响三声后，有人拿起听筒。"阿瑟尔登。"

这是个人名？公司名？还是旅馆名？

"西蒙在吗？"

对方警戒地停顿片刻。"我就是西蒙·阿瑟尔登。"

一口英国口音，陌生而又出乎意料的耳熟。尼克冒昧地问。"你是在史蒂文斯·马西森公司工作吗？一家拍卖行？"

"是的。"

"我是尼克·阿什，吉莉安·洛克哈特的朋友。我想我们几天前交谈过。"

又是片刻停顿。"你现在在巴黎吗？"

阿瑟尔登的电话上一定显示了投币电话的号码。"是的。"

"那我们该见一面。"

八点，尼克和艾米丽赶到尼古拉斯·勒梅餐馆，对于从未到过巴黎的尼克而言，这家饭店具备了他想象中法国饭店应该具备的一切。石柱支撑着粗实的横梁，铅框窗户外镶着石雕，大壁炉上方，一颗公牛头俯视下方。饭店几乎客满，十分热闹。尼克突然觉得饿得厉害。

西蒙·阿瑟尔登并不难找。饭店里，他是唯一穿双排钮扣西装的人。他独自一人，坐得比较靠里，面前放着一瓶已经打开的葡萄酒。见他们走过来，他起身与他们握手。

"地方不错，"尼克说。

阿瑟尔登给他们倒上酒。"这是巴黎最古老的建筑，是由著名的炼金术士尼古拉斯·勒梅在1407年修建的。"

"你要不说，我还以为他是个虚构的人物呢。"尼克脱口说道，随之便懊悔不该这么说。

听到这儿，阿瑟尔登大笑起来。这让尼克松了口气。"这都是哈利·波特的错。"见到尼克一脸吃惊，阿瑟尔登微微一笑，又说道，"我有两个女儿——当她们的妈妈让我见她们时。她们确定我没有被困在中世纪。"

艾米丽把餐巾铺到腿上。"确实有勒梅这个人。他的墓碑就保存在巴黎的中世纪艺术博物馆。"

"他是第一个把贱金属变成金子的炼金术士。这是他从七幅关于炼金的古画上学来的，后来他把这几幅画刻到了无辜婴孩堂拱墙上。据说是这样。"

"那些画是真的。"艾米丽说，"证明属实。"

"它们还在那儿吗？"尼克问。

"无辜婴孩堂在十八世纪被破坏了。我们现在有的只是模本。"

"虽然我从未听说过有人能根据那些画成功地把铅变成金子……"阿瑟尔登说。

尼克环视四周。"难怪他能建这么好的房子。"

服务员过来用法语问了些什么。阿瑟尔登歉意地笑笑，挥挥手让他走开。

"喜欢什么就点什么。"阿瑟尔登说，"我请客——应该说是史蒂文斯·马西森请客。"

他们看着菜单，一言不发。社交序曲奏响了，连阿瑟尔登都不知道接着该说什么。服务员返回，僵局才被打破，这让他们都松了口气。

尼克点了几道菜，不确定还处于时差反应中的身体需要什么。菜单上所有的菜里都有鱼或奶油或鱼酱——有时这三样都有。服务员撤下菜单后。阿瑟尔登变得严肃了。

"我想你们是想了解关于吉尔的情况。"

尼克从未听人叫过她吉尔。他不喜欢这个叫法。

阿瑟尔登晃动酒杯，凝视着打旋的葡萄酒。"四个月前吉尔从纽约来到这儿，加入我们公司。之前她在大都会博物馆，这你们是知道的。反应快，眼光准，她知道什么东西值钱，也知道什么东西有销路。干我们这一行的，两方面都行的人不多，这点可能让你吃惊。我和她在多次拍卖中合作过。她给我留下的印象很深。"

"一个月前，大约离圣诞节还有两周的时候，我们接到一项新任务，对朗布依埃附近的一大笔遗产进行测估。"他用英语的发音方式说出那个地名，好与自己心驰神往之情相称。"那不是一般的地方。是森林里的一处大别墅，已经破损，很可能革命后就没人去过。墙上挂着壁毯，还有一幅看起来疑似出自凡·艾克之手的次等画作，屋里的家具都快成古董了，大厅里还有一副真铠甲。这些都不关我们的事——有行家去整理。我和吉尔是负责图书馆的。"

"那一天是几号？"艾米丽问。

"十二月十二。那天是我小女儿的生日，我担心不能及时回去给她打电话，所以记得很清楚。"

第一道菜上桌，阿瑟尔登停顿片刻。他把一大片鹅肝酱摊在面包上，又涂满洋葱甜酸酱。

"我们一起开车去的，不知道会看到什么东西。我们一直和死者的女儿打交道，她住在马提尼克。她只说那儿有个图书馆，她觉得有些书可能很值钱。这不足为奇——你会惊讶于有那么多的孩子不知道父母有什么。它们大都是书架上的一些精装书，或者是老人参加读书俱乐部时得到的一些好看的赠品。通常是那些说自己一无所有的人正坐在金矿上呢。"

"不管怎样，我和吉尔小心地穿过废墟来到图书馆。推开门——顺便说一下，那是两扇十英尺高的铜门，之前可能是文艺复兴时期某个教堂用的。拉开几个书柜。我们不敢相信自己的眼睛。我们发现了手稿，对开本和古版本。"

"什么是古版本？"尼克问。他是问艾米丽的，可阿瑟尔登接过了话茬。

"直译就是'摇篮刊本'，一个术语，我们用它指1500年之前的早期印刷品。可以想象，这样的东西很难得。市面上偶尔会出现这种作品，价值不到几百万，也有几十万。据我们初步统计，收藏品里至少有三十件这样的作品。另外至少有三十份彩色手稿。我和吉尔感觉自己就像置身图特王墓穴里的卡特和卡那封一样。"

他咬一口面包。"去之前我们做了充分的准备工作，查看了出售清单和拍卖记录，好弄清其中有没有老人的藏品。我们在那儿发现的东西没有一样在市面上出现过。"

他看了看他们两个，再次强调："没有一样，这就意味着它们在图书馆里放了至少五十年了，可能几个世纪了，与世隔绝。先不管经济含义，仅从学术角度上讲，这就是纯金啊。"

"然后我们抬头看。标准的意式天花板，底色是蓝色天空，还有可爱的天使图案。只是那片晴朗的天空正下着雨。屋顶没有了。老人拖了好几个月才咽下最后一口气。从没下过床。他女儿住在国外，我刚才说过了，管家不准进图书馆。所以没人注意到。你们记得去年秋季糟糕的雨天吧？雨水直接穿过屋顶，灌进图书馆。"

"你们当时怎么做的？"

"拨打了应急服务电话。一个专门负责保存和修复古籍的组织把书拉走了。两天后，吉尔失踪了，杳无音信——直到她给你发邮件。"

阿瑟尔登拿着刀叉在盘上划来划去。他十指交叉直视尼克。尼克沉默不语，小口喝着最后一点儿汤。他刚一放下勺子，服务员就出现了，开始收拾餐具。刚才他一直在听吗？他给他们倒满酒，虽然刚才尼克几乎没喝。

"她不见了，书少了吗？"

阿瑟尔登悠然叹口气。"恐怕我们刚开始也是这么想的。愿心怀恶意者遭辱—— 但是只要有一点丑事，整个公司就很紧张，这于生意不利。那位老人可能有点老糊涂，但他并不傻，对所有的藏品进行了分类。我们仔细筛查一遍。藏品都在。"

"所以你叫了警察？"

"你知道吉尔是什么样的人。"阿瑟尔登向后靠，好让服务员上主菜。一只羊腿，骨头向上，像座塔。周围是一圈肉汁和一堆煮土豆。"自由追求者。起初我们想她会露面的，会编些离奇的谎话，比方说，和吉普赛人跑了，或者唱着无政府主义者之歌，在左岸狂饮了两天两夜之类的。但是我还是担心。三天过后，她还没露面，我就叫了警察。他们说这很可能是一桩风流韵事。我说不像。可他们只是以很了解法国人的样子看着我。"

"你设法搜她的公寓、办公室了吗？"

"那儿什么都没有。"阿瑟尔登紧接着说。他用纸巾按了按下巴上的一滴肉汁，然后抬起头，"吉尔住在我那儿。直到她找到自己的住处。她是被突然派来的，很难在巴黎找到一处公寓。"

他的语气中夹带着辩护的味道。尼克小口吃着盘子里的鱼。他觉得头发涨，好像被注射了奴佛卡因似的。

"你打过电话后，我复查了一下藏品目录，想找与纸牌大师相关的蛛丝马迹。什么都没找到。"

他双手放在桌子上，用期待的眼神看着尼克。尼克却不买账，只看着自己的盘子。

阿瑟尔登叹了口气。"看——如果你真想找到吉尔，那让我帮你。你说她在邮件中提到了纸牌。"

"她发来信息求助。"艾米丽说。这是他们到那后她第一次说话。"后面附着一张纸牌的扫描图——八兽图。"

"巴黎版还是德累斯顿版？"

"巴黎版。"尼克说，"你显然对这些纸牌很熟悉。"

"你的电话激发了我的好奇心。我到图书馆查阅了很多相关的东西——甚至让馆长给我看了些法兰西国家图书馆收藏的纸牌，但据我看来，这与我和吉尔的工作毫无关联啊。她没说别的吗？"

尼克摇摇头。

阿瑟尔登仰靠住椅背。"吉尔是个出色的姑娘。我愿不惜付出一切来知道她没事——或者上帝保佑，如果她遇到麻烦，我赴汤蹈火也要找到她。"

第 32 章

斯特拉斯堡

"太暗了。"

"不会有人来监视我们。"德拉赫用铲子把一个蜘蛛网从屋顶的横梁上弄下来。一只不幸的蜘蛛悬吊在他的手上，八条腿在半空中胡乱蹬着。

我仔细打量一番这间满是灰尘的地下室。在我面前，大约高出一头的位置，我能从靠街的窗子看到马车车轮、马蹄和缓慢行走的路人的双脚。得把那几个窗子装上毛玻璃，这样既透光又不会让路过的人发现我们。如果让我决定的话，我不会选择在这种地方进行精细作品的创造，但德拉赫似乎很喜欢这儿。

"还有花费呢。"我提醒，"明明我们在圣·阿加伯斯特有地方，为什么还要花钱租这间地下室啊？"

事实上，维护我那套河边小院的费用已经超出了我的预期——花掉了我年金收入的大部分。同时贷款的大部分都用于买油墨原料、车间工具、铜版、煤、纸等等。方方面面的投资好像都深不见底。现在德拉赫又坚持要一个印刷机车间——我们还没有印刷机呢。

"硝皮匠在哪儿硝皮？"德拉赫发问。

"在城墙外的硝皮场啊。"

"这样的恶臭气不会影响城区。但是皮匠和鞍匠在哪儿制造鞍具呢？"

"在这儿，斯特拉斯堡啊。"

"为的是离他们的顾客更近些。我们也应该一样啊。"

他向上和左指了指，模糊地比画着大教堂的方向。"在这儿，我们离市中心只有咫尺之遥。市中心在哪儿，我们的财富就在哪儿。"

楼梯上传来嘎吱嘎吱的响声，是我们的房东，安德烈·德里策恩，一个大胖子。他正在弯腰清理横梁。由于他块头大，地位高，初次见面时，别人对他都很恭顺，以后我们发现他渴望得到他人的好评，而且为了避免纷争，不惜委曲求全。但从他房子的尺寸和坚固性判断，他可不甘心放弃赢利的机会。

"一切都满意了吗？"他颈部有个瘤，这使他常年声音沙哑。

"完美。"我还没说什么，德拉赫开了口，"正适合我们这一行。"

我想说太暗，太贵，超出所需。至少这样能降低房租。但我不能反驳德拉赫。我尴尬地站在那儿，什么都没说。

德里策恩仔细打量着我们。"你们说你们是干哪一行的？"

"抄写。"我说。

德里策恩等着我们再说详细些。我瞪着德拉赫没让他吭声，我自己也没再多说。

"只要你们不生火或者弄得太臭就行。"德里策恩拿手在鼻子前扇了扇，"上一批房客是皮货商。他们的皮货没晒好，散发着像死尸一样的臭气。"

外面有一匹马经过，粪便四泄到街道上。有个粪球滚进阴沟，从窗户里掉下来，落到地下室的地板上。

我们穿过广场去汉斯·邓恩的金匠铺。我抬头看，从脚手架中升起的大教堂像一名正在宽衣的女子。我大为惊叹。在我看来，脚手架结构之复杂，其谦恭目的之完美，堪与其支撑的石雕相媲美。当我把这一美景说给德拉赫听时，他却嘲笑了我一番。

"绳子，杆子和梯子？美来自生活：欲望、愚笨、笑声和痛苦。"

"痛苦怎么会美呢？"

德拉赫指着一个在教堂门边乞讨的瘸子：他失去了双腿和右臂的下半部分。他坐在一辆低矮的手推车上，一根带叉的木棍拴于他的右上臂，他就用这木棍推动车子前行。他的半边脸因中风而僵硬，用一个肥大的面罩遮住，另一半被他刮脸时划伤，留下道道疤痕。

"那个人很古怪，可怜但不可人。"

德拉赫抓住我的一侧肩膀。"但你能感觉自己活着。他让你的四肢因为完好存在而唱着感恩之歌。这怎么能不美呢？"

当他想挑衅时，偶尔会发表怪诞不羁的伤感言论。我早就学会了不理不睬，不露声色。

到了金匠铺后，德拉赫带着我绕开柜台，从侧门进去。对他而言，门槛和门锁没有任何意义。除了才气他一无所有，但他却把整个世界看作是他一个人的。就在我们等汉斯忙完生意的当儿，德拉赫研究起一只蓝色戒指。

"我已经找到给你们做印刷机的人了。"邓恩忙完后说。"做箱子的师傅撒斯培其。他说用木螺丝的话得六荷兰盾，用铁螺丝的话就得八荷兰盾。"

"必须是铁的。"德拉赫坚持说。

"必须吗？"我揣着一颗沉重的心和一个轻飘飘的钱包问道。

"你知道，必须用铁的，压力越大，图像越清晰。木螺丝会变松——或者咔吧一声就完全折断了。"

还未等我接着争辩，邓恩就到小屋里拿出一样用布包着的东西。它和一本小书差不多大小，但当他递给我后，我发现分量可不轻。

"只是第一批。"

我打开布包，里面是一打铜版，轧得光溜顺滑，厚度和剑刃差不多。

邓恩咳嗽一声——在我听来再熟悉不过的客气声音。我叹口气。

"当然，你会拿到酬金的。"

第33章

巴黎

尼克醒来时，天一团黑，虽然他的手表显示时间已过九点半。时差反应还在折磨着他的身体。他又在地上躺了十分钟，却无法再次入睡。他的大脑加速运转。他站起身来，却因为虚弱无力差点摔倒在地。

艾米丽从窄小的卫生间里出来，早已梳妆打扮完毕。在那么狭小的住处她还能维护自己的隐私，在尼克看来，她的一举一动就像猫一样轻巧无声，难以捉摸。他整个晚上都和她在同一个房间，却说不出她的睡衣是什么颜色。现在，她外面套一件米色厚毛衣，里面穿深褐色连衣裙，脚上穿一双黑色长筒袜。

尼克脱下 T 恤扔到椅子上。艾米丽看来一副受惊状。

"拐角有家咖啡馆，我在那儿等你。"

尼克冲了澡，刮了脸，穿上一件干净的衬衫。这样他才觉得体面些。半小时后，他不惧严寒，徒步来到了咖啡馆。艾米丽舒坦地坐在热烘烘的馆内，喝着一杯纯咖啡，读着《世界报》。换成是吉莉安，她一定会看看这儿，瞧瞧那儿，同服务生闲聊几句，每隔十秒钟往门口看看。但艾米丽不同，她一个人在那儿，看上去很平静。

尼克点了份美式早餐，盼着能快点上咖啡。艾米丽放下报纸。

"上面没有你。"

尼克却笑都没笑。他并没有忘记自己是个逃犯。每次远处的汽笛声、每个交警、每个看他几眼的路人、每个拿相机对着他的游客都像是在对他施以酷刑。

艾米丽揣测他沉闷不语的原因。"那我们今天做什么呢？"

"我不知道。"他觉得很空虚。一队摩托自行车从窗边隆隆经过，他们你追我赶，掉转路线，突然转向，做这一切时，轻盈得像鸟儿一样。

懊恼折磨着尼克。到这儿来真是愚蠢之举。真不如待在纽约，让赛斯为他辩护。

"吉莉安给我们留下三条信息：纸牌、手机 SIM 卡和借书卡。"

"三张卡。"尼克皱着眉，不知道这是什么意思。都到现在了，吉莉安还会开玩笑吗？吉莉安是个了不起的姑娘。"再添两个我们就能凑一桌了。"

艾米丽眯起眼睛，沉思许久。"我们甚至不知道她把东西落在那儿是不是有意想让人找到。"

"但她给我发了暗号。"

"那是后来的事。"艾米丽拿出一支笔，沿着报纸的空白处向下画了条线。她在顶端画了个十字。"圣诞节前两周，吉莉安去了朗布侬埃的别墅。十二月十二。"又一笔。"两天后，她不见了。十二月十四。之后销声匿迹，直到一月六号她在网上现身。"她抬起头看着尼克。"你带了她的通话记录表吗？"

尼克把通话记录表拿了出来。"十二月十三号下午，她给范德维尔德打了电话，那是在她失踪的前一天。"

"她参观别墅后的第二天。"

"这未必能说明什么吧？"尼克提醒道，"在她的职责范围内，她有可能在任何地方找到那张纸牌。那张纸牌她可能已经拿了几个月了——甚至有可能是从纽约带来的。"

艾米丽转转眼珠："她找到一张消失了五百年的纸牌，在她消失的前一天她一直在图书馆里待着，里面全是不为人知的十五世纪的手写稿。我知道该从哪儿下手了。"

"阿瑟尔登一直在谈论书。他对于纸牌只字未提。"

"大部分纸牌能存留下来，是因为它们被黏到了别的书上。通常是被印刷后不久。图书馆被淹，书本受潮。这有可能使胶水失去了黏性——纸牌有可能正好落到她的大腿上。"

尼克看着她因激动而泛红的双颊和比画纸牌从书里掉出来时那夸张的手势，种种逻辑推理像是酒精，让她痴醉于无所顾忌、滔滔不绝的感想表述。

"好。我们假定她是从那个死家伙的图书馆找到那张纸牌的。"

"第二天，她给范德维尔德打了电话，去拜访了他，他分析了纸牌并且发现了……什么。"

"但他说她没去过他那儿，或者即使她去了，他也不会发现什么。"

"他在撒谎。"艾米丽温柔但肯定地说，"下一个电话打给哪儿了？"

"出租车公司。十二月十六。"

"打给阿瑟尔登的电话呢？"

"要早点。在她失踪前一天晚上。"

"但是却在她发现纸牌之后。"艾米丽搅着漂在咖啡上的泡沫，"她有没有把纸牌的事告诉阿瑟尔登？"

"我认为没有。"尼克说。"当我在电话上问起纸牌大师的事时，他听上去相当吃惊。"

他按着一块华夫饼在盘子里打转，吸干融化的奶油。

"我们已经看过纸牌和电话记录了。没试的就是借书卡了。"艾米丽啜饮着咖啡，"法兰西国家图书馆是一个研究性质的图书馆。我写论文时在里面待过一段时间。你得先预约，图书馆才会把书送到你手边。"

"借书卡把你的信息登记在图书目录上。图书目录记录了你预约的书籍。我们可以看看吉莉安当时读的什么书。"

令人窒息的绝望向尼克袭来，令他浑身无力。"那有用吗？"

"没有别的办法了。"

尼克将咖啡一饮而尽："我回去查一下她的主页。兴许会有所发现。"

艾米丽看上去很担心："你觉得分开行动安全吗？"

"对你来说，分开比在一起要安全。我是逃犯，记着。"他站在那儿，"不管怎么样，希望我们把那帮坏蛋都甩在纽约了。"

第 34 章

斯特拉斯堡

印刷机放在屋前一张结实的桌子上。底部是一个石板基座；两条腿垂直支撑着一根横梁；悬在中间的是一块木板，即压印板，它被固定在一颗铁螺丝上。这和造纸坊用来挤干纸张的压榨机没有什么不同。

屋里共有我们四个人，可我更希望只有德拉赫和我，但我们的事业早已超越了刚刚起步时的规模。当然邓恩在场，木匠撒斯培其也在场，他得照看他做的印刷机。我知道，房东德里策恩会在楼上蹲在地下室门口偷听，但我早就断然拒绝了他，不让他下来。我花的钱越多，越不愿让人知道我们的秘密。

然而，虽然为这一刻我奋斗了那么长时间，但当这一刻到来时，我却有一种奇怪的疏离感。这并不是因为我曾逃避过工作。我和德拉赫熬制油墨，和撒斯培其测量木料，和汉斯·邓恩研究铜版、用雕刻刀具锉平锐边。我写出了赎罪券的正文，又把它放在镜子前，盯了许久，以便把它反过来转印到铜版上。最重要的是，我是出资者。可我却觉得这一切都不属于我。

德拉赫从一个毛毡口袋里拿出铜印版，用布把它擦干净。他把铜版放在桌边，往上面倒了一些罐里的黑色油墨。他用一把桦木刀的刀背把油墨涂满整个铜版，然后又用刀刃把油墨刮去，最后拿一块发硬的薄纱擦拭铜版。他的细微手法让我赞叹不已。很多东西他都不放在心上，而且做事经常故意粗手粗脚，但当他愿意时，他也能做到精致、细腻。由于吸干了光滑表层的油墨，纱布被染成了黑色，然而在切口处——深度只有几根头发丝的宽度——油墨还在。

德拉赫把铜版放到印刷机底座。我用海绵沾湿一页纸，递给他。他把纸放到铜版上，走开了。

撒斯培其和邓恩双手轮流交替，转动横梁，驱动螺丝，螺丝转动时发出嘎吱嘎吱的声音。木质压印板碰到纸并对其挤压。我听到一小滴液体被喷出来——可能是我用来打湿纸的水，但我希望那是从铜版被压到纸里的油墨的声音。

撒斯培其和邓恩把压印板拧到最松的位置，又回旋松开横梁。我目不转睛地看着那张纸，想象着隐约看到了反面的阴暗部分。德拉赫把纸从铜版上剥下来，举着给我们看。那一刻，我屏住呼吸。

无比难看。白纸黑字，对比鲜明，在铜印版上整齐正规的字母印出来却像是小孩子胡乱写的。有些字上的油墨淡细如蛛丝，而有的却浓重如焦油。我真想痛哭一场，但有那三个人在旁边盯着，我没敢哭出来。

"为什么会这样？"

"铜就像人身上的肉，刻得越深，流的血越多。"德拉赫用手指描着一个大得出奇的 A 说。

"但是你的纸牌——每一条线都是无可挑剔的。"我知道这听起来像是小心眼儿的孩子说的话，但我还是说出了真实感受。

"是的。"德拉赫摸着下巴，假装在审视那张纸，"这个确实差远了。"

"刻长线容易，刻短线难。"邓恩说。他自己刻了正文的部分内容，他要为自己辩解。"每个字母都要刻那么多下，难免有的太深或太浅。"

"手艺差的人才难免刻深刻浅。"德拉赫嘟囔着说。

有个字母 U，变形相当严重，看上去像个 B。我指着那个字母问："那是怎么回事？"

"字母的形状不容出错。"邓恩说。"傻瓜都能画画。改变鹿角的形状后，鹿还是鹿，可改变字母 A 的形状，这个字母就没有意义了。我想可能德拉赫的技能不适合这个。"

"可能你不适合这个。"卡斯帕反驳说。

"可能下一张会好些。"撒斯培其想打圆场。他的脸上只有烦躁的表情，丝毫没有绝望的影子。对他而言，这只不过是浪费他才能的一份工作。

我们又重做了一遍。完成后，德拉赫把纸从印刷机上拿下来，和第一张纸挨着放在板凳上。我们俯下身子仔细看。

"一样。"邓恩咕噜着说。他厌恶地转过脸去。可我一直在看，在他确定我们已经失败的地方，我却看到了希望的火花。这两张就是一样。同样畸形的字母，同样歪七扭八的线条，在第三句同一个地方，miserere 被误拼成 misere。虽然有明显的缺陷，但至少他们都是完美的复制品。

"过程还是很好的。"德拉赫宣布。他总是反其道而行之。"我们需要做的就是进一步完善它。"

第 35 章

巴黎

冰冷的寒风呼呼刮过塞纳河。灰暗的天空下，四座 L 形塔式建筑矗立在河岸上。建筑师原打算让它们看起来像四本竖着打开的书，可在艾米丽看来，它们更像一座巨大玻璃城堡的四角，只是看不到城堡。它们之间有几个足球场大的木板地面，光秃秃的。只有当你低头时，才能看到这个综合建筑的外在核心：深达六十英尺的长方形玻璃坑，这样，图书馆各层都俯视着一个下沉式庭院。在这儿没有森林中的城堡，却有城堡中的森林，因为整个庭院都种满了树，但由于庭院太深，最高的枝杈刚刚够到地面。这与艾米丽见过的其他图书馆完全不同。

当她乘外部自动扶梯下到玻璃坑内时，庭院里的树慢慢高过了她的头顶。她中间下了电梯，到了一个夹层，一个无聊的门卫例行检查她的手提包。里面给人一种很温馨的感觉：大红地毯和抛光木器营造出一种豪华氛围，像是剧院的大厅。甚至电脑都被装在一个个木柜里。艾米丽穿过大厅，走到一台电脑前，把吉莉安的借书卡放到一个平面金属扫描器上。一条欢迎吉莉安·洛克哈特的信息出现在屏幕上。看着连接电脑的电缆弯弯曲曲地钻进地板内的管子里，艾米丽弄不清它们能延伸多远，也搞不懂这个电子世界的哪些角落已经注意到吉莉安·洛克哈特又在国家图书馆明目张胆地露面了。

艾米丽用手指在触摸屏上轻敲几下，上面出现了一个书单：

《失传的经书》（Lost Books of the Bible）

《中世纪生理学研究》（Studies on the Physiologus in the Middle Ages）

《生理学》（无名氏，十五世纪）（Physiologus Anonyme XV è me si è cle）

她皱起眉头。《生理学》是一本在中世纪冒充动物学著作的《动物寓言集》。她在研究中世纪动物图案时研读过很多这种著作。吉莉安为什么要参阅这些书籍？她找到与纸牌上的动物相关的信息了吗？

她再次敲击屏幕，要求把这几本书从藏书楼上送下来。

谢谢，吉莉安·洛克哈特

一阵不安爬上艾米丽的后背。她不想做吉莉安·洛克哈特。她们素不相识，可吉莉安却像由中世纪石头带来的鬼魂一样隐身于修道院博物馆，这是一个准会成为热门话题的名字。所有的博物馆都有自己的秘密，艾米丽——刚毕业的博士生、急于讨人喜欢、想要隐瞒自己的秘密——不想探究。她不清楚尼克是否知道这些。他像是拯救自己心上人的古代游侠，不顾一切地寻找着吉莉安，天真到了不要命的地步。艾米丽读了那么多的中世纪传奇故事，深知那些吸引侠客的女人往往表里不一。

那几本书会被送到与地面平齐的那一层阅览室。她把包暂存在衣帽间，然后走向旋转栅门。她把借书卡紧挨着另一读卡器放好，按了一下，门打开了，她迈步走了进去。腿碰到栅栏，一丝寒意随之穿透丝袜传遍全身，她尽量不让自己打冷战。

吉莉安·洛克哈特
身陷虎口
（最近更新1月2号11:54:56）

尼克在圣·乔治大街的一家网吧里长吁短叹。吉莉安身上总有他搞不懂的地方。她会把花生酱奶油抹在汉堡上。她有时关机，夜不归宿。当他壮着胆子问她是不是在和别人约会时，她会指责他缺乏想象力，并把自己反锁在屋里。

她为什么写"身陷虎口"？如果她真的遇到危险，她就该叫警察，或者逃跑，而不是上网更新个人信息。如果这是一种最后的反抗姿态，是轻敌的笑话，还说得过去。

她名字旁边是一张拇指盖大小的照片——和借书卡上的那张不一样。这张比较旧，吉莉安那时留着黑色长发，梳着顺滑的刘海，再加上一双熊猫眼，颇像一名艺术生。

他试着研究起这个网站。上面有布告栏，其他用户可以把一些俗话、狂话贴到上面，还能在上面胡写一些被人们当作俏皮话的污言秽语。可这个网站的布告栏上却一片空白。他轻击鼠标，点开相册。里面有几张照片：一张是在派对上照的，吉莉安戴着一顶超大的阔边毡帽，正大口大口喝着啤酒；另一张是在中央公园照的，她叉着腿，伸开胳膊，假装要抱一块石头，看着相机时，她害羞地笑着；还有一张是在面包房外照的，她站在那儿，胳膊底下夹着一根法国长棍面包，那时她已经满头金发了，和借书卡上的照片一样。他不知道最后一张是谁照的。阿瑟尔登？

里面没有吉莉安和尼克在一起的照片。他并没这样期望，他自我安慰地在心里说。可他弄不明白到底想在里面找到谁。

走之前他查了查几个新闻网站，想看看有没有关于自己的消息。他估计在某些网站上已经出现"杀人嫌疑犯逃离出境"的大字标题了。他找到几则关于布莱特谋杀的报道，但在过去的四十八小时里没什么新报道。难道他们不知道他已经逃跑了吗？他们头脑清醒了，意识到他是无辜的了？可一想到罗伊斯侦探，他就断定他们不可能那么想。

这让她想起了吉莉安曾经说过的话。一天他撞见她从公寓的窗子向外看，透过百叶窗的空隙望着空无一人的街道。他说街上没人，她用深沉的假声说："你看不见他们并不意味着他们看不见你。"

他当时以为这只是个笑话，是电影里的一句台词，是她常挂在嘴边的某个角色说的。他去厨房捣鼓三明治。可当他透过厨房门回头看时，她还在窗台那儿看。

那部报警器曾是一部黑色的胶木分机，上面垂下来的电话线像是地牢墙上的链子。后来，电话机摇身变成了一部寻呼机；再后来，相继被换成一部部越来越小巧、越来越智能的手机。虽然报警器的外形一直在变，但有件事却从未改变：它从没响过。数月不响，有时整年不响。

现在它响了，这是三周内第二次响了。守过这部警报器的人能排成一长队，神父米歇尔·雷奈是刚刚加入的。他双眼紧盯着显示屏。上次响的时候，他吓出了一身汗，几乎把手机掉在地上，这次他已经有所准备了。

"喂？"

"有目标出现。在国家图书馆花园层，N48号座位。"

"好。"

米歇尔神父想，科技把这一切变得太简单了。在过去，他们得详细检查索书条，参照大学记录，再仓促地打听最基本的信息。现在，读者还没找到自己的位子，他们就已经知道了。

他拨通了红衣主教给他的号码。

"在国家图书馆。还是同一本书，还是同一个名字，吉莉安·洛克哈特。"

乘电梯下行就像进入一艘宇宙飞船，或是进入由后人重新想象后建成的中世纪地牢。电梯很长，中间穿过了构成图书馆外壳的大厅，它又高又深，像巨大的洞穴。地下城堡被一条护城河环绕着。外面是坚固的混凝土墙，里面则是巨大的钢环幕墙，像是一片片锁子甲，坚不可摧。在底层，又一部机器扫描了她的借书卡后，她才被允许穿过最后两扇门。她进入了城堡腹地：有桌子、地毯和抛光木器。

艾米丽找到电脑指定的位子，坐下来等。她盯着窗外树木茂密的庭院。像传说中的地方：桦树和橡树早已落叶，穿插在他们中间的常青树却长得茂盛、挺拔，树枝上落了薄薄的一层雪。即便在冬天，透过树木间的空隙，她几乎也看不到院子另一边。

桌上的红灯亮起，招呼艾米丽去收发台。一名无聊的图书管理员伸出手来。

"借书卡？"

艾米丽冲她笑了笑，以此掩盖内心的焦虑。她拿着借书卡，大拇指盖住吉莉安脸的上半部分。可管理员几乎瞅都没瞅就把手伸到身后的隔断里，拿出两本书，放在柜台上。

"我预约了三本。"艾米丽用法语说。

管理员眯起她那双浓妆艳抹的眼睛。还没等艾米丽反应过来，她一把夺过借书卡，啪一声把它放到电脑旁的证件扫描器上。她仔细看着电脑屏幕。

"无名氏，《生理学》。这本书找不到了。"她向下拉动页面，"你以前要过这本书？"

"嗯，是的。在十二月份。"

"那时也没找到。"

是在问她吗？艾米丽一时不知如何回答，便稍微耸了耸肩，用法语咕哝了两句，心中还想着用词要妥当。

"系统里有提示，说上次你要这本书的时候，我们就找不到它了。"

艾米丽把一只手放在柜台上，不让自己发抖。"我……我是想知道这本书现在是不是找到了。"

"没有。"

"可网上图书目录显示这本书可借。"艾米丽不肯放弃。

"那是目录出错了，我会再补充一份注释。"她抬起眼睛，看着排在艾米丽后面的人，艾米丽明白她的意思。

她拿着借到的两本书走回座位：《生理学研究》和《失传的经书》。很明显这些与吉莉安·洛克哈特毫无关联。她看到的只是在远处一闪而过的影子，不确定那是真的还是光线引起的幻觉。她几乎有些怜悯尼克。

但她现在能做的就是做好眼前的事。她先看《生理学研究》，学到了一些新知识。"生理学"一词在中世纪就停用了，但后来，赶时髦的印刷商想给他们的书盖上传统印章，以显示其真实性，便重新启用该词。没借到的那本书在网上目录里被列入了十五世纪。艾米丽很快翻到了附录部分。里面有 1500 年之前印刷的十一个版本的《生理学》，但都不是目录中列的那一本。

一步死棋。她拿过另一本书，《失传的经书》。这本书更难读懂：她发现目标不明确的话，很难读下去。她一页页翻着，寻找吉莉安可能用铅笔在空白处做的符号，或者带下划线的文字。她快速浏览这本书，想找提到动物、《动物寓言集》或纸牌的文字；但她看到的都是与先知、古代君主和愤怒的诸神相关的东西。

她听到背后有人咳嗽了一下，回头一看，是管理员。

她心跳加快。"你找到了？"

管理员摇摇头。"收到一条消息，你得去楼上服务台一趟，有人要见你——

阿什先生。他说有急事。"

吉莉安最后一个电话打给了出租车公司。尼克本来可以打这个电话，但他觉得那样太快了。这是他手里最后一张牌了，一旦亮出来，他手里就什么都没有了。所以他从网上抄下地址，慢慢走出网吧，想多骗自己一会儿，让自己觉得即将大功告成。

他不喜欢对即将发生的事情一无所知的感觉。吉莉安曾经嘲笑他说，他就想过学校生活。"如果上帝为你的下半生制定一份日程表的话——三节课，半小时吃午饭，四十分钟上网，一小时课外做爱活动——你就高兴了。"他并没有否认。

吉莉安却总是随性而为。有时，他累得跟不上拍，就觉得她有点神经质。她会在阴沟里捡起宣传音乐会或展览的小传单，当晚就去看；他从未听她提过的朋友们在半夜打来电话，说是刚到纽约，她就会奔向宾州火车站，把他们带回公寓；她会在火车上认识一个人，第二天凌晨两点就跑到他公寓里打卡纳斯塔牌。

"人们的生活像钟表一样，太有规律了。"她对他说，"他们出发时精力充沛，但当走到三十时，他们就精疲力竭了。如果你自己不主动行动的话，你就注定要过这种平淡的生活。你得给自己的生活增添些不和谐的因素。"

她离开后，尼克看着街上被风吹落的传单，暗想以前的他是不是她发现的某样东西，她用来证明自己能挑战生活的冲动，是不和谐因素。

出租车公司办事处是一间小亭子，不知怎么钻到了两栋大楼中间。里面没什么东西：塑料花盆里有颗发蔫的植物，三把满是香烟烫痕的塑料椅子，窗子后面坐着两个女人，她们后面贴着一张褪了色的地图。她们脸上涂着厚厚的脂粉，看上去也像塑料人。两个人都穿着厚外套，戴着羊毛帽子和露指手套。电话一响，左边的女人接起，高声问对方一堆问题，再把答案说给右边的女人听。右边的女人拿起无线电麦克，把左边女人说的重复了一遍。好像只有法国人才能想出这种劳动分工。

尼克走到窗边。

"你们说英语吗？"

拿无线电的女人还在冲着麦克发号施令。电话女人瞥他一眼，然后把头扭向她的同事。尼克等着无线电女人忙完。

"英语！"电话女人大吼。

无线电女人怒视尼克。"一点儿。"

"我有个朋友在十二月十四日叫了辆出租车。我想知道她去哪儿了。"他看了看周围，顿时泄了气。那儿根本找不到电脑的影子，甚至连个文件柜都没有。"你们有什么记录吗？"

无线电女人那双涂了青绿色眼影的眼睛盯着他。"没有。"

说实话，他也没指望能有更多的信息。希望让人痛苦，她扼杀了他的希望，他几乎有些感激她。他转过身。

"名字（Nom）。"身后的女人又说了一遍。"名字。她的姓名。"

尼克回头看了看，意识到刚才听错了[①]，觉得很不好意思。

"吉莉安·洛克哈特。"

电话铃声打断了他们的谈话。两个女人又上演了刚才的那一幕。发布完命令后，无线电女人又看看他，然后闭上眼，像是冲着麦克背诵一样，"吉莉安·洛克哈特。14:30。从圣·安东尼大街来到这儿的。"

尼克又打量了一下这间塑料办事处。"来这儿？这儿？"

无线电女人指着马路对面一栋雄伟的新古典建筑说："车站。巴黎东站。"

问了几分钟后，尼克穿过马路，走进车站。车站里，强烈的柴油和钢铁味很刺鼻。墙上有几个支架，固定着监控荧光屏。尼克瞪大眼睛看着荧光屏上的信息，读着那些终点站站名。他一向喜欢欧洲的火车站，终点站都跨越整个大洲，而不只是某些安全的通勤郊区。他读着闪动屏幕上的地名：巴塞尔、埃佩尔奈、法兰克福、慕尼黑、萨尔茨堡、斯特拉斯堡、维也纳。

她现在在哪儿啊？

旋转门的舌头一转，就把艾米丽吐进门厅。服务台在大厅的中间位置，就在她正前方。她搜寻着尼克的影子，却没看到。

她瞅了一眼右侧的玻璃墙，穿过去就到了阳台，往下看就是林木覆盖的庭院。夏天，那儿就成了咖啡馆，里面摆满桌子和椅子，可现在却无人光顾。一个身穿

---

①法语里，"non"意思是"没有"，"nom"意思是"名字"，尼克误把"nom"听成了"non"。

银色蓬松夹克的矮个子男人靠在栏杆上，正在吸烟。他在看她吗？

他把烟头扔在地上，用鞋尖捻灭。艾米丽向服务台走去。

"我在阅览室收到一条消息。有没有一位尼克·阿什先生要见——"

"就在这儿。"

一只手像钳子紧紧夹住她的胳膊，她觉得骨头都要断了。接待员正向她点头致意，那只手却把她拉走，拖着她转过身向门口走去。她被吓傻了，根本不敢反抗。吉莉安也遇到了这样的事吗？她抬起头，看到拉她的是一个粗壮的男人，鹰钩鼻，眉毛又浓又黑。他伸过左手抓着她，右手则拿着一样圆形的钝器顶着她的后腰。

"我有枪。别叫，别想跑。"

她根本不会逃跑。她的双腿像果冻一样，近乎瘫掉，不会走路。劫持者几乎是把她从地毯上拖过去的。从服务台到门口的路，他们已经走了一半。外面，穿蓬松夹克的男人急于要见他们。

报警器的哔哔声使她从惊慌中回过神来。在入口处，门卫正对一名长发学生搜身，这个学生身上戴的链子、耳环等东西触发了金属探测器。艾米丽看着探测器。你真能带枪从那儿经过吗？还是他在吓唬她？

"请别把我带走。"她低声对劫持者说。他们快到出口了。"我知道你想要什么。在我包里呢。你可以拿走。求你放我走吧。"

前面是标志前厅边缘的天鹅绒线，他犹豫着停步。至少他在听。他低头看了看她空着的双手。

"你的包呢？"

她把头扭向衣帽间。"我得先存包才能进阅览室。"

像他刚抓住她那会儿一样，他拉着她猛地向后转身，向衣帽间走去。快到那儿时，他松开手，猛地一推，她失去平衡，跌跌撞撞一头冲到柜台前，把服务员吓了一跳，她顺势把票递了过去。过了一会儿，服务员把她的褐色圆筒包拿出来。她刚一拿过包，胳膊就又被抓住了。

"一欧元。"服务员说。

艾米丽啪地打开包，在包底乱摸。

她胳膊上的钳子更紧了，她感觉疼得要晕过去了。但她还是找到了要找的东西。她拿出一枚硬币——但她笨手笨脚的。硬币从指间溜走，掉在地毯上。

她向服务员抱歉地笑一下，弯腰去捡。劫持者还没想好让不让她捡，可手抓得不那么紧了。

这就够了。她出其不意猛地站起来，撞得他向后打个趔趄，差点摔倒。这让她有空间得以转身。她对准他的脸举起手，还没等他反应过来，她就用力按下手里攥的调料罐。

一股胡椒粉从小孔里径直喷到他脸上。他捂住双眼，踉踉跄跄地走开。警报器发出尖利的声音，艾米丽不知是不是胡椒粉触发了烟雾探测器，但声音是从门口传来的。穿夹克的男人看到正在发生的事情，从门口闯进来，触发了金属探测器。他刚把手伸进大夹克，便被门卫扭住，摔倒在地上。

艾米丽拿起包逃走了。

第 36 章

斯特拉斯堡

一只爪子刚刚成形。就像母熊把未成形的肉团舔成幼熊的身形一样，凿子一下接一下落在石块上，刻出熊的样子。我早就看出从石块上凸起的臀部曲线，石块后部的斜面和圆形突出部分会被刻成一只耳朵或鼻子。

院子里，石雕匠站在长凳上，刻出一只熊爪。他身后，大教堂隐约可见。最后，这只熊会在柱子支撑的林中空地和拱形的树枝间觅食。

我想上帝就是这样把我们造出来的：一下又一下敲击天然石块，将我们凿刻创造成形。轻轻一敲，石块裂开，吹去粉尘，碎屑哗啦啦落在鹅卵石上。又一块瑕疵被去掉。最光滑的表面就是一块疤。

"膝盖处的曲线不够柔和。"

一个影子落在长凳上。德拉赫来了，无声地从我身后偷偷绕过来。他瞅了瞅那只从石块上显现出来的熊，它那么像从森林中漫步走出的熊，然后又看了看用针钉在桌面上的图案。

石雕师抬头看看，他早已对德拉赫的打扰习以为常。"熊得和柱子相搭配，我让它卧得低点儿。"

德拉赫哈哈大笑，迈着轻快的步子走开。我随他穿过堆满石料的院子。这就像块墓地：里面堆满了雕刻到不同程度的石块，有刚从市场运来的巨石，也有已经刻好凹槽的拱门，再加一块拱顶石，拱门就能拔地而起。

"这就是制造仿制品的方法。"德拉赫说。"我画幅图，他仿制。还有什么比这再简单的？"

"你自己说这不像真仿制品。"

"够像的了。"

"对我来说，不够像。"

我们在一块打磨得很粗糙的琢石上坐下。对面，一个长胡子的人站在柱顶石上，像拨拉窗帘似的把叶子分开，然后向外凝视，我眯起眼睛仔细看看，发现那不是卡斯帕的石料。

"我已经找到筹钱的方法了。"他开门见山地说。

从我们开始在德里策恩的地下室进行实验到现在，已经逝去一个季度的时间。我原本没打算让实验持续这么久，但有时，时间不受计划和理智的束缚。我曾连续三天无法振作精神想这事。当情绪低谷期过去后，我再也不在意。我找其他事情做，我集中精力赚钱谋生，维持家用。我在圣·阿加伯斯特逗留的时间延长了，可德拉赫来看望我的次数减少了。我的满腔热忱已经退色。可当德拉赫派一个男孩去叫我来会面时，我又开始热血沸腾，不由自主，像以前一样。

"说给我听听。"

"在这个镇上有个叫艾勒韦伯尔的寡妇。她是做酒水生意的。"

他说到这儿停住，卖起关子。我开玩笑说："你是不是想让我为了她的钱和她结婚啊？"

"不是。但她有个女儿，艾勒琳，二十五岁还没结婚。如果能为女儿找到如意郎君的话，她会出一份价值不菲的嫁妆。我们下一步的钱就有着落了。"

我盯着他。他冲我笑笑，点点头，鼓励我顺着他的思路想下去。

"这是你出过的最荒谬的主意。"

"为什么？"

"你知道为什么。"

我们从未谈过我心中的恶魔。但自从我们开始在野人旅馆喝第一杯酒开始，他无疑已经知道了。他让我在河里为他洗背，看他穿衣服，他在我那儿过夜时，我们像老夫老妻一样，睡在一张床上，盖一床被。有时，他让我的手滑到他的私处，我躺在那儿，无法入睡，用接下来可能出现的种种情况折磨自己。但我从未越界一步。那恶魔已经潜到我的灵魂深处，成为我的一部分，我若要将这枚毒瘤切除，必得毁灭自我。德拉赫则不同。我知道我对他并没有吸引力，但他却纵容我的欲望，因为他热衷变态，热衷危险，热衷在罪恶绝壁的边缘行走。也许，我应该在深夜的孤独时分向上帝祈求，祈求他爱我。

可现在他却如此无情。"你是个三十好几的单身汉。你有一份固定收入，有房子，有个背景不错的家庭。你为什么不娶这姑娘？"

因为我爱你，我想大喊出来。但我明白，一说出这话，一切就全完蛋了。

"如果她二十五岁，还有一份丰厚的嫁妆，那她为什么还没有结婚？"

他用一根手指抚摸我的脸颊，嘲弄我说："这么苛刻啊，约翰。她很可能是一朵含苞待放的玫瑰呢。"

"二十五岁的待放玫瑰？"

"那可能她丑得像头长了两个脑袋的骡子。"他耸耸肩。"你不必介意。当忏悔录像酒一样从我们的印刷机里喷涌而出时，你可以买个女人安慰你的良心。"

他从石头上滑下，在我周围踱来踱去。"如果每一个挑战都在初次尝试时被攻克的话，就算不上是挑战了。你知道为了做纸牌我毁了多少张纸和铜版吗？有多少头三条腿的熊？有多少只独角兽看起来像山羊？"

"你的独角兽现在看上去还是像山羊。"我想用这话伤他，但他以鲜有的谦虚态度未予理会。

"给我捉一只，我能画得更像。"

"至少一只独角兽值些钱。"

"但我们现在正在抓捕一只更稀有的野兽。如果我们抓到它，或我们抓到它后，这只野兽会更值钱。"

他从兜里掏出一枚硬币，抛给我。他一定是为这场表演精心准备的，因为我知道他从不带钱。我从空中接过硬币。

"设想那是你的新娘。"

硬币上的图像是一位男子，施洗者约翰，他的头像被镶在一个心形的光环中。我读出刻在边上的字：美因茨的约翰大主教。

"昨天我见到金匠邓恩了。"德拉赫说，"他在刻一个新版，他说这次字母会平滑得多。但得花数小时才能刻成。不加钱的话，他费不起这个时间。"

我并没听他述说。硬币上的字体把我带回到童年。我父亲铸币厂的同事曾在我家住过一段时间。其中一个是制模匠。我记得一天下午，我踮着脚尖偷偷溜进他的房间，偷看他干活。他拿出已经刻好图案的铁块，把一根钢棍垂直放在上面，用锤子猛击钢棍。火花四溅，我失声惊叫。他听到了，做手势让我过去。他让我握着钢棍，告诉我那叫冲头。他让我看钢棍底部，那儿已经被雕刻过，字母 A 自豪地站在底端。当他用冲头敲击印模时，就会在上面留下完美的印迹。之后，里面会被填满金币，字母的印迹就会被压进金币里。这就是创造和再生产的往复循环：打孔、塑型、凸起、凹陷、敲击和压印。

真是踏破铁鞋无觅处，得来全不费工夫。我和邓恩明明知道要把字母压印到金属上，最好的方法是冲压法，可为什么我们浪费了那么长时间，一直想用雕刻工具往金属上刻单词呢？我可以这样说，德拉赫曾雕刻过纸牌，我们只是一味遵循他的方法，却从未停下来动动脑子。

德拉赫不耐烦地看着我。他很厌恶被忽视的感觉。看到他的目光，我笑了。我当然看到他刚才在做什么。但我禁不住想起过去。

"艾勒琳的嫁妆值多少钱？"

第 37 章

巴黎

"他们会不会跟踪我？"

艾米丽花了三小时才回到宾馆。她换乘几列火车，又随意改乘几辆公交车，她留意橱窗上的映象，还突然改变路线——她一直在往后看，寻找被跟踪的迹象。她偷偷溜回宾馆，夜幕已降临。由于有时差反应，尼克已经入睡。她把他摇醒，又把他拉到蒙帕纳斯附近一条安静的后街上，进了一家咖啡馆。可她仍觉得不安全。

"如果他们跟踪你，他们已经去过宾馆了。"尼克小口喝着啤酒，又一次扫视咖啡馆四周。他坐不住。"你可真幸运，包里有胡椒粉。"

"我曾经有过一次倒霉的经历。"艾米丽坐在那儿几乎一动不动。白天的经历像石头一样压在她的心头，她仍然胆战心惊。"一定是那本书。那本书一定触动了哪个地方的某种报警装置。"

不久前，这听起来还像荒诞的无稽之谈。可现在，尼克只是点点头。"可能他们就是这样找到吉莉安的。所以，她把借书卡留在银行保险库里。"渐渐地，吉莉安留给他们的几张纸牌看上去更像是一盒尖刀而不是一堆珠宝。"但愿我们能这么简单地找到她。"

艾米丽窝起两只手掌，拿着咖啡杯一言未发，有两次她想说什么，可欲言又止。尼克能猜到她要说什么。

"你想回家的话，我理解。"他说得很快，他知道，要是多给自己点时间考虑的话，他会后悔这么说。"要是你没逃脱，谁知道他们会怎么对你。你没有理由为吉莉安冒险。"

艾米丽好像要退缩。"我不……"她的声音越来越小，停顿片刻，她又说了一遍："我不回家。"

他知道他该和她争辩一番，可他不愿那么做。她向他投来踌躇的目光，他看到了，想说几句话宽慰她。可当他自己都忐忑不安时，他又如何去安慰别人。

"虽然遇到了麻烦，可至少我也有所收获。"艾米丽的脸色又恢复了红润，"吉莉安正在研究一本生理学的书——是一本关于动物的书。我断定她就是在那本书里找到纸牌的。在别墅图书馆里一定也有一本。"

尼克沉思片刻。

"我知道了解这一情况的人。"

"阿瑟尔登。"

还是那熟悉的声音，可有意带出不冷不热的口吻，听起来有点吓人。

"是尼克。"

一辆出租车从电话亭旁驶过。车轮轧在光滑的鹅卵石路上，发出嘎吱嘎吱的噪音，淹没了阿瑟尔登的惊讶和沉默。噪音消失后，尼克听到他问："我们共同的朋友有消息了吗？"

"可能吧——我们不确定。我们需要查一下她从别墅找回的那些书的清单。你能查吗？"

"可能得有个充分的理由。"

"还没有吉莉安的消息。艾米丽今天去了国家图书馆，也差点失踪。这个理由充分吗？"

"听到这样的消息，我很难过。"

尼克透过电话亭的门瞄了艾米丽一眼。她点点头。

"吉莉安找到一张纸牌。一张旧纸牌。"

"我猜是纸牌大师的吧。"听上去阿瑟尔登并不吃惊，"你们拿到纸牌了吗？"

"我们认为她是在某本《动物寓言集》或者……"尼克说下个单词时有点结巴，"生理学书中找到的。"

"真的吗？"

尼克几乎能想象到他挑起眉毛，用锐利的眼神望着他。他十分感激他们之间的那根电话线。他等对方打破沉默。

"我去查一下朗布依埃的详细目录。待会儿我可以拨这个号码给你回电话吗？"

"这是一部投币电话。"

"我会很快的。"

阿瑟尔登挂了电话。尼克在电话亭里等着，透过有裂纹的玻璃扫视着街道。在不远的街边，一个流浪汉蜷坐在一堆纸盒上，身上裹着一床脏兮兮的被子。他竟然没被冻僵，尼克唏嘘不已。他一只手伸进兜里，找到几欧元，但恐惧随后占了上风。那个老头儿若不是流浪汉该怎么办？他确信他读过的书里，说间谍会乔装打扮成流浪汉去监视别人。那个人在看他吗？尼克仔细观察他，手一直放在兜里，没拿出来。

一个身影从他眼前一闪而过。他吓一跳，原来是艾米丽。她穿过空无一人的街道，蹲到流浪汉旁边，往他的泡沫塑料杯里放入几枚硬币，和他交谈几句，然后匆匆赶回来。尼克觉得很惭愧。

"他说什么了？"

"他说你不该老盯着他看。"

幸亏这时电话铃响起，否则尼克会觉得无地自容。他感激地拿起话筒。

"喂？"

"好消息。在老人的藏书里有一本《动物寓言集》。就是这本。吉莉安整理的。年代是十五世纪末中期。评语：在风格上与《贝德福德祈祷书》大师作坊的作品有相似之处。"

"与谁？"

"以后我再告诉你。你会喜欢听的。"

"我们什么时候能看到这本书？"

阿瑟尔登干笑一声："恐怕没那么简单。"

"你什么意思？"

"首先，这本书已经不在巴黎了。还记得书被浸透了吗？修复专家把书带走，放到他们的控制储藏设备里了。"

"在哪儿？"

"布鲁塞尔。"

尼克骂了一句，随后问道："我们能进储藏室吗？"

"我能把你们送进去。"这句子含蓄地表明他愿意帮忙，可对于"能"这个字的强调又开启了一场谈判。尼克的大脑飞速旋转。他沿街望去，发现那名乞丐已经走了。他是拿着艾米丽给他的钱去找张暖和的床过夜了呢，还是正告诉一个塌鼻子男人能在哪儿找到尼克和艾米丽呢？

"我们最快要多长时间才能离开？"

"马上，你们愿意的话。开车只需三个小时。但是还有另外一个问题。"

尼克等他往下说。

"书已经冻得结结实实了。"

第 38 章

斯特拉斯堡

这所房子让我想起父亲的房子。这立刻加剧了我的不安。旁边是码头，大木桶从驳船上滚下来，声音在街道上产生阵阵回声。对面的广场看着像养兔场：家家户户外面都有一个像张嘴哈欠的洞，上面的活动板门都开着，直通地下酒窖。

寡妇艾勒韦伯尔的院外也有活动板门，但门是闩着的。地窖天窗的窗板也都紧闭。我敲敲门，但希望没人来开。

门被拉开。一个穿黑衣的仆人让我进去，把我领上一个可以俯视广场的房间。那房间给我的第一印象相当不错。墙上挂着一片片葡萄红色的织物，壁炉里燃烧着暖融融的炉火。虽然屋外天还没黑，屋里已经点上蜡烛。屋里还摆着四口大箱子，表明他们家境殷实。

可再一细看，墙上的画已经起皱缩小。箱子周围的地板上落满一圈灰尘，好像是刚被拖过来的。吊灯上的蜡已经被刮干净，可里面只放了几个蜡烛头。织物上有很多补过的痕迹，其中一块看上去像是最近被挂上补缺的旧裙子。即使是我，在陋室和阁楼里度过半生的人，也能看穿这些假象。这很可能是我有生以来第一次被人取悦。

我进门的时候，一位五十岁左右的女人站起身。她穿一件黑色长袍，胸下系一条腰带，袍子的领口是白色的，她还围了条围巾，精心掩盖那稀疏的灰发。她嘴角下垂，眼睛不大，目光冰冷。但就像这间屋子一样，她也在倾其所有欢迎我。她挤出一丝微笑，并且尽量保持着这副表情。她把我带到里面，安排我落座上位。那是一把高背椅，一定是她丈夫坐过的。她吩咐仆人要用最好的银杯盛上最好的酒。

"我女儿马上就来。"她告诉我，"我想我们最好先彼此熟悉一下。"

仆人用托盘端来酒。我口渴难抑，拿起高脚杯大喝一阵——很不得体的举止。她看上去很吃惊，但接着便镇定下来，小口抿她杯中的酒。

"有人告诉我您是一名金匠，古登堡先生。

"我曾做过学徒。"

我没有主动细讲。我不知道艾勒韦伯尔是否想听我的学徒生涯是如何收场的。

"我已故的丈夫曾是个酒商。"

我没有提出质疑。

"我听说美因茨的酒也很有名。"她用期待的眼神看着我，"那儿是您的家乡，是吗？"

"是的。"

"那令尊，他曾是……？"

畜生？猪？"他曾做布匹生意，也在铸币厂做过事。"

艾勒韦伯尔的脸上跃起一点希望的亮光。"那令堂府上？"

"杂货商。"

看得出她泄气了，正如我所预料的。我喜欢这样。刚才那杯酒和我心中的顾虑让我心灰意冷。

"讲讲您在斯特拉斯堡的工作吧。"

"各种营生。"我说得很含糊。

"安德烈·德里策恩告诉我您教他打磨宝石。"

"我欠他钱。"

她并没有退缩。"但您有年薪啊?"

"数目很小。"

"还有一所房子?"

"租的。在圣·阿加伯斯特。您可能不知道那个地方——离斯特拉斯堡有几英里远。"

她眯起眼睛。"我很熟悉那个地方。一个很美的村子,离斯特拉斯堡市没多远。"

当我正要讲一段一个女人在去圣·阿伯加斯特的路上遇到土匪、被诱拐的故事时,敲门声响起。艾勒韦伯尔站起来。

"我女儿。见到您她会很高兴的。"

我早就做好了见怪兽的准备。事实上,她女儿长相并不恐怖,不过普普通通,其貌不扬,这着实让我始料未及。真的。她并不漂亮。一张扁平冷漠的脸,像是烤过头儿的面包,头上围着白头巾,更突出了她的椭圆脸形。她鼻子很小,牙齿歪斜(仅算正常),皮肤早已失去光泽。虽然她名下有二百荷兰盾,也没有哪个男人愿意娶她,这不需要什么理由。除我之外。

她行了屈膝礼。我们两个站在那儿,都不知道要说什么。我猛然一惊,意识到她正打量我,像我刚才打量她一样。她看到了什么? 一个中年男人,头上戴着一顶饰有毛皮的帽子,身上穿一件借来的外套,帽子和外套很重,压得我汗流不止。我的背驼了,脸不幸在金匠铺里烙上许多疤痕。虽然我的头发颜色尚浓,看不出白发,可胡子已经开始泛白。我名声在外,收入丰厚,她为什么不愿嫁给我呢?

"当然,还有嫁妆的问题。"我说。

"我故去的丈夫——上帝保佑他——是个诚实、节俭之人。他去世时,留下了价值二百荷兰盾的财产。我愿意把我的财产继承权都陪嫁给艾勒琳。"

她的样子有点躲闪。"这是非常慷慨的。"

"不过,母亲看到女儿嫁人成家,心生的喜悦之情是不能用金钱来衡量的。"

我没作声。借来的外套像石头一样压在我身上,领口勒得我要窒息。我几乎没有力气看艾勒琳一眼。一条虫子在我肚里蠕动。

"我得考虑……"

艾勒琳很有教养。她端庄地看着我，没有表现出一丝疑虑。她的母亲却更为直接。

"古登堡先生，您愿意娶我女儿为妻吗？"

第 39 章

巴黎

美洲豹从路边离开，沿着塞巴斯托波大道向 E19 号公路和比利时的方向驶去。阿瑟尔登驾车穿过两条单行车道，又经过巴黎北站，当前面的路变得开阔些，他便加大油门。尼克猛地后仰到皮革座背上，他不知道吉莉安是否在这座位上坐过，是否同样感受到了汽车大马力引擎的震动，是否对此记忆深刻。

他向后瞅瞅，看是否有人跟踪他们。后面空荡荡的。他只看到艾米丽蜷坐在后排座位的角落里，望着窗外。

"你说书冻得结结实实，这是什么意思？"她声音柔和，恰好盖过引擎的噪音，能让人听到。

"这是在刚才的通话中提到的一件事。一本书最大的天敌是火，其次便是水。你得尽快把水控干。但控干一本书——一本珍贵的书——是个大难题。如果你手头有整个图书馆的书要处理的话，你不能逐个控水。没时间。所以，你把它们速冻起来，在低温下储藏，直到你做好解冻的准备，再将它们妥善保存。比利时的这个组织就从事这样的工作。"

"解冻要花费多长时间？"

"几个小时吧。他们在现场有整套工具。"阿瑟尔登驾车超过一队卡车。

"那时，我们就知道我们能找到什么了。也许是你说的神秘纸牌？"当一辆小标致在前面突然转向时，他猛踩刹车，然后向外打方向盘，将其超过。"当然，除非你已经找到了？"

尼克预料到他会问这个问题，为此，他和艾米丽详细讨论过他们该怎么做。他把手伸到放在脚下的包里，从硬邦邦的信封里拿出那张纸牌。阿瑟尔登快速把目光转向这边。

"你从哪儿弄到的？"

"吉莉安给我留下的。"尼克知道这听起来是个让人感觉有所戒备的答案。他低头瞅一下纸牌，又看一眼另一边方向盘上的标记，那是一只怒吼的美洲豹的头。目光所及之处，他都能看到张牙舞爪的图像。

"我以为她没有留下有关她下落的任何线索呢。"

"没留下什么线索。"

"可惜。"阿瑟尔登收回目光，继续看路。速度计的指针慢慢升高。

"尼克说你在电话里提到了《贝德福德祈祷书》，"艾米丽在后面说，"有什么联系吗？"

"我敢肯定你知道，艾米丽，祈祷书是一本祈祷用书，它为非神职人员提供了一系列祷告文，可在一天中的不同时刻使用。是以隐士的作息时间为基础的。《贝德福德祈祷书》就是这样一本祷告用书，是为了贝德福德公爵于 1423 年的婚礼而委托他人制作的。这本书内容详尽，装饰华丽，在巴黎完稿。我们不知道接受委托的艺术家姓甚名谁，所以我们称他为《贝德福德祈祷书》大师。"

"像纸牌大师似的。"尼克说，"难道这些人没有名字？"

"几乎没有。"阿瑟尔登说，"直到十五世纪末才有。在那之前，中世纪匿名之风盛行。人们认为艺术不是炫耀个人天分的手段，而是展示上帝能力的方式。一切灵感均来自上帝，这样世间才有了思想，艺术家或能工巧匠仅仅是连接二者的渠道。直到文艺复兴时期，艺术才又开始以自我为中心。你可以在达·芬奇和毕加索之间、可怕的赫斯特先生和其余那帮人之间画条直线。"

"这是一种很有吸引力的思维方式。"艾米丽说。

"但当涉及到对某个作品来历的确定时，这种思维方式就爱莫能助了。我们能做的是根据风格来鉴定作品，这样就有了贝德福德大师。据我们所知，他在巴黎一定有一个工作室，而且雇佣了很多熟练工人和助手共同完成著作。不止一个人研究过这个作坊的作品，他们注意到，你那张纸牌上的几个图案在这些作品中也出现了。书上一些飞禽走兽的图案和纸牌上的图案很相似，有时甚至一模一样。我想，吉莉安就是想拐弯抹角地证明，她在《动物寓言集》上发现的图案与纸牌上的图案有紧密的联系。"

尼克理解了这一点："所以你认为纸牌大师可能和贝德福德是一个人。"

"很可能不是。"阿瑟尔登让尼克想起了他读大学时的一位教授。那位教授是个自命不凡的人，只喜欢像孔雀似的在人前炫耀他的学识——尤其是在漂亮的女生面前。吉莉安被阿瑟尔登的学识吸引过吗？

"他可能在作坊里当过学徒。他可能只是见过那些图案，决定要仿制一下。或者可能有一本通用的模本。"

"一本模本？"

尼克的问题并没有分散阿瑟尔登的注意力。他接着说："十五世纪的欧洲处于由中世纪的黄昏向当代的黎明过渡的时期。一切都在改变——以思想的传播为最甚。人们意识到他们需要更广泛的交流，但他们没有工具。模本书便应运而生。你用一组不同的图案做样本编一本书，然后得到这本书的人可以创作与其中的图案或多或少相似的仿制品。有些模本书还附有逐项详细的说明，解释如何画图，如何着色、按数字顺序上色。纸牌大师据此发明了铜版雕刻印刷，大批量生产。"他擤擤鼻子，"几年之后，当然，古腾堡有了印刷机，整个事情便公之于世。"

汽车隆隆响，沿空无一人的公路行驶着。

海洛薇茨·杜瓦利埃吸烟。这样事情就更好办了。"不要从办公室往外打电话。"他们警告她，"用路边的公用电话。"他们甚至还给了她一张电话卡，这样她就不需要零钱了。

"如果阿瑟尔登先生前往布鲁塞尔的话，你必须马上告诉我们。"神父曾告诉她。两天后，阿瑟尔登大步走出办公室，穿上风衣，大声对秘书说他要去布鲁塞尔的仓库。海洛薇茨那时正在隔壁办公室擦玻璃隔断——那一周她一直留意这件事。

神父怎么知道阿瑟尔登要去布鲁塞尔？

他是神父，他知道世上的一切奥秘。他答应如果她告诉他，他会给她五百欧元。这比她在史蒂文斯·马西森公司打扫一个月卫生挣的钱还要多，可公司里的人会在午饭时花五百欧元买一瓶酒喝。

她决定等十五分钟再出去，仅仅为了安全起见。十分钟后，她认为等的时间够长了。耽搁了的话，她可能就拿不到那五百欧元了。她在阿比让有六个姐妹，她们都靠她送回去的钱过活：有了五百欧元，她可能还会剩下一点钱犒劳犒劳自己。她向上司做出吸烟的手势，他敲敲手表，伸出三个手指。三分钟。他是个时间观念很强的人。门卫按响蜂鸣器，让她出去。

一个女孩正打电话，她下穿短裙，上穿假毛饰边的粉红外套。海洛薇茨在那儿等着，冻得发抖，听那个小公主向什么人发牢骚。可能是男朋友。一分钟过去了，两分钟过去了。她敲敲电话亭一侧，女孩轻蔑地看她一眼。她一会儿得赶紧走：她可丢不起这份工作，即使给她五百欧元也不行。

女孩挂了电话。她还没走出电话亭，海洛薇茨就从她旁边挤了进去。她拿起电话，拨通神父给她的号码。电话铃响了一下，神父就接了起来。

"喂？"

"他在路上了。"

第 40 章

斯特拉斯堡

我做了些什么啊？

我摇摇晃晃地从那座院子出来，感觉一片茫然。街对面，两个搬运工用桶板往一个开着的酒窖里抬一个大啤酒桶。我真想纵身跳进去，把脖子摔断，或者头朝下栽进酒桶。我的右手边是伊尔河，河边就是巷尾的码头，河里水流湍急。这正合我意。它可以把我冲进莱茵河，中途经过美因茨，我的兄妹可能会放下手中的工作抬头看看，注意到水流中有一小块漂浮物，然后我会漂流入海。

金子是我堕落的根源。小时候我偷过一枚金币，从我的小拳头握住金币的那一刻起，金子和完美的梦想就像那个恶魔一样占据了我的心灵。它们是无法分开的。金子是完美的。完美是昂贵的。而我，一个根本不完美的人，为了两百荷兰盾，把自己卖掉了。

我疯了，周身火热。徘徊在斯特拉斯堡街头，我不知道要往哪儿走，我也并不在乎能走到哪儿。夜幕降临，一股肮脏的怒火在我心中燃起。吞噬着我灵魂的那条蠕虫慢慢地胀成一条可怕的火龙，继而又逃跑，并点燃了我内心的欲火。多年来，我一直控制着那种欲望，可现在它却控制了我。我想放纵，想抓、想挠、想咬、想捏，想支配别人。

正如每个城市都有那样的场所，斯特拉斯堡也有。自我来到这座城市，我就一直绕开那些地方，现在我却要冲进去。就在大教堂旁边——罪恶嫉妒美德，但罪恶离美德仅有一步之遥。我走过一条小巷，那里面，打扮得花里胡哨的女人大声喊可以提供各种享乐，可我都不想要；我又沿一条后街小巷前行，那儿的妓女提供诸多怪异的服务；最后我走进一条胡同，那其实不过是两排房中间的公共下水道而已。

看到里面挤了那么多人，我大吃一惊。那么长时间，我一直紧紧把那只恶魔搂在怀里，因为我以为它只眷顾我一个人。可在这儿，却有一大群人。有的男扮女装，在满是胡楂的脸上涂着红色脂粉；有的肌肉僵硬，胳膊上疤痕累累；有的骨瘦如柴，形容憔悴，饥渴地望着我；还有些瘦弱的男孩，身上的外套几乎都盖不住大腿上柔嫩的皮肤。

我以为我会和他们一见如故。可我没有，我痛恨他们，就是因为有他们存在，我变得渺小许多。嫉妒燃起我的怒火，但也消除了我的疑虑。我向巷子深处走去。一只只手抓向我，拽我的衣袖。那些男人吹着口哨，吆喝着各种享乐服务和价钱。可我对这些都视而不见。

快到巷子尽头了，那儿的阴影最暗，气味最难闻，我找到了我想要的人：他身板单薄，肌肤黄褐色，满头蓬松的黑色鬈发。他不如德拉赫漂亮——他还有点驼背，多年的罪恶已经使他的脸扭曲变形，如同老藤一样——可也很像德拉赫。他开口提价，我没讨价还价，爽快地付了钱。那是艾勒琳的嫁妆。

他转过身，挥手示意我跟他走。可我内心的欲火慢慢冷却了。我有些不知所措，恐惧万分。但我决定要进行到底——但愿能伤到德拉赫、艾勒琳和让我陷入苦难与绝望的世界。

有一小段墙凹了进去，和肩膀差不多宽。那是我们唯一的私密空间。他把我推到那儿，又让我转回身；他在我面前蹲下，拨开我外套的衣褶。我试着放松，享受。我闭上眼睛，只听到下水道里污物流淌的声音。

还有脚步声。我又睁开眼。我以为那个角落就是世界上最黑暗的地方，然而不可思议的是，那个角落变得更暗。一个身影挡住了我们的巢穴入口。他将男妓从我身上拉开，把他打倒在阴沟里。

"约翰？"

是德拉赫的声音。

"你疯了吗？要是巡逻人员在这儿逮住你，他们会把你活活烧死的。"

我往他身后看看，发现那名男妓自己从阴沟里站起来，他身上，污水滴滴淌下，我还看到他手里拿着一把暗灰色的钢刀。

"德拉赫！"我倒吸一口凉气。

德拉赫以迅雷不及掩耳的速度转身，紧接着，那个男妓就从胡同这边滚下去，边滚边疼得大声叫喊。德拉赫捡起掉在地上的刀子，扔向下水道的排水口。他看着我。

"你在颤抖。"

我向前一倒，他把我搂在怀里。

根本不要想把我送回圣·阿加伯斯特。我像草叶一样软弱无力。德拉赫一路上或背或拉，才把我带到他的寄宿处。在圣·彼得教堂附近，我们遭到两名巡逻人员的质问。我两眼看到的只是可怕的火焰。德拉赫做了个喝酒的姿势，对他们说，我掉到酒窖里了。这样他们才放行。

德拉赫的家就在德里策恩家的阁楼上。我刚刚得知这件事时非常生气，我不知道德拉赫执意让我租那间地下室是不是与房东共同谋划的。现在我反倒对他心存感激，我不用走那么远的路回我的住所了。

他架着我走上梯子，然后扶我躺在他的草垫上。除一个工具箱之外，那张草垫就是他唯一的家具。他在我旁边席地而坐，又摸摸我的前额。

"你刚才想什么呢？"

"艾勒琳。"我嘟囔着说，"我同意娶她了。"

他给我解开扣子，为我脱下外套。

"那是借来的。"我用沙哑的声音说。

"我知道。"他举起衣服，仔细看了看，"还不算太糟。你刚把一只脚迈入雷池。"

"多亏你了。"

他来到我身后，把衬衣盖在我头上。那件衣服已经被汗水湿透了。

"睡觉。"

他拽过一床毯子，盖到我身上。我闭上眼睛，身体放松，躺在草垫上。

"我爱你。"我低声说。但我不知道他有没有听到，而且我也不敢睁开眼睛。

醒来时，我感觉额头上有样硬东西。在那个短暂而又美妙的瞬间，我想象着德拉赫的脸和我的脸紧紧贴在一起，我们的身体也紧紧相拥。我伸出一只胳膊摸摸，只有稻草。我依依不舍地放走幻觉，睁开眼睛。

我旁边的垫子上，放着一个用旧衬衫包着的包裹。我用胳膊肘支撑自己坐起来，环视四周。阳光从山墙窗户射进来，可我却没看到德拉赫的身影。

我毫不费力地扯开包裹。里面有一小捆纸，是一本尚未装订的书。书页拢在一起，用线缝着，但是没有封面和封底。我打开第一页。

上面写道：狮子是万兽之王，无所畏惧。

这是一本《动物寓言集》——在巴黎时我曾仿制过一本。而这本却要华丽得多，是用精美的字体在羊皮纸上写成的豪华版。第一行行首是一个华美的大写字母L，它延伸至一片枝叶中，而树叶下面，一只狮子猛地跃起，扑向一头毫无戒备的公牛。那只狮子和纸牌上的某个动物很像，公牛的图像我并不熟悉，但很明显是和狮子取自同一组野兽图案。

我一页页翻着，不读文字，只欣赏彩图。我只见过德拉赫画的黑白图案，或者他在木牌上画的画，但经风吹日晒后，这些图画都褪色泛白，失去生机。而这本书上的画却那么完美，那么自然。茂密的叶子从书页的空白处漫溢而出，看似又一个伊甸园。披着绚丽羽衣的鸟儿或在枝上歌唱，或俯冲在字行之间。小鹿从金色的首字母后羞涩地探出头。有只熊满怀希望地爬上一个 P 的主干，伸掌去够曲线里的蜂蜜，而另一只却蹲在底下挖幼虫吃。那金色的叶子像清晨的曙光一样明亮，图画的颜色像大海一样厚重、纯净。这是我见过的最美的物品。

翻到最后一页时，一阵遗憾涌上心头，上面写着："里贝拉斯著，弗朗西斯大师插图。"

地板上有个洞，从那儿可以顺着梯子下楼。突然，德拉赫的头和肩从那儿露出来。看到我惊奇的表情，他冲我笑笑。

"我想你就是弗朗西斯大师了。"

他在梯子上站稳，小鞠一躬。

"你怎么会有这本书？这无疑是某个王公贵族的图书馆里才有的东西。"

卡斯帕蹦上梯子，在垫子另一头坐下。"这是一个公爵的藏书。可他没付酬金就死于瘟疫。他的妻子不履行合同，不承兑报酬，所以我就自己保留了。现在送给你。"

"我不能……"

他俯身靠向我这边。"我想给你。"

我把书紧紧地抱在胸前。那一刻，为了他我可以赴汤蹈火，万死不辞。可他接下来的话却像刀子一样横架到我脖子上。

"把这看作你的第一份结婚礼物吧。"

第 41 章

布鲁塞尔附近

当阿瑟尔登说到布鲁塞尔时，尼克想象着那儿有鹅卵石街道、人字形屋顶和巴洛克式的建筑。他好像把比利时想象成了新泽西。美洲豹驶离公路进入一座沥青迷宫，里面有波纹壁板、铁丝网围栏和刺眼的探照灯。在里面，他们驾车经过的只有货运卡车。

他们拐个弯，在一个小屋旁的栏杆前停下。阿瑟尔登摇下车窗，向门卫出示通行证，寒气借机迅速钻进车里。尼克听到坐在后面的艾米丽睡醒了，通过法比边境后她一直在睡。

他看看表，凌晨 1 点。"他们会让我们进去吗？"

"这儿有来自全球各地的顾客。"阿瑟尔登说，"他们二十四小时待命。"

果然不出所料，门卫把通行证还给他，升起栏杆。阿瑟尔登小心翼翼地开进去，然后在一栋灰色的仓库前停下。他关掉引擎。在公路上听了三小时引擎声，猛然间安静了，大家身心都放松下来。

他们下了车，刺骨的寒冷袭向全身，尼克冻得缩成一团，他不知道这种天气会不会对纸牌产生什么影响。他不敢把它放在阿瑟尔登的车里。

"我想他们不需要仓库来冷藏书籍吧。"尼克说。没人答话。他们跟着阿瑟尔登走上一小段混凝土台阶。他们呼出的气体在空气中形成一小团白雾。阿瑟尔登按键盘，打开一扇门，他们都走进去，到了一个空房间，四壁都是没上漆的焦渣石。一名穿着褐色制服的门卫坐在窗后面，读一本色情杂志。你要是没看到窗玻璃有多厚，你会觉得好像没什么保护设施。当他按下蜂鸣器打开下一道门时，尼克发现那是一扇四英寸厚的钢门。

他们迈进一部电梯，尼克问："他们这儿还会出事吗？"

"这儿的书和手稿都值上百万。"阿瑟尔登回答得很干脆，"一点多虑并不为过。"

电梯里没有按键。一个合成语音用法语简略地说了些什么，电梯门关上，电梯开始嗡嗡响着下降。尼克瞅一下艾米丽，她还缩在那件红大衣里，看上去有些恐惧，但还是勉强露出一丝疲惫的笑容。

电梯门打开。尼克睁大眼睛。刚开始他以为自己进入到了潜水艇里。里面的一切都沐浴在红色的灯光里，一排排高高的玻璃柜子又将红光反射回来。屋里的电源发出嗡嗡声，不过声音很小。

"晚上好，阿瑟尔登先生。"

一个里穿细条纹套装、外罩实验服的男子从玻璃柜间走出来迎接他们。他一张圆脸，一头松软的头发，嘴角上方覆满浓密的胡子，这让他看上去既认真又殷勤。他们半夜到访好像并没有打扰他。可能由于长期在半明半暗的地下室工作，昼夜于他而言，已经没什么区别。

"霍尔顿博士！"他热情地与阿瑟尔登、尼克和艾米丽一一握手，"真不知道哪阵风把您吹来了。"

"应客户的紧急请求，"阿瑟尔登说，"莫雷尔藏品。"

"当然可以，没问题，当然可以。"博士忙前忙后，"请，这边走。"

他们跟着他穿过玻璃柜间的通道。那真是一次可怕的经历：每走一步，地板上的感光灯就会自动亮起，为他们指路，等他们过去后，灯光又慢慢熄灭。尼克看到在玻璃柜里摆着一本本书，一摞摞纸，就像肉铺里摆着一块块肉。柜门上方的读数器显示柜子内部的温度是 -25℃。

霍尔顿博士在屋子中间的一排柜子前停下脚步。他在实验服里摸索着，掏出一个掌上电脑。"莫雷尔藏品。"

"藏品到这儿后，有没有人来看过？"尼克问。

霍尔顿敲敲电脑屏幕。"除了我们的工作人员，没有其他人接近过。一切遵循您的指示，阿瑟尔登先生。"

尼克又感到一阵失落。吉莉安没去过那儿。

“请问您具体想看哪本书？”

“27D。”阿瑟尔登说，“无名氏的《动物寓言集》，十五世纪。”

“当然可以。”霍尔顿又敲一下电脑屏幕，噘起嘴，然后按下一扇柜门上的按键。尼克听到封条“啵”一声断开，像是恋人亲吻的声音，然后听到冷气的嘶嘶声。霍尔顿套上一双厚厚的连指手套，从上往下数着书架，拿下一本书，放在一辆木制小推车上。

尼克想在昏暗的光线中看清那本书。那本书比他预想的要小，尺寸和普通的精装书差不多，褐色皮面装订，封皮已经磨损。像长时间在冰箱里放着的冰淇淋似的，书脊上积了一层霜。整本书被两条薄纱系着，无法翻阅。

霍尔顿迅速地把车推进地下室一个玻璃房间。他一进去，头顶的一排灯便齐刷刷亮起来。

尼克揉揉眼睛，他被这突然亮起的灯光吓了一跳。一台像涡轮机或喷气发动机的大机器，被螺栓固定在玻璃房中间的地面上：那是一个巨大的气缸，被固定在一个发光的不锈钢盒子上。气缸一侧闪烁着红色和绿色的灯光，墙上和天花板上垂下的电缆和管子则被从另一侧送入气缸。

“这个过程其实再简单不过。”霍尔顿说，“像冲即溶咖啡一样。”他推开机器前侧的一扇门，里面又是一排排的架子，结构和烤箱差不多。他把书放进去，然后走到旁边，按下一个个按键。控制面板上的灯迅即打开。

“现在，此刻，气缸内部的压力是正常的，一千毫巴。我们要把它降至六毫巴。那几乎就是最好的真空状态。”

他按下最后一个键。机器马上发出“嘶嘶”声，开始振动，屋里响起巨大的声音，与开到最大挡的吹风机发出的声音差不多。

“真空状态下，冰会立刻变成气体，而不会变成水。升华了，对吧？这样，书就干了。油墨不会掉色。有薄纱系着，书页不会移动。完美，对不对？”

“我们现在能看一下吗？”

霍尔顿咂着嘴：“这本书仍然处于-20℃的低温环境里。如果你要翻页的话，那页纸就会断成几块。现在我们必须恢复正常的压力和-20℃的正常温度。”

“那得需要多长时间？”

“可能两个小时吧。”霍尔顿从机器旁边走开。大风级的气流消失了，取而代之的是低沉的呼呼声，"等待期间想不想喝点咖啡？"

"你也能在机器里煮咖啡吗？"尼克问。

霍尔顿没有听懂尼克说的笑话。"我们用雀巢速溶咖啡。"他拿起挂在墙上的电话，拨了个号码，等对方接电话。

"门卫可能去洗手间了。"他放下电话，看上去有些纳闷，"我上去。请在这儿等着。"

他走出玻璃房。尼克随他穿过亮着红灯的仓库，看着霍尔顿前面的地板采光灯像冲击波一样逐个亮起，他身后的灯又逐个熄灭。霍尔顿走进电梯，消失了。

尼克慢慢走回到机器旁，透过舷窗往里看。那本书躺在架子上，一动不动。书上的那层冰已经消失。门边的温度计和压力计显示温度和压力正在慢慢上升。

"想想真是不可思议。"艾米丽在他身后说，"五六百年前这本书还是一张张羊皮纸和一罐油墨，放在巴黎某个地方的桌子上。它经过多少位君王，多少场战争，多少个主人之手。它被水浸透，又被二十一世纪的技术冰冻，解冻……经历过这一切之后，作者当初写下的文字还在。"

"如果我们幸运的话。"阿瑟尔登说。

尼克突然间觉得很疲惫。那时差不多是凌晨两点——时差反应还在折磨他的身体。霍尔顿和咖啡不知什么时候能到。

"我想出去走走。"他说。

阿瑟尔登好像要阻拦他，但他只嘟囔了一句："什么都别碰。"

玻璃房的门自动打开，尼克走进沐浴在红色灯光里的仓库。他沿着冷冻书籍间的过道慢慢走着，在他前面，地板上的灯光好像要溢出来似的，看得他有些昏昏欲睡。在玻璃柜间穿行时，他透过玻璃门仔细向里面看，架子上放着一本本捆好的书。他不知道在那些外表破损的书里会有什么。会有人们从未读过的东西，像是埋在冻土层中的化石一样，等待人们去发现吗？那会是吉莉安找到的东西吗？

他转过弯，看到坚固的混凝土：他已经走到仓库的另一头了。他想他该走回去了。他转过身。

几乎就在那一刻，电梯门开了，一片黄色的灯光照亮前面墙的中间位置。霍尔顿迈步走出来。他并没有端着咖啡——倒也好，因为他抖得太厉害，即便端着咖啡也会弄洒的。

接着，一只戴着黑手套的手从电梯里露出来，手里有一把枪，指着霍尔顿的脊梁骨。

第 42 章

斯塔拉斯堡

螺丝拧紧了。印版在压印润湿的纸张时发出嗞嗞的声音。我们按了一会儿，然后把它抬起。德拉赫把那张纸从印版上扯下来，然后搭在两个横梁之间的绳子上。

"二十八。"

二十八。我松开印刷机的把手，走过去查看。从某种意义上说，那张纸没什么可看的：它和以前的二十七张完全一样。可对我来说，这就是我的一切。我就像父亲看着自己的孩子一样看着那张纸。可它比孩子更胜一筹，因为儿子只是父亲的不完美翻版，而这个却完美无瑕。

它并不好看。文字单调，难辨。因为我花了好长时间用钢冲头来刻版，我们只有大写字母，没有书写所应用到的字体大小和用力多少的变化——除了德拉赫单独刻在铜印版上的一个花哨的首字母外。这是我第二十八次在看过印好的纸后长叹一声了。我刻的单调的字行最大的优点就是将每个字活泼的曲线和大胆的卷曲笔画衬托得整齐无比。这引人注意。

卡斯帕装好另一张纸，我们分别在螺丝手柄的两侧站好自己的位置。这些时刻对我来说是美好的：我们锁在地下室里，为了共同的目标而齐心协力地工作，一个个下午悄悄地溜走。在这些时刻里，我几乎忘记这是否有所回报。

"我曾遇到过一个意大利人，一个曾到遥远中国旅行过的商人。"德拉赫说，"你知道他在那儿发现了什么吗？"

"人们长着狗头似的脑袋，蘑菇似的双脚？"

德拉赫没有笑。像很多头脑敏捷的人一样，他对别人的幽默不屑一顾。

"他们不是用金银，而是用纸来交易。"

我大笑，朝房间后面点点头。有一令捆扎纸放在一个工作台上等待印刷。"我们应该去中国。我们会大发横财。我们可以用我们的纸去买他们的银子，把银子运回来买更多的纸，再去中国买回更多的银子……"我怀疑地看着他，不知道这是否又是他开的一个晦涩玩笑。"如果真那么容易，意大利的每个纸商现在肯定都和教皇一样富有。"

"也许吧。"他耸耸肩，"我想他们的君主肯定在他们的纸上印上了某种符号，就像我们的国王铸造硬币。"

"你可以把金币上的国王头像溶化掉，它还是金子。如果把它从一张纸币上擦去，那它就只是一张纸了。烧了它你就一无所有。"我反拧螺丝，把那张纸拿下来，"二十九。我想你那位商人是给你编造了一段旅行者的奇谈。"

"真的难以置信吗？如果纸和金币不是一回事，我们在这里干什么？我们以一打一便士的价格买回一摞一摞的纸，然后再以每打三便士的价格卖给教堂。而他们则卖六便士。你说纸的性质变了吗？"

这太滑稽了。"人们花钱买的不是纸。他们花钱是为了赎罪。这张纸只是教堂给他们的收据而已。"

"可是没有这张纸就没有交易。你认为我们在最后一天会高举大把赎罪券，然后就像兑现养老金一样把它们献给圣·彼得吗？"

"只有上帝知道。"

"如果上帝知道，那他为什么还要一张纸来提醒自己呢？人们需要这张纸是因为他们都是容易上当受骗的傻子。"

德拉赫竟能这样诽谤人类，就像他自己是另一物种一样。我总是为此感到惊讶不已。

"这张纸是被教堂赐过福的。"

"因为教堂知道，如果人们得到某种回报，他们就会付出更多。即使这种回报的价值只相当于所谓的中国纸币。"他立刻朝我露出不怀好意且故意屈尊的特有笑容，"你知道这千真万确。这就是你希望能使你发财的魔力所在：把毫无价值的东西变得价值不菲。"

"如果成功的话。"

我转向印刷机。在交谈的过程中，我们又印了三张赎罪券。我把刚印好的那份拿下来查看一下，依然完美无缺。再印多少张我才厌倦？一百？一千？一万？

然而，就在我品味快乐的时候，我察觉到快乐正慢慢消退。我更仔细地检查这些纸张。字母一个不缺，每个都位置端正。但是却不比以前清晰，就像被很多双脚印磨平的石头一样。我揉揉眼，怀疑是不是因为在地下室待的时间太长，自己的眼睛模糊了。

"这是啥？"

我站在窗户下。花纹玻璃把模糊的影子照射到纸上，但是字母纹理清晰可见。我没错。字母边缘模糊发散，结果使得每个字母都变粗了。有些干脆变成难以辨认的墨点。甚至连德拉赫刻的大写字母都不那么流畅了。

我找出印的第一页进行对比。它的内容鲜明清楚，比其他的易于辨认。我把它拿给卡斯帕看。

"或许我们印刷用力不够。"

我们又印了一张，再一张。到第三次，我们不再怀疑。每印一次，文字就会微微变得更模糊一些。最终，这种缓慢的退化就使得整个文章模糊难辨。

我环顾房间，看着挂在绳子上或堆在桌上的三十几张赎罪券。它们嘲笑着我，所谓的完美如此虚假。

可是我越发心焦忧虑。

"这是怎么发生的？"

德拉赫俯身在印刷机上，用手指按压铜印版的纹路。"铜太软了，而我们为了印刷清楚，用力太大。每印一张，我们都挤压印版一次，结果它变形了。"

"就没别的办法了吗？"

"再做一个印版。"

"邓恩花了一周才做成这个。"我在脑子里大概算了一下，"我考虑到他花的工夫和铜版，付他三个荷兰盾。如果每个印版只印四五十张赎罪券，每张卖三便士，那每印一批我要损失整整一个荷兰盾。这还没计入油墨、纸张、租金……的花费。'

"听起来你真像个商人。"

"我们中有一个人必须是。"我冲他发火，"你为什么不告诉我会发生这事？"

"我印的纸牌不够多，没发现这个问题。"

我一屁股蹲在地上。艾勒琳许诺的嫁妆刚好用来说服放债人斯托茨把我的贷款又增加一些。可我已经把能提取的贷款都提了出来。即使我娶了她，我也要拿大部分现金偿还我目前的到期债务。

我拿起一张掉在旁边地上的赎罪券。字迹被泪水洇湿，模糊成一团。我把自己的一生都抵押给了这个项目，因为我相信我能做成有价值的东西。

现在，我所拥有的只有这些纸。

第 43 章

布鲁塞尔附近

那人向前推一下霍尔顿，走出电梯。另一人紧随其后。两人都穿黑色皮夹克，戴着帽子遮住脸面。两人都带枪。

其中一个向前探身，对霍尔顿嘀咕些什么。霍尔顿伸出颤抖的胳膊，指着货栈尽头的机房。两名枪手互相交谈几句；一个示意另一个从房间旁边绕过去。尼克本能地向后退一步。

他犯了个错误。地板灯在他站立不动时已经暗了下去；现在却感到他的移动，立即醒过神来——虽然不亮，但却足以将尼克暴露于地下室阴郁的昏红色调中。两个持枪者转回身，发现了尼克；其中一个举起枪，就在这时，霍尔顿挣脱他的控制，朝机房方向跑去。持枪者犹豫一下，这恰好给尼克足够的时间左转身，朝走廊飞奔。

和在他房顶上所经历的噩梦一样。枪声四起，但尼克不知道他们到底在瞄准谁。他沿着橱柜中间的走廊奔跑，到了一个拐角后向右转去。他面前的地面上出现一道光亮。他诅咒着，但毫无办法。他左躲右闪，然后再停停，等待灯光熄灭。他肯定在去机房的半路上。可持枪者抢先到了那儿该怎么办？

脚灯渐渐熄灭，尼克陷入半黑暗中。他靠在冰冷的玻璃上，大口喘着气。他试图双脚不动，扭转身躯，扫视橱柜上边的空间，以确定移动报警灯的位置。

他只顾向上查看，几乎没注意到它正向他逼近。是第六感觉——也许是玻璃反射的映象，或者眼角余光什么的——救了他一命。他顺着来时的方向回头一看，顿时僵住。随着他脚步的前移，所有的灯正在像波浪一样向前亮起。它们从拐角处涌出，潮水般向他的脚下包抄过来，然后停止。

闯入者一定就在拐角附近。他知道尼克在那儿吗？他在等着看灯光是否再次亮起吗？尼克整个身体都在嘶吼，让他快跑，尽管这意味着必死无疑。可他不能只是站在那里。

那些灯还亮着。尼克可以移动一下而不被发现，但移动非常危险。他克服了恐惧感。

由于害怕灯会变暗，尼克就像一个孩子朝高台跳水的跳板末端挪动那样朝橱柜的拐角挪动着。他蹲下来缩成一团，灯光烘烤着他的脸部。

持枪者向这拐角走来，那些灯又闪起来。尼克不能再等了：他猛然站起，飞身向前冲去。那人开了一枪，可是打得太高。尼克一头将其撞倒，然后倒地滚开。任何形式的打斗他都不会赢。他踢飞那人手里的枪，爬起来飞跑。

惊恐蔓延。尼克在橱柜之间蜿蜒穿梭，试图找到通往机房的路。他被困在一个迷宫里，向前向后都只能看到不超过一胳膊长的距离。又有三枪射来，三次火花闪烁，枪声在低天花板的房间回旋，响声惊人。最后一枪在耳边响起；灯光在黑暗中不停闪烁。他被击中了？这就是将死的感觉？

这是警报。可能是一颗子弹击中了某个敏感的东西。这对尼克毫无帮助。报警灯在房间里频频闪烁；报警铃淹没了听到敌手声息的任何希望。走廊尽头，钢制卷帘门正从天花板上落下，挡住机房的玻璃墙。它们已经低过头顶，还在下滑，其速度令人有不祥之感。尼克别无选择。他向前猛冲，在走廊里飞奔，心里祈祷身后不要有持枪者。现在，所有的地板灯都达到了最亮，同时有录音高声喊叫他听不清楚也听不明白的紧急指令。卷帘门吱吱嘎嘎，警铃发出颤音，他淹没其中，而背景音中却升起一阵长长的震耳欲聋的号叫声，就像喷气式飞机正在加速起飞一样。

两扇门感应到他过来，自动分开。卷帘门即将关闭，开口仅一尺高了：他摔卧在地，从门下缝隙滑过。

卷帘门触到地面，砰地关紧。尼克看看四周，惊得浑身发抖。阿瑟尔登和艾米丽正从机器后面向外看。持枪者踪影全无。

他勉强站起来。他不敢相信自己还能站起。"发生什么事了？"他得大喊才能压过卷帘门后传来的尖叫声，他们才能听见自己。

"开枪发出的烟雾触发了火警。"阿瑟尔登说，"它一触即发——你可以想象得出，毕竟那个仓库的藏物如此贵重。"

"自动喷水设备怎么没启动？"

"没有这些设备。向那些书上面喷水和烧了它们一样糟糕。它们封掉储藏室的门，并抽净里面的空气。"他用拳头轻击冷冻干燥机。"特像一台这种机器的膨胀版。"

尼克抓挠头皮。"能出来真是万幸。"

"是很幸运。"

"霍尔顿怎么了？"

"他们杀了他。"艾米丽说。她的脸失去光泽。"那些人，不管他们是谁。是他们枪杀了他。"

卷帘门另一端，空气中弥漫的尖叫声慢慢平息。警铃停了——尼克想，或许没停，但声音无法在真空中传播。

"现在怎么办？"

阿瑟尔登朝钢制卷帘门点点头。"什么也不能干。卷帘门只能从楼上放下来。即使我们能打开，这主意也很糟糕。卷帘门另一侧就像外太空。"

"那我们怎么出去？"尼克向四周看看。除了通往主仓库的门，再也没有其他出口。

"我们只好等警察来了。不会太久的。"

尼克毫不感到宽慰。他可以待在比利时，但警察们一旦用计算机搜索他的名字，肯定能查出他的一切。他瞪大双眼，胡乱在房间里扫视。这里应该有个通风口，有扇逃生门，还有条作业巷道。什么都行。可他所看到的只是一个混凝土监狱。唯一暗示有缺口的地方在机器后边，一根两英尺长的管子从那儿通向墙里。

尼克查看这台机器。霍尔顿曾说过，里面几乎完全真空。所以空气必须排向某个地方。管子连接墙壁的地方是个钢铁接头，装饰有四个翼形螺帽。尼克跑过去，拧拧其中一个。它纹丝不动。

他想找东西砸它。他在壁凹处发现一把消防斧，抓起来，反转斧子，用它的平坦一端锤打螺帽。它抖动一下，并松动了一点。他继续砸，拼命敲打，直到它转动了几圈。螺栓本身肯定有一英寸粗，可现在它已经松动到足以用手拧转。

"这儿。"他指着螺栓，朝艾米丽喊。"看看你能不能把它弄出来。"

她立即明白了。还有三个。尼克看看卷帘门，想知道后面是什么情况。警察到了吗？戴巴拉克拉法帽的那些家伙闷死了吗，或者他们像他一样在仓库封闭之前已经跑掉了？

第四个螺栓最牢固。他砸松它时，艾米丽已经拧掉另外三个。他跪在她旁边，他们的双手不时触摸对方，像孩子抚摸圣诞礼物。尽管空气刺骨冰冷，尼克还是热汗淋漓。

螺栓终于脱落。尼克跳后一步，料想管子会像石头一样重重落地。可它却动静全无。

房间的另一边，有什么东西猛击卷帘门。尼克既气愤，又泄气，他抬起腿，狠踹管子。砰一声，管子从接头处脱落，掉在地上，差点砸到他的脚趾。墙上张开一个黑洞洞的口子。他把手伸向洞口，一股冷风扫过手掌。

"这总比坐以待毙好。"他嘀咕着，并无把握。他回头看看机器。"书弄好了吗？"

阿瑟尔登看看刻度盘。"要到达室温最少还得一个小时。"

"我们没时间了。"

"你什么意思？"阿瑟尔登抓住他的胳膊，"那本书是无价之宝。不能在处理到一半时把它抽出来。"

尼克甩开他，跑向控制盘。他扫视按键，找到一个标着"紧急关闭"的红色大旋钮。他猛拍下去。机器呼呼作响的声音消失。锁咔嗒一声打开。他打开门，抽出书。它摸上去很凉，但不硬。

我甚至不知道为什么要带着它，他心里想。可有人认为它值得搭上性命。

"它不是你的。"阿瑟尔登反对道，"还是等警察吧。"

"我不等。"

尼克把书连同纸牌一并装进背包，交给艾米丽。接着，他身先士卒，第一个钻进洞里。他进入一条狭窄的混凝土通道内，通道宽度刚够容纳他的双肩。它平直向后伸展几码远，尽头是一面陡墙。

"反正空气得排到某个地方。"

他伸手在头顶上挥动一下，感觉空荡荡的。他翻过身，躺平朝上看。头顶上几英尺高处，城市夜空之光衬托出一道格栅。他双膝跪起，使劲移动。他向上扭动身体，直到能够触到格栅。格栅并未固定。他向后滑动它，从栅口跳到已冻结僵固的杂草上。

他得从大楼边沿出去。艾米丽跟在他身后爬出来，尼克站起，慢慢摸索着前进。有人匍匐在岗亭附近的沥青上，还有人伺守在通向前门的台阶旁。一辆挂有意大利牌照的黑色 4x4 型雷克萨斯斜停在车场里，正好挡住阿瑟尔登的捷豹。

警报器在这冰冷的夜晚哀号——声音发自远处，但是正向这里飞驰而来。他怎么从那儿逃脱呢？停车场没有别的车辆——邻近区域也毫无人迹。在这片延绵的工业区里，徒步他们是跑不远的。

就在那时，他听到了音乐声。

起初他认为是幻觉，由于地下室里噪音震天，他的耳朵里还在嗡鸣。可是音乐声没有消失，也没有像通常的音乐片段那样自我重复。他凝神听。是鲍勃·马利的音乐，这大概是他能想象的最不和谐的声音。乐声好像从雷克萨斯车里传出。

一首结束，另一首又开始。尼克凝神细看，发现雷克萨斯车的排气筒冒出一股烟，似云雾缭绕。车里有人？他悄悄靠近，想看清头靠后的情况。墙上，一只照明灯发出莹莹的光，照穿挡风玻璃：如果里面有人，轮廓会很清晰。他看不见任何人。发动机却在运转。

他俯身，低过车窗平面，沿汽车一侧挪动，伸手去够驾驶室门把手。他深吸一口气，拉开门。

热气扑上面颊，车内温暖怡人。车空着。尼克跳进去，挂上倒挡。油门极其

186

灵敏，他不太习惯：轮胎发出长声啸叫，汽车颠簸向后。透过后视镜，他看见艾米丽拿着他的背包，正从敞开的通风井那儿越过草地跑来。突然，她好像绊了一跤，仆倒在地，从视野中消失。

尼克再次向四周看看。货栈的前门猛然打开；又一名戴帽子的人手拿枪，站在台阶上。他疯狂睃视四周；警报声越来越响。

艾米丽拉开车后门，猛跳到座位上。尼克一见她上车，瞬间发动引擎，加大油门。他恐慌万分，又不熟练，差点撞上灯柱；掉转方向，车却跌跌撞撞朝岗亭奔去。很可能就是这开车不稳救了他一命。站在台阶上的枪手明白怎么回事后，车厢窗户爆碎四散；玻璃碎片像阵雨一样撒满整个车厢，划破尼克的胳膊和脸部，但幸好子弹打偏了。尼克却几乎没有觉察。他穿过大门，驾车驶上便道，熄掉火。

第 44 章

斯特拉斯堡

"夫人，我觉得我该告诉您，以前我对自己很有把握，认为自己前途光明，可事实并非如此。我的投资没有得到我希望的回报。这导致我的债务增加，继而使我的大部分收入被占用（即使不是全部）。在这种情况下，如果您阻止我对您女儿的求婚，我是不会有怨言的。"

艾勒韦伯尔听着我早已排练好的话，面部表情没有发生丝毫变化。

"古登堡先生，您是个非常高尚的人。您的诚实值得大加赞扬。事实上，这只能证明之前我对您人品的好评。出于这个原因，我决不会阻止这门婚姻。我已故的丈夫曾是个商人：我知道，一个人会一夜暴富，也会瞬间破产。只有信仰与人品能塑造一个真正的人。我知道我女儿不会对您失望的。"

我深鞠一躬，像腹部被捅了一刀。"谢谢。"

在圣·阿加伯斯特我家的牛棚里，我站在桌子旁，看着我的努力换来的一堆残骸。德拉赫正在斯特拉斯堡绘制祭坛图画；留下我独自一人面对失败：我压印的铜版以及印制的三张赎罪券；几瓶墨汁；底部刻着字母表中全部字母的二十六根钢棒；石头底下，还有一摞未用过的纸张。在巴黎最后那个上午的情景又在我眼前浮现。我把全部的希望和努力都密封在熔炉里，并将熔炉放到火上加热达七次之多。然而，特里斯坦猛力用剑把它打开时，里面的各种金属都变作一堆渣滓。什么也没了。

在我灵魂深处，一股熟悉的冲动开始涌现——和野兔闻到狐狸的味道时的本能反应，或者一个穿越森林的旅行者听到树枝咔嚓折断时的下意识反应是一样的。就是这种本能，带我逃离美因茨、科隆、巴塞尔和巴黎——任何一个有危险袭来的地方。但现在我几乎快四十岁，四十岁可不是二十岁。我有房子，有地位。我不能再过流离失所的生活。而且我也舍不得离开德拉赫，他是我唯一的朋友。

我被困住。不是被栅栏或围墙困住，而是被冷酷无情的环境所困。我感到内心涌起一种无助的愤怒。我握起拳头，猛砸桌子。玻璃杯和金属材料咯咯作响；一瓶油墨倾倒，墨汁洒满整个工作台，一直流到散布在桌上的冲头边才停住，冲头的顶端被染成黑色。

我凝视这一切。如同做梦一般，我拿起一个冲头，翻过来，戳向桌面。桌子抖动一下，好像木头自己明白那一刻意味着什么。我又拔出冲头。一个符号出现在桌面上，显得格外突出。是字母 A。

我再次把冲头浸到那一摊墨汁中，一次又一次戳下去。很快，数十个字母 A 布满整个桌面。打孔、塑型、凸起、凹陷。字母与字母重叠，复制出又一个字母。

我跑过院子进了石屋。火已经熄灭了好几周：里面有充足的煤，可就是没有引火之物。我回到牛棚，把剩下的赎罪券归拢起来撕碎。我跪在壁炉前，拿着火镰在碎纸上方擦出火花。纸片边缘开始慢慢出现火星，我吹了吹，耐着性子等待火苗燃起，烧掉我的失败。

在窗边的一个架子上，我看见一根用于加深油墨颜色的铅棒。火烧旺后，我把铅棒放进一个铁碗，搁到火上。它开始发软变形，像黄油一样熔化。我用长勺在铅液里搅拌着：如果过热，铅液的黏性会加大，很容易黏在模具上。

我把铜版放在长凳上，上面摆着我们用来研墨的杵槌和容器；我把长勺放进铅液，舀了一点，倒在铜版上。两种金属接触，嗞嗞冒出蒸汽，铅水流进刻有字母的沟槽里。我轻轻拍打铜版，震破气泡。

铅冷却后，我想用小刀把它从铜版里撬出。我双手颤抖，不敢用力太大，生怕把这块柔软的金属弄弯。最终，我还是把它弄了出来，原来的铅棒变成一块拇指大小的扁平金属片。我把它拿回牛棚，浸到墨汁里，然后放到一张未用过的纸上，我用手掌把它按住，一动不动，害怕看见我印的东西。

最后我还是把它拿开了。

字是倒着写的，这是压印的本质：孩子是父母的倒影。但是我可以轻松地把它读出来。这行字冲着我的灵魂呐喊。

我还你自由。

第 45 章

布鲁塞尔附近

公路上，三辆警车朝仓库的方向呼啸而去。他们没有注意到，在一个工业气体站的阴影下，有一辆黑色雷克萨斯车停在一侧胡同里。尼克一直等到它们完全开过去，才小心翼翼驾车驶出胡同。

"他们怎么发现我们的？"艾米丽问，声音听起来又微弱又困惑，"甚至连我们自己也是在几个小时之前才知道要去那儿的。"

尼克紧紧抓住方向盘。冰冷的空气从打破的窗户中猛灌进车里；仪表盘的读数显示外面的气温是 –10℃。他把暖气开到最大，并将风口对准自己的身体。

"阿瑟尔登呢？"

"他留在那儿。他想等警察。"

"太好了！"尼克说，"至少他可以告诉警察，这次不是我干的。"

对面开来一辆救护车，从他们身旁急驰而过。他低下头，试图遮住自己的脸。

"那么，我们去哪儿？"

"去找个地方，看看这本书。我们需要特殊设备什么的吗？"

"书籍都很'结实'的。如果它过了解冻这一关，碰它就没有问题。显然，在控温、恒湿的环境中检查这本书比较好，比在飞驰的汽车中开足暖气、迎着寒风看要好得多。"

尼克看到前方有加油站。站内的灯都熄了，一台台加油泵像一块块巨石似的，矗立在黑暗中。尼克将车开到加油站前面的空地，停在售货亭后面。在那个位置，可以避开路人的视线。艾米丽坐到副驾驶座位上。

"我们找一找。"

尼克太紧张了，不敢碰那本书，他把书递给艾米丽。她把书放在大腿上，掀开封面。尼克盯着米色羊皮纸，汽车地图灯的灯光将它蒙上一层黄色。

手抄本从第一页开始。

艾米丽读道："如果碰巧狮子被猎人追杀，它嗅到他们的气味，就会用尾巴抹去自己留在身后的足迹。这样，猎人就无法找到它。"

她皱起眉头："《动物寓言集》开头不是这样的。"

可尼克几乎没听。这页的中间位置有一张小插图，被水渍浸得有些模糊，画面似乎与文字融为一体，但还算比较清晰。一只张牙舞爪的狮子蹲坐着，专横的目光注视远方。

"这幅图和纸牌上的一模一样。"他低声说。

艾米丽一页页翻阅，尼克紧盯着上面千姿百态的野兽图画。并非每页都有插图，而且有些书页不同程度地受到损坏，罪魁祸首是那场大雨，或者是漫长岁月中的其他灾害。图画中的很多动物是尼克从没想到过的：从树里破皮而出的鸟；长着公牛头、公羊角和马身子的怪兽；狮身鹰首兽；蛇怪和独角兽。但上面所有的动物并非都出自神话传说。有两只猫，一只黑猫和一只斑猫，满厨房追一只老鼠，而一位丰盈的女厨师正悠闲地在火炉旁喝酒。秋季，一头牛在田里耕地。一只雄鹿站在森林里的小土丘上，而一只狗熊则在刨土找吃的。

尼克尽量压抑自己的兴奋之情。他认识这只熊——而且他也很确定，他从一套画着鹿的纸牌上认出了那只雄鹿。

"关于熊，书上说了些什么？"他问。

"熊仔刚出生时没什么形状，像是一堆没有眼睛的白色肉块，它们的母亲把它们舔出熊的形状。"艾米丽读拉丁文不费吹灰之力，"它们最渴望吃到蜂蜜。如果它们攻击公牛，它们知道最佳攻击区是鼻子或牛角——通常是鼻子，因为在最敏感的地方疼痛也最剧烈。"

尼克坐回驾驶员的座位。由于发动机熄火了，车里重新陷入冰冷。"我觉得上面有关狮子的文字很准确。抹掉自己的足迹使猎人无法找到它。说的就是吉莉安。我们找到她看过的书，拿到她留下的纸牌——可我们还是不知道她在这两样东西里面发现了什么。还有人一直想置我们于死地。"

艾米丽沉默。尼克瞥了她一眼。

"你在想什么？"

"有人可以帮助我们。那个人能分析这本书，能确定吉莉安可能发现了什么，最后弄清她去了哪里。"

"谁？"

艾米丽用手指嗒嗒敲着门把手。"他就是杰罗姆修士。他是一名耶稣会会士——或者曾经是。他是中世纪古书方面的专家。他曾……我在索本神学院时，他曾教过我。他现在退休了。"

"他住在附近吗？可靠吗？"

"在德国边界附近。很可能离这儿约有一小时的车程。至于是否可靠……我想你可以信任他。"

尼克探出头，向四周看看，然后盯着她。

"如果有些话你得告诉我，就说吧。如果这个人靠不住，我不会去找他。"

"你可以信任他。"艾米丽重复道。听起来，她快要流下眼泪。"说起来……太难为情了。我曾是他的学生。他调戏我，被我告发。他丢了工作。"

现在轮到尼克不好意思了，他看着仪表盘说："如果你觉得——"

"不。他是唯一能帮我们的人。"

出发前，尼克在后座底下看到一把轮胎撬杠，他用它把剩余的玻璃残渣全都敲到了车窗外。从远处看，这辆车还算像样。他发动引擎，驶离加油站。他能看见前方的高速公路：夜幕下，一辆辆卡车轰隆隆从一座桥上驶过。蓝色指示灯分别指示左和右。尼克减速。

"走哪条路？"

意大利

凯撒·吉马托坐在椅子后面，透过八楼的办公室窗户，注视外面。雨点像珠子一样敲打着防弹玻璃；在灰暗天空的映衬下，远处驶过那不勒斯湾的轮船看上去就像一个个污点。

"不眠之夜！不眠之夜呀！"

电话铃音响起，传出帕瓦罗蒂的歌声。吉马托看看屏幕上闪烁的号码，抓起电话。他听一会儿，没有说话，但他的指节却变得煞白。

"好。"说完，他挂了电话。

他迟疑五分钟后，采取下一步行动。他害怕与之通话的人不多，但内瓦多是其中一个。或许是唯一一个。

他拿起桌上的黑色电话——一条私密电话线路——凭记忆拨通了内瓦多的号码。

电话一拨即通。"怎么样？"

"我的人跟踪他们去了您说的那个仓库。他们……"他咽了一口唾沫，"他们被某种安全设备困住了。死了两个；一个设法逃了出来。那一男一女跑了。"

他等内瓦多痛骂一顿，可内瓦多却温和地尖声问道："你打算怎么处理此事？"

"他们偷了我们一辆车。这辆车和我们所有的车辆一样，上面装有跟踪系统。我们已经追踪到，它去了德国边界附近的列日郊区。"

"那个美国人拿到书了？"

"警察来得太快，我们还没来得及调查。"

吉马托等着。

"我要亲自去一趟，"内瓦多说，"派一个人去那里接我。"

布鲁塞尔西北方一百英里之外的地方，那个老人放下电话，盯着办公室的墙壁。这座大楼的有些房间里挂着拉斐尔和米开朗基罗的作品；另一些房间里则收藏了历近二百年来的艺术珍品。内瓦多本来可以用其中的任何一件装饰他的办公室，而他却选择了一个闲置不用的房间，从那里向外，只能看见一个普通的院子，而且墙上仅有一件装饰品，一个象牙十字架。他沉思片刻。

书籍和文件中有很多记录可供他参考——他从不把秘密材料存入电脑——但他没必要查阅那些资料。在梵蒂冈的庞大档案库的某个地下室，有一张索引纸牌，上面有艾米丽·苏泽兰特的名字，昨天他刚刚研究过。那张纸牌参考了存放于另一个地下室里的一份文件，那份文件更全面。他读过了。他知道艾米丽·苏泽兰特到列日去见谁。

他按下蜂鸣器，传唤秘书。

"我要去趟列日。马上动身，切勿声张。"

列日附近，比利时

尼克从未想到过修道士会退休。如果曾想过，就是他曾认为他们像教皇一样，终身远离世俗，献身宗教。他当然没想到他们会退休。杰罗姆修士已经用郊区乏味的禁欲生活取代了耶稣会生活：那是几间灰泥卵石涂层的砖砌平房，位于城边的一条死胡同。到了那里，感觉就像到了天边。

尼克把车停靠在树篱旁，以遮挡破损的车窗。低沉的云层推迟了黎明的到来；整个世界陷入阴影之中，四处一片灰暗。一个身穿棉袄的女人正在对面人行道上遛一只梗狗，从他们旁边经过时，向他们投来怀疑的目光。除她之外，街上空无一人。

艾米丽领着尼克沿小路来到一道白色正门前，按下门铃。尼克搓着双手。现在唯一使他保持清醒的就是寒冷的空气。

艾米丽又按一次门铃。很快，尼克就通过镶在门上的玻璃隐约看到有人在走动。一个声音一边向他们嘟囔要耐心些，一边拿着叮当作响的钥匙，咔嗒一声打开门锁。"吱扭"，门被拉开一条缝，但防盗链还挂在上面。从里面探出一张憔悴的脸。

他瞪大了眼睛。"艾米丽。你怎么来了？"他注意到尼克，"还有个朋友。请问，他是谁？"

如果安迪·沃霍尔（Andy Warhol）曾担任过神职，退休后到了比利时，或许他看上去就是这个样子。杰罗姆修士骨瘦如柴，一头蓬乱的白发长达眼际。他身穿一件中式晨衣，打着一个很松的结，走路时，大腿都能露出来。这让尼克感觉很不舒服，他怀疑杰罗姆里面什么都没穿。

他拔下门上的链条，吻艾米丽双颊；那一刻，她身体僵直，但并没有躲开。他只向尼克点点头，还没等尼克回礼，杰罗姆已经带他们穿过门厅，走进一间屋子。

尼克吃惊地环视四周。屋里一片狼藉。四壁钉满书架，里面塞满书籍和论文。一把破旧的安乐椅摆在屋子中间，椅子周围堆着几个没盛满东西的大杯子，上面长满泡沫状的霉菌。椅子把手上还堆着几摞摇摇晃晃的书。

杰罗姆向厨房走去："想喝咖啡吗？"

除了他自己，别人都不想喝。透过厨房门，尼克看见他在烧水。

"呃——艾米丽。很久不见，对吧？你过得怎样？"

"很好。"

"我还以为再也见不到你了。"

"我们有一本书，想让您看看。"

杰罗姆提着一个冒着热气的大咖啡杯，走出厨房。杯子看起来好几周没清洗了。

"你想把书给我？"

"我们想让您帮帮我们。"

这句话对杰罗姆产生了不同寻常的作用。他猛抬起头，愤怒地盯着艾米丽；他身体僵在那里。

"你知道我为什么在这儿吗？"他猛地伸出手，指着破烂不堪的客厅问。滚烫的咖啡溅到他手指上，又滴落在地毯上，但他并没注意。"你知道我被流放的原因吗？你知道吗？"

艾米丽低下头。一滴眼泪从脸颊滚落。尼克靠了过来，想保护她，可她和杰罗姆都没察觉。在他们两个的故事中没有他的戏份。

"很抱歉。"艾米丽低声说。"如果我能回到过去……"

"你还会那样做。我也一样。"

他的怒气来得突如其然，走得也出人意料。他向前一步，抱住艾米丽。尼克看不见她的脸，但看上去，她就像拥抱一具尸体一样僵硬，不自然。

杰罗姆抚摸她的头发。"我们不要再欺骗自己了，想想我们过去的快乐吧。我们毁掉了自己的生活，葬送了独处的甜蜜。"

艾米丽抽开身子——轻轻地——捋顺头发。"很抱歉打扰您。可我们需要您的帮助。而且……我想您也会喜欢这本书的。"

"让我看看。"

看到艾米丽冲他点头，尼克从包里拿出已经解冻的《动物寓言集》。杰罗姆显得急不可待。他伸出手说："请给我看看。"

尼克把书递给他。杰罗姆几乎是从他手里把书抢过去的。就像教士读福音一样，他举着那本书，仔细检查。

"是在十七世纪装订的。"他把书反过来，"素牛皮。可能是德国手艺。"

"我还以为是十五世纪的呢。"尼克插了一句。杰罗姆修士用藐视的目光盯着他。

"装订线被换过。它们比书页磨损得快，就像身体比灵魂死得早一样。"

他拿着书，走到相邻房间里的一张木制写字台前坐下。他从一个抽屉里拽出一个泡沫垫子和一双薄手套。就像一个病理学家准备解剖尸体一样，他把手套套在瘦骨嶙峋的手指上，把书摆在桌上。他迅速把一根手指伸到封面下，轻轻一拽，便使其脱离其余书页，敞开展放于垫子上。

插图上的狮子注视远方。尼克瞅一眼杰罗姆，看他能否认出它，碰巧看到老人额前花白头发下方投过来的诡异目光。谁也没有说穿对方的心思。

杰罗姆用拇指按压书页的折痕。"这本书保存得不好。"

"存放这本书的图书馆被淹过。"

"一看便知。这儿有一条订口。"

尼克瞪着眼，不知道在哪儿找订口。"什么是订口？"

"两页间残页的页骨。"杰罗姆又把封面和第一页分别向两边推推。尼克看到刚刚露出书脊的羊皮纸薄边。

"有一页被割掉了。"

"那正常吗？"

"正常，但让人很无奈。偷一本书很难，但拿走一页却很容易。单独一页就能换回几千美元。这些古代手抄本的单页比整本书值钱多了。"

"这种偷盗行为已存在好几个世纪了。"艾米丽插话道。

"但这一页是不久前被偷走的。"杰罗姆指着书页顶端的一些黑色污痕说。"你们看这儿，还有丢失的那页被水浸透的印迹。它是水灾过后被撕去的。"

尼克和艾米丽对视一下，想让对方说出明摆的事实。杰罗姆作壁上观，笑看他们两人局促不安的样子。

"吉莉安是个爱书的行家。"尼克最后说，"她决不会做损坏古籍的事，上帝作证。她在博物馆工作过。"

艾米丽避开他的眼神，只说了一句："要是知道第一页上有什么内容就好了。"

"或许我们可以发现更多东西。"

杰罗姆在书桌抽屉里摸了一会儿，拿出一个钢笔样的细金属管。他拧一下管子末端，管子顶部发出一道浅紫色的光柱。

"紫外线。"他说。他用它照射封面里层。使尼克惊奇的是，在光照下，硬纸板封面上出现了黑色的字母，像是隐藏其中的神秘符号显出原形。与寓言集正文粗短的字体不同，这些字的字体稀疏细长。

"那是怎么弄上去的？"尼克几乎是窃窃私语。

"是书的主人写的。当别人得到这本书时——或是亲友赠送，或是自己购买，也许是偷盗所得——他就把原主人所做的标记擦掉。可是标记的痕迹还在。"

"写些什么？"

杰罗姆依然举着那个紫外线紫灯，又拿起一个放大镜，贴近去读。

"这是我的书，洛林地区的阿曼德伯爵。"

"什么意思？"

"意思是它属于洛林伯爵。曾经。这位洛林的伯爵曾拥有最大的新时代图书馆之一。"

尼克不知道杰罗姆说的新时代是什么意思，但他猜想肯定和他所认为的现代毫不相干。

"那所图书馆后来怎样？"

杰罗姆耸耸肩。"消失了。伯爵的藏书被他的继承者一本一本地卖掉,或者让一些盗贼抢走。剩下的,我想,在十九世纪时转交给了斯特拉斯堡的城市档案馆。"

杰罗姆用带着手套的手指一页一页向前翻着,一直翻到寓言集最后一页。最后一页没有插图,只有几行文字和留在羊皮纸上的矩形棕色污痕,那块污痕和一张贺卡差不多大小。尼克强力压制住自己的冲动,没有抽出那张纸牌并把它放到污痕上。可看起来,大小好像正合适。

"这儿曾粘过什么东西。"杰罗姆说。他又向他们投来怀疑的目光。

艾米丽向前探身,靠近些,并有意识使自己的身体不碰到杰罗姆。"有说明吗?有关于这本书是谁写的或者为谁而写之类的暗示吗?"

"上面写着'里贝拉斯著,弗朗西斯大师插图'。他用一种新的印刷技术制作出另外一本关于动物的书。"

"那是什么意思?"

"里贝拉斯和弗朗西斯分别是该书的作者和插图者的笔名,"艾米丽说,"里贝拉斯是拉丁语,意思是'小册子';而弗朗西斯很可能与圣弗朗西斯有关,双关语,也指他是世间动物之主这个事实。"

"可是此处有两种笔迹。"杰罗姆说。"第一个句子和第二个句子分别由两个人用两种墨汁写成。"

尼克仔细观察那古老的笔迹。他惊喜地发现自己能明白杰罗姆的意思。他甚至认出了几个字:里贝拉斯——弗朗西斯——插图。第一行和书的其余部分一样,是同一种黑色笔迹,而第二个句子看起来好像是后加的,用的是棕色墨汁,而且字体很潦草。他想知道那和纸牌上的字迹是否一致。

杰罗姆又拿起笔灯,扫描封底。尼克仔细观察,什么也没看到——可是好像有什么东西吸引了艾米丽的目光。

"那是什么?"

"没什么。"杰罗姆毫不理会艾米丽的质疑,他放下笔灯,看看四周。"我原想可能另有一个藏书标签,可是没有。"

"在这一页上。"艾米丽坚持说。还没等杰罗姆做出反应,她就夺过笔灯。她把笔灯放到几乎和书页平行的位置,使灯光刚刚触及纸面。

"硬点。"

尼克眯起眼看，那天早上，他第二次看到刚才还不存在的字母。可这些不是从黑色背景中显露出来的褪色墨迹；相反，它们似乎是被写进羊皮纸里面的。

"上面写了些什么？"

第 46 章

斯特拉斯堡

"里贝拉斯著，弗朗西斯大师插图。"

我坐在地上，倚着一根木桩，再一次阅读我已读过上百遍的题字。我拿着那本书，感觉就像手捧圣餐杯、护身符。我本可以卖掉它，马上还清一半债务，可我决不会那样做。

德拉赫在摆弄印刷机。他向我这边瞅了一眼。我知道他喜欢看我读他那本书。我把书斜着放下。

"那是什么？"

他的目光永远那么锐利。我把书转过去，好让他看见我做过什么。我在说明部分的下方空白处粘上了一张纸牌：八兽。那是带我找到德拉赫的地图。

他笑了："你是个收藏家。"

"一个崇拜者。"

"保存这张纸牌是明智之举。再也不会有类似的纸牌。"

我迷惑地看着他。

"印版没了。我把它熔化掉，卖了。"

我大为震惊，这么漂亮的东西永远消失了。"全部？整套？"

"大概一半吧。"他看着我脸上的表情，大笑起来，虽然我自己并不觉得滑稽。

"约翰，你也看到我们的印版了。才压印几十次就坏了。纸牌也是一样。没有永恒的东西。"

"你不该那么做。"我坚持己见。

他拍拍我的肩。"邓恩的作坊里还有一些。说到他，我得走了。他有活要我干。"

我用原来包书的旧衬衫布把它包好，跟着卡斯帕出来。那本书带给我的快乐已荡然无存。没有永恒的东西。我想失败——我与艾勒琳的婚约除外。

我穿过斯特拉斯堡，来到一家药店，在那儿我还能借到钱。我用邓恩的印版做的铅版并未通过我的实验：这种金属太软，与纸一接触就会模糊掉。但是，就像我在科隆时见到康拉德·施密特指环上的第一个图案一样，我也能认出一些字。我知道我可以把它弄得更硬。通过把它和锡、锑组成合金，我发现我能做出既漂亮又干净的铅版。由此带来的希望，刚好抵销我想到艾勒琳时的沉重恐惧感。

当我经过议会大厅时，她依然在我的脑海挥之不去。我差点儿没看到她。法庭正在开庭，拥挤的人群在大街上等待宣布判决。我瞥见她走下台阶，但我以为那是幻觉，差点儿走开。可我还是又看了一眼，终于确定那就是她。她母亲跟在她身后。还没等我走到她们跟前，她们已经走进人群，消失了。

我找到一个认识她的人，一个酒商行会的会员，问他她们为什么去法庭。

"她们刚刚听到一起有关她已故丈夫财产的诉讼。她丈夫和前妻有个儿子，前来跟她争夺继承权。"

"结果呢？"

"儿子赢了。这个寡妇——他的继母——除了有间房子住，有点粮食吃以外，一无所有。"

我还没反应过来，就感到有一只大手紧紧抓住我的肩膀，使我转过身来。我低头，看见了我最不想见到的那张面孔。放贷人斯托茨，一个熟人。

"今天上午你也去法庭了？"

我摇摇头，惊愕得说不出话。

"寡妇艾勒韦伯尔的财产一文不值了。"

"我刚听说。"

他抓住我的衣领。"我以她的继承权为担保，贷给你五十荷兰盾。"

"我会还你的。"

他矮小、瘦弱但狡猾。即便如此，那一刻，我也觉得他或许想抓住我，逼我还钱。接着，我身后什么东西引起他的注意——毫无疑问，又是一个收入值得怀疑的欠债人。他放开了我。

"我很快就回来找你商量这事。"

我离开他，沿街跑开。那两个女人消失了，但我猜得到她们去了哪里。在她们家大门外，我赶上她们。艾勒韦伯尔看见我，眯起眼睛，表情严肃。她女儿则两眼低垂，一语不发。

"古登堡先生。很抱歉——我们现在处境不佳。"

"我知道。"

她挺直腰杆，目光冷峻地看着我。"几天前您来到我家，对我坦诚相告，说您的前景暗淡，而不是像您曾经说的那样。我敬佩您的诚实，对您施以仁慈之心，尽管我没有义务那么做。我希望您也能给予我们同样的礼遇。"

"婚约终止。"我说得很温和。

"您已经签了婚约。不能毁约。"

"是您已经毁约。您承诺过给我您丈夫的两百荷兰盾遗产。"

"我没做过这种承诺。"她马上回应，就像一个等待出顶牌的赌徒。"我承诺的是我对遗产的所有权。我相信这份遗产值两百荷兰盾，绝对没有欺骗之嫌。我无法预见法庭会站在我继子那边。"

"或许如果您早提这个诉讼案的话，我自己会判断其结局。"伴随一阵愉悦的正义感，我挺直了腰板，"或许如果您曾以公平交易的态度对待我，我现在会甘于接受艾勒琳嫁妆减少的事实。"那是谎话。"事实上，你已经骗我两次。婚约无效。"

我的话语中一定透着喜悦。这只能使她更加愤怒。

"这件事不会到此结束，古登堡先生。如果您欺人太甚的话，我将以破坏婚约之名将您告上法庭，这次他们会站到我这边的。"

我转向艾勒琳。"再见，小姐。很抱歉是这种结局。"

我还你自由。我不需要买赎罪券：我感到无比自由。

第47章

比利时

尼克紧盯那页纸上出现的字母。"那是什么？"

"硬点。"艾米丽说，"你用不蘸墨汁的钝笔尖用力把字写入羊皮纸。只有当你在适合的光线下、从正确的角度查看时，它才能显现。方法很简单，但很有效。侦探小说中，侦探仔细观察一叠纸，以便根据纸上的印记发现上面写过什么，你读到过吗？"

"我想我读过。"

"这和那一样，不过是有意为之。中世纪的抄写员常用硬点来规范他们的行业。有些人就用这种技巧记录秘密信息。"

"那这上面写的什么？"

艾米丽一边借着灯光把那些字找出来，一边慢慢读着。杰罗姆看着她，脸上的表情很复杂，说不清是愤怒还是一种不情愿的敬意。

"《以色列诸王格言》里有什么。"她抬起头，"意思是说'藏在《以色列诸王格言》中'。"

"那这是什么意思？"

"这是上面文字的继续。他——插图者弗朗西斯大师——也用这种新方法制作了另一本关于野兽的书，这种方法就隐藏在《以色列诸王格言》中。"

尼克不停点头。"太棒了。你知道，我一直很吃惊，为了藏这本书，他们费了那么多心思。可这毫无意义。吉莉安根本不会找到《以色列诸王格言》的。"

"我想她找到了。"因为太累，艾米丽说得很轻，尼克很难听清。她又说一遍。"我想她找到了。《以色列诸王格言》是一本失传的经典。"

她看着他们的反应。尼克一脸茫然；杰罗姆修士一脸无法掩盖的怒气。"我说的没错，对吧？"

杰罗姆摆弄着晨衣边缘，一言未发。

"我在国家图书馆的那本书中见过。《失传的经书》。"她指着书桌上摊开的《动物寓言集》。"吉莉安找到它的第二天，就把《失传的经书》拿走了。我很肯定她看到了硬点题字。但这会把我们引向何处……"

"你说的失传是什么意思？"尼克问，"像一本找不到的书那样，说这本书丢了，还是像玛莱德娜·玛丽在《福音》某一章节中所说的那样，说这本书失传了，还是别的意思？"

"我不知道。"艾米丽猛地后靠到墙上，"我没读那么仔细。我觉得内容上更像是《启示录》或《约伯记》某些章节中所说的那样，是一本失传的书。虽然这该如何拉近我们和吉莉安的距离……"

"吉莉安离开巴黎时，肯定一直在找什么东西。"尼克说，"不是纸牌，不是这本书——这两样她都有。肯定还有别的什么东西。"

艾米丽转身，看着桌子上的书，盯着书上的图饰。"只这本书就价值连城。一本我们几乎可以确定有纸牌大师插图的《动物寓言集》——实际上就是由他签名的书。仅这一发现，就能成就吉莉安在业内的终生美名。是什么让她放弃这个机会而又另有所求呢？"

他们用报纸包起那本书，表示了一番歉意后告辞。尽管心怀敌意，但杰罗姆似乎不愿送走他们。他跟随他们走到汽车旁，穿着晨衣，站在人行道上，目送他们走远。尼克希望他们刚才在他面前并没有随便讲话。等他们远离杰罗姆，他才提出那个早就该问的问题。

"现在去哪儿？"

"斯特拉斯堡。"艾米丽肯定地说。

他们仍然行驶在市郊，周围全是由方形栅栏围着的灰色方屋。寒风从破损的车窗吹入车内，取暖设备只得甘拜下风。但即使这样，尼克也无法保持清醒。他感觉不到冷，只感觉眼皮好像粘在了一起，睁不开。

"因为《动物寓言集》来自那里？"

"因此那是吉莉安最有可能去过的地方。"

"未必。她很可能远远走在我们前面。如果她弄清了《以色列诸王格言》的含义，任何地方她都可能去。"

"是的。可是根据我们所知道的信息，她唯一会去的地方就是斯特拉斯堡。在我们去之前，我建议换乘别的交通工具。开着从一群谋杀犯那里偷来的汽车前往，我们必将很快暴露。"

"我们不能步行去阿维斯，"尼克有些闷闷不乐，"警察早就掌握了我的全部情况——现在他们又会因仓库血案盯上我们。阿瑟尔登可能已经告诉了他们一切。很快我们就将成为整个欧洲的'红人'。我们——"

"天哪，小心！"

艾米丽抓住尼克胳膊。他猛地睁开了双眼——他甚至没发觉自己刚才闭着眼。当他看到自己已经偏到街道中央时，浑身一激灵——汽车直接冲向迎面驶来的一辆大众汽车。尼克猛打方向盘，试图踩刹车，却一脚踩到油门。硕大的汽车斜向右前方冲去，差点撞上那辆急转弯的大众车。尼克打回方向盘。汽车突然恢复直行——可还是由于轮胎抓不住冰冻的路面而就地打旋。艾米丽尖叫起来。尼克连打方向盘，狠踩刹车；汽车防滑刹车系统启动，车子震动了一下，可还是没有完全停下。

一切都在瞬间结束。车子旋转了180度，冲过马路，狠狠撞到了路牙上。他们惊呆了。旁边的花园里，一个头戴羊绒帽的女孩望着围栏这边，惊恐万分。

"我想我们还是乘火车吧。"艾米丽说。

第 48 章

斯特拉斯堡

安德烈·德里策恩想讨我的欢心。他在饭桌上摆满鹿肉、阉鸡、肉冻和糖果，又夸耀我的新大衣——我告诉他其实是件二手的——他大笑，怀疑我和他开玩笑。他频频劝我喝酒，而且亲自为我斟酒，尽管旁边有许多仆人。我很乐意满足他的愿望。他急于给我一大笔钱。

我想让他先开口。我不停地吃菜喝酒，兴致勃勃地谈论关于天气、收成、大教堂的进展和巴黎的话题。我是个讨人喜欢的客人。德拉赫坐在我对面，几乎一言不发。他的兴致如蜡烛一般，可以被瞬间扑灭。 我的注意力哪怕稍稍离开他一点，他就会闷闷不乐、沉默不语。

最终，杯盘撤下，仆人退下，女人们也都回房休息。德里策恩又往火里扔块木头，向前靠靠。

"给我讲讲镜子的事。"

和许多想法一样，这个想法也是应急产生的。某天下午，两位不速之客来到圣·阿加伯斯特我的家中，具体来说，这个想法是应他们的需要产生的。当时我在锻造间干活，没看到他们进来，也没注意到任何动静，直到有人用棍子敲我肩膀，我才知道有人来。那可不是善意的拍打，而是狠狠一击，我的胳膊酥麻难抑。我尖叫一声，扔掉长勺。沸腾金属液体溅到火上，发出一股毒气，直刺我的眼睛。我差点掀翻大锅，把液体倒在腿上。那刺鼻的气味熏得我双眼流泪，呛得我几近窒息。我转回身，看来人是谁。

其中一个就是打我的家伙。如果说见其面知其人，他是一个绝好的例子。他的右眼失明，没有左耳垂和左胳膊——然而从他对我的一击可以判断，他右臂的力量能抵常人双臂的力气。他的鼻子曾伤过多次，看上去像一袋石子；他那冷笑时才露出的嘴唇看上去永远是又青又肿的样子。

另一个家伙从他那巨大的背影后走出来。是放债人斯托茨。

"我们应该昨天见面谈谈你的债务问题。你却没来。"

"我忘了。"

独臂汉再次出手。由于刚才一击的疼痛和毒气的刺激，让我双眼噙泪，只是我强忍着没让泪水流出。泪眼模糊，我没看清他的动作，但又感到一阵剧痛，这次疼在膝盖，我摔倒在地。

斯托茨站到我上方，俯视我。"你会很吃惊，在我这个行当里，人是多么健忘。好像一借给某人黄金，就会使其记忆力减退。幸运的是，我的记忆力没有这种毛病。"

他手伸进系在腰带上的包里，拽出一个小本子。我还记得美因茨铸币厂那名职员有一本很大的分类账，我的偷窃行为躲不过那本全知的账册。我在发抖。

"三个月前，我贷给你五十荷兰盾。"

这让我胳膊上又挨一击。我疼得打滚，最后侧身躺在斯托茨脚边。

"有人发现钱是个奇怪的概念。它多易其主，屡穿国界，流通四方。一天之内，它能从国王手中跑到乞丐手中，然后再回来。但实际上，钱很简单，它是件工具，像风箱或耕犁一样，都是工具。这些工具都有其固有的用途，我们把它叫作价值。"

肋骨又挨一脚。我双手捂脸。没有什么东西像脸上的伤痕一样能快速毁掉一个人的尊严。

"如果我借给你一架犁，它的价值在于能使你有个好收成。因此，你要付给我钱。同样，我借给你五十荷兰盾，你也要因其用途付给我钱。对于这笔钱，你得每月付给我五先令利钱。"

背上又挨了两棍，我在地上疼得东扭西歪，着实狼狈不堪。

"上个月你没支付利钱。现在我听说你还贷的保证金——艾勒琳姑娘的嫁妆——一文不值了。你已经终止了与她的婚约。"

"她母亲骗我。"我辩解。

"那你更蠢。拿不到钱，我不会走。毁了婚约，你就丧失了担保金。按照合同，我有权立即收回全部贷款。"

"我还不了。"那笔钱几乎没经过我的手就流走了——一些给了邓恩和其他供货商，多数都还了到期贷款。

"那我就毁了你。"斯托茨向他的亲信点点头。那家伙拿出夹在腋下的棍子，抡圆了，冲我的脚掌就是一击。我疼得大叫。"等卡尔收拾完你，我再送你去法庭。"

"求你别打了，求你，上帝呀。"我连滚带爬，想挣脱那个畜生。他让我爬，可就像驯兽员解开狗熊的皮带一样，不让我跑远。

绝望中，我说了实话。"我已经把钱投资到一个大项目上。上帝保佑，一个能让我富有的项目。你现在毁了我，将一无所得，你的金币将一文不值。如果你们等着，我会偿还你们一切。"

斯托茨没吱声——卡尔也没动。我觉得他们是示意我继续说下去。

"我正在研究一种新工艺，它能使我发财。"

"什么工艺？"

"刚才你提到耕犁和田地。设想一下这就是耕犁，它能使田地的小麦产量增加九倍。"

"说说看。"斯托茨没时间猜谜。卡尔向前一步，用棍子头顶住我的肋骨。

可我不能说。即使在那时——流血、瘀伤，还有等待我的毒打——我也不能说。那是我的秘密，尽管不全是。如果人人都知道，就没什么优势了。我必须守口如瓶。

我抬起头，提心吊胆地仰视那张消瘦冷酷的脸。他身后，一丝光映入我的眼帘：莱茵河边上，埃涅阿斯送我的一面朝圣者的镜子。我凝视着它，祈祷获得拯救。

斯托茨胳膊一挥，打落桌上的一个玻璃坛子。坛子摔得粉碎，惊得我回过神来。"别走神。"

他低头盯着我。卡尔拿着那根棍子，轻敲自己的腿外侧，舌头舔着他那肿胀的双唇。就在那时，它闪现在我的脑海中。

"镜子。"我嘶哑着嗓音说。

"什么？"

我指了指。他怕我耍花招，向后退退，看着墙上的镜子。一缕光经过镜子反射，照在他脸上。

"那东西救不了你。"

"不是你想的那样。可是也许……"我站起来。卡尔举起棍子，又想把我打倒，但斯托茨抬起手，阻止他。我把镜子从钉子上拿下，仔细看着。我的大脑飞速转动。

"这个是用铅和锡的合金打造的。我曾用过这种合金：它遇冷就会收缩，紧紧裹住模子。"我伸出一根手指，在结合紧密的圈上画着圆。"设计如此精密的东西，拆开它的唯一办法就是打碎模子。每做一面镜子就要刻制新模子。很慢，也很贵。"

我绝对不知道我所说的是真的，但就像医生能够通过观察人的面部诊断病情一样，我也能根据金属的形状和流向作出判断。

我指着雕饰在圈内的人物。"看见这些面孔是多么平淡无奇了吗？这样的铸造方法不会达到精细品质的目标。我能把它们变得更精致——而且还更便宜。"

"怎么做？"

"一种新式合金。一种遇冷不收缩的合金。我可以反复使用这些模子，每次都能生产出雕饰图像比这更逼真的镜子。"

我把镜子塞到他手里。他接住，用指甲在粗糙的雕饰上乱画。

"你要造多少？"

"一千面。每面十二先令，也就是五百荷兰盾。我可以如数归还你的贷款，外带双倍利钱。"

"借钱收息是贪财的罪恶。"斯托茨告诫我。卡尔看着他，想知道是否应该再给我一击。谢天谢地，那家伙没有表态。"你用了我的钱，就要付利钱。"

"那么我付你双倍利钱。因为那笔钱的价值也翻番了。"我不知道这种大方来自何处，也不知道该怎么兑现，我管不了那些。真是"山重水复疑无路，柳暗花明又一村"。我兴奋不已。那时我只想将其付诸实施。

安德烈·德里策恩把我给他的镜子放在桌上。"要将这些镜子卖给亚琛的朝圣者？"

"你知道亚琛圣物吗？"

"听说过。"

"它们是整个帝国最神圣的遗物。圣母玛利亚的蓝斗篷。在马槽里包扎耶稣基督褓褓的带子和十字架上耶稣基督的缠腰带，还有一块布，据说圣徒约翰被希律王砍头后，他的头就是用这块布包裹起来的。"

"一整套衣物。"德拉赫说。

"每隔七年，它们就被从衣箱中取出展示。朝圣者人数实在太多，整个城市几乎容不下。教父们会登上大教堂尖塔之间的绞刑架：每条大街、每个广场、每个屋顶和窗户都成为看台。"

安德烈皱起眉头。"肯定很难看到什么东西。"

"非常对。"我满怀兴奋地向前靠靠。"朝圣者都带着镜子——就像这个——以便捕捉到从圣物上辐射来的天堂之光。"

"能看见天堂之光吗？"

"只有上帝看得见。"德拉赫虔诚地说。

"可是圣镜能捕捉到。圣徒们用布把镜子包好，带回家，然后，他们会在需要时拿出镜子，让圣光来治愈他们的痛苦。"

"你打算造多少？"

自从我向斯托茨脱口说出我脑海里的第一个数字时，那个计划已经成熟。经过一番调查研究后，我掌握了一些实际情况，这为我的估计提供了更实际的依据。

"三万二千个。"

德里策恩差点把镜子掉在地上。

"圣物展出时，亚琛一定会有超过十万的圣徒。他们全都需要镜子，否则朝圣就是徒劳的。我们的镜子质量将会超过对手，还更便宜。正如我刚才所说，这一圣事每七年一次。下次朝圣将在大约二十个月后进行。我们有足够的时间完成计划。

"那亚琛的金匠们做什么？他们的行会肯定不会允许我们的产品充斥他们的市场吧？这会使他们蒙受损失。"

"很久之前，亚琛的金匠们就丧失了他们的权力。他们造的镜子数量有限，无法满足市场需求。几年前还因此发生过骚乱：得不到镜子的朝圣者和有镜子的朝圣者在街上发生械斗。好几个人在争斗中丧命。从那之后，每年当圣物展出时，亚琛的行会都会被停业六个月。"

德里策恩把镜子紧紧抱在怀里，嘴里含糊不清地念叨着。我等他再念叨一遍。

"我怎么才能加入这项事业呢？"

"镜框和镜子将会分开制作。我们需要人手抛光镜面。"

"这个我能做。"他皱起眉头，"可我不能以雇工的身份做。如果我加入其中，我必须分得一份利润。"

"利润会很高。"似乎出于担心的缘故，我同意了。"正因如此，这个计划必须绝对保密。我们的工艺一旦传出去，就无利可图了。"

"我会保密。"

我看一眼德拉赫，他仔细听着，面带疑虑。

"我相信你。"我说，"但是只能几个人知道——不能超过六个。利润的一半要归我和卡斯帕，因为是我们发明的这项工艺。接下来任何人想投资的话，必须至少购买剩余份额的四分之一。"

"那得多少钱？"

"八十荷兰盾。"

德里策恩是商人，他会算。"三万二千面镜子——你要卖多少钱一面？"

"半个荷兰盾。"

"一万六千盾。一半归你，八千。剩余的四分之一归我：二千。"

他嘀咕着这个数字，就像看见上帝。我知道他的心情。直到现在，这个计划之宏伟还让我惊叹。

"这是真的吗？"

"我们有这个工艺——你看——还有雄心。我们只缺资金。"

"不会有问题的。"德拉赫向他保证。

"这就是几个月来你们一直在我的地下室里密谋的计划？"

"这只是其中一部分。"我岔开了话题。"可是你必须快点决定。有很多人想加入。"

德里策恩摸摸额头，紧盯火苗。德拉赫看上去想说点什么，可我偷偷在桌子底下拍他一下，示意他不要说话。

"我就拿你说的那份。"

"直到我们拿到钱，那份才是你的，"德拉赫警告说。

"今晚你能拿到五十盾。其余的我明天送来。"他思索片刻，"你愿意签合同，保证这笔钱只被用于对该事业有益之处吗？"

"当然愿意。但这事我必须全权负责。"

德里策恩走向靠墙的柜子。他取来纸和装有笔墨的盒子，还有一个很重的包。他把包往桌上放时，里面的东西叮当作响。我尽量转移目光，不去看包。

他拔出墨汁瓶瓶塞，拿笔在里面蘸蘸。火光中，墨汁像金水一样，滴滴滑落。

火苗渐渐熄灭，仆人们早已休息。德里策恩亲自送我们下楼，来到门口。

"回家路上小心。"他提醒我。"提着金袋子走大街，不安全。"

"不会有事的。"

我们穿过马路，绕过拐角。那时，大街上空空荡荡——但还有人。有两个人站在面包房招牌下的阴影里。我们靠近时，他们走出来，挡住我们的去路。一个又高又壮，倚着一根粗棍子，另一个又矮又瘦。

"他同意了？"斯托茨问。

我把德里策恩给我的袋子递他。斯托茨拿在手里，然后递给卡尔。独臂汉用一只手同时抓紧袋和棍子，显得有点吃力。

"都在这儿。"我说。

"如果不够，有你的好果子吃。"

两人消失在胡同里。我们一直看着他们，直到他们完全从我们的视线里消失。

"那于我们的事业有益吗？"德拉赫问。

我头脑清醒得很。"如果它能使我免受断腿之苦，当然于我们的事业有益了。"

斯托茨对钱的认识是错误的。钱不像一只耕犁或是一副风箱，人们可以先借再还。钱是驱动努力之磨的流水。它来自何处，流向何方，并不重要。重要的是，它一直在流动。

第 49 章

法国

他们把汽车丢弃在一个停车场。尼克并未关上车窗，他将钥匙放在前排座椅上，希望在当局找到它之前，就有人将其偷走。接着，他们动身前往火车站。

在去斯特拉斯堡的路上，尼克多半在睡觉，同时握拳挡在胸前，因为那本书就塞在大衣下面。当他醒来时，发现天色更加阴暗。雪片打着旋，飞过车窗，阴沉的天空预示还有大雪。他看见对面座位上，艾米丽正盯着他。

"几点了？"

"快中午了。"

一阵饥饿感掠过他的肚肠。"饿死了。"

艾米丽从手提包里拿出纸袋。"我给你买了牛角面包。"

尼克一把撕开袋口，把面包塞进嘴里，好像他一周都没吃东西似的。"真是及时雨。我想你不会也有咖啡吧？"

艾米丽把一个纸杯顺着他两人之间的桌子滑过去，还有一堆袋装甜味剂和奶油。他每样都往杯子里放三份，一边狼吞虎咽吃剩下的面包，一边用塑料勺子搅着。

"你睡了吗？"

"睡了一会儿。我的思维停不下来。"她盯着窗外，"吉莉安肯定知道一些我们不知道的事情。"

尼克等她说下去。

"她找到了《动物寓言集》，以及里面的纸牌——任哪一个都是重大发现。可她谁也没告诉，甚至都没告诉阿瑟尔登。"

"这是他说的。"尼克插了一句。

这一点她承认。"然后她就把那张纸牌锁到银行保险柜里,把书锁到冷藏柜里,而后消失。我猜是去找'另一本'《动物寓言集》了。为什么?"

尼克小口喝着咖啡,让艾米丽继续说。

"她知道什么事。这使得另一本书比她现有的这本书更有价值。"

"什么事?"

艾米丽扭曲着脸。"我不知道。但她肯定是很快就发现了它。她发现那本书后,在巴黎只待了一天。"

"就是她出去见范德维尔德那天。"尼克回想起那位物理学家,想到他躲躲闪闪,极力想证明没什么可隐瞒。他想再拿出那张纸牌,看看吉莉安在上面可能看到什么。火车车厢里,虽然乘客不多,有一半座位空着,他还是不敢这么做。

"不管是什么,有人对此很紧张。"他说,"不可思议。他们会迅速出现在仓库——之前出现在图书馆。可如果他们对这本书了如指掌,为什么还一直跟着我们找它呢?"

艾米丽看着窗外,雪越下越猛。"或许他们根本不想找到它。或许他们只想确信它还未被人发现。"

比利时,列日附近

杰罗姆修士凝视书桌,揉揉布满血丝的眼睛。再次见到艾米丽让他感到头痛欲裂。他伸手去够离桌子并不远的塑料瓶,服下两片药。年轻时,他曾以保持自己身体的纯洁而自豪。他曾是一座庙宇,一座上帝之堡。现在,这座庙宇一片瓦砾:需要大量的咖啡因保证其精神旺盛,需要镇静剂保证其睡眠,需要可卡因治疗其头疼,需要医生开一些药片治疗其心脏,需要一些强效非处方药剂或药粉维持其记忆。

他低头看自己作的记录。

《动物寓言集》

新型著作

阿曼德,洛林伯爵(斯特拉斯堡??)

一种全新的写法。艾米丽一向思维敏锐,具备一种知道何时进行更深入研究的学术敏感。可还是有些事情她不知道。那就是她从他身上发现的东西：一种无可比拟的丰富经历。它曾是一种使人陶醉的复杂体验。

你为什么会来这儿？杰罗姆问过百遍之多。他很高兴自己能保持外表的冷静——一种终生的宗教自律感依然还在起作用——可他在极力控制自己，控制那种她仍能挑起的感情、气愤和渴望。

忘了她。他试着重新把思绪集中到书上。又一本用新型写作方式写成的《动物寓言集》，并由纸牌大师制作插图。难以置信。遭到质疑的理论和毫无根据的推测最终证明都是正确的。或许还有谨慎之士只靠口耳相传的难解之谜。

房前传来小心翼翼的敲门声；他的心猛一跳。真是可耻，可他毫不在乎。她回来了。他跳起来，把睡袍绕在细瘦的腰间，跑到门口。甚至没从猫眼往外看一眼，他拉开门闩，打开房门。

两个人站在门口。他们都穿着厚厚的黑大衣，戴着风帽，抵挡严寒。还没等他反应过来，他们就把他推回屋里。杰罗姆向后一个踉跄，靠到墙上。矮个子拉开夹克，把手放到翻领里面；另一个向后拉拉风帽，露出一张狰狞的脸和一头贵族羽冠式的白发，还有一双似乎要刺进杰罗姆心灵的乌黑眼睛。

杰罗姆瞪大了眼睛："是你。"

他只见过他一次，那是三十年前。一位来自梵蒂冈某不知名事务所的西班牙教士前来拜访他，那时，他是一名年轻的研究员，刚刚小有名气，且前途光明，即使在那时，他也身处恐吓的阴影之下。他花了半小时询问杰罗姆的工作——整个过程正式得几近僵化，但却致命，他的架势就像剑师试探对手的防守一样。最后他说："世界上有好多没被发现的书。有些很珍贵，不该遗失；有些出于某种原因，消失了，应该被遗忘。如果你发现后者中的一本，必须立刻告诉我。"

在后来的岁月里，杰罗姆也曾偶尔见过这个教士的照片——起初只是在教堂公报上，后来在报纸上，最后甚至在电视上。从耶稣会传出的闲言碎语中，杰罗姆听到一些关于这个教士为攫取权力而不择手段的流言，他都相信。

现在，他就站在杰罗姆客厅里，旁边是个又矮又胖的恶棍，这个矮胖子的鼻子受过伤，下巴上有一道青色疤痕。红衣主教的宝石指环在他的手指上闪闪发光。他环视一下凌乱的房间，目光落到椅子周围几个半满的咖啡杯上。

"今天有人来过你这里？"

"那是记忆中的事了。"

内瓦多身后，那恶徒从大衣里拿出胳膊，手中一把黑色手枪。他斜视枪管，拉动枪栓，啪一声将子弹上膛。这声音吓得杰罗姆不由后缩。

"有时候，记忆中的事可以重现。"内瓦多向前逼近，杰罗姆缩成一团，骨削的肩膀紧靠墙壁，"修士，你有足够的理由害怕记忆中的事。"

杰罗姆看着那双无情的眼睛。他甚至不想碰到它们的目光。他的精神早已崩溃。他无法抵抗：他们会查出一切。

"她来过这里。"内瓦多说，"艾米丽·苏泽兰特——你的小海洛薇茨。她是不是给你带来一本书？"

"没人来过。"

内瓦多抡起拳头就是一击，杰罗姆的头砰地撞到墙上。主教的指环划伤了他的嘴唇，血流不止。

"撒谎！她来过！她没带她的新男友来炫耀一番吗？或者将你嘲讽一番？如果你能帮他们，她没有再委身与你吗？"

杰罗姆的睡衣松开。他那一丝不挂的身子在内瓦多的凝视下，似乎要萎缩。他想象内瓦多双手掐着艾米丽的喉咙，脸上冷笑凝固。

只有一个办法保护她。杰罗姆借助墙的推力，向前猛扑，越过内瓦多，去抢那把枪。他知道他做不到。矮胖子举起枪，朝杰罗姆的胸口连射三下。第一颗子弹穿透他的心脏。他摔倒在地，血从伤口喷出，染红地毯。

"白痴。"内瓦多低声私语。"我们要活口。"他凝视整个房间。那么多书，那么凌乱。搜查整个房子要几小时。三小时后，他要在罗马觐见要人：如果迟误，人们会说闲话。流言对他无关紧要，但若有人调查他去了哪里，就会有麻烦。他不能冒险，让人发现他在这里出现过。

然而，内瓦多的事业是以超越常人的洞察力为基础的。他静静站在房间中央，慢慢扫视四周，眼睛分解各个角落。保镖尤格在他身后待命。

他通过一扇开着的门，看到后面是间书房。他看到一张书桌，一大堆乱放的书籍和文件被推往桌后，桌面上腾出一块地方，上面放着一个放大镜、一支紫外线光笔、一块泡沫垫和一双白手套。

内瓦多迅速走进书房，仔细检查书桌。尤格紧随其后，见这老头动作如此迅速，不禁感到吃惊。

内瓦多没花多长时间，就找到他所需要的一切。坐垫上满是烂皮革碎屑，旁边一本书被挤开，打开的那页上画着野蛮人的女王。旁边的记事本上，有杰罗姆死前刚列出的清单。

内瓦多读一遍。

阿曼德，洛林伯爵（斯特拉斯堡？？）

他感到背上一阵阵发冷。他们已经找到它了。他一生的任务，现在几乎要完成。

他转向尤格。

"你去斯特拉斯堡。我会尽快与你在那里会合。找到那个美国人和他的朋友，还要找到他们的书。此事事关重大。"

他手伸进大衣，掏出一张叠着的纸。

"如果找到那本书，立即告诉我第一页和这是否一样。明白吗？"

尤格点点头。他想接过那张纸——可内瓦多还没松手。他那双乌黑的眼睛紧盯着尤格双眼。

"如果发生什么事情，如果你被捕或妥协，要立刻销毁这张纸。不允许任何人看到它。如果做不到，你的老婆，孩子和你全家人将受到你想象不到的折磨。"

这时，他戴手套的手才松开那张纸。尤格向后踉跄一步。

内瓦多几乎是对自己嘀咕道："他们不知道自己找到了什么。"

法国，斯特拉斯堡

尼克以前从没想象过斯特拉斯堡是什么样子。如果说他能想象到，这个地方很可能有大片的欧式混凝土建筑，里面设有议会、法院和各种委员会。可真正置身这个城市，他觉得似乎回到一千年之前。斯特拉斯堡的市中心建在一座小岛上，一条小河形成天然的护城河。木顶结构的房屋拥挤在狭窄的街道和胡同两边，形成一个风道，刺骨的寒风裹着雪花，打在他们脸上。很多房屋横梁上都雕刻着奇形怪状的生物：一张张古怪的面孔伸出舌头，嘲讽他。

一列电车呼啸而过。艾米丽正要迈步走向大街，尼克伸出手臂，挡住她。

"谢谢。"她朝他腼腆笑笑。"我该在火车上多睡会儿。困死了。"

尼克看看她。头发塞进贝雷帽，大衣领子竖着，刚才一惊使她满脸绯红，寒

215

风中，双眼仍炯炯有神。"困极了，你看上去才更美。"

艾米丽似乎再次被尼克的恭维话吓一跳。这次，她露出警觉的微笑。"要是冲个澡，吃顿热饭，感觉就好多了。"

"等从档案馆回来吧。"

他们到达位于市中心的大教堂。即使满心想着吉莉安，尼克也不由得对它肃然起敬。教堂正面是让人眼花缭乱的哥特式花饰：圆塔、尖塔、圆花窗、尖顶拱门和雕像。最上方耸立一座塔楼，红砂岩被雕成细细的网状花纹，似乎无以支撑如此高的建筑。

艾米丽顺着尼克的眼光往上，看着塔楼。"它几乎和纸牌大师的时代完全相同。如果他曾到过这里，他肯定用和我们同样的眼光注视这座建筑。"

"我更感兴趣的是，吉莉安是否在三周前也这样看过。"

他们继续在广场上行走，经过几排出售冰激凌和纪念品的商店。尼克想，夏天的游客会对这些商品趋之若鹜，但在寒冷的一月，它们却无人问津。卖明信片的金属货架上仅摆了一半商品。它们立在人行道上，显得孤苦伶仃。货架外面蒙着一块聚乙烯材质塑料布，以遮挡风雪。店主们推出它们，希望有人买，寒风中，塑料布被吹得噼啪作响，吓跑在鹅卵石路面上觅食的鸽子。

档案馆就在广场后面一座昏暗的石砌大楼内。大门开在石墙上。他们穿过大门，沿着石子路走到主门，小路两边是玫瑰花坛，但花早已凋谢，只剩一片荆棘。

尼克按响门上的铁制大门铃，被准许进入接待区。他没想到，档案馆内部装饰和外部装饰大相径庭：他发现自己置身于铺着亚麻地毯、装着长条灯的走廊内，并没有看到想象中的橡木地板和古式家具，身穿简单黑色套裙的一个女人坐在桌后，桌子上方，挂着镶在塑料夹里的招贴。

"你好。"尼克说，然后转向艾米丽，"你要和她解释一下吗？"

"我会说英语。"档案保管员头也没抬。她还在写着什么。"我能帮助你们吗？"

"我们对洛林伯爵的图书馆很感兴趣。"艾米丽说，"有人告诉我们它现在是你们档案馆的一部分。"

档案管理员阴沉的脸上露出惊讶的神情。她放下笔。"你是一个月内第二个问起洛林伯爵的人。奇怪。"

"第一个人是谁？"尼克追问。档案保管员木然地看他一眼，"是个又高又瘦的红发女人吗？"尼克拿出钱包，在一堆卡片中摸索着那张护照般大小的破损照片，他一直没腾出时间把它拿走。备不时之需。他看到，艾米丽从旁斜眼看他一下。

"是她吗？"

档案保管员迷惑地噘起嘴："是她。但是个金发女郎。"

"还记得她什么时候来过吗？几号？"

档案保管员眯眼看着他："知道她叫什么吗？"

"吉莉安·洛克哈特。"

桌上摆着一本打开的登记册，她一页页翻看。这本册子上登记了姓名、日期和潦草的签名。没多少。往回翻两页，尼克就看到了那个名字。熟悉的笔迹，醒目的字母 G 以及后面自信的线条。一个很阳刚的签名。尼克一直这样认为。

他看了看左边栏里的日期，十二月十六号。她一定是直接从巴黎来这里的。一周以来，他第一次觉得极有希望找到吉莉安，他那颗激动的心剧烈跳动。

"她找到她要找的书了吗？"

一声叹息。"我要告诉你的和我告诉她的一样。洛林伯爵家的书籍是十九世纪送到这儿的。你了解斯特拉斯堡的历史吗？"

尼克摇摇头。

"1871 年，我们受到普鲁士军队的攻击。他们围困并炮轰这座城市。市区很多地方着了火——包括大图书馆。有些书籍幸存下来——但是洛林伯爵家的，没有。"

第 50 章

斯特拉斯堡

　　海浪有起有落，命运也一样，会将我们击入海底，那时，我们所有的辛劳都化为乌有。可是，有时候，尽管罕见，命运很快又会把我们抛到风口浪尖，即使神仙也很难跟上我们的步伐。这就是我在斯特拉斯堡那些黄金岁月里的经历。有了德里策恩的钱，我还清了贷款，恢复了名誉。这使我能够以更优厚的条件重新借贷，购买金属，来开展我的项目——反过来，这又可以作为新一轮借款的担保。这样，我就可以投入更多资金，买到更多金属材料——如此往复，完美循环。当然，在那些日子里，我几乎没有收入可偿还借款，但这一点我早已考虑到了。我同意，一旦在亚琛卖出所有的镜子，我就能偿还利息加本金，而且这两项都是来年十月才到期。到那时，我就可以用我赚到的利润，专心印赎罪券。

　　好几个晚上，我都梦见自己端坐在耸入半空的镜子塔顶上，如同绳梢一样在微风中摇曳、翻转。那高度让我晕眩；我知道一阵狂风就能倾覆整座高塔，使其粉身碎骨。可是从未起过大风。

　　生产这些镜子需经两道分开的工序。一是必须用合金铸造格子镜框，二是要将钢质镜面打磨得闪闪发光。最终，用钢夹将两者结合在一起。可是我们商定，最后这道工序要尽量做。待来年春天，我们雇了一艘驳船，把货物沿莱茵河运到亚琛，我们不想在运输途中划伤镜子。没人知道那将对它们神圣的性能产生什么影响。所以，我们在圣·阿加伯斯特我的作坊里铸造镜框，用德里策恩的房子存放镜面。

到了那年九月末，我的命运海浪又开始涌动。我在斯特拉斯堡待了一天，安排好第二批金属材料的运输事宜，并向我的债权人保证一切都在按部就班地进行。太阳已经接近地平线，但我并不着急。数月间，我需频繁往返于圣·阿加伯斯特和斯特拉斯堡之间，所以我买了一匹马，一匹温驯的母马，我叫它墨丘利。我决定先拜访德里策恩，再回圣·阿加伯斯特。

快到他家时，路上有两条狗在争抢屠夫车上掉落的一块内脏，我小心地从旁绕行。这时，我听到身后传来一声大喊。

"约翰？"

在街上有人和我打招呼并不罕见。我在斯特拉斯堡待了将近四年，我的名字已经尽人皆知，但愿是因为我欠这里很多居民钱吧。触动我的是喊声中的惊讶和老相识间消失已久的亲和力。我不想再见到任何一位以前的老朋友。

我转回身，心里疑惑着到底是谁。起初我没认出这个人。最后一次见他时，他还年轻健壮，精力充沛。现在，他的脸上皱纹堆垒，头发花白，远甚于我。他拄着拐杖，拖着一条腿。然而，不论遭受过什么不幸，赋予其活力的生命之火都不曾暗淡过。

"埃涅阿斯？"

他笑了。"真是你。我刚才就确定是你。看上去好像岁月很善待你。不像我。"

我看看他那条残疾的腿。

"怎么了？"

"我去了苏格兰。"他一脸苦相，"一个荒蛮之地。我差点客死他乡。我的船沉了，我不得不步行回来。"

那肯定是段可怕的经历，可从他口中说出，却显得很有乐趣。我不由哈哈大笑。"我见你那天，你差点没命，"我提醒他。"你应该好好照顾自己。可你怎么会在斯特拉斯堡啊？"

"我得去见几个来自海德尔堡的教士。我猜他们想让我去监视教皇。"他眨眨眼，"可我是意大利人，他们料想我会迟到。上次见你时，我们说好去酒馆一叙。没想到要等六年。不过，我还是很高兴，终于找到你了。愿意共饮一杯吗？"

我错了。有一些过去的面孔是我愿意见到的。

我领他走进河边一家我从未去过的酒馆。任何一个德拉赫可能看到我们的地方，我都尽量避开。不知为什么，他和埃涅阿斯属于我生活中的不同部分。我不想让他们相见。

埃涅阿斯举杯敬我。"约翰，你不是寻常之辈。你从满是淤泥的河道爬上岸，随后像幽灵般消失。现在你就在我面前。从你的装束看，你分明是一位富有的商人。正如诗人所说，'士隔三日，当刮目相看。'你总是神秘莫测。"

他熟悉的目光注视着我，脸上一如既往地写满希望和好奇。

"很抱歉我当时突然不辞而别。"我说，"我必须离开。"

埃涅阿斯等我再说下去。当他明白我不想多说时，就点点头。"我想即使从河泥中爬出来的人，也有过去。或许有朝一日，你会告诉我你是怎么到这里的。"

我岔开了话题："尼古拉斯呢？他好吗？"

埃涅阿斯神情沮丧："现在我们很少说话。教皇刚刚解散了巴塞尔议会，你知道这事吗？"

尽管我知道这个机构最近还在运转，但我不知道它已被解散一事。每隔几个月，我就在教堂或是集市上听到一些关于巴塞尔议会的消息，每每感到震惊，它竟然还在。六年前，我曾在里面待过一段时间。

"最终，议会还是有所成就的。现在，教会自上而下，腐败透顶。议会早已采取了一些合理的措施，来改变滥用职权的状况。自然，这涉及到削弱教皇的权力。我们——议会——需要声明，教皇是教会的仆人，而非主人。"

他情绪激昂，坐在凳子上，不停摇晃，边说边时常看我的眼神，确定我同意他的观点。对于他的言论，我尽量不置可否；这反而激发他的热情。

"教皇为了保住其地位，解散了巴塞尔议会，并下令在意大利重新召开。教皇把议会设在罗马附近，是想迫其就范。很多议会成员服从了，但我们这些明白该如何改革教会的人拒绝了。我们仍待在巴塞尔，并投票表决终止教皇的权力，最终，他原形毕露了。"

"尼古拉斯去了意大利。"我猜。

"他有他的理由。我和他意见不一。他不希望教会四分五裂；我希望它完美无瑕。"埃涅阿斯沮丧地看着桌子。突然，他脸上闪过一丝笑容。"更重要的是，是巴塞尔人付给我工资的。"

我不知道希望见他的几个海德堡教士为何迟迟未露面。我们在酒馆推杯换盏、夹菜吃肉，消磨了几个小时。如往常一样，埃涅阿斯滔滔不绝，但我乐意听。他很随和。和德拉赫闲谈则是一片刀光剑影，我每说一句话，他都要与我争论；我每次做出让步或稍微表现出一点伪善，都要受到他的讥讽。我从不清楚我那些毫无针对性的评论什么时候会遭到他反击——或者不经意伤害到他，若真伤到他，整个晚上他都会闷闷不乐。这让人感到既畅快淋漓，又精疲力竭。

相反，埃涅阿斯不会冒犯别人，也不会被冒犯，他以此为荣。在这一方面，他也会犯错：他太爱讲话，有时不顾技巧。但他总能认识到自己的错误，而且真诚忏悔，使你不能不原谅他。

"看到你精神健旺，真好。"他告诉我。我相信他的话，他总是从周围朋友的幸福得到真挚的快乐。"结婚了吗？"

我一定是把与艾勒琳订婚的痛苦记忆写到了脸上。甚至我还没来得及找借口结束这个话题，他又接着讲。"我最近恋爱了。一见钟情。在我待的那个客栈有个女人——她叫阿格尼丝——来自比斯加奥斯。最美的女人。"

尽管不想听，我还是被他的故事吸引了。"她只身一人旅行？"

"她丈夫是商人。他把她留在那儿，一个人在河上来回忙活生意。两天前，我吃早饭时见过他。一个傻瓜。他配不上她。"

"你就打算这样改革教会？通过勾引别人的老婆？"

埃涅阿斯深情地注视着我。"我无法履行教士的誓约。她只一瞥，就勾走了我的心。看到我的眼袋了吗？我为她夜不能寐。我每晚都到她门上恳求她。可她如磐石般冷酷和坚定。她没有接受我，但我有理由希望被她接受。或许今天晚上，我将最终征服她。我必须做到，因为明天我就要回巴塞尔。"

他像只狗一样低下头。"我知道这样的爱情是毁灭性的。但我宁愿要这种痛苦，也不要麻木舒适地度过一生。你明白吗？"

"我明白。"我小声说。我语气中充满渴望，这一定使他感到我们同病相怜。他迅速地看我一眼。

"我不会问的。"他说，"你也决不会告诉我。但愿我们都能得偿所愿。"

我为他的祝愿举起杯。

"现在我必须走了。"他突然站起来。这在别人身上，肯定是很不礼貌的；

可对于埃涅阿斯，这只能代表他纷繁的思绪又向前跨越了一步。"要想今晚去向阿格尼丝求爱，我现在必须休息。"

我不愿和他告别。他让我想起那个单纯的时代，那时我谦卑恭顺——那时，最重要的事情就是忠实履行尼古拉斯的命令。在他拯救我之前，我是多么悲惨。我对他唯一的报答就是突然不辞而别，杳无音信。我欠他太多；我想让他知道我对他的感激之情。

"我为巴塞尔的事感到难过。"我从腰上系的袋子里拿出镜子。在那些美好岁月里，它成了我的护身符，也是我们财运的见证。走到哪里，我都随身携带。"我永远没有忘记你的慷慨。"

他笑逐颜开。他拥抱我："很高兴能找到你。希望你不会再消失。"他从我手里接过镜子，笑着端详。"我的亚琛宝镜，我差点忘了。我不知道它是否曾经给我带来过好运，但或许它曾阻止过本该降临在我身上的一些重大厄运。或许我站得太远，感觉不到上帝光芒的全部威力。"

他把镜子还给我。"实际上，我刚从亚琛回来，去为议会办事。"

"那里一切都好吗？"我假装不经心地问了一句。我没有告诉他关于镜子的秘密。"明年的朝圣没问题吧？"

"是场灾难。"埃涅阿斯开始转身，他急于回到自己的客栈。"消息还没有传到这里？突然爆发的瘟疫已经席卷北方。没人知道这场灾难什么时候结束，也不知道会有多少人因此丧生。亚琛当局没有别的选择，只有将朝圣推迟一整年。"

他看到我一脸愈发忧郁的神情。"怎么了，约翰？看样子，好像你又要消失了。"

第 51 章

斯特拉斯堡

他们住进大教堂附近的一家旅馆。尼克泄气了，感觉所做的一切都毫无意义。他又一次瞥见吉莉安，可她又一次消失了。

"我要到城里转转。"艾米丽说，"你想去吗？"

"我没有兴致去看风景。"尼克怒吼。可当他一头倒在床上后，发现自己无法入睡。两分钟后，他匆忙下楼，看见艾米丽在大厅里，正要出门。

"我改变主意了。"

他们走出旅馆。尽管刚过中午，天空却一片昏暗。他们身后旅馆窗户里的黄色吊灯射出柔和的光线。地上早已铺上一层薄薄的雪花。看看天上密布的乌云，尼克猜想，雪还要下。回头看看，他们的脚印似乎非常渺小，孤独，就像迷失在树林里的两个孩子。

他裹紧大衣。"我们去哪儿？"

"大教堂。"艾米丽说，"那儿有些东西，我想看看。"

他们在一排排黑白相间的木制房子间走过，穿过大教堂西门。里面漆黑一片，甚至比外面还黑，那时，尼克误以为，教堂肯定是关着的。他只能看见玻璃和在他上方飘浮的光影，离地面那么远，让他看得有些晕眩。当他们进入这块圣地的那一刻，他感受到中世纪教堂集会的庄严氛围，隐约觉得上面就是天堂。

黑暗使他辨不清方向。模糊中，他伸出手，碰碰艾米丽胳膊，知道她还在身边，方才放心。她向他靠近些，好像在冰冷庄严的中世纪上帝面前，她很感谢有尼克相伴。

尼克抬手指向北墙。有一排比真人高大的玻璃雕像傲立墙边。"那些人是谁？"

"神圣罗马帝国的国王。在中世纪的玻璃制品中，这是最著名的作品之一。"她清了一下嗓子。尼克看不见她，但是他知道，此时她一定蹙起眉头，陷入了沉思。

"在想什么？"

"以色列国王。"尼克不确定她到底是在跟他讲话，还是在跟黑暗讲话。

"我记得你说他们是神圣罗马帝国的国王。"

"以色列国王是中世纪艺术中另一个流行主题。巴黎圣母院的正面装饰着二十四尊以色列国王的雕像。我想，还有科隆大教堂，那里的唱诗班席位上方有用彩色玻璃雕成的四十八位国王。据猜测，其中有二十四位以色列国王和二十四位出自启示录的国王。"

"据猜测？"尼克重复道，"难道没人知道？"

"中世纪大教堂的建造者没有必要讲清楚，他们的装饰画到底表达什么意思。在象征主义理论中有些线索，但就本质而言，象征是模棱两可的。比如，巴黎圣母院正面的国王雕像：他们无可争议地是圣经主题。但是，他们的载体在法国国王想用来象征他们权力的建筑物里，这绝非偶然。中世纪的思想远比我们颂扬的复杂得多。符号学，象征学，不管你怎么称呼，这些思想深刻认识到世界的多重含义。如果你是十四或十五世纪的一个普通人，经过巴黎圣母院时，你会把这些雕像看作是以色列国王，但是你也可以把他们看作法国国王。一国之主变成他国之王，这取决于你的看法。"

"听起来，你好像在说吉莉安。"尼克对自己的话感到吃惊，"同一个人，在不同的环境中会如此不同。"

"人人如此，有点吧。"本该听起来是反驳，可她的语气那么温柔，听起来倒像在赞同。"你决不能放弃希望。"

尼克不知道她是否在想自己钱包里的那张相片。"我只是想找到她。"

"英雄救美。"又一次本该挖苦的语气，但却不是。在尼克听来有些伤感。他在黑暗中笑笑。

"我可从没这样想。"他的思绪飘回到过去，当年，在"哥特巢穴"的那些夜晚，他斩杀怪兽，进攻城堡；之前，在高中时，每周五晚上，他都要和朋友们在地下室里掷骰子，并把数字相加，决定他们之间友谊的存亡。那时的探险是那么安全，那是在学校无聊的日子里非常盼望的东西。孤独、可怕的现实无法与之比拟。

"你到底想在这儿得到什么？"他换个话题问，"找到了吗？"

"哦——就是那些国王。他们让我想起以色列诸王，就这些。我想这可能会使我突然想到什么。"她摇摇头，"可是——没有。"

他们结束了大教堂之旅。当他们在黑暗的走廊里穿行时，艾米丽把各种不同的特征指给尼克看。从东往西，建筑风格变得越来越复杂，几个世纪以来，建筑风格——从罗马式到哥特式——的变化都被记录在石头上。她指给他看刻有天使吹着喇叭庆祝耶稣复活图案的柱子，以及撑墙和浮雕上的无数石刻。起初，尼克出于礼貌，仔细倾听，可渐渐地，他发现自己深深被精美的艺术吸引。待到他走出黑暗的教堂时，他已经学会了一套全新的词汇。

"我要在商店关门之前去买几件新衣服。"艾米丽说。雪还在下，给大教堂的屋脊挂上了一层霜。"回旅馆再见。"

"小心啊。"尼克提醒她。

第52章

斯特拉斯堡

二十七位国王从他们的玻璃宝座上向下凝望着，俯看人间疾苦，高傲而庄严。在他们透明的目光下，他们已经离开的世界飞速运转。大教堂里回响着锤子的敲击声，工匠的喊叫声，滑轮的嘎吱声和幼婴儿的啼哭声。在这一片喧嚣声中，唱诗班在某个地方，正要唱起祷文。教堂后面，两个人正站在凹室里，愤怒低语。

"你曾向我保证不会有事的。"安德烈·德里策恩既不高傲，也不庄重。他气得满脸通红，双拳紧攥，像要打人，很可能是打我，所以我才坚持在教堂见面。

"你以为只有你自己把钱投进这个项目了吗？"想起这事我就难受，尽管我不希望得到德里策恩的同情。

"我们必须熔化那些造好的镜子，然后卖掉金属材料。"

"不。我们买的是铅、锡和锑。我们现在有的是合金。我们不可能把它分开，就像我们不可能把那些玻璃熔化成沙子和石灰一样。"

"那就卖合金。"

"这些金属材料是我们项目的关键——是我们的财富。如果将它卖掉，别人会弄清其成分并学会复制。如果碰巧其中一个是亚琛的金匠，那他就会造出无数面镜子，赚走我们辛苦劳动产生的利润。"

"让他赚去吧。"德里策恩脸气得鼓鼓的。"我要拿回我的钱。"

"朝圣被推迟了，不是取消了。我们需要的是耐住性子，再熬一年。到那时，我们就会像我们梦想的那样发大财。"

"我不能再熬一年了。"他像一头遭阉的马驹一样大吼。我看看外面是否有人听见，幸好，木匠的锯声盖住了他的吼声。

"我真该听我哥哥约尔格的，"他呻吟道，"他告诉我你是个无赖，是个巫师，你会毁掉我们全家。"

直到那时，我才明白我应该负起责任，或许那是我有生以来第一次意识到责任感。我已年近半百，无处再逃。我负债累累，无法逃脱。即使逃走，独臂卡尔、或者别的类似的人，也会找到我，将我碎尸万段。我的尸体将会被冲离运河河堰，缠入浮垢和灌木丛中。

我必须自救，像一个醉汉再喝一口就能获得解脱一样，我把手伸向我知道的唯——根救命稻草。

"我还懂得一门手艺。其进展比制作镜子慢，但回报颇高。它所需要的就是耐心。"

他摇摇头，"我听够你的秘密手艺了。"

"难道你不想知道我和卡斯帕在你的地下室里干什么吗？镜子只是个小把戏，只是我们更伟大的事业的铺垫而已。"

我注意到他虽陷入绝望，但我的话还是引起他的兴趣。"你以前从来没提过这事。"

"当然没有。镜子的制作已算得上机密。这种新手艺堪称绝密。只有四个人知道。"

"明年之前能成功实施吗？"

"很难说。我已说过了，它的进展不如镜子快，可是一旦成熟，就不会再拖延。不用等朝圣，不用河上运送。甚至瘟疫也阻止不了它。它所要求的就是一点投资。"

他抓住我的大衣，把我猛推到大教堂墙上。"你聋了吗？我说的话你一个字也没听见吗？我没钱了。我怎么才能找到出路摆脱破产啊？"

我把他的手从衣领上拿开，那一刻，我出奇地平静，然后走开。他大衣肩上佩戴的黄金饰针闪闪发光，中间是殉难的基督，周围铭刻着一段经文。

"那是什么？"

他用手捂住。"是我妻子以前给我的礼物。"

那枚饰针制作精美。基督身上的每一块肌肉都绷得很紧，都在抗拒着死神，好像他的肉体要与正在挣脱的灵魂作斗争。基督下方的文字镶嵌进纤细的金属中，极其整齐，技法精巧，让人难以置信，这让我想起手头的任务。

"你可以借到我们所需的钱。如果你改变主意的话，去圣·阿加伯斯特找我，我会在家中等你。"

有时候我相信，借钱才是我的主业，我做的油墨和金属的工作都只是为借钱找借口。镜子变成一个吞噬自己的魔兽；当一切荡然无存时，我需要一个新主意去借钱。那段日子里，我不再从盈利的角度考虑手艺问题，甚至不考虑那些手艺是否行得通。最重要的，是它们能保持钱之溪流不会中断。

在教堂见面三天后，德里策恩来到我家。我到牛棚和铸造作坊之间的院子里迎接他。

"要多少？"德里策恩开门见山。

其间那几天我几乎没想过别的。"一百二十五荷兰盾。"

他气急败坏，呼吸急促，接着一阵猛烈咳嗽。我焦急地看着他。拿到他的钱之前，我不想让他一命呜呼。

"这比我之前贷给你的还多——那些钱已经使我差不多破产了。"

"有时候过河的唯一办法就是往深处走。你的房子呢？"

他用袖子抹去唾沫。"房子怎么了？"

"你可以用它作抵押借钱。"

"我已经用它作了抵押。"

"再多借点。"我催他，"如果你的债务到期，可你又还不上，不管你欠多少钱，他们都会没收你的房子。与其半途而废，不如孤注一掷，赌一把。"

我知道他会同意的。否则，他不会来。几分钟后，他妥协了。他拖拉着靴子，走在尘土中，双肩摇晃，双脚踢踏，活像木棍上的稻草人。

"现在我可以给你四十荷兰盾。其余的，我几周内凑齐。"

"确定吗？一旦我教给你这门手艺，你就不能脱离我们的团体。如果仍有疑问，那你现在就回家吧。"

他想得到保证。"这笔钱只用于对事业有益之处？"

"当然。"我说，但心里早已盘算如何在我的债主中恰当分配这笔钱。"而且我们还会按以前的比例分配利润。"

"如果我们中有人在整笔买卖做完之前死去，那他的所有投资也会转移到他的继承人身上吗？"

我紧紧盯着他。"你要死了？"

"不。"又一阵猛烈的咳嗽突然向他袭来，他想强忍住，却只是使自己喘不过气来。"我父亲还没到我这个年龄就去世了。生命短暂，死亡已经偷偷走到了我们身后。"

我在胸前画着十字："这是绝密之事，让人继承，风险太大。如果我们中有人过世，他就把它带进坟墓。"

这句话激怒了德里策恩："那我妻子呢？如果我死了，她必须得到些东西。还要我把寡妇也抵押上吗？"

"当船在海上时，投资航行的商人不能索要他的投资。你投入的钱必须和我们的合伙生意共存亡，直至生意结束。"

他叹了口气，被挫败后，他脸色灰白。我拍拍他肩膀，假装热情："别再提死亡的事，两年后，一想到曾怀疑过我，你会觉得好笑。"

我站在大门口，看他顺着马路蹒跚而去，一个伤心而憔悴的人。是我让他变成现在这个样子的吗？迷失在计谋和债务的迷宫之间，我讲不清我到底是他的恩人还是仇敌。

"他上钩了？"

德拉赫走出牛棚。他挽着袖子，刚把雕刻工具压进金属，手掌上留下一块显眼的圆形肿块。

"他会出钱的。"

"那你为什么那么难过？"

德拉赫伸手抚摸我的脸颊，可方才经过与德里策恩的交锋后，我想静心独处片刻。我扭过脸去。

"你怎么了？闷闷不乐的，走起路来，步履沉重，就像整个世界都压到你的肩上一样。"

"或许是被我欠下的金币压的。"

"还记得从前吗？那时你比现在有意思多了。那是在被金币、借款和债务困扰之前。那时你是艺术，现在你是货币兑换商。"

"资金也和铅、油墨或铜一样，是这门手艺的一部分。"我厉声说，"这笔买卖规模庞大，需要一大笔资金。你想要创造出罕见而新颖的绝美之物——而且你的技艺无人能比。但对于这门手艺，它的美就来自其规模。一滴水没什么，可一条河却十分壮观，一片海则深不可测。"

"观察过一滴水吗？在一个阳光明媚的早上，它垂挂在一条树枝上，整个世界都映照在那颗小水珠里——它随着树枝的摇动，慢慢拉长，不知道是会抓住树枝，还是会掉落下来，消失在泥土中。这就是美。"

"如果我分文不花就能做好，我愿意免费送给别人。可是你已经看到，我们每个人身上的花费累积起来有多少——而且我们现在还远没有完成。"

"可美要么存在，要么不存在，与规模无关。"德拉赫还在继续刚才的话题，"如果你印一张赎罪券，或是造一面镜子，它就是那样。不管它是独一无二，还是有一千件与之相同的东西，这都无关紧要。"

"那金币呢？一千个荷兰盾是不是比一枚金币更美呢？"

"那是对你来说。"

两个月后，安德烈·德里策恩离开人世。

第53章

斯特拉斯堡

　　旅馆房间里提供免费上网。尼克在床上躺了十分钟，盯着墙上的插座，像一位圣人一样与诱惑作着斗争。一周没上网，他感觉就像是失去了半边臂膀；他极度渴望再次上网。可是追踪者好像拥有心理感应能力，总是能找到他的行踪。他敢冒险吗？

　　网络上有海量震耳欲聋的对话，相对而言，尼克的出现只是耳语而已。而且他懂得一些技巧。想到自己可能不会被找到，他兴奋不已，于是从床上一跃而起，接通手提电脑的电源。

　　由于有数字法医学方面的工作经历，他对周围的安全总是疑神疑鬼。首先，他清理掉全部浏览记录——其中包含可能会不经意查寻到他曾使用过的网址并暴露他的信息。这样，电脑就固若金汤。他设置好防火墙，只开放一个端口，全部信息都要经过一个防守严密的网关。像所有围墙的作用一样，里面的东西出不来，外面的东西进不去。在墙内，他的反病毒程序在各个通道和要塞内巡逻，高度警惕任何可疑活动的痕迹。他担忧的不是正面攻击，而是间谍。

　　现在冒险出去。他上了网，立即进入一个可匿名登录的网站。里面全是性变态、罪犯和阴谋家喜欢的东西——但却有其合理用途。借用一个比喻，尼克觉得它就像一件隐形斗篷，偷偷浏览这个网站不会留下任何与你有关的信息，不会留下你的痕迹。

　　即使有这样的防卫措施，尼克还是感到紧张——就像半夜偷偷溜进客厅去翻父亲的酒柜一样。他登录的每个页面都像一块即将嘎吱作响的地板。然而，慢慢地，他沉入了信息的洪流中。他忘记危险的存在，被信息的浪涛席卷而走，打开了所有链接网页。

他先浏览关于以色列诸王的信息，但并未获得有价值的资料，只看到一系列名字：比如：大卫、所罗门、罗波安、亚比央，一直排到西底家，刚开始，他还比较熟悉一些名字，可后面的就生疏很多。网络百科全书转载了很多圣经故事，但是看上去与以色列诸王没有任何关联。

接着，他又查询关于《以色列诸王格言》的信息，接连看到很多使他脉搏加速的资料。《以色列诸王格言》是《历代志》这本书偶然提到的。点击。《历代志（下）》第33章18节写到："马纳萨斯王的其余法令、他向上帝的祷告以及先知对他说过的话等等都记载于《以色列诸王格言》中。"点击。这类参考信息都分散于《旧约》全书中，只是顺便提及以前可能存在过、但现在让学者苦苦追寻的书籍。点击。比如沃森博士曾在其作品中提到柯南道尔的《大侦探福尔摩斯历险记》，但人们却从未找到这本书。点击。政治家的事例，灯塔和训练有素的鸬鹚。

尼克意识到自己进了死胡同。他返回来试试另一个方向，选择了另一个关键词：马纳萨斯。以色列的第十六位王。一个被逮捕送到巴比伦的叛教者。在他忏悔并重新信仰上帝之后，又被送回他的王国。点击。祷词。尽管《以色列诸王格言》已经遗失（如果曾经有过的话），公元一世纪左右，有人为宣扬自己的思想，杜撰了马纳萨斯的忏悔祷告，并将其作为正本流传后世。一种崇拜者编造的东西。赝品。但因其历史悠久，此赝品反而成为珍宝。现在它被收录进《圣经》，是《圣经》的一部分。

点击回到《圣经》。"我被戴上重重的铁镣，我被我的罪孽所抛弃，我无法解脱。"

我明白你的感受，尼克想。

最后，他返回到吉莉安的主页。他知道这是在冒险，但他必须看。

吉莉安·洛克哈特

身陷虎口

（最近更新1月2号11:54:56）

还是原样，她还没回来。他又看看那些头像，没有他的，想到自己钱包里还放着她的照片，他感到有些难堪。他回到布告栏，以防里面有留言。

有一则新评论。

你现在安全吗？你找到它了吗？请给我打电话。我的新号：www.jerseypaints.co.nz <http://www.jerseypaints.co.nz>

[发帖人奥拉夫（Olaf），1月11日 17:18:44]

尼克读了三遍。他看看手表上的日期。两天前。他谨慎意识到自己不能再继续深入，那是陷阱。他本不该上网。可他无法抵制。

屏幕上出现新的网页：一头彩虹条纹的奶牛站在梯子上，挥舞着画笔，咧着嘴笑。"家庭和工厂绘画方案。"又一个电话号码和满意顾客的几句好评。尼克根据区号猜测，那是一个新西兰号码。里面没有提到叫奥拉夫的人。

尼克检查了一下网络安全。一切正常。那个网站似乎不会下载任何恶意软件。

他必须冒一次险。他拿起旅馆电话，拨了网站上的号码。片刻等待后，响起外国长途的哔哔声。

"泽西绘画。"一个新西兰口音。

"嗯，喂。奥拉夫在吗？"

一阵愤怒的沉默。"开玩笑吧？我已经告诉你三次了，这儿没有奥拉夫。不要打了，好吗？"

"抱歉。"尼克说。

挂掉电话的瞬间，他突然有一股负罪感。他不该打电话，甚至不该看这个网站。当然更不该从旅馆打电话。我已经告诉你三次了。有人看到这则信息，并打过电话。

门口有声响。他惊呆了。他们已经来了？他们那么容易就找到他了？他听到走廊里传来钥匙卡插进锁头的摩擦声。他惊慌地看着窗户——但窗户被钉死了。

锁上的灯变绿。咔嗒一下，门把手开始转动。

无处可藏，甚至来不及躲进卫生间，它在门厅的另一端。尼克抓起装书和卡的包。或许他可以推开闯入者，将他打倒，夺路而逃。

不止一个人怎么办？

门开了。艾米丽站在灯光昏暗的走廊里，提着两个购物袋，落在头上的雪化

232

开，打湿了她的头发。她看着他手中的包。

"你要出去？"

尼克松了口气，一屁股坐在床上。"我以为……我只是要确保这本书万无一失。"他又看看她，发现有点不对劲。"你换衣服了。"

她放下了购物袋，把大衣挂在门后。从巴黎穿来的裙子不见了，取而代之的是一件紧身圆领毛衣和一条紧身牛仔裤。这是他第一次见她不穿裙子，更别说穿牛仔。他既因此感到局促，就像在杂货店里撞见老师一样，又为她的美貌倾倒。

"如果我们需要再次出逃，我想裤子更合适，"她平静地说。

她脱下短靴，扔到尼克旁边的床上。当他们要求一对单人床时，旅馆职员又一次提供给他们一张双人床。他们并排躺着，就像旧影片里的一对夫妇。让尼克吃惊的是，他莫名地感觉很舒服。

"外边的雪越下越大。"她稍后说，"我们可能要赶紧离开斯特拉斯堡。"

"如果有地方可去的话。"尼克侧身看见遥控器放在床头柜上。他打开电视，浏览法语游戏节目和聊天节目的目录，最后找到一个英语新闻频道。身穿避弹衣的记者站在一片被烤焦的土地上，身穿棕黑色服装的士兵在他身后的泥砖房子里搜查。看上去像是荒凉之地，但至少那里很热。尼克感觉自己好像在寒冷中东跌西撞，度过了半生。

他把电视调到静音，让画面人物在背景中演哑剧。

"我又上吉莉安的网页了。"他说，"有人给她留言。"

艾米丽没有回答。他低头看见她已经睡着了。她闭着双眼，黑发披散在枕头上，衬托出她白皙的皮肤。他从床尾拉过毛毯，为她盖上。她在睡梦中喃喃低语几句，翻身依偎在他旁边。

她的身体暖暖地靠在他身上。自从吉莉安的信息第一次出现在他的桌面上，他的内心就被冰雪所覆盖，而此刻，尼克感到她的热量穿透他的皮肤，融化了他内心深处的冰层。他知道这是个错误；她醒来后肯定会感到难堪，而他也会感到尴尬。但他不想打扰她。他要让她多睡会儿。

他的目光又回到电视。他读着字幕，看着那些发言人、运动员、辩护者和小演员们在远处的玻璃屏幕上无声地表演。不久前，电视报道的英雄、恶棍以及故事情节对他来说好像还很重要，现在那些似乎已恍若隔世。

画面又切回到演播室里的新闻播音员。一条新闻字幕出现在屏幕上：贬黜的修士死于谋杀。

尼克伸手拿过遥控器，调大音量。艾米丽被尼克突如其来的动作惊醒。播音员不见了，代之以一张不太清晰的大头照。尼克瞪大了眼。那人站得离镜头很近，手里拿着排字盘……

"那是杰罗姆修士。"艾米丽坐起，把头发拢到脑后。

尼克惊呆了，记者的解说在他耳畔嗡嗡地响着。"邻居听到枪声……警察被叫来……黑手党式的谋杀……报告大清早有嫌疑车……出色的学者……滥交的丑闻……"

尼克看着艾米丽。泪水顺着她的脸颊流下来。他想安慰她，可她看上去那么弱不禁风，像是一碰就会碎片四散。

"是我杀了他。"她低声说。

电视上，这则报道已经结束，又开始报道另一则新闻，杰罗姆修士的面孔被换成一艘满载难民的大船，他们冻得瑟瑟发抖。尼克重新把电视静音。

"谁也没想到会这样。"他低声说。

"我毁了他。"

"我知道你现在的感受。"尼克试着安慰她，"就像布莱特，如果不是因为我，他不会死的。这件事就像埋在我身体里的毒药。可是你不能那么想。应该怪那些杀他的家伙。"

"怪我。"她坚持说，"如果不是因为我，他不会去那儿的。"

"因为你当学生的时候，他想占你的便宜？"

艾米丽强忍眼泪，看着床单。那一刻，他以为她没听见。可稍后，她快速地说："不是他的错。我和杰罗姆——我们曾——我们是恋人。不只是调情那么简单，我们有男女关系。大学发现这事后，开除了他，他被驱逐出修士会。这把他毁了。学术是他的生命。"

尼克想到杰罗姆一头蓬乱的白发，尽量不去想象他那双骨瘦如柴的手慢慢抚摸艾米丽的皮肤。"他还是不该碰你。"

"他不该碰我。"她重复道。"是的。可不是你想的那样。我爱上了他。说得正确一点，是我引诱。我迷恋他，义无反顾，我不想被他拒绝。我没意识到我在做什么。"她擦一下脸上的泪珠，"最后，他自觉罪恶深重，断然拒绝了我。我非常生气，只想报复。我完全出于恶意，告发了他。我毁了他的一生。而现在又葬送了他的生命。"

第54章

斯特拉斯堡

希望再次破灭，痛苦如常而至。我仔细看那张纸：有些字刚刚显示出来；其他的则由于压力过重，被油墨淹没；还有几处，纸被压坏，因为我们没有把金属铸件的边锋磨平。当我们把它从印版上拿下时，上面的字迹非常模糊。德拉赫说得对：我可以将它印一千份，但每张都丑陋不堪。

我拿起一把锉刀，无奈地结束了又一个毫无成果的下午。把刻在铜印版上的金属模型浇铸成型本该很容易，但我无法预先考虑好需要的精确程度。如果有一个字母比其他字母低，哪怕只是一根头发的距离，它就几乎触不到纸。如果高出同样的距离，就会将纸张涂满油墨。我们采取用锤子把冲头敲进铜印版的手法做出字母，这根本不可能使它们高度统一，除非有最精巧的锉磨技术。

"铸件在哪儿？"

德拉赫抬起头来。"在袋子里？"

那是德拉赫从德里策恩家拿来的袋子。我向里面一看，除了几块丢弃不用的铅块外，袋子里什么也没有。

"或许你把它们放到工作台上了。"

我在工作台下废弃的纸张、工具、铜印版和铸坏了的模型堆里翻来翻去。

"你确定把它们带回来了吗？"

他耸耸肩："我想是的。"

就因为这个，我讨厌跟德拉赫一起工作。他根本不在意那些他觉得无所谓的东西，怎么指责他也无济于事。

"你一定是忘在印刷机上了。"

"也许吧。"他答应着。

"我告诉过你要把它们拿回来。"德里策恩已经卧病在床一周。家人焦急地出入，朋友们不时前去探望，那些怕要不回钱的债主也常常现身。"如果有人看见那些铸件，我们的秘密就暴露了。"

"我锁上门了。"

我不想和德拉赫争吵——那一年，争吵太过频繁。我转身背对他，看着牛棚门外，吸一口腊月的空气，压下心中的怒火。

有个男孩站在院子里。开始我以为他是个流浪儿或小偷。我走出牛棚，盘问他。他没跑开。我仔细一看，发现我认识他，是给汉斯·邓恩跑腿送信的。看起来，他像是从斯特拉斯堡一路跑来的。

"邓恩派你来的？"我走到门外问。

他点点头："他让我告诉你，德里策恩先生死了。"

由于四周墙壁向外弯曲，山墙也呈钝形突出，这所房子早已状似棺材。百叶窗紧闭，从屋里透不出一点光来。我们在门口站了好长时间，才有仆人让我们进去。屋里散发着浓浓的醋味和树脂的味道，他们在火堆里烧过松树沫儿。

"到地下室拿出铸件。"我告诉德拉赫。我递给他地下室钥匙。"把螺丝钉也拿出来。"为了不出现任何错误，我们再次革新了印刷机。我们将整篇文章分为四块注条，每条一段，然后用螺丝把它们固定在一起，做成印版。

"你去哪儿？"

"去作最后的告别。"

我从墙上取下一支蜡烛，爬上嘎吱作响的楼梯。墙上，影子晃动。在我进入房间时，十几双眼睛注视着我：哀悼者和仆人们拥挤在卧室门外。所有人似乎都团结起来，无声谴责着我。多数人则簇拥在一个头戴白色面罩的胖女人周围，她是德里策恩的妻子，现在是新寡。她紧挨一个男人，那是德里策恩的哥哥约尔格。

我脱下帽子："德里策恩夫人，我前来凭吊——"

看到我的那一瞬，她冲出人群，向我扑来。

"这一切都是因为你。"她尖叫。"你和你那个朋友。他是个好人，一个诚实的人，你们用魔法诱使他误入歧途。如果说今天有什么好事的话，那就是你们再也不能向他索取什么了。当安德烈的葬礼结束后，你们要把他付给你们的每一个便士都还给我。"

她的拳头像雨点般落在我身上。她大哥约尔格，猛伸出双臂，把她从我身边拖开。

"去陪丈夫。"他命令她，"这事由我来处理。"

他几乎把她推进卧室。透过开着的门，我隐约看见德里策恩的尸体平放在床上，盖着裹尸布。

约尔格关上门，狡黠地看我一眼。之前来访时，我见过他一两次，但从没对他有过好感。他个子不高，驼背，两腮臃肿，下巴粗短，像是只畸形脚。

"她有些歇斯底里。"他说，没有流露出丝毫同情心。"可以理解。这种时候，事情最好留给头脑冷静的人去处理。"

"你弟弟死了。"我说，"事情可以等等再说。"

"安德烈去世前，我跟他谈过。他告诉了我你的计划，还说他死后唯一的遗憾就是不能活着看到由此带来的巨大财富。他说我应该享有他在这个合伙生意中的那一份。"

"如果他这样说过，那一定是疾病早就使他神志不清了。"我说，"可是这事我们可以改天再谈。我来是悼念安德烈的。"

真的。我不否认，我曾利用他的贪婪，蛊惑他加入我们的事业，告诉他，事成之后，他会发财，可实际上，我更会暴富。可德里策恩是商人，若是他认为合适，他就会投机。他怎么投资是他的事。我悼念他，是出于人对人的尊敬。

"我要走了。我不是有意在他家人伤心时来给他们平添烦恼的。"

"如果不听我的，你会给我增添更多烦恼。"约尔格警告说，"我知道德里策恩在你的诡计中投入了多少钱，虽然他从没告诉我你是怎么做到的。"

"你永远不会知道的。他的钱和他的秘密只有合伙人知道。"

"我必须取代他。"

"我这儿有一份他签名的合同，一旦他去世，该合作项目完成之前，他的继承人将得不到任何东西。即使到项目完成之时，他死了也会欠我钱。"我不敢相信，他尸骨未寒，我就不得不说出这番话。

"你想让他妻子穷困潦倒吗？"

"那是你的责任，不是我的。如果你不照料她，她只能穷困潦倒。"

"那我就去法庭。"约尔格开始吼起来，"不管你和安德烈有什么秘密，都将暴露在全城人面前。你瞒不了我。"

我在外面碰到卡斯帕。"拿到铸件了吗？"

他递给我一个沉重的袋子。"我把螺丝钉也从印刷机里拿了出来。任谁看见也猜不出这个是干什么用的。"

"不管怎样，他们可能会知道。德里策恩的哥哥威胁说要拖我去法庭。"

"让他去吧。完全知道这个秘密的只有四个活人。撒斯培其和邓恩不会出卖我们的。"

我稍感安慰。"我们得赶快回家。约尔格·德里策恩疯狂地想得到我们的手艺。如果他闯入我们的作坊，发现了这个秘密，也是不足为奇的。"

我们为德拉赫借到一匹马，连夜跑回了圣·阿加伯斯特。对于这次骑马，我只记得四周寒气嗖嗖，马却大汗淋漓。我们一回来，我就往作坊的火中添燃料，点上所有能找到的蜡烛和灯盏。在德拉赫的帮助下，我找遍整个牛棚，搜集我们为每次浇铸制作的每个铸件、每个铅块、每片被铸上字母的金属。我把它们收进一个铁熔炉，放到火上。没放进去的只有那些刻好字的铜版。我把它们裹在袋子里，埋在院子里的石头下面。它们太贵重，不能浪费。

我往火里添煤，将火拨弄得炙热无比。铸件开始变软，微小的字母变得模糊，然后熔化，像眼泪一样从金属表面滚落下来。

"我们的事业结束了？"

我看着德拉赫。由于站得离火炉太近，汗珠顺着他的脸淌下来。我用一根拨火棍向熔炉内猛戳，想捣碎一块难以熔化的金属。

"即使我们打发走约尔格·德里策恩，我们还有什么呢？一门行不通的手艺，一项没有资金只有债务的事业。艾勒琳，镜子，现在又是德里策恩，我们所尝试的一切，都以灾难告终。"

我注视着熔炉，最后一小块金属化成糊状。我想起了德里策恩的遗孀。是你做的这一切。

我抬头看。德拉赫走了。

我内心充满恐惧。他抛弃了我？还是我的屡次失败赶走了他？我离开作坊，跑向牛棚。

德拉赫在那儿，在角落里弯腰看印刷机。我松口气，靠在门框上。他背对我，把一块印版抽下来，固定到长凳上的台钳里。墙上有一个工具架。他从上面取下一把利锯。

"你把所有的印版搜集起来，我好把它们埋起来。"

他没抬头："这不是你的。"

我走进牛棚，靠近去看。灯光照进印版表面上的条条沟槽里，上面刻着一群狮子和野兽。

"这是那块十兽印版。"德拉赫沿印版边缘竖起锯刃，慢慢拉动。火花四射。

"你要干什么？不能毁掉这些。这是你的手艺。"

锯被卡住。铜版上出现一个锯口。

"不是要毁掉，我是在重新做它。我们需要更多钱来继续你的手艺。我可以做出更多纸牌来卖。赚的钱可能不是太多，但可以帮我们渡过难关。"

"可你曾告诉我，一半的印版已经不见了。现在你又要锯坏这块。"

"这块包含其他全部纸牌。"他把手掌放在印版上，以便比画出不同的部分，"一块，两块，三块……我可以把它分成好几块，然后组成我喜欢的任何数目。"

我搂住他，紧紧把他抱住。他的身体暖暖靠在我的身体上，感觉很好。我爱他。

就在那时，有一个天使在我心里欢声歌唱。卡斯帕能做出完美的纸牌，我也能做出无瑕的赎罪券。

我们要把它撕掉，重新再来。

第 55 章

斯特拉斯堡

桌子上的电视无声地播放着战争与悲痛的画面。尼克直愣愣地看着。杰罗姆修士的死使他呆若木鸡。

他必须打破这个咒语。他抓起遥控器，关掉电视。"我们必须离开这里。"

他的声音异常坚定，带着一种他以前从未有过的紧迫感。这使得艾米丽猛地从恍惚中惊醒。"去哪儿？无处可去啊！"

"我们先离开这里再说。电视说今天下午邻居们听到了枪声。开枪者几个小时后就能赶到这里。"

"他们能追到这里？"

"杰罗姆可能会向他们透露我们要来斯特拉斯堡。他给我们看过藏书标签，并且告诉了我们关于洛林伯爵的所有事情。他肯定猜到我们要来这里。如果他告诉他们……"

他们下楼，走出大厅，来到街上。他没有注意到旅馆对面停着的黑色奥迪。街灯洒下的清辉中，仍有锥形雪花飞舞，但雪势似乎有些减弱。已经下得够多了。他们走在厚厚的雪中，脚下嘎吱作响。他们绕过大教堂，来到一条小路上。尼克向后看看，没人。商店都早已关门，店员也都回家了。

走过几条街，他们发现一家小餐馆还没打烊，小店仅有一半客人，可是经过在外面严寒中的漂泊后，这里感觉温暖宜人。店里亮着烛光，弥漫着熏香、烤肉和酒味。他们在一个木柱后的桌旁坐下，在那里可以躲过窗外的视线，但却能看到门口。他们点了热葡萄酒和食物。若不是在这种情况下，这肯定是一个完美的浪漫之夜：烛光、热酒、促膝而坐。对尼克而言，此时的亲密似乎是来自另一个世界的一种责难与嘲弄，那个世界早已将他抛弃。

他转动杯子，看里面的酒渣。"阿瑟尔登说得对。除了疯狂，我不知道这事还有什么意义。"

"对某个人来说，它有意义。"艾米丽反驳说，"如果我们不是站在正义的轨道上，他们不会企图阻止我们的。"

"我们找不到吉莉安。"他口里的这句话辛酸苦涩，"我所做的一切就是给他人带去杀身之祸：布莱特，霍尔顿博士，现在是杰罗姆修士。"

"杰罗姆修士的死是我的错。"艾米丽平静地说，"如果不是我把你带到他那儿，他永远不会卷进来的。"

"如果不是我把你带到这儿来，你永远不会卷进来的。"尼克用力攥着酒杯杯脚，觉得酒杯快要碎了。他抬起眼。艾米丽好像没有听他讲话，她毫无表情地盯着他身后。他也想转身去看，可是她抓住他的手，把他拽了回来。

"看着我。离你三张桌子远的地方，有个人一直在观察我们，有五分钟了。"

尼克重又感到恐惧，这感觉无比熟悉。"他长得什么样？"

"黑头发，黑皮肤，身体健壮，鹰钩鼻子，可能是意大利人。自从进来后，他一直没脱大衣。"

尼克将目光投向墙上的镀金镜子，可认不出他是谁。他的大脑飞速转动。

"有主意了。"他整个身体紧绷，有点随时会被枪顶上后背的感觉。他目不转睛，看着艾米丽的眼睛，让自己平静下来。"过一会儿，我们要吵得一塌糊涂。你哭着跑向卫生间。我飞速出门。我们把包放在桌上，看他做些什么。"

"他追你怎么办？"

"那你就追他。"

"要是他追我呢？"

"你一路尖叫。我马上就过来。"尼克抓住她的手腕，"准备好了吗？"

她点点头——然后突然向后推开椅子，跳起来。

"你怎么敢那么说？"她喊道。整个餐馆里，杯盘的碰撞声和众人的交谈声戛然而止。甚至连尼克都吃了一惊。"你不明白我的感受。"

她发疯地向四周看看，然后朝厕所跑去。尼克呆坐片刻，向后推一下椅子，以便让人清楚地看到挂在椅背上的手提包。他把二十欧元纸币扔到桌上，双眼紧盯地面，大步走向门口。

甚至门还没关上，尼克就听见有人匆忙起身时椅子摩擦地面的吱吱声。他匆忙沿着踩得发亮的人行道，躲进最近的一个拐角，偷偷向后看。

几乎就在这时，餐馆的门砰地打开。一个身穿黑大衣的矮胖子大步流星走出来。餐馆门厅上方的灯发出黄光，照在他身上。尼克看到黑头发、黑皮肤、拳击手的鼻子，自己的背包在这个人手里来回摆动。这个人有点眼熟——或许来自比利时的货栈？他犀利的目光在街上前后扫视，然后从口袋里掏出钥匙。那人摁一下他手里的什么东西，街对面黑色奥迪车亮起橘黄色灯光。车顶上没有雪，这说明它不可能在那儿停了很久。尼克试图向车里看，想看清黑色的车窗玻璃后面有没有别人。

意大利人走过马路，打开驾驶室的门。尼克下定决心。脚下的雪无声无息。意大利人背对尼克，在背包里乱摸，或许是想确定那本书还在里面。直到尼克几乎走到他身后，他才听到有人来。尼克垂下肩膀，用拳头猛击对方腹部。过去一周里所忍受的所有气愤、恐惧和懊悔都在这一刻的交锋中释放出来，完美的愤怒出击。那人疼得弯下腰；车钥匙从他的手中滑落，掉入雪中。尼克一脚把它踢到车底下，然后用膝盖猛撞对方的脸。他抢过手提包。

但尼克是业余选手。对方才是职业选手。尼克只是用膝盖将其击倒在地，但没将其击昏。就在尼克伸手去够手提包时，那人迅速伸出大手，一把抓住了他的胳膊，顺势一拧，尼克觉得自己的胳膊几乎脱臼。他的整个身体也被猛地拉回。他双脚打滑，站立不稳，滑了出去。那人将他向后摔倒在地上。

尼克被摔得一时气短。他抬头，隐约看见对方也向后倒退一步。就在这一刹那，尼克以为他可能要转身逃跑。但那人只是想给自己腾出更多的空间。他手伸进大衣，抽出手枪。他手握成马蹄状，那支手枪在他手中看起来很小。

事情将到此结束。他会躺在马路上，血会把周围的雪融化掉，直到血水冷却结冰。他将永远不知道吉莉安处境如何，永远不明白自己为什么会死在法国这个冰冷的角落里。他为这种不公而愤怒。

随着一声尖叫，艾米丽从黑暗中跑出来，猛向那人撞去。她身体瘦小，这一撞收效甚微。可她用力抱住他的胳膊下拽，使枪口偏离尼克。

尼克跳起来，伸手夺枪。他的手攥着冰冷的枪筒，为求生紧紧抓住不放。曾有一时，这三个人的胳膊和武器搅在一起，在雪地里左摇右晃。然后发生了什么事情。尼克失去平衡，接下来，他知道他的脸被人从上边狠狠按下，扎进雪里。

"你还好吗？"

艾米丽推开尼克，站起来。之后，尼克也挣扎着爬起。他依然像拿高尔夫球棒一样，紧紧攥着那把枪。他们的对手呢？

半路上，路灯下，一个庞大的身影正飞快穿过雪地。尼克环顾四周。

"手提包还在他那儿。"

"等等。"艾米丽喊道。可是尼克已经跑起来。他的双脚踩在雪上，嘎吱作响；他的双臂猛烈摆动，几乎感觉不到手枪的重量。对方可能很强壮，但跑得不快。他们顺着空荡荡的马路飞奔，尼克不费吹灰之力就使对方一直在自己的视线中。两旁，木制房子那黑白相间的框架在昏暗的灯光中就像一副副骨架，它们紧闭的窗户对外面的狂追视而不见。

那人往后瞥一眼，迅速低头躲进一条没有路灯的小路。他沉重的足迹清晰地印在雪地上——尤其是在几乎没有脚印的地方。尼克沿着对方的足迹紧追不舍。经过一座桥时，他向下瞥一眼映于水面的一片黑色，然后转弯。

这里房屋稀少，一片草木绿化带繁茂开阔。在右手边，他看到一片木制城堞和塔楼——一个儿童娱乐场。寒冷的空气使尼克感到肺部刺痛。但他现在已清楚地看到了自己的猎物，就在前方不到二十码。他强忍疼痛，紧追不舍。

在树林里，尼克看到周围全是水。他们肯定是到了河里的某个小岛。前方，借助探照灯的光线，可以看到一排高高的石头塔楼，再往前就是小岛尽头，漆黑一片。

那人身陷绝境。他放慢脚步，最后停住。尼克也急忙在结冰的小路上收住脚步，恰好就在那人身后。就在猎物转身面对他的时候，尼克举起枪。他们无声地站在树林的雪地里，就像两个决斗者一样，相隔十几步。可是只有一方有枪。

"你是谁？"尼克高声问。他的话似乎被黑夜吞噬。

那人没有回答。

他低头看看在手里晃来晃去的手提包，把它扔下。手提包落在他脚下的雪地上。这个动作吸引了尼克的注意，就在这一刹那，那个意大利人的手插向口袋。

尼克的目光急速闪回。他感觉不妙，以为自己犯下了致命的错误，他举起枪。可放在扳机上的手指却犹豫了。

那人掏出的不是一把枪，而是一张纸。他胡乱把它折了又折，然后把它撕得粉碎。

"住手！"尼克喊。微小的碎纸片像一阵雪花一样飘落在地。尼克晃了一下枪——可他不能无情地朝一个人射击。

他身后的停车场上划过一道耀眼的光柱。一艘驳船正顺河而上。黑暗中，船长只得冒险前行。一瞬间，尼克将会像舞台上的演员一样被认出来。他放下胳膊，把枪放在一侧，蹲到黑影里。就像公路上被困住的鹿一样，他和那个人谁也不敢动一下。

驳船驶到与他们平行的位置。这段河道太窄，船体几乎触到岸边，甲板就在尼克脚下一尺左右。这片场地完全暴露在探照灯的光线中，但遮住了尼克。就在那时，那个意大利人跳了起来。他腾空而起，跨过栏杆，像石头一样落到驳船上。尼克跑向栏杆，却只见一片让人眩目的强光，明晃晃地射向自己。

身后响起嘎吱的脚步声，他猛地转回身，艾米丽正穿过娱乐场跑过来。夜色中，她呼出的气息化作一团雾气。

"他在哪儿？"

尼克指着正消失在小河拐弯处的驳船："他跑了。"

他走到刚才放包的地方，在地上查看。当他的眼睛再次适应黑暗时，他发现可以找到几块散落在雪地上的碎纸片。他拾起一片。这似乎是普通的办公用纸。上面有半个字。

"那是什么？"

"重要的东西。当我把这家伙逼到死角时，他关心的就是撕毁这张纸。"

他们都蹲在雪地里，仔细在地面上寻找，然后用发抖的双手把碎片收集起来。尼克感谢上帝没有刮风。他们收集起所有能找到的碎片后，抖落上面的雪，把它们放进尼克背包的一个口袋里。艾米丽疑惑地看着这些湿透的碎片，它们不比婚礼五彩纸屑大多少。

"你觉得我们能从这些上面弄明白点什么吗？"

尼克一脸苦相。市区射来的光线从雪地上反射，映到他脸上，使他看上去好像一个食尸鬼——我干的是缝缝补补的活计。

"我们有这项技术。我们可以把它复原。"

第 56 章

我们要把它撕碎，再把它拼起来。

通过把各个野兽的图像从平坦的铜印版上的牢笼中解放出来，德拉赫可以做成他想要的任何纸牌。即使只剩一只动物，他还可以一次又一次印在同一张纸牌上，而且想印多少就印多少。这个方法不仅完美，而且可以无限变化。

这并不是新想法。自从我们把赎罪券印版分成四段，我们已经开始走这条路。但是我们没走足够远。一个下午，我数出赎罪券上的三千零七十四个字。我们将分别浇注每个字，并把它们拼到一起，组成一页，就像几千个神灵组成一个教堂一样。

汉斯·邓恩不喜欢这个计划。"每次你遇到一个问题，给出的答案解决不了这个问题，反而派生出十个问题。"他告诫我。可是，借我生产那些事后证明麻烦不断的铜印版之机，他赚了我不下一百荷兰盾，所以我对他不予理会。

德拉赫也不喜欢。"你这是自断后路。你这是数着石子爬大山。你将花费后半生的时间，把这门手艺变得错综复杂，但却毫无用处。"

我们正穿行在十月末的森林里。就像徒步穿过火焰，我们周围的树叶像被烧成各种逼真鲜明的形状：猩红，赭红，黄色，还有橙色，在微风中闪着弱光。这时候外出很危险。

"即使你成功了，结果也将如同镜子。"德拉赫刺激我。

自安德烈·德里策恩去世那天晚上到现在，发生了很多事情。他哥哥约尔格起诉我，要求我们承认他的合伙人身份——结果输了官司。法官判给他十五荷兰盾。亚琛朝圣举办过，又结束，圣物又被收起来搁置七年。有一些镜子被举过头顶挥舞，捕捉圣光，由我生产，可是不多。首先，我们的一大部分金属材料被卖掉，偿还债务利息。其次，我们被驳船船长诈骗，沿河又被多次抽税，最后还处处受到亚琛行会的反对。到我们完工时，原本可沿莱茵河顺流而下的滚滚锡铅洪流已缩减为涓涓细流。我期盼流回到我这儿的滚滚金币洪流也遭遇了同样的命运。我一旦支付所花成本，偿还投资人，偿还包括约尔格·德里策恩的十五荷兰盾在内的所有债务，就所剩无几了。

见自己的批评没有引起任何反应，德拉赫厌恶至极。他又试了一次。"现在到马路上，简直是疯了。我听说一周前布赖斯高被夷为平地。他们烧毁了整个村庄，并把家畜放到煤上烧烤。有人说，他们还要烧烤那些居民，美美享用。"

我打了个哆嗦。现在，斯特拉斯堡周围的乡村被一群称为阿马尼亚人或"穷傻子"的野蛮人侵扰已达数月之久。他们是一支庞大军队的残部，这支军队多年以来一直服务于一位又一位公爵，在整个欧洲进行劫掠。一个由法国国王、德国皇帝和意大利教皇组成的邪恶阴谋集团原计划派他们去瑞士劫掠巴塞尔：法国国王这样做，是想让他们离开法国；德国皇帝这样做，是想把瑞士并入德国；意大利教皇这样做，是想一劳永逸，就此取消埃涅阿斯和他的朋友们把持了十余年的议会。瑞士人迎击阿马尼亚人，并付出惨痛代价，击败了他们。幸存者逃跑了，沿莱茵河一路杀人放火，狂暴无比——人们说——只有世界末日才能与之相提并论。春天，这伙人到达斯特拉斯堡附近。数万人丧生。

森林不再美丽。我向森林深处望去，想看看火红叶子后，到底埋伏着什么。

"尼克，真见鬼，你到底怎么了？我听说了些坏消息。"

巫师恩斯莱德在房间踱步，房前，熊熊大火在燃烧。一只拴着的独角兽顺从地站在角落。

"一言难尽。我需要帮助。"

"你在哪里？"

"斯特拉斯堡。"

"是在肯塔基州吗？"

"是在法国。"

"好吧。"恩斯莱德脸上，一种蜡像般苍白的愁容凝固，"嗯，我现在离法国有点远。"

"我需要一个高分辨率扫描仪和一个'胖'数据管道。越快越好。我想你该认识这样的人。"

恩斯莱德用拐杖敲击石板地面。拐杖头迸发出嘶嘶的蓝色火花。"天啊！尼克，这太难了。你那边现在几点？"

尼克看看手表："晚上九点。"

"唉，这可不是冷静的尼克。"稍微停顿，然后一声暴躁的叹息。"好吧。我马上就联系那些还没睡觉的法国数据中心经理，找找那些逃脱法律制裁的人。稍等。"

恩斯莱德一溜烟消失了。尼克拿下耳机，抬起头。巫师塔楼里，布满蜘蛛网的墙壁和缥缈的薄雾被浓浓的红色涂料和烟雾所代替，这是远离圣吉恩码头的一家地下酒吧。对尼克来说，其他客人都和来自"哥特巢穴"的人一样怪异，每一片可以穿透的皮肤上都有穿孔，头发染成红色、紫色或绿色，脖子和腰上绕着钢圈。他们中，没有人像是来享受自由的无线网络的。

"你确定这是玩电脑游戏的时候吗？"艾米丽问。她坐在靠近尼克的一张破旧长椅上，小口喝着杰克丹尼威士忌和可口可乐。

"你知道'网络就是电脑'这个口号吗？"她摇摇头，"好吧，用人类的术语讲，网络就是兰德尔。恩斯莱德。如果有人能帮我们，兰德尔可能通过某种途径认识他。"

"我不明白。我们现在在这儿已经联网了。"

"附近没什么地方能那么快。而且我们需要扫描照片。手机相机做不到。"

笔记本电脑屏幕上，恩斯莱德不知从哪儿又出现。尼克重又戴上耳机，试图不理会自己吸引过来的轻蔑眼神。

"找到了。"恩斯莱德得意地说。"你听说过一个叫卡尔斯鲁厄的地方吗？"

"没有。"

"在德国——根据网上的信息，离你大约有一小时路程。设计学院。是某种技术院校。那儿的计算机科学系有个黄毛丫头，叫撒贝因·弗里曼。她可以和你联网交流。"

尼克犹豫一下："我们不用开车能到那儿吗？"

"我是谁呀，他妈的旅馆接待员吗？"恩斯莱德走到一本摊开在鹰形诵经台两翼上的大书前，翻阅着，"说是有一列从斯特拉斯堡到法兰克福的 21：50 的火车在卡尔斯鲁厄停靠。还想让我告诉你饭店的汽车在哪儿吗？"

"我们会找到的。"尼克伸手够电脑盖，准备关机，"可我还有件事需要你安排。"

不管森林里隐藏着什么危险，我们还是安然无恙地到达了目的地。施洛斯塔特是伊尔河上游一座不起眼的小镇，离斯特拉斯堡大约二十英里。像那时的任何镇子一样，它也处于围城之中。卫兵在城墙上站岗，只有我们证明自己身上没有携带武器，城门才能开放。从城内弯弯曲曲的小巷一路到山上的教堂，怀疑的目光总在追随我们。

"你有没有注意金匠们总把自己的铺子设在教堂附近？"德拉赫嘀咕着说，"耶稣大力宣扬贫困和抛弃世俗财产。"

"小声点。"我警告他，"这儿的每个人都认为我们肯定是阿马尼亚人的前锋，这已经够糟糕了。更别说你说起话来像异教徒的放荡精灵。"

我们在一所山墙陡峭、横梁涂红的房子里找到了我们此行想见的东西。很大程度上，这所房子和所有金匠铺很相似：墙上的工具；一箱一箱珠子和金属线；展示柜挡栅后泛着微光的盘子；水银和灼热金属的残余。

但这一切并不新鲜。房子后面的熔炉没有冒烟，铁砧也悄无声息。这些对金匠来说是少有的——当金子都被藏在床垫和地板下时，他们是不能打制金器的。

我靠在空空的柜台上，向里窥视。有人坐在墩子上，正从锭子上捋下指环并一个个抛光。

"你是戈兹？"我问。

他点点头。他一头蓬乱的棕发，脸很瘦，必是三十岁左右。我做了自我介绍。

"我是斯特拉斯堡金匠行会的。我在那儿见过你的活计。就是基督十字架上的那枚饰针。"这件物品曾是安德烈·德里策恩的。他死后，他哥哥把它拿到邓恩的铺子里卖掉了。通过旁敲侧击的询问，我查出了打造它的人是谁。"题字上的字母实在太精美了。太精细了。"

他默默认可我的恭维。

"我猜你是用冲头打出来的。"

怀疑的神情。我可以体谅。"我不想窃取你的机密。我想买它。"

我把一袋钱币放在柜台上。

"我想让你也给我造一套冲头,和你的完全一样。"

戈兹盯着钱袋,但没动它。

"我可以把你的冲头切割一下。"他犹豫一下,"但不完全和我的一样。"

"你是什么意思?"

他字斟句酌地说:"我想要把每个字母都印在金属上的冲头。我没有那玩意。"

"可是那枚饰针——"

"你把我的车间翻个底朝天,也不会找到一个字母冲头。"

我努力回想那枚饰针上刻的每个字母:"你确定不是徒手雕刻的?"

他把钱袋推回来:"我不想说。"

我既泄气又不解,打算回身走人。但他柜子里的闪闪金光又使我停下。我透过镀铅玻璃往里看。

"我看看那个杯子行吗?"

我看出了他的疑虑——可是钱袋还在柜台上,而我或许是那周唯一的顾客。他打开柜子,递给我杯子。它大约六英寸高,颈部弯曲,杯体里面镶着石榴石。杯座四周刻有《约翰福音》里的一首诗。

我仔细端详了几分钟,用手使劲压压轮廓清晰的刻字。文字太端正,太干净,不可能是手工雕刻的。它们一定是刻印上去的。但戈兹坚称自己没有字母冲头。

我放下杯子,拿起钱袋。

"谢谢。"

出租车停在设计学院门口,他们下了车。黑暗中,尼克只见一片广场和大楼,四周树木环绕。撒贝因·弗里曼正站在门口等他们。她体态优美,金色短发用精致的发卡别在耳后,蓝眼睛,黑面庞。尽管外面很冷,她只穿一件橄榄绿紧身短背心和一条大撒口裤。

"流浪者到了。"她说。她英语纯正,带有斯堪的纳维亚人的爽快。"旅途顺利吗?"

她领他们进去。即使这么晚,楼道里还有很多学生。一切都那么温馨、明快和洁净。这是他很久以来感觉最安全的地方。

"兰德尔已经告诉了我你们的需求。"她用挂在腰间的一串钥匙打开一扇门。室内狭小，无窗。一张塑料折叠桌上放着一台电脑显示器和一台扫描仪。"这台扫描仪打印分辨率是2400dpi，我们可以和i-21数据网络直接连接。"

"好极了。现在我们可以开始扫描吗？"

撒贝因掀起扫描仪的盖子，并把手伸向尼克。明显使她吃惊的是，尼克手伸进大衣，递给她一摞类似贺卡的东西。

"你忘了某人的生日了吧？"

尼克翻过一张，让她看背面。这张光滑的红纸牌上，微小的碎纸片构成一副马赛克拼图。"我们需要高对比度的反射背景。火车站卖的只有这个。"他和艾米丽一路上都在粘那些碎片，多亏火车上人不多，没有多少乘客对此大惊小怪。"这样它就更容易扫描了。"

撒贝因把那些贺卡放到扫描仪上，合上盖子。它嗡嗡作响，开始工作；一束绿光慢慢从压盘上横扫过去。一张图片从屏幕上滑动下来，是放大的纸牌背面。

"现在上传这些图片。"尼克说。他坐到金属椅子上。"有趣的事出现了。"

撒贝因俯在他肩上，仔细观察屏幕："它到底是怎么做到的？"

"我们把这些图片传到控制我程序的服务器上。服务器识别出这些碎纸片，并把它们变成单个图像。然后，再分析它们的边缘轮廓，字母或单词碎片，并试图把它们再拼合起来，就像在玩拼图游戏。"

艾米丽看着电脑，就像看一个外星球物体："难道在你的笔记本电脑上做不到吗？"

"这东西所需的原始数据分析对家庭电脑来说太耗能。"尼克打开浏览器，输入一个网址，"就像你试图给出象棋比赛的所有结果一样，可是你有不同形状数以千计的组块。这个处理过程必须放到大型中心服务器上完成——这种情况下，它就属于资助我研究的那些人的工作。"

"那些人是谁？"

"联邦调查局。"

甚至撒贝因泰然自若的表情也受到一惊："你想黑联邦调查局的电脑系统？从这儿？"

"我不想黑任何地方。我要走到它前门，用合法的用户名和密码进入。"

撒贝因斜视了他一眼："兰德尔说现在你可能和警察闹得不愉快。"

"那是纽约警察局。为我提供资助的调查局部门与搜捕坏蛋的部门离太远。如果我们幸运，那么右手可能还没来得及告诉左手发生了什么。毕竟，这是他们可能会想到的我的最后去处。"

"或许他们已有所察觉。"艾米丽交叉双臂，走到房间后面。撒贝因在她和尼克之间来回扫视。

"你想喝点什么吗？"

"喝点带咖啡因的东西。今晚要熬夜。"

撒贝因走出去。过一会儿，艾米丽转回身，看尼克在干什么。令她吃惊的是，她看到被扫描的图片已被一片浓密森林所替代。尼克好像在操纵一个身穿灰色斗篷、头戴青铜头盔的独眼人穿过这片森林。

"'哥特巢穴'？"

尼克没有抬头。"不管是谁跟踪我们，他们已经跟踪了我们走的每一步。"艾米丽注意到尼克抓紧鼠标的指头是那么苍白。"如果他们跟踪到这儿，我不想让撒贝因和杰罗姆修士一样遭毒手。所以我在兜一个大大的圈子。"

屏幕上，流浪者进入环绕一棵巨大橡树的一片空场。这棵橡树看上去很古老。它的枝杈垂得很低，干枯的树皮由于病虫害而千疮百孔。生满疖瘤的树根像一团电缆一样乱七八糟，和根部的泥土缠绕在一起。

"你来了。"巫师恩斯莱德从树后走出来。他听起来很失望。

"你设法做到了吗？"尼克问。

"我告诉过你我十六岁时联邦调查局来找过我的事吧？"恩斯莱德端详着一根低垂树枝上的叶子。"那是我生活中很糟糕的时候。"

"你所要做的就是带我去前门。"

"它都建好了。"恩斯莱德指着树根部，一条扁平的树根裂成两半，就像一只分叉的马蹄。这条树根将泥土强行分裂开来，在分叉处留下一个三角形的洞。"你下去吧。"

流浪者跳下去。那孔洞吞噬了他，电脑屏幕也一片漆黑。尼克等别的事情发生。网卡上，绿灯疯狂闪烁，但屏幕依然一片空白。兰德尔把它弄坏了？

"还应该有事发生吗？"艾米丽说。

"我要他和位于华盛顿的联邦调查局的服务器建立起稳固连接。希望这能使我们不露痕迹。"尼克盯着屏幕，手指敲击桌面。他所看到的只有自己的映象。

蓝色屏幕出现，屏上还有一枚政府印章，章上刻有经过美饰的"联邦调查局"几个字。尼克从未想到自己看见这个东西会如此兴奋。他键入密码，屏住呼吸。

密码通过。

屏幕再次变化，出现一份列有文件和文件夹的清单。尼克点击一个，输入文件名。网络连接灯加速闪烁。随着文件的转存，屏幕上出现一道绿色长条。

"我们得等多久？"艾米丽问。

"上传可能得半小时。之后……"尼克耸耸肩，"程序读写一次可以处理好几书包的散碎资料，所以一张纸应该很快。另一方面，我们不知道我们是否收集了所有碎片，也不知道它们在雪地里被打湿的程度。还有一个问题，原来那张纸上到底写了什么。它越是详细，尤其是文字，算法系统就越容易将它复原。"

"尼克——你那里怎样？"兰德尔怪异的声音从电脑扬声器里传出。尼克靠向插到电脑上的麦克风。

"一切正常。"

"这正是我要告诉你的：不正常。有人嗅到了整个连接。你在登录时肯定触到了某种警报。"

"来自华盛顿那边吗？"

"不像。你还有多长时间？"

尼克看看状态栏。

文件转存：完成12%

"还得一段时间。"

"这真是多此一举！"德拉赫抱怨。可我看到，他一说这话，目光就投向我，而且充满疑虑。

我继续干。"我觉得有用。"

接下来，短暂的沉默，他假装不想知道，我假装不想告诉他。

"为什么？"

"每个字母都有不同的形状。可每个形状又由少得多的几个基本形状组成。一撇，一点，一弧。我猜，用成套的六个冲头，或十个，你就可以打造出几乎所有字母。"

德拉赫哼了一声。"这么少。你把一页缩减成几个词，又把几个词缩减成几个字母，现在又把几个字母缩减成几个笔画。接下来就想用几个金属颗粒组成一个笔画。但现在，你还不知道它们怎么用。"

"戈兹知道。"

"那你为什么不雇他？"

"也许会。"我已经受够了邓恩。我怀疑他在很久之前就已经不再相信这项事业，他现在只把我看作一个水龙头，能让轻而易举得来的钱尽可能长时间地滴答流淌。

"可首先我得知道我想要戈兹干什么。"

我叹了口气。我绞尽脑汁想从各个方面来理解这个项目，从制成的铜印版直到每个字母的最小笔画。而每一方面又都依赖别的方面，任何一方面最微小的变动都会导致全局的变动。这就像试图想象出一所大教堂的图样，同时还要弄清它里面每块石头的位置。有时，我能看到整个过程和谐顺畅，或感觉到它在我心里引起的共鸣。但更多时候，它使我头疼。

"我们应该回去了。"

德拉赫回头看看钟楼："我们走到半路天就得黑。"

"那就找家旅馆。"

我们躲躲闪闪出了城门，走上回斯特拉斯堡的大道。乌云遮盖天空。没有阳光，树叶失去活力，老气横秋。这使我陷入忧郁之中。我看着枯萎的叶子，充满活力的光亮绿色已变成枯干棕色。我还看见自己脸的反射映象。我口袋里的那袋金子就像铅块一样沉重。

我们没走多远，就听见从簌簌作响的树叶和流水声中传来一个陌生的声音。

断断续续的牲畜脚步声，旋即汇入喋喋不休的说话声中，愈来愈响。我和德拉赫对视一下，迅速跑下大道，蜷缩到两棵大橡树后。我紧紧握住系在衬衫下的金袋，试图看清来人是谁。

第57章

卡尔斯鲁厄

转存完毕

"现在到关键部分了。"

尼克深吸一口气，在键盘上敲击了几个指令。文档图标消失了，屏幕变成一片朦胧的紫色，白点一个接一个出现在上面，就像雨点落在窗户上。有些逐渐消退，剩下的聚集成串直至布满整个屏幕，有点令人昏昏欲睡。

"真漂亮！"艾米丽说，"这个程序就是用来干这个的吗？"

尼克敲了一个键，屏幕一闪，退出界面。

"那只是种视觉享受罢了。付钱的人想要这种效果，它不影响数据运行，但会影响速度。"

艾米丽焦急地看看手表："我们必须在这里等着吗？难道不能让程序自己运行，然后我们在别的地方拿结果吗？"

"系统不允许。机密资料如果无人看管，哪怕是计算机上的，联邦调查局都会坐立不安。所以如果退出系统，计算机就会自动断电。"

"那我们就在这坐着吗？"

尼克推开椅子，打开一罐可乐："如果愿意，你可以探索'哥特巢穴'的广阔天地啊。"

尼克按下一个按钮。突然间，他们回到那片树林。在开阔地边上，恩斯莱德正坐立不安，显然兰德尔去了别的地方。

艾米丽看着泛着微光的树林："所有的电子游戏都能提供进入联邦数据资料系统的秘密途径吗？"

"兰德尔可是一个71级的法师。"尼克看艾米丽不太明白，接着说道，"他也给那个开发'哥特巢穴'的人做过事，所以他拥有不少访问权限。"

"我看他拥有不少痛苦才对。"

流浪者出现了，恩斯莱德也紧跟其后，看来兰德尔再次将它收为魔下。

"有大麻烦了！有人布好陷阱，让你回到该帐户，而他们正试图把账户记下来，DOS下出现了大量的僵尸网络命令！"

"这是什么意思？"艾米丽问。

尼克用手遮住话筒，说道："这意味着他们已经形成了一个僵尸计算机网络——也就是令许多计算机都感染了病毒——这样他们就可以设法与联邦调查局的服务器取得连接。"想了想，他又补充道："假设你有一台饮水器，大家都去那里取水喝。如果每个人按顺序来，当然不会有什么问题。但试想，要是一群渴疯了的人一拥而上，都想马上抢到一点儿水，最后人越来越多，这只会使管道受阻，一滴水都流不出来。最终管道彻底堵塞或爆裂，一切都玩完。这就是他们要做的。"

"这会实现吗？"

"这种病毒已经攻击了联邦数据资料系统，现在来攻击我们了。"扬声器中传来兰德尔的声音。

"你觉得他们会关闭这个程序吗？"

"我想不会，他们需要我们保持登录状态。"

"为什么？"

"这样他们就能知道我们的下落。"

道路的转弯处出现两匹马，马上各坐一位身披铠甲、手持长矛的骑士。我看不到有任何肩章，不过就是看到了也没多大意义，已经有大量骑士倒在阿马尼亚人面前。我在灌木丛中，将身体蹲得更低了些。

然而这两个骑士不过是打头阵的，他们身后跟着一群步行者，有男有女，说说笑笑，大概二十多人一起前行。其中大多数人都拿着结实的手杖，身披短斗篷，头戴角巾以抵御秋天的凉意。原来这是一队朝圣者，可能要前往斯特拉斯堡附近的圣·西奥博尔德神社。

我松了一口气，从灌木丛里出来，走到大路上。其中一位骑士看见了我们，策马疾驰而来，我于是站在原地，用"✕"做个记号。那位骑士走到我面前，勒住缰绳。

"你们是谁？"

"去斯特拉斯堡的路人。能和你们一同前行吗？"

一名体型较胖、神情专横的教士从队伍中走出来，问道："你们有钱付吗？"

我吃了一惊，怔住了。

"这条路很危险。"他指着那两位骑士说道，"所以我们自己掏钱雇了他们。如果你们也想让他们保护，就得交钱。"

我感到一丝不公，但很快就被恐惧淹没："我可以交钱。"

他伸出手说："马上。"

我手忙脚乱，把手伸向衬衣内的钱包，想摸索出一枚铜板，可是却拿出了一枚金币。那教士一把将硬币夺过去，闻了闻，又指着卡斯帕说："他也得付一枚。"

"等我们平安到达之后再付。"

门"砰"一声开了。尼克从梦中惊醒，差点从椅子上摔下来。萨贝因拿着两听可乐走进房间。屏幕中，恩斯莱德和流浪者沐浴着并不怎么皎洁的月光，绕着空地兜着奇怪的圈子。

"有进展吗？"

尼克揉揉眼睛："我不知道。几点了？"

"凌晨四点。"

"该死！"尼克猛地打开拉环，努力回想着什么，一件他睡之前一直思考的事情，一件他认为看似紧迫的事情。

"一旦我们完成了服务器的任务，我们一定要迅速离开这里，你也一样。有坏人追赶我们，你也不想撞上他们吧？"

　　萨贝因点点头。"我这儿有车。"

　　"那就好。"

　　"尼克？"电脑中传出兰德尔的声音，"我们遇到点麻烦。他们已经找到了我们的痛脚。"

　　尼克抓起耳机戴在头上。"你说的'痛脚'指什么？"

　　"ＧＬ。我植入ＧＬ的方式就是漏洞所在。虽然他们没有办法冲破ＤＯＳ系统和游戏之间的链接，也无法冲破游戏和你那里之间的连接，却也没有办法阻止他们进入。"

　　隆隆的马蹄透过扬声器传出。在空地上，恩斯莱德四下张望，森林中有什么东西在移动。

　　"他们来了。"

　　一名骑士驾着一匹高头大马，从森林中飞驰而出。他一身黑色盔甲，头顶盔缨，月光照在上面，闪着诡异的光；每人的盔甲上都饰有参差不齐的勋带，迎风招展。尼克以前曾见过那东西，他真怀疑那就是战败的敌人们被撕成一条一条的血肉。骑士的腰带上悬挂着各式武器，有流星锤、宝剑、板斧，右手握着一把巨大的长矛。

　　流浪者拔出他的剑，说："死亡骑士身经百战，他们之前一定来过这里。"

　　"也许他们是在易趣网上从那些韩国孩子手里买来的。"巫师恩斯莱德握紧拳头，一团云雾升腾而起，形成一道光罩，将他牢牢护住。

　　"他们不会知道怎么用的。"

　　死亡骑士策马盘旋起来。突然，马的后蹄腾空跃起，一团火焰从它的嘴里喷射而出，顷刻间就使空地成为一片火海。土地烧成黑色，灌木丛也被点燃。

　　"或许他们连那卖东西的孩子也一块买下了。"尼克说。

　　"会有影响吗？"艾米丽滑坐入尼克旁边那把椅子上，"如果你在游戏中死亡会怎样？"

　　"会退出游戏，四十八小时内不能再进入。"

　　"那很糟吗？"

　　"我们的主机是通过游戏的路由器连接到联邦调查局的。如果我们在ＧＬ中死亡，我们将被注销，该程序将关闭。"

"比那还糟。"兰德尔正模仿螃蟹走路，横着身体，向树那边撤退，速度很慢，以确保魔罩不丢失。"若我生命将尽，我没时间确保连接的安全性。如果他们进入路由器，就能马上追踪到你们的位置。"

"那我们该怎么办？"艾米丽问。

"不能死，也不能让他们进入树旁的那个洞里。"

死亡骑士放下长矛，补充能量。

我们在森林中的一个十字路口停下来。天快黑了，在过去的一小时里，圣徒们一直很安静，焦急地搜索着每一个可能落脚的地方。走在队伍最前面的骑士和那个胖教士在商量着什么，我间或听到几句他们的讨论，听来声音不悦，怒气冲冲。一个说朝斯特拉斯堡再走一英里就有个旅店，另一个却肯定地说从小路走会到达一个村庄，那里可以找到栖身的地方。圣徒们开始变得焦躁不安起来，太阳落山了。

最终他们决定向那个村庄进发。我们拐入一条崎岖的小路，这条路穿越森林，一直延伸到河边。很快我们就闻到了炊烟的味道，温暖飘入心房，让人马上联想到炉火和烤肉。我们加紧前行，要不顾一切地战胜黑暗及黑暗可能带来的危险。

"你听。"德拉赫说道。

"怎么了？"我竖起耳朵，可只听到潺潺的流水声和风拂过树叶的沙沙声。"什么都没有啊。"

"现在是太阳落山的时候。为什么听不到公鸡打鸣的声音？还有狗叫声，孩子的哭叫声，或者教堂的钟声？"

尖叫声突然划破宁静。那两位骑士催马向前；圣徒们紧随其后，唯恐掉队；卡斯帕和我殿后。转过弯，村庄终于映入眼帘。

村子并不大，开阔处有一间小教堂，周围散落着十来间房屋和马厩。教堂远处的河岸上，河桩之上是一方石磨。这里空无一人，唯一能捕捉入耳的是吱吱的车轮转动声。

透过暮色下雾蒙蒙的光线，我终于看清楚，这个村子曾遭受严重的毁坏。残破的门扇吊在损毁的合页上；石磨旁的土地洁白如雪，割破的袋子里的面粉撒落一地；多处地方布满血污。之前闻到的烟味并不是来自厨房，也不是来自烤炉，而是房屋烧焦的味道。

我们的两位护卫抽出宝剑，骑着马在村里逡巡，透过破碎的窗户和敞开的大门向内探望。大多数圣徒们都聚集在教堂外的空地上，只有几个胆大的敢四下查看。一位身穿白衣的女人朝教堂走去，也许她是去祷告，又或许是认为我们可以在那里落脚——因为所有的房子里，只有这间教堂的屋顶是完好的。

　　"村民们都去哪儿了呢？"卡斯帕很好奇。

　　"也许他们早就逃亡了。"

　　德拉赫指着面粉上的暗红色血污，说："肯定有没逃走的。"

　　一名骑士疾驰而来。他的脸被头盔帽檐遮挡，薄暮下看不清样貌，可声音很严厉："我们必须离开这里。"

　　"离开？"即使是在那样可怕的地方，胖教士的声音依然是愤愤的，"天都黑了。谁知道做这些事的人现在在哪儿？如果我们现在上路，万一夜里碰到他们，我们都会死的。"

　　"烧过的废墟仍是热的，所以他们可能还没走远——随时都会回来。我们在一个马厩后面发现了拴着的三头骡子。"

　　"我宁愿——"

　　一声尖叫穿透村子。胖教士号叫一声，蹲在地上；圣徒们都紧紧地抓住彼此，睁大眼睛四下张望。声音是从教堂里传出来的，听起来更像是悲鸣，而不像是有人受到攻击。刚才进去的那个女人站在门口，裙摆上溅满鲜血，面如死灰。

　　"别到这儿来。"她哭喊着，"不要看！"

　　几个圣徒没有理会她的警告，朝教堂跑去。德拉赫使劲拽拽我的胳膊，问："你的钱包里有多少钱？"

　　"足够让觊觎之人取我性命。"

　　"不如我们买通那两个骑士，让他们带我们去斯特拉斯堡。如果他们一人驮我们一个的话……"

　　聚集的圣徒们慢慢散开，一些人去看教堂里的惨状，一些进了空置的房屋，还有一些悄悄朝马厩走去，想着或许可以将骡子据为己有。除去这里的混乱场面，那两名骑士坐在马上，急切地交谈着什么。

　　看到我们走近，他们中断了谈话。

　　"你们想干什么？"

"帮忙。"德拉赫说。

"你们有剑吗?"

"我们有个计划。仅凭这些圣徒和折叠小刀我们无法自保,唯一的希望就是骑马去寻求帮助。"

那两个骑士费解地对看一下。

"值得高兴的是,我朋友这儿有个装满金币的钱袋。如果你们把我们带到最近的城镇,我们就可以雇一队士兵回来。但是我们必须要快,要赶在阿马尼亚人得到风声,知道我们在这儿之前。"

"不错的计划。"其中一个骑士说。"我们用不用告诉教士?"

"没有时间了。"

"那我们走吧。我们是——地狱的救世主!"

没有任何预警,他的马前蹄突然腾空跃起,发出可怕的嘶鸣声。血顺着马的前胸流下来,在暗夜中发出黑色的光,马颈下插着一只弩箭。卡斯帕和我急忙向后一跃,险些被马儿倒地时乱舞的蹄子踢中。被马压倒在地的骑士发出连连的惨叫声,声音与马儿的嘶鸣声交相混杂。

森林外面传来恶魔般刺耳的尖叫声——阿马尼亚人冲进村子。

那匹马又低头向他们喷了一口火。防护罩越来越暗,已经开始闪烁,却依然有效。火焰一停,尼克马上补充能量。烟雾从烧焦的土地上升腾而起,尼克看不清道路。眼前出现巨大的马蹄,尼克向上一纵。为求自保,那匹马前蹄腾空,胡乱挥舞,还好它的喷火能力暂时未恢复。

尼克悬在空中,将他的大砍刀提过头顶,重重砍在黑衣骑士的头盔上。巨大的冲击力将尼克弹了回去,却也给了他缓冲的时间,尼克在落地之前挥刀砍向骑士的脖颈。骑士在马上摇摇欲坠。

尼克迅速扫了一眼屏幕下端的角落,那里的彩色条码显示着敌人生命力的强弱。尼克发出一声诅咒,他差一点就干掉了这家伙。

"小心那匹马!"恩斯莱德喊道。

尼克向左侧纵身一跳,就地一滚,及时避开攻击。一条火焰带紧紧追逐着尼克,那场面如此逼真,使操纵游戏的他似乎真的感觉到脸颊发烫。火焰带在尼克身后寸步不离，只消一秒钟他就会被大火吞灭。

随着蓝灯一闪，尼克进入恩斯莱德的防护罩，火焰如潮水般冲击着罩壁，然而始终无法穿透。

"你得让黑衣骑士离开这里。"兰德尔说，"我的防护罩持续不了太久，它正在消耗我的能量。"

"可只要他在马上，我就无法靠近他。"

"还记得恰恩城堡里的那匹骏马吗？"

"嗯，有点印象。"尼克发现，虽然正在发生这么多事，但在艾米丽面前进行这样的对话，他仍然感到有些别扭。眼前这简陋的房间，条形照明灯和钢制的椅子实在无法与屏幕中奇幻异常的战斗联系起来。然而现实也好，虚拟也罢，它们又都真真切切地存在着。

流浪者快速起身，摇摇晃晃，伸手从折叠着的斗篷中拿出一个几乎和他自己一样大的金属盾牌。他将盾牌举起，屈膝跳跃前行。恩斯莱德摇摇摆摆跟在后面，光线滤过盾牌落在他身上，使他看起来像一个晃动的牵线木偶。由于能量消耗殆尽，他正慢慢失去控制。黑衣骑士发现了他的弱点，掉转头去再次补充能量。那匹马的鼻子又开始冒烟，嘴里喷出火星。

恩斯莱德头晕目眩，失去控制，随之跌倒在地，他的东西也散落在身旁。此时骑士已补充完能量，现在能阻挡他的只有尼克。那匹马疾驰而来，铁蹄踏过之处，尘土飞扬，连大地似乎都在颤抖。眼看尼克就要死于马蹄之下，或被骑士的黑色长矛刺穿。

尼克举剑对着飞奔而来的战马。骑士看到了，尼克发誓他听到骑士在笑。他知道，与强壮的战马和锋利的长矛比起来，他手中的剑与一根针无异。

尼克的手指像弹琴一样在键盘上飞舞，敲出一个复杂的公式。流浪者手中的剑开始变为赤红色，随即发出白炽般的光芒。剑尖上蓦地升起一道光，剑锋一闪，瞬间硬化成钢，手中的剑变成一柄长矛。流浪者将剑柄插入土中，并调整好角度。

长矛刺入飞奔而来的战马，刺穿它的心脏。由于受游戏规则所限，伤口并未流血，这看来似乎不太协调。惯性带着战马冲向流浪者的盾牌，并将他撞翻在地。

随着一声撕心裂肺的哀鸣，那匹马扑倒在地。黑衣骑士从马鞍上跳下，长矛早在刚才相撞时就已掉落，他站在那里，手里挥舞着一根巨大的狼牙棒。

流浪者被抛出很远，甚至超出恩斯莱德倒地处。恩斯莱德依然躺在那堆东西中，黑衣骑士向前逼近，手中挥舞的狼牙棒在头顶上发出令人毛骨悚然的呼呼声。流浪者伸手去够他的矛，可那矛还插在战马身上。

突然间，恩斯莱德站起来，指尖发出噼啪的电击声。黑衣骑士连忙后退一步，可是已经太晚。恩斯莱德用魔力直击他的前胸，将他轰出老远，几乎轰到空地边缘。

尼克站起身，跑上前，欲取回他的剑矛，恩斯莱德上前一步，跟在他后面，说："看来他也没多厉害。"

屏幕下方显示尼克的能量彩条已经降下一半，变成橙黄色。黑衣骑士虽然遭受重击，却还未被彻底打败。

"你还需要多少时间？"兰德尔问。

尼克没有作答。森林里传来一种声音，就好像一堆昆虫振翅高飞时发出的巨大嘈杂声，令人感到血液凝固，整个森林似乎也因此颤抖起来。

流浪者拾起剑，将它缠在腰间。他认得那声音。精灵部队的先锋队从树林里蜂拥而出，尼克赶忙蹲下身去。

阿马尼亚人冲出森林，那样子就像冲出尸横遍野的战场。他们上身赤裸，布满一条条泥巴，盔甲胡乱套在身上，手里拿着偷来的剑、矛、弓和已经生锈的农具。他们欢叫狂号，扑向那些圣徒们。胖教士被钉死在谷仓上，一根长矛穿透他的腹部。他的一位同伴想用手头的东西保护自己，却被打倒在地。阿马尼亚人把他的头砍了下来，就像剁一只鸡头那么轻松。他们抓着头发，将头颅高举在空中，然后又一脚踢出去。那颗人头顺着道路滚到一群正在逃跑的女人身后，砸中其中一名女子的腿肚。女人的脚被绊了一下，向前一趔趄，摔倒在地，还没来得及起身，就被阿马尼亚人刺死了。

事情的发生令人措手不及。走在后面的那个骑士刚才还在我身边，现在已经不见踪影。我只能隐隐看到他的盔甲逐渐消失在森林深处，六个阿马尼亚人在后面穷追不舍，不停地咒骂，向他扔着石块儿。而在我身旁，领头的那名骑士的马倒在血泊中，马蹄胡乱舞动，可那垂死的蹄子再有力气也不可能挽救被困马鞍下的骑士。我们恐怕自己都救不了自己。

那匹马发出最后一声哀鸣，终于倒在一边，不动了。我迅速跑上前去，顾不得理会骑士的呼救，抓起他掉落在地上的剑跑了回去。我从未舞过剑，不知道它原来竟这么重。我只好像拉犁一样拖着它，然后递给德拉赫。

"不用浪费时间了。"他从斗篷里拿出一把匕首，将刀鞘一丢，问，"你有刀子吗？"

"只有一把小刀。"一直以来，我这把刀连割芦苇、羽毛这样的东西都不够锋利，我可不敢想象会靠它来救自己的命。

大多数圣徒都倒下了，但仍有几个利用两栋房子之间的狭窄距离筑起一道防线。他们向阿马尼亚人不停地扔自己的东西，阻止其靠近。有一名圣徒竟搞到一把长刀，用尽吃奶的力气挥舞着，结果却招来更多疯狂之徒。

"记得那个石磨吗？"我说，"它是石头做的，因此没被焚毁。或许我们可以找间石屋躲避。"

"可我们会被困在河边的。"

我记起德拉赫很怕水，但是在漆黑的森林里我们逃不了多远。没等他反驳，我就向广场那头跑去。

打斗异常激烈。尼克弯腰坐在键盘前，不停地敲打按键，操纵游戏中的流浪者时而进攻，时而闪躲。他已经有好几个月没有玩这游戏了，然而不知什么原因，那些命令都下意识地记在他脑子里。成群成群的小精灵将他团团包围，而黑衣骑士站在幕后，指挥着这场战斗。

流浪者绊倒了一个小精灵，一剑刺穿他的后背；迎面又来一剑，流浪者连忙挡开；紧跟着，下一个敌人的矛刺了过来，流浪者纵身一跃。身体站定后，流浪者一个急转身，一剑削下了那个小精灵的头。而他右侧的恩斯莱德在他奋力抵抗包围四周的小精灵时，亦像个舞蹈演员一样不停地翻转跳跃。他的法杖头上燃着魔火，所到之处小精灵纷纷被击退，身上留下烧伤的疤痕。

"靠近那棵树。"兰德尔的声音平静而专注。屏幕上的他一个筋斗翻到空中，将手中的魔杖整抡了一圈。顷刻，绿焰冲击波如涟漪般向外扩散开来，团团包围着他的小精灵被震出一大群，尸体倒地后，慢慢不见了踪影。但更多的小精灵冲了过去，填补兵力，马上组织进攻，逼得他后退，使他无法接近那棵橡树。

尼克试图令流浪者继续前进，然而小精灵们包围着他，从四面八方向他发起攻击。他们的进攻是由计算机合成的，当然不会感到累，可疲惫却开始侵袭着尼克。一个小精灵去补充能量了，尼克低头放松了一下，赶忙又抬头起来监视屏幕：什么也没有发生。可流浪者竟反常地站在那里，一动不动，显得特别不堪一击。

他一定是错摁了什么键！尼克敲打着键盘想要纠正过来，却已经太晚了！小精灵的矛正中流浪者的腹部。他踉跄着向后退去，双臂乱舞，尼克不顾一切地发出指令，试图令流浪者举剑抵抗，但游戏并没有做出反应。流浪者的健康指标亮起了红灯。小精灵将矛高高举起，准备给他致命一击。

恩斯莱德的魔杖尾发出一道闪电，瞬时震彻空地。小精灵被击得从地面飞出去，翻滚着，不见了踪影。流浪者纵身回来，刺中了又一个攻击者，随即转过身，打算致谢——

"恩斯莱德！"

由于刚才看到机会来了，黑衣骑士也已经加入战斗。这会儿，他的小精灵部队就像忠实的狗一样蜷伏在他脚下。他俯视着恩斯莱德，高高挥舞着狼牙棒。恩斯莱德转身拿出魔杖抛到空中，同时念了一句咒语。

但是刚才那道闪电已经用尽了他的最后一点魔力。狼牙棒的锥形一头击中魔杖，把它削成两半。恩斯莱德疲惫地抽出剑，与此同时，周围的小精灵们顺从地撤回，形成环状，将两名打斗者围在中间。

"到树那儿去！"

屏幕上的恩斯莱德像个醉鬼般左冲右突，不停闪躲、翻滚，以逃避狼牙棒的疯狂袭击。兰德尔的声音透过扬声器传出，听起来异常疲惫。尼克看了那棵橡树一眼，盘根错节的树根上方，出现了一个闪闪发光的球体，如禁果般悬挂在枝杈间。

黑衣骑士一定知道那是什么。随着一声怒吼，他舞动狼牙棒，击中了恩斯莱德头部一侧。恩斯莱德瘫倒在地。小精灵们一边发出胜利的尖叫，一边蜂拥上前，准备结果了他。

"兰德尔？"

没有人回答。黑衣骑士大步走向那棵树，挡路的小精灵都被一脚踢飞出去。尼克检查了一下流浪者的健康状况，他这位游戏中的化身已流血受伤，连袍子都被撕烂，再受一击便会毙命。而在他和橡树之间至少还有五十个小精灵，黑衣骑士也马上就要到了。

我们从两座房子中间偷偷溜过去，蹲藏在竹篱笆的后面。夜幕马上降临了，打斗的场面已经看不清楚，只听到尖利的厮杀声。一些阿马尼亚人点燃火把，暗夜中，窗户上折射出可怕的野蛮场景。

我听到有脚步声从左侧传来，赶忙弯下了腰。我透过编织曲折的篱笆看出去，一名妇女跑过，后面紧跟两个阿马尼亚人。其中一个手里拿着一根巨大的柱状物，一边追赶一边高兴地挥打。那东西看起来十分巨大，不易舞动，后来我才看清，原来是一把握在手里的琵琶。一定是从某所房子里抢来的。那个阿马尼亚人又一次挥动琵琶，还是没有砸着那个妇女，却砸在一根电线杆上。由于天黑，他根本没有看到电线杆。砰然闷响，琵琶摔碎。他将其抛开，继续向前追去。

道路现在畅通无碍了。我们跳过篱笆，迅速穿过空地向磨房的大门跑去。我的脚被什么东西绊了一下，差点儿摔倒，但巨大的恐惧感驱使着我继续前进。当我们跑过洒满面粉的地面时，带起的灰色粉雾就像缠绕在脚边的幽灵。我们终于进入磨房。

磨房里散发着一股马厩的味道。草踩在脚下，噼啪作响，空气中尘土飞扬，满嘴都是土腥味。我听得到石磨沉重的转动声，轮轴发出的嘎吱声，以及脚下流水的潺潺声。磨房全然不理会外面发生的恐怖事件，自顾自轰隆运转，我感到一丝莫名的安慰。

我把手放在德拉赫的肩膀上，站稳身体。我们摸索着向前，小心翼翼地走过那个杂乱的房间，以防不慎被卷入某一台机器中。

我们来到一堵墙边，沿墙根慢慢走。我摸到一扇门，将它拉开。冷空气迎面扑来，一阵噪音传入我的耳中，是引水槽中机器的轰隆声，水花的飞溅声和轮轴转动的吱吱声。低头向下，可以看到桨叶搅动着水，泛起银色泡沫。

"这条路不行。"我小声说。我没有关门，好让屋外的光源洒入光线，然后继续向前走。

突然，房间像灯笼一样被点亮。我转过身，眨眨眼睛，难以置信。两个阿马尼亚人站在门内。一个驼着背，长得像恶鬼一样，鹰钩鼻，高颧骨，一只手拿火把，另一只手握一把斧头。而他的同伴却与之迥然不同，模样像个天使：柔软的头发在火把的映衬下闪着金色的光芒，有着奶油般的肌肤和纤瘦的肩膀，在那种恐怖的时刻显得美艳绝伦。

他们也同时看到了我们。那个鬼一样的家伙高兴地欢呼，而"天使"只是笑笑。他将双臂举到光下，我看到他手肘之下沾满鲜血，手里还拿着一把镰刀。

地板上到处是摔烂的橡木和家具碎片，那丑鬼踩着这些垃圾，小心翼翼向右侧行走。"天使"待在门边没有动，注视着我们，脸上一直挂着笑容。

德拉赫举起匕首，朝那丑鬼走去。他弯腰穿过水轮传动轴，水轮依然转着，带动房屋中间的石磨。我本该上前帮忙，但恐惧使我动弹不得。我手中的小刀像根芦苇一样不堪一击。

那丑鬼任由德拉赫靠近，一点儿也不着急。阿马尼亚人来的时候，磨工们一定正在修理什么东西：一块儿又宽又厚的木板横在两个锯木架上，锯子的刀片还嵌在已经割开的切口里。这使得德拉赫和那丑鬼之间形成一道天然的屏障，他们像两只斗鸡般隔墙对视。德拉赫蹲下身去，看起来，他的动作要更快，然而毫无疑问，他的对手更有经验。

但也许那丑鬼觉得已杀人无数，露出不屑的表情，放松了警惕。德拉赫看到机会来了，继续向前挪动。与此同时，那丑鬼就像疲惫之极，拿不动手里的火把，火把掉到地上。

这之后发生的事情简直就是一场充满烈火与惊悚的噩梦。德拉赫纵身向前跳时，从地上带起一小撮锯末，而锯末飘落时刚好被火把落下的火星点着。一瞬间，那堆垃圾变成了一团火球。德拉赫恰恰落在火堆上，发出一声惨叫。他跌跌撞撞向后退去，可谁知竟撞在一块直立的木板上，又被弹回火里。我见状，急忙向他跑去。

但我却忘了还有一个阿马尼亚人。他一看我行动，走上前来，绕着转动的水轮跳起舞来，巨大的影子在他身后晃动着。他挥动镰刀砍向我的头，我忙向后一闪，但差了那么一点儿。刀背触到我的脸颊：这个部位本来应该很钝，但他肯定磨过，以致现在刀片两头都如剃刀般锋利，刀身越来越细，直至刀尖如芒。刚才那一刺，足可以挑出我的眼珠。

血顺着我的脸颊流下来。那长着天使面孔的人向我逼近。火光映出他的轮廓，使他看起来如死神般可怕。我迅速向后爬去。我左边，德拉赫在火堆里痛苦地翻滚，发出声声惨叫。

我向后爬时，手掌压到木地板上一个又硬又细的东西。一根长钉，可能是木匠干活时掉落的。我将它握在手中，使钉尖儿刚好探出指缝。然后，当那"天使"走近时，我挣扎着站起身来。他以为我正在祈祷，高兴地笑了。他用左手画一个血腥的十字，而右手举起镰刀准备杀我。

我伸直双臂扑倒在他的脚下。或许他以为我是在向他求饶，因为他的动作迟疑了一下。与此同时，那根承载着我重量的钉子插进他的脚里，刺穿他裸露的脚掌，并将他牢牢地钉在地板上。

他号叫着，疯狂地挥舞镰刀，但我早已滚到一旁。他试图追赶我，但却没有办法，他得被钉在那里好一会儿呢。

我急忙向德拉赫跑去。他的一半衣服已经烧没，烧焦的衣服下，皮肉早已看不清是好是坏。我翻过他的身体，想扑灭火苗，可似乎每次我一动，他总会翻向相反的那一边。

火势蔓延到屋子中央——看来已势不可当。唯一的出路就是跳进河里。我抱起卡斯帕，朝高大的门扇拖去。但我刚一起身，烟就呛入我的肺里。我感到一阵眩晕，由于缺氧，我差点儿晕倒在可怜的德拉赫身上，而他也几乎已经人事不省。

我向后看了一眼。"天使"还在原地站着：他已经拽下脚，但地板上留下一大块滴血的肉。他穿过浓烟，一瘸一拐朝我走来，手中的镰刀在火光的映衬下泛着红光。我脚下，从开着的门涌入的河水已经漫过那个巨型水轮。

我面对"天使"站定，用身体挡在他和卡斯帕之间。我的小刀早已在大火中丢了，现在毫无防身之物。他朝我挥动镰刀，我只能向后退去——却被卡斯帕的身体绊住，踉踉跄跄向后倒去。我忙伸出胳膊，想撑住墙壁，稳住身体。

可我只感到无穷无尽的空旷和空无一物的恐惧。我的身体正在下落，我的胳膊碰在水轮上，发出"啪"的一声。我像块石头一样被水轮弹开，落入翻腾着的黑水中。

电脑突然黑屏。在这间没有窗子的办公室里，尼克抓狂，想大叫。小精灵刺中他了吗？事实上，生命柱显示他还活着。游戏中，流浪者四下看看，原来不是自己的生命体征在慢慢消失，而是不知什么东西从天空飞过，遮住太阳，投下巨大的阴影。当太阳再一次探出头时，他看到一只庞大的鱼鹰从空中俯冲下来，直奔黑衣骑士。它那尖尖的鹰爪一下撕烂骑士的盔甲，在甲上留下了一道深深的抓痕。

小精灵们不再理会恩斯莱德正在消失的尸体，开始纷纷补充能量。这时，鱼鹰向他们发动了进攻。它巨大的翅膀将前排的小精灵凌空掠起，再向后一掷，成排的小精灵们就像被击中的保龄球一般纷纷倒地。

流浪者终于看到出口。程序设计小精灵的初衷是抵御重要危险，因此，树上留有特为它们开辟的一条路径。流浪者忙向前跑去，一边扔掉那几支仍插在身上的矛，一边抵挡其他飞掷而来的矛。跑到屏幕下角时，他看到鱼鹰正拍打翅膀阻止小精灵们靠近，可小精灵们最终还是成功了。黑衣骑士顺势拿起他的长矛，像投标枪一样瞄准了鱼鹰的心脏。

鱼鹰腾空而起，几个小精灵在它爪心里尖叫、翻滚。黑衣骑士掷出长矛，鱼鹰掉转身体试图躲避，却由于体积庞大，受到掣肘。长矛刺中它扇动的翅膀。鱼鹰身子一斜，继而飞旋而下，跌落地面。

游戏奖品就悬在枝杈间，黑衣骑士早已动身向橡树跑去，但流浪者比他离得更近。他纵身跳上交错的树根，再向上一跃，一把抓住那只光球。树枝飞快地从他脸前掠过，当然，是不会刮伤他的。黑衣骑士一声怒吼，将狼牙棒对准流浪者的头，像抡锤子一样砸了过去。电脑屏幕底端，出现一条用哥特字体写的信息：

文件已收到。

尼克摁下 ESCAPE（退出）键。

这条河水势很猛，我的四肢已筋疲力尽，远不能与之抗衡。我用尽全力，才能把头探出水面。我不停地大喊，以保持清醒，也是向那无尽的黑暗证明我还活着。我呼喊我的父亲，咒骂他把我带到这个世界上；我呼喊德拉赫，告诉他我对不起他，告诉他我爱他。

水流席卷着我沿河而下，漂了很远，漂到宽阔的弯道处，水势渐渐变缓。在那里，我看到离河岸不远处，灯火闪烁。夜已经很深了，我的身体也早已冻僵。我原本可能再也醒不过来，可现在我还活着，这一切都归功于卡斯帕。我用尽最后一丝力气游向岸边，蹚过河床，在河边发现了一条牲畜踩踏出的小路。我爬上去，伸展四肢，躺在泥浆里。

"有什么地方可以把这东西打印出来吗？"

由于刚才那场战斗，尼克的指关节又酸又痛，手腕也几乎痉挛。他从电脑前抬起头，看到撒贝因站在门口，喘着粗气。

"你的机器已经和我办公室的打印机连上了。"

尼克点击打印键。他刚推开椅子，艾米丽已经站了起来。

"我去吧。"

撒贝因指指走廊对面的一间办公室。她让开艾米丽，靠在门框上，双臂交叠胸前。

"那个黑衣骑士是谁？"

"你看到他了？"尼克的太阳穴一跳一跳，像敲鼓一样，哪怕是眨眼这种最微小的动作都会令他的头一阵刺痛。

撒贝因转过身体，轻轻抬起右臂。尼克第一次注意到她肩膀上有一个刺青。一只庞大的鱼鹰，翅膀向后，鹰爪裸露。

"兰德尔让我来照顾你。"

"谢谢。"尼克把记忆棒插入电脑，将文件备份。他还没看过文件。"如果不是你救了我们，我们早就什么都没有了。不管我们有什么，统统得丢。"

"尼克？"艾米丽从撒贝因身旁挤过，回到房间。她看起来很茫然。她放下打印资料，手还不停颤抖。

"我知道吉莉安找到什么了。"

第58章

斯特拉斯堡附近

我跪在教堂里祷告。每一个壁龛里都点着蜡烛，烛光摇曳，墙上一排排圣人与先知的画像忽隐忽现。教堂穹形后殿里，圣坛上方的耶稣俯视着我，将一本巨大的、翻开的经书紧握在胸前。我一看到他，泪流不止。

那晚确实发生了奇迹，只是有点少。踩踏出河边小路的那些牲畜来自一家修道院，也就是我在河中看到有灯光的地方。总之，我在黑暗中蹒跚穿过田地，晕头转向，不知怎么就来到修道院门前。起初他们并不愿开门，以为是阿马尼亚人耍的诡计——当然，我那么晚出现在他们面前，确实像一个可恶又疯狂的家伙。最终，我绝望的声音说服了他们。由于所有的房间已满，他们将我带到教堂里。

空气中弥漫着前一晚晚祷时留下的香火味儿。天很快就要亮了，届时，修道士们将返回这里早祷。而眼下，这里只有我一个人。

我祈祷着。我不停祷告。孩童时我祷告过，觉得自己的灵魂还值得拯救，之后就再也没祷告过。我虔诚地祷告，我愿将自己的大脑掏空，用来盛载上帝的教训；我鄙视自己曾犯下的每一个罪过，请求上帝的宽恕；我决定摒弃所有的罪恶，从今以后清清白白做人。只要上帝肯营救德拉赫。

但我的大脑像布满裂纹、千疮百孔的废物容器。尽管我努力把祷告词都塞进去，它们还是溢了出来。在教堂如此静寂的地方，一些别的事情潜入我的脑子里，那就是我的过去。

巴黎一位盲人。你知道这石头到底是什么东西吗？是药，是一种包治百病的药。

270

空荡荡的房间里，尼古拉斯坐在桌旁。你没有抛弃我，而是时时处处无微不至地照顾我。

教堂前面立着一个读经台。台身上雕刻着上帝创造的万物，这令它更为神圣：最下面是花草鸟兽，中间是人类自己，最上端是四名天使，肩扛着一本翻开的《圣经》。

我绕着读经台，仔细看这部《圣经》。它的每一页纸张都如一块墓碑大小，用特大号字体书写而成，即便是视力最不济的修道士在烛光下也能看清上面的字迹。整个读经台几乎没有德拉赫喜欢的点缀和装饰，但有种庄重之美。

我闭上眼睛，用手摸着经书上的某个部分，祈祷上帝能够听到我的祷告，指给我表示安慰和希望的语句。然后，我睁开眼，看自己选到的是什么。

"我给地球送去火种，我多么希望它被已经被点燃。"

这些话并没有给我带来安慰。然而在绝望中，真正令我感到愤怒的并不是句子的残酷，而是语句中的错误："被已经被。"我感到莫大的讽刺。如果一个小小的抄经人的笔误就可以破坏上帝的完美，我又如何能从那里得到慰藉呢？我目不转睛地盯着那些字，它们如此干净、清晰、整齐，但却是错误的。我想起我铜版上的那些字迹：肮脏残缺，有时甚至都无法辨认，然而含义清晰。

我抬头凝视耶稣，不知道他那本书里是怎么写的。此时，更多的回忆涌入我的脑海。

那个造币厂厂长，迫切想给父亲留下深刻印象。每一枚硬币都要一模一样，否则就得全作废。

又是尼古拉斯：多样性导致过失，过失导致罪过。

德拉赫：你过去是个艺术家；现在只是个货币兑换商。

我知道为什么《圣经》中的错误令我感到不快。因为我就是那个错误。我的灵魂就是那本书，由上帝支配，却因抄书人的错误受到损害，以致变得毫无价值。

太初有道，道与上帝同在，道就是上帝。

道就是上帝，道就是完满。我是个可怜的人，我距离完满正如星辰距离海洋那般遥远。

我一直所受的邪恶的指引令我悲痛不已。我从未像现在这般沮丧。我感到我的每一条罪过都像长在身上的毒瘤。我瘫倒在地。那些毒液从体内喷涌而出，我不停地呕吐，直至胃里空空如也，我仍无法停止，而是不住地干呕，直到最后一滴毒液从我的体内被挤出。

我躺在地板上，喘着气，不住呻吟。我在灵魂深处呼唤着上帝，上帝回应了。在那间教堂里，在耶稣的注视下，我理解了什么叫永恒。我的整个身躯都因共鸣而颤抖。我的生命之书分解为组成它的单词，单词变成字母，字母又变为最初用来刻写它们的锋利凿子。一瞬间，我从世界最遥远的荒原废墟被输送回来，甘心顺服于上帝。

烛捻儿越来越长，从蜡烛上探出，在我的头顶旋转。它们将我包裹在一簇簇烛光里，对我的灵魂轻诉温暖的话语。我终于得到宽恕。那个寄生在我体内的魔鬼被驱逐出来。他枯槁的尸体就躺在地板上那堆吐出的毒液中。

我一直以来都与上帝同在，只是在罪恶中我认不出他来。我一生一直在领会他，追逐他，甚至有时我自己都意识不到。那就是完满，是一切事物的和谐。同一个上帝、同一个信仰。宇宙中最完美的物质。

上帝是统一一切分歧的完美形式。

我将带头改变这种状况。我将把它融化、搅拌和重塑。我要将它涂上油，把它挤出。我要把它从廉价金属变成上帝的金口玉言。

你将它与石头一起制成合金，如此，种子便裹于金属之花中，待到与完美同在，它便呈现出合你需求的形态。

我会为我灵魂中的鄙俗、不完美赎罪。

不为财富或珠宝，只为使宇宙完美。

第 59 章

卡尔斯鲁厄

　　天还没有亮。他们匆匆出门，穿过停车场，外面还是一片漆黑。那是一辆很旧的大众"高尔夫"轿车，车身已有划痕和凹陷，车顶上覆盖着两英尺厚的积雪。他们等撒贝因除去雨刷器上的雪，又等了很久，冰冷的引擎才被点着。终于，排气管突突作响，冒出烟来。撒贝因从驾驶室跳出来，招呼尼克上车。

　　"车你开走吧。"

　　尼克一愣："那你怎么办？"

　　"我可以搭我男朋友的车。现在我最好待在这里——确保他们找不到你的下落。"

　　尼克想起杰罗姆修士，摇摇头。"你为我们做的已经够多了。如果你觉得网上那个黑衣骑士很可怕，千万不要自己单独去会他。这些人都心狠手辣，上周曾帮助过我们的人有一半都被杀了。"

　　"可现在你告诉我了啊。"撒贝因不自然地笑笑，"我男朋友的父母在黑森林里有个小木屋，或者我可以在那儿待一阵子。"

　　"你要小心。"尼克说。

　　"你也是。要把车给我开回来，好吗？"

　　"当然，还会给你把油箱加满。"

　　尼克进入驾驶室。艾米丽从另一边上车，从副驾位子探身过来："校园里有图书馆吗？"

　　撒贝因指着远处足球场边上的一座圆顶建筑说："那就是。随时开放。"

　　"谢谢你所做的一切。"

尼克发动了车子。驶出停车场的这一段路，尼克熄了两次火，在大门口的一块冰面上，汽车开始打滑，幸亏尼克及时恢复控制，才没有撞上电线杆。他看看倒车镜，希望撒贝因没有后悔把车借给他。

"你刚刚说图书馆是怎么回事？"尼克问道。

"我要去核实一些东西。"艾米丽声音中透出的坚定使尼克打消了继续讨论下去的念头。再说，他实在太累了——事实上累得连车都不想开。尼克把车停在图书馆外的路边。

"别熄火。"艾米丽说。

尼克坐在驾驶室里等候，艾米丽跑上台阶，进了图书馆。尼克不停地揉搓双手，多希望自己有副手套。这辆老爷车暖气散发出微弱热量，可根本不足以抵御车外黎明前的酷寒。

尼克目光缓缓下移，黑暗中，一团白乎乎的东西赫然入目，是一张放在副驾座位上的纸。打印资料。一定是艾米丽匆忙中落在这里的。尼克打开车顶灯，准备好好看看。刚才从机房走得匆忙，他甚至连看都没看那上面的内容。他问艾米丽发现了什么，艾米丽只是手指竖起，抵住唇部，让他别问。

他手中这幅图像看来像一个完成一半的拼图。似乎什么人很不耐烦地把它拼凑起来，就再也无法集中注意力完成精确度要求更高的背景部分。尼克曾要求程序忽略那些没有标志的部分，加快组装进程。结果，只出现一页破损纸张的沙漏形状部分。艾米丽到底看到了什么，尼克当然不清楚。这张纸一半是一幅看似一只拖着长尾巴的牛的图案。看来打印效果并不是很好，重影和失真使图像在汽车微弱的灯光下看起来一片模糊。即便如此，尼克还是足够自信能通过风格辨别出它的印刷技术。过去几天里，他已经看了无数遍纸牌大师的作品，也许可以跻身为这方面的专家。

图画下面写着几行字，这更为棘手——尼克借助演算法，辨认文本内容——但依然很难。字体很粗，形状不规则的字母密密麻麻挤在一起，所有字母中的竖划都垂直如教堂里的柱子，而跃动的曲线和纵横的笔画穿针引线，架起桥梁，将其连接。

尼克从背包里翻出从布鲁塞尔仓库里解救出的那本《动物寓言集》，翻开第一页，仔细比对。可惜不一样，书中的动物都被安放在文本边上，而打印出的那张纸上，动物骄傲地坐在自己的正中位置。另外，打印资料上的字迹看起来也更工整。不过，尼克真正要读时，才发现想弄懂它实属不易。

一道刺眼的白光划破暗夜。尼克异常恐惧。有人看到他了？给他拍照？向他开枪？

那道光又闪一下——不是照相机，也不是开枪射击，是安装在图书馆前的一个频闪灯。尼克这才意识到，刚才他听到的声音不是自己下意识的恐慌幻听，是沉闷的警铃声。

图书馆门突然开启，铃声尖利刺耳。艾米丽从台阶上跑下来，冲进车里，"砰"一声关上门。

尼克看一眼她手里的书，是一本又长又薄、红黑色布面装订的书。

"你不是刚刚从图书馆偷了一本书吧？"

"是借。"艾米丽把书塞进车门上的凹槽，"你只管开车好了。"

汽车摇晃着从边石上下来，沿着马路向前驶去。尼克从倒车镜观察了一下，没发现有人跟踪。

"现在，你能告诉我这一切到底是怎么回事吗？"

第 60 章

美因茨，1448

山坡上站着两位老人。过路人看到，很可能误认他们是兄弟。因为他们年龄相仿，都在五十岁上下，两人都胡子灰白，身材瘦弱，裹着御寒的毛皮大衣。仔细看去，两人长相并不相同，但饱经风霜的脸上都流露出要施展抱负的渴望。

他们并不是兄弟。其中一位是约翰·福斯特，另一位就是我。我们周围，工人们站在坡田里，翻动土壤。他们把翻出的石头堆在一起，以备砌墙之用。土地中间，一群木匠正竖起一根根大梁，搭建瞭望塔。春天来临，这片废弃的土地将被栽上葡萄树，最终培育发展成一座葡萄园。当然，我希望福斯特的种子可以令我的投资获得丰厚的收益。

在巴黎奥利维尔的工厂偶遇福斯特之后，我已经十五年没有和他说过话了。其实，从某种程度上说，我们没能早些相遇着实令人惊讶。我在美因茨已经待了一年有余，而且那个城市也没有大到两个同在印刷业的人会无法照面。但是我一直躲避着他，直到现在。

我无法历数其间那些年里的不如意。因为德拉赫曾告诉过我，印刷纸牌的诀窍不能以一概之，而要注意多处——油墨、印版、印刷和纸张——每种要素式样、比例必须正确。由此，我估计这大概和炼金术差不多，当然，我也付出了比在巴黎时更多的努力。可如果德拉赫授予我的一大堆诀窍，每一个都得我自己去分析和理解的话，恐怕得花一百年，甚至一千年才能弄懂。因为其中的每一项都令我费解，而且正如邓恩曾经说的那样，我每解决一个问题，都会同时创造出十个新问题。

不过和以前遇到困难时不同，现在，我并不感到绝望。我是个过分狂热的朝圣者，曾在不了解前路的情况下贸然行动。我在丛林中摸爬滚打，以为旅程并不长。现在，我终于找到了我的方向，虽然最终结果证明，目的地比我出发时所想象的要远得多。这同时也给了我信心，就算前路坎坷、脚掌起泡，我也决不动摇。

然而，尽管信仰可以给一个信徒以力量，他还是需要在男人的世界里立足前行。我仍得挣钱。这就是我会回到美因茨的原因。我离开街道遍布的城市，回到出生的地方，就像一只上了年纪的熊回归它的洞穴。三十年前我离开这里时，家里还有母亲、两个兄弟以及一个抢夺我继承权的同父异母的妹妹。而现在，一切不复存在，只留下那栋已经过户到我名下的房子。

美因茨市背后有一条河，福斯特的葡萄园坐落在河谷中的一座小山之上。向下望去，我可以看到美因茨那有着巨大红色穹顶的教堂，以及隶属于它的所有围墙和尖塔延伸向前直至莱茵河畔。数不清的火焰冒出浓烟，股股棕色烟雾污染了教堂上空。秋日的太阳已经升到最高处，正午的钟声却没有响起。每一座教堂都保持着沉默。气氛很怪异，尽管这气氛事实上早已是注定了的。

"你实在是选择了一个奇怪的时候回来。"福斯特说，"美因茨的黄金时代已经过去了。"

这我当然知道。几十年来，操纵市议会的那些统治者们——比如我父亲——精心制定了一套养老金体系，并利用它把赋税收入通通转移进他们自己的口袋。他们付给自己的利息，和我欠下的债一样，一直在螺旋上涨，直到最后，整个城市被迫宣布破产。而教堂，其中一个愤怒的债主，随即暂停了市里的一切宗教服务。于是，人们再无法听到教堂的赞美诗，婴儿再无法接受洗礼，逝者也再无法举办基督教的葬礼。

"一定还有钱留在美因茨。"远处围墙的那一头，大大小小的船只聚集在岸边，起重机和搬运工把一包包货物装上驳船。三艘磨船在它们的停泊处工作着，碾磨剩下的稻谷。

"就说这个葡萄园吧，你得花上好几年的时间精心培育，它才能结果。如果你真觉得这个城市再也没有前景了，你就不会开垦它了。"

"葡萄酒总是会有市场的。世道越不好，对葡萄酒的需求反而越大。"

福斯特盯着凹凸不平的土地看了好一会儿，然后望向我。他犀利的眼神仿佛在问我：你为什么到这儿来？但他没有问，他要我自己先说。

"葡萄酒可不是解决压力的所有办法。"我说。

福斯特等我继续。我从随身背的包里拿出一张纸，递给他。

"我发现了一种工艺，一种不用笔写字的新方法。"

他将那张纸打开，仔细地看看："这是赎罪券吗？"

"那只是我最初的产品。"我又把手伸进背包，拿出一个小册子。小册子四页对折在一起，展开一共有十六张。

"《艾利乌·多纳图斯的拉丁语入门》。任何一所学校的任何一个学生都需要。"

福斯特不耐烦地看我一眼：他当然知道那是什么。"我至少卖了三百本这东西，抄写员一抄完，它们就会售罄。"

"我可以比任何一个抄写员更快更廉价地复制它们。我可以在一个月里生产出你所卖过的所有数量——甚至更多。"

福斯特看看他身边葡萄园的工作进展，没有说话。从巴黎到维也纳再回到这里，他一直在做生意，因此他知道怎样控制自己的情绪，然而即便如此，他还是无法掩藏自己的那份惊讶。

他继续往下读开头的那几行。

"居然没有错误修正！"他赞道。确实是这样的，与其他那些手抄稿不同，这本书的页边上面没有涂涂改改，也没有潦草的字迹。

"用这种新型的书写方式，我们在纸上下笔之前可以提前校对和改正。"

这句话令他乱了阵脚，他向我投来严厉的一瞥，似乎要验证他是否正在被嘲弄。

"顾客们喜欢看到错误修正。"他只说了这么一句话。

"错误修正如同书身上的疤痕，损毁了书的形象。"

"可它们能证明作者仔细检查过他的作品。"

"但是如果作者特别仔细就不会有错误需要改正。"

"只有上帝是完美无误的。"

"那我就尽一切可能接近完美。"

福斯特又仔细看看那页纸。"你还有工作要做。"

"这正是我需要资金的原因，我要完善这项发明。我认为以你在图书销售业的收益，你可能会感兴趣。"我伸出手，拿回那本语法册子，"但也许我想错了。"

福斯特抓着那本书不放。

"这可是一种新的书写方式，在书写之前可以检查，而且一个月内书写出的份数，手抄员一辈子都干不完，"我又强调了一遍，"对你来说，这值多少钱？"

福斯特微微一笑，说："我想你马上会告诉我答案的。"

我已经厌倦了这种四处奔波，到头来筹到的钱却只够付贷款利息的日子。我也不想找投资财团，每天浪费时间听他们为利益争吵，而不是抓紧工作。既然下定决心留在美因茨，我只想找一位对这个项目感兴趣，且不会令我的计划失败的投资人。

"一千荷兰盾。"

福斯特抬起双手吹吹。

"那可是个大数目。你将怎样使用这笔钱来归还我的借款呢？"

"你来看看就知道了。"

第 61 章

德国，曼海姆附近（Mannheim）

"你现在看的可能是这本书的第一或第二版。"

尼克他们将车停入停车带。艾米丽把重新拼好的打印资料和那本《动物寓言集》展开，放在大腿上。尼克则探身看看有没有人注意他们。车前方除了一棵被积雪压弯腰的松树外，什么也没有。身后，车流从 A5 高速路上呼啸而过。

"第一版曾经在哪儿印刷过？"

"在哪儿都印刷过。确切地说，有活版印刷术的地方。"

"活版印刷术"这个术语，尼克知道，不过，他只见过几次，并非特别清楚。在《世界一百项伟大发明》和《改变了世界的人》这样的书刊上都能找到这个术语，而且它常与一个人名同时出现。

"好像叫古腾堡吧？"尼克说。

"没错。"艾米丽面色灰白，神情疲惫。由于没有化妆，她那轮廓分明的嘴唇和乌黑的眼睛看起来好像凹进去一样。然而当她看到眼前的这几页纸时，马上来了精神。"你对他了解多少？"

"有多少可以了解的呢？"

"不太多，事实上很少。十八世纪以前几乎找不出关于他的记载。他生前开罪了几个颇有背景的人。他死后，他们竭尽全力掩盖他的一切遗产。在几百年后，科学家们对当时的记录进行了仔细的分析，这才了解了真相。"

"什么真相？"

"原来他是拼装东西的。"艾米丽说完，羞赧地冲尼克一笑，看他是否知道自己在开玩笑。"活版印刷术。他研究出一种技术，这种技术可以把不同的字母放在一个金属模具中，然后再拼到一块儿变成单词、句子，最终拼成一整本《圣经》——再印刷出来。"

尼克竭力想象一个字母一个字母地攒出一整本《圣经》是什么样子。"那一定得花很长时间。"

"也许得几年，但当时除此以外，只能靠手写。不过一旦排好版，想要多少页都印得出来，然后再把那些字母拆开，重新编排下一页。这种方式无比灵活，同时可创造出十分标准且随时满足需要的成品。它可是信息交流由字母迈向互联网的最大一步。"

"那时是什么时候？"

"十五世纪中期。"

"和纸牌大师是同一时期。"

艾米丽举起那本从图书馆借来的书，封面上只有一个用黄金雕刻的正在吃草的牡鹿浮雕。尼克一眼认出那只鹿，是牡鹿花色里的那只。艾米丽翻过书脊。

"古腾堡与纸牌大师。"尼克读道。

"你并不是第一个怀疑这里面有联系的人。在纽约时，我研究吉莉安的纸牌时，无意间看到了这个名字。普林斯顿有一本装饰华丽的《古腾堡圣经》，那上面的插图看起来和纸牌的很像。这本书的作者说，古腾堡和那个纸牌大师之间可能有合作关系，他们一起为《古腾堡圣经》制作插图。一方面可以完善文字的印刷，另一方面还可以完善雕版的印刷，这可真是诱人的好主意。"

"有什么证据吗？"

"只是推测，这本书里的大多数论据部分都被撕掉了。"艾米丽盯着那些打印材料，有些不可置信地说，"直到我看见了这个。"

远处响起汽笛声，尼克尽力集中精神。

"你不觉得它和我们在布鲁塞尔找到的那本《动物寓言集》非常相似吗？"

"那本《动物寓言集》是手写体，而这个是印刷体。你看，字体排列整齐，线条笔直，和那些插图是一样的。《动物寓言集》里的插图是手绘的，因此很难被复原，但这本看起来却和那些扑克牌一样，像是印刷的。"

汽笛声越来越响。尼克擦擦车窗，向外看去，停车带里除了他们，只有一辆银色的欧宝，泊在另外一头。司机正背对他们站在那里，冲着树下的积雪小解。

"那就是说，我们现在只是有一张我们认为来自于十五世纪中期的打印图谱和一些打印文稿而已。那你是怎么一下子想到古腾堡的呢？"

艾米丽指着那些字母说："因为古腾堡是发明者。他并不是单单发明了印刷术而已；他还得发明，或者说是完善其他的一切：比如用来刻印铅字的合金和工具，装订纸张的工序，存放这些东西的合适地方，以及……油墨。"她的声音突然变小了。

"油墨……？"

汽笛声已经大到震耳欲聋了。一辆救护车从旁飞驰而过，高鸣着喇叭，催促前方的汽车让路。尼克深吐一口气，挡风玻璃上立刻一片模糊。艾米丽似乎并没有注意到这一切。

"一定就是油墨令吉莉安有所警觉的。"艾米丽抽出扑克牌，仔细看着，"在这儿。"

她指着那张牌下角的一团黑点。

"古腾堡使用的油墨以其光泽度不褪色而出名，即便现在看上去，墨色也同当年刚刚被印刷出来时一样深。"

"为什么？"

"没人知道。这一点即使在早期印刷出的书本中也是独一无二的。人们已经试过所有方法揭示他的秘诀——甚至使用过光谱分析仪。"

"PIXE 分析法。"尼克说，"范德维尔德说的。"

"吉莉安一定注意到了油墨，也猜出它是做什么的了。范德维尔德可能已经确认过这一点。"

"也就是说，他们找到他之前，他就知道。但你是怎么发现的？"

"通过字体，那也是古腾堡发明的。当时可不像现在只需选择 Times New Roman 或 Arial 这么简单。他必须设计好每一个字母，再刻到铅块上做模具之用。因此在早期印刷出的书本中，每一个铅字体都像手写体那般独一无二。"

艾米丽的手指在那些被重新组合过的字母上滑过。"这是它们的鼻祖，是古腾堡用在他的代表作《古腾堡圣经》里的字体。据我们目前所知，这本书是他所印的唯一一本主要作品。"她抚摸那些打印材料，就像爱抚一个婴儿。"这无异于找到了一本失传的莎士比亚戏剧手稿，还配有伦布兰特的插图。"

"我们还没有找到呢！"尼克提醒她，"我们所得到的不过是一张在斯特拉斯堡被人撕毁，之后又还原的一页书的打印件而已。我觉得那张纸也不是原件，除非古腾堡当时把它印在办公文件上面。"

"你当时用枪指着他，他唯一关心的当然是毁掉那张纸。这确实是不知在哪儿找到的真品。"

第 62 章

美因茨

对于古腾堡这么大的建筑来说，堡前的庄园显得有些过于朴素：稍嫌狭窄的道路上，没有一处地方可将庄园的全貌尽收眼底。城堡的地面与相邻的建筑融为一体，转角处连着一条走廊。你得使劲向后抻着脖子才能看到三角形的尖塔外墙。然而大部分来这里的人只顾闪躲家畜和它们的粪便，还要小心别碰到皮匠店外钩子上挂着的一块块毛皮，反而无暇欣赏自己脚面之上的世界。这里为我们接下来要做的事提供了绝好的场所。

"我听说你这次回来改了名字？"福斯特问我。

"叫古腾堡。"我摒弃了自己的姓，将"古腾堡"作为我的全名。这个名字使我听起来像是一位拥有家产的绅士，这一点有些时候对我做生意很重要，然而更为重要的是，"古腾堡"令我安定下来。我属于这里。

跨进大门时，我像往常那样抬头向上，看刻在拱门顶石上的那枚家族饰章。上面有一名头戴圆锥高帽的驼背圣徒，被隐藏在斗篷下的重物压弯了腰。我很好奇，那斗篷下沉重的负担到底是什么？他一手拄着一根拐杖，而另一手举着化缘钵，寻求救济。我不知道这东西怎么会成为我们家族的标记——即便是我父亲也不知道。然而一如往常，我竟对此有一种亲切感———一个疲惫不堪的圣徒依然在乞求布施，以完成游历。

我回来后一直很忙。前面的几个房间被木板封住了，那是父亲曾用来放置他的衣物和货物的地方。现在那里到处挤满家具，或靠在墙边，或高高堆起，似乎准备随时挪走。上面落满灰尘。

我领着福斯特进入另一个房间，经过食物储藏室，走下一个不长的回廊，来到一扇通向后厅的铁皮门前。

"你要向圣父圣母发誓，不会把今天的所见所闻告诉任何人。"

福斯特点点头。我打开那扇门。

房间中央摆着一张桌子，很显然是故意挪过去的。桌旁坐着三个人，正在那里呷着红酒，可看上去竟都没有享受的样子。他们都很清楚目前利害攸关的事情是什么。

我向福斯特——介绍。

"这位是来自斯特拉斯堡的康拉德·萨斯帕奇，他是一名箱柜制造商和木匠。他负责为我们制作印刷机，你马上就可以看到。"

萨斯帕奇是为数不多的自我认识起就一直很尊敬的人之一。他现在已经胡子一大把了，且颜色花白，看上去像一位预言家。他双手干枯，令人觉得他根本不可能转动车床或是锯直木头。他过去并不是我们公司的人，但当我邀请他从斯特拉斯堡过来时，他爽快答应了。

"戈兹·凡·施莱兹是金匠，负责雕刻我们使用的模具和模板。"我遇到他后不久，阿马尼亚人就洗劫了他所在的小镇和他的金店。一个没有金子的金匠没有办法再经营下去。不久后，他就去了斯特拉斯堡，要求为我工作。我当然求之不得，因为他是我所认识的最精巧的匠人。任何一种金属到了他的手中都如同陶土一般造型自如。

"这位是海尔李希·甘瑟神父。"甘瑟神父较为年轻，表情严肃，目光如炬。他过去一直是拐角处那家圣·克里斯托弗教堂的牧师，有一次大主教和教皇发生争论，他犯下一个错误——与自己上级的上级立场一致。大主教削去了他的圣俸，使他一文不名。

我看着面前的这些人，观察福斯特的表情或顺应那几人的心情，赏玩他们的酒杯。这些被遗弃的人都是我的同行，与我们手工艺人情同手足。要是卡斯帕也能在这里，我一定会高兴死的。

"你们的共同点是什么呢？这倒有点像一个笑话的开头：一个木匠、一名金匠、一位牧师和……"福斯特看向我，"你到底是什么，汉斯·古腾堡？"

是啊，我是什么？抄写员？刻印员？行乞者？抑或一个傻瓜？

"我是一名信徒。"听到这个答案，福斯特感到一丝不快，我赶忙说，"我们先向你展示一下这种工艺的奇妙。"

我递给他一张纸。纸的四角打了四个小孔，中间随意用尺子画了一条很明显的直线。

"在这里写下你的名字。"

带着一丝被愚弄的不情愿，福斯特从桌上拿起笔，在横线上写下他的名字。

"纸有点潮。"他评论道。

"这样可以更好地吸收油墨。"

萨斯帕奇拿着那张签了名字的纸去了隔壁房间。从房间的门后，传来很长的一阵刺耳嘎吱声，听起来像是轮船在收紧绳索，随后是敲击声，打磨声和叮当声。福斯特眯起眼睛，而其他人显得若无其事。

萨斯帕奇返回来，有点得意地把那张纸放在福斯特面前。

"天啊。"福斯特嘟囔着。

他的名字还写在那里。但之前在空荡荡的白纸上单独绽放的名字，现在被瞬间绽放的上百个单词围在中间，与之结为一体，成了句子的一部分：

因此我们宣判，约翰·福斯特的罪过得到了真正的宽恕，那些罪过的污点也就此消除。

"没有笔也没有桌，不用思考亦不用书写，每次都是完美的一页。而且如你所见，瞬间便可完成。"

福斯特看上去惊喜万分。他指着我之前在葡萄园给他看过的那本语法书。"这个也是从那间屋子里来的吗？"

"每一页都是。"

"它和真的居然无法分辨。"

"或者这才是真的——正如黄金要胜过铅，太阳要胜过月亮。"

但福斯特一副商人头脑，不会被迷惑冲昏多久。我已经从他的眼睛里看到他在计算，边揣摩边估量。"那你为什么向我要一千荷兰盾呢？这儿的一切好像都已经完成了。"

"这才只是个开始，只是证明它的可行性。要想利用这个工艺挣钱，需要更多的印刷机和设备，更多的工人操作，还有更多的白纸和牛皮纸。"

"来印刷赎罪券和语法书？"

我摇摇头，趴在桌子上。我之前曾发誓不再喝红酒，以免头脑不清。可现在我发现我竟将一杯酒都喝光了，酒精充斥着我的血管。

"一项新兴的商业投资，比我们以前做过的任何一个项目都更为大胆。我们目前所做的只能达到这种新工艺的初级水平。我们要制造一份传世之作。"

第 63 章

莱茵兰普法尔茨，德国

尼克随便找了一个出口从停车带出来，继续驾车上路，来到一家汽车旅馆。艾米丽在他旁边的座位上睡着了。尼克觉得很饿，他的胃现在空空如也，肚子在仅剩的那几滴咖啡的刺激下咕咕作响。他使劲睁着眼睛，不让自己睡着。当他们来到旅馆后面的停车场时，尼克终于松了一口气，看到那整洁的房间和那结实的棕色大床，尼克内心激动，险些洒下男儿泪。

艾米丽掀开床罩，坐在床边，脱掉鞋袜。她盯着尼克看了一会儿，那眼神令尼克摸不着头脑。

艾米丽不自然地耸耸肩，站起来，脱掉套头毛衫和紧身牛仔裤，身上只剩一件很薄的白色吊带背心和内衣。她就那么站在房子中间的地毯上，面色潮红，就像新婚之夜的纯洁少女，有些手足无措。尼克努力不让自己看向那边。

"我只想让你搂着我。"

尼克点点头，他现在连尴尬的力气也没有了。尼克脱掉衣物，只穿一条短裤，跟在艾米丽之后爬上床。尼克躺在艾米丽身后，抱着她，膝盖蜷缩到她的膝盖后弯里，胸膛紧贴她的肩胛。艾米丽微微颤抖着。尼克抽回手，可艾米丽拉回他的手臂，把它牢牢环在自己腰上。

"这样真好。就好像我们这样已经很久了。"她叹息，"我不是说那个，我是指……指这种温暖的感觉。"

"我明白你的意思。"

她把身子蜷入尼克的怀中。尼克将手平放在艾米丽腹部，生怕一不小心就碰到不该碰的地方，同时又渴望如此。他记起也曾和吉莉安这样躺着，当时也同样矛盾，如此亲近又如此小心地保持距离。总是有那么点距离。

尼克进入了梦乡。

第 64 章

美因茨

福斯特走后，我在各个房间逡巡。天色渐渐暗了，很快将无法工作。在这一刻，进行中的劳作就是这栋房子的生命和呼吸。举步来到院中，我可以嗅到油料沸腾时发出的浓重香味，这味道在煤烟的衬托下，变得更为强烈。父亲的厨房已经变成我们的铅字铸造车间，紧邻的洗刷室被用来熬制油墨。我看到铸造间里新造的铅字被砂轮打磨时飞迸而出的火花。

我顺着外屋旁的楼梯上去，穿过走廊回到主楼。这里，庭院外面紧挨一个画廊。路过时，我透过装有木栅的窗子向内望去。在那间工匠曾为我父亲切割硬币模具的屋子里，戈兹正在铜模上雕凿字母。隔壁房间里，甘瑟神父坐在书桌前，研读一本小的《圣经》。他旁边放着一张纸，手中持笔，一边看一边不停地写。对任何一个曾观察过抄写员的人来说，这支笔实在有些奇怪；它在纸上忽上忽下，从这行跳到那行，显然毫无规律；它停留的时间亦不足以写完一个字母，只是留下一串圆点和短线，就像雪地上小鸟留下的爪痕。他并不是在临摹什么，如果那样的话，他就不是抄写员，而是商店仓库的记账员了。事实上，他在记下《创世经》中每个单词的每个字母。

他看到我路过，隔着窗子向我喊道："得到你想要的东西了吗？"

"他说现在先给我们八百荷兰盾，以后看情况再加。"这个数目比我要求的少，却比我想象的要多。"设备可以作为抵押。为独家售卖我们的货品，他还答应不收贷款利息。他已经订了五十本多纳图斯的语法书，三个月交货。"我笑起来。"你真该看看他脸上的表情，他无法相信这是真的。"

"那么他并没有注意到那本语法书是假的喽？"

"毫无破绽。"那张赎罪券是真的，可我向福斯特展示的那本语法书却是甘瑟神父用一只羽毛笔连续两夜拼命赶出来的，因为当时我们清楚，没有办法及时造出十六页所需的全部铅字。

"三个月后交货，不成问题。"我告诉甘瑟神父。

隔壁房间很黑，我走过，闻到里面传出一股堆砌的湿纸发出的腐旧、潮湿散发气味。画廊尽头，一段楼梯通到最顶层。我正要上去，暮色中传来沉重的敲门声，有人站在前门外。

我停下来。应该不会有人来拜访古腾堡府，更别说在这个时间。难道是福斯特要重新考虑他的决定？又或者是城市护卫队？自从我在康拉德·斯密特家犯案后逃跑到现在，已经超过二十五年，可每听到敲门声，我仍然不寒而栗。我站着没动。

我的仆人贝尔德克去应门。我听到他盘问来人，不过回答的声音很轻，我听不清说的是什么。随后，门"吱"的一声打开。

我探身向下望去。一个身影从阴暗的拱门下走出，来到光线较好的院中。他走得很慢，弓着背，身下的拐杖随着他的行进不停地叩打脚下的鹅卵石。他走到院子中间，站定，然后就像是知道我一直在那里看着他，径直抬头看向我。

我的腿一下子软了，忙摸索着寻找楼梯扶手。

"卡斯帕？"

来人发出一声苦涩脆弱、鸡鸣般的笑声，随后用德语说道：

"我来了。"

第 65 章

莱茵兰普法尔茨，德国

尼克不知道自己醒来是什么时候。昏暗的天气和厚重的窗帘使得房间里一片朦胧。过去的一周内，他一直生活在这种令人作呕的朦胧光线中：车厢里的灯光，路上的街灯，汽车的前灯以及裸露的灯泡。他感觉自己像一只溺死在琥珀里的苍蝇。

可琥珀是冰凉的，而尼克只感觉到温暖，异常清晰的温暖，他的身体被毯子和床单包裹着，当然，还有艾米丽。艾米丽安然熟睡时，吊带背心皱缩上去，她裸露的后背紧抵尼克的前腹，他们身体弯曲，扣在一起。

紧贴尼克的身体散发出的热量，令他涌上一股强烈的渴望。尼克用手拨开艾米丽的头发，亲吻她的后颈，爱抚艾米丽裸露在毯子外的手臂。艾米丽转过头，用她的嘴唇寻找着他的嘴唇。尼克看到她紧闭的双眼，想要把手收回去，可艾米丽却将手伸到尼克脑后，扳过他的头，附上自己的唇。

欲望一阵阵上涌。尼克的手在艾米丽大腿上游移，慢慢移到臀部，他用手掌托住艾米丽臀部，紧紧拥着她，心跳加速。艾米丽喘息着，将尼克的手从下面缓缓向上移到自己的胸部，尼克就触摸到紧绷的吊带背心下的两只蓓蕾。

艾米丽翻身躺在床上，尼克覆在她上面，情难自已，欣然而往……

尼克再次醒来时，床上只剩他一个人。他的头痛感消失了，但却饥肠辘辘。艾米丽已经穿好衣服，坐在五斗橱旁，她把那里当成了临时书桌。从图书馆偷来的那本书展放在她面前，旁边还有一张海报大小的图表，艾米丽正拿笔在上面标注什么。

　　尼克坐起身来，混乱的记忆冲击着他的大脑，好像是梦，但他又希望这如梦的幻觉是记忆之境。尼克的脸红了。

　　艾米丽回头看他一眼，娇羞一笑："睡得好吗？"

　　"嗯。"尼克仔细观察艾米丽的表情，看上面是否有后悔的痕迹，但发现她也在做同样的事情。

　　"我不希望你觉得……"艾米丽先开口，"我知道我不应该……"

　　"不是。"意识到这么说似乎不对，尼克赶忙又说道，"我是说，是的，你不应该。不，不是应不应该……"

　　"我并不想介入你和吉莉安之间。"

　　尼克翻滚的思绪瞬间停滞。"吉莉安？"

　　"我知道她对你而言意味着什么。"

　　"不，你不知道。"尼克掀开床罩，站起来，赤裸身体。艾米丽有些尴尬，将视线移到别处。"难道你以为等我们找到她，我会把她揽入怀中，带着她绝尘而去吗？"

　　艾米丽仰起头，直视尼克眼睛："那你做这些是为什么？"

　　尼克迎视着她的目光，不知道怎么回答。

　　"我去洗澡。"

　　浴室里没有淋浴器，只有一个浴盆。尼克还是想办法在微凉的水里冲了一下，穿好衣服。他出来时，艾米丽盘腿坐在铺好的床上，身旁展放着那书和纸。

　　"有什么收获吗？"

　　"我正试着寻找古腾堡和纸牌大师之间的联系。

　　这番对话似乎使他们之间达成了某种默契。艾米丽放松下来，尼克坐到床脚处。

　　"我们只能假设吉莉安没有看到我们拼好的那页纸，那她一定走了另一条路。"

"没错。"尼克仔细观察摊在床上的那页大纸，上面到处是横七竖八的折痕；大部分方框里面都是空白的，其余的写着几个隐晦的字："f.212r 正下方，类似。"用极细的线条画成的纸牌人物靠左手边排成一列。

"这是什么东西？"

"这是一张有类似纸牌中插图的书籍和手稿的图表，上面列明哪幅图应该放在哪里。其中一本就是我曾和你提到过的来自普林斯顿的《古腾堡圣经》。"

尼克倏地下床，绕到门边一个摆放着茶壶和一包茶叶的小矮桌那里。"我有些不明白。如果古腾堡要做的就是印出一模一样的书，那上面的插图难道不也应该是相同的吗？"

艾米丽摇摇头。"像许多革新者一样，古腾堡也给他的发明穿上传统的外衣。人类不相信变革。他并不是在贩卖新奇的东西，而是在说服人们相信他可以用更好的方式生产他们所熟悉的东西。就这件事而言，这熟悉的东西也就是手抄本。这和最初的汽车看起来像马车是一个道理。"

尼克将茶壶灌满水。

"在中世纪买到的书和现在的不一样，那时都是半成品。首先你要找到你想要的文本，让抄写员抄写。然后抄写员会把文本抄在一叠八到十页的纸上，你再找装订商，把它们钉在一起并装上封皮。最后，你还得找加标题的人，人为书写上题目和回目，一般用红色或蓝色，以及找绘图者为书添加图片，只要黑色，这才算完。"

尼克从盒里拿出两包茶叶，放到杯中。

"从《古腾堡圣经》早期的那些页可以看出，他当时曾尝试过双色印刷，所以回目和文本都可以被涵盖。但他很快放弃了这种做法——或许因为该工艺太难而且费时。古腾堡要改变的并不是书的印刷模式，而仅仅是文字的再现模式。"

尼克想起那本《动物寓言集》的背面上印着一句话："一种书写的新技术。"

"我早应该想到这句话的意思的。但是你所说的问题的答案是：尽管《古腾堡圣经》的文字部分几乎一模一样，可现存的每一本书又都是独一无二的。因为每一本都由不同的人来装订和插图。"

"那普林斯顿的那本就是由那位纸牌大师完成的吗？"

"普林斯顿那版中的一些插图与纸牌中的形象类似。"艾米丽纠正道，"但那有可能是绘图者看到那些纸牌上的形象，把它们画下来，又或者是这两处的形象都参考了别处。"

"除非现在我们能找到另外一本古腾堡和大师同时出现在一页上的书。"尼克把开水倒入杯中，"假设这不是巧合，那么吉莉安一定有这样的书。"

"我同意。那就是我想看普里斯顿那本书的插图的原因。也许能发现某种图式，也就是吉莉安找到的线索。"

"运气如何？"

"还没有发现。这个图表只标注了页码，我还得看看相对应的文本。"

尼克盯着艾米丽。"我希望你不是在打算再从图书馆偷一本书。"

第 66 章

美因茨

我把德拉赫领到客厅，给他一杯红酒。夜很凉，但德拉赫却不敢靠近火炉，似乎那晚在磨房留下的疤痕仍然使他畏缩。他的衣服散发潮气，沾满泥水，脸颊不知被荆棘还是灌木刮伤，流出的血已经凝固。

"阿马尼亚人把我从火里拖了出来。"德拉赫向我讲述，"当时我的命已经丢了一半——应该说是一大半。我不知道他们为什么这么做。他们本该把我烧死，但他们没有，而是俘虏了我，做他们的玩物。"

我不由发抖。德拉赫也吓得一动不动，四肢僵硬，恐怕轻轻一碰，就会马上断掉。

"他们对我做的事你绝对无法相信，也无法想象。他们真是穷凶极恶。他们折磨得我……"

"要是我知道……"我焦急地说道，"要是我当时知道你还活着，我就是上天入地也要把你救出来。"

"要真是那样，你就找错地方了。"

我注视火光中的德拉赫。这个我过去深爱的人形象变得模糊，他的骄傲亦不复存在。灯光中，他的右半边脸看起来就像他的铜版，刀刻般的伤疤纵横交错。大火烧掉了他一半的头发，剩下的也被剃掉，他的头彷如兽皮，有一块块瘢痕。就连他那双原本神采奕奕的眼睛，现在也变得暗淡无神，目光呆滞。

"有多长时间你……？"

"几个月？几年？"德拉赫耸耸肩。"我也没数。反正我最后逃了出来。我去了斯特拉斯堡，可你已经不在那儿了。我到处打听你的下落，听说你回到了美因茨。我一路向这里赶来。"

我不安地向前倾倾身，轻触他的肩膀："你来这儿我很高兴。我每晚都在为你祈祷。"

德拉赫像条蛇一样蜷到椅子里。"你还是省省力气吧，对阿马尼亚人来说，上帝根本不起作用。"

他眼神中流露出的凶残镇住了我，我无言以对。

"不过你可是发达了。"德拉赫·卡斯帕声音尖利，说这句话时像是在控诉。"瞧瞧你，穿着毛领外套，袖子上还有金线刺绣，住在祖上的房子里，俨然是一名有身份的人。"

"我还借着债没还。"

"还在追求你的完美梦想吗？"

"是我们的梦想。"

德拉赫握紧双手，然后松开。他的指头看起来像利爪一般坚硬。"我已经好多年没有过梦想了。"

我站在那里，一心想岔开话题："我领你看看我们现在做的事。"

德拉赫跟在我后面，走下回廊。我带他来到印刷间，里面的机器沐浴在银色的月光下，微微泛光。

"我们把所有的字母都分开排放，你不知道有多像真——"我的声音开始含混不清，我的身体也开始发抖。

一只冰冷的手抓住我的脖子，使劲向下压，把我的脸压到沾满油墨的机床上。我弓着身子，大口喘气。德拉赫一只手掐着我，而另一只手笨拙地解皮带。

"你要干什么？"我大叫，"看在上帝的分儿上，卡斯帕……"

他在我身后，紧紧压着我，令我喘不上气。他身上发出的泥巴腐臭味充斥我的周围。

"你知道他们对我做过些什么吗？"他在我耳边瓮声瓮气地说，"你知道当你潇洒的时候，我在受什么罪吗？"

"可我以为你死了。"

他的手已经撕开我的衣服，在我的身上乱抓。

"求你了。"我求他，"别这样。"

"别这样是怎样？"

房间里突然灯光闪烁。德拉赫马上放开我。他身体投射出的影子使他看上去像是披了一件斗篷。我一跃而起，四下张望。

甘瑟神父手持一盏灯，站在门口，睁大眼睛向内张望："约翰，是你在里面吗？"

我结结巴巴，回答了些自己也听不懂的话。

"我听到有人尖叫。"

"是印刷机发出的声音。我正给……给我的朋友演示呢。"

甘瑟神父把灯移近些，德拉赫的脸从黑暗中浮现出来。甘瑟神父满腹狐疑地看他一眼，什么也没说。

"没事就好……"甘瑟神父一副怀疑的口吻。

"我不会有事的。"

德拉赫回来了，却和从前大不一样。他天性中的阴暗面我曾经可以接受，因为我觉得即便是光芒万丈的太阳也不可避免存在阴影，而现在，他已经被这种阴暗彻底吞噬。我们第一次见面的那个恐怖的夜晚之后，他没再提到过自己所受的苦，感谢上帝，也没再对我进行攻击。我原谅了他那晚的表现——却无法接受他的一些变化，譬如他眼中的那一点点残忍和野蛮。他就像幽灵一般，只要一出现在房间，就会令人感到不寒而栗。有一点我一直不愿正视，但最终我却不得不承认：我已经不再爱他。

可他的天赋还在。即便是蹂躏他的恶魔，也没能扼杀他对书籍出版这种活计的兴趣。对此我全力支持，我希望这能把他所受的毒害清除掉一些，使他的思想慢慢回到正常轨道。我在屋子顶楼给他准备了一个房间，里面有油墨、钢笔、毛笔、纸张以及一切他所需要的东西。而他也对此作出了回报。

事情发生在一天晚上。印刷工人们都离开后，我爬上阁楼。德拉赫坐在房间最里端的一张斜桌旁，专心致志地写着什么，我进门时，他并没有抬头。

我探身过去，看到桌子上面放着一页纸，有赎罪券的两倍大小，上面直线和曲线纵横交错，是铅笔轻轻描画的，看起来像是讲坛的蓝图。纸的中间，稍重的笔触勾画出一个长方形，它被分成很粗的两栏，看起来像两根柱子。第一栏头一行，德拉赫用清楚、细致的笔迹写着"最初，上帝创造了天与地"，其余的地方都用铅笔打上了阴影。

"这本书就应该是这个样子。"德拉赫说道。他用手指触摸其中一条弧线。"这才是最和谐的比例，这才是你要的完美之作。"

我将手轻轻搭在他的肩上，想象那些栏框中写满一行行字的样子，不禁赞道："真是太漂亮了。"

他似乎在等我说点别的什么，见我没再说话，叹了口气。

"你看到我是怎样写这些字母，以使它们能够刚好边对边地填进栏框里了吗？没有抄写员可以做到这点，除非靠运气。为了画这条线，我试了十几次。不过用你的铅字，你可以掌控每个单词、每个字母的确切位置。你就像上帝。"

我马上就意识到他说的没错。我甚至可以感觉到天使们合唱时发出的熟悉的共鸣声。我一直鼠目寸光，只顾确保每个字母是否印刷均匀，却从来不曾考虑一个更为宏大的方案。原来我们可以把单词排好，这样每一行就如石雕般稳固，大量这样的文本合在一起，就能将上帝的所有语言构成一本书。这可是人类之手无法做到的。

昏暗的灯光下，我感到老眼昏花。有那么一阵儿，我注视着的不再是纸上打了阴影的部分，而是宽阔的白边。背景和前景全都颠倒：那张空白的纸仿佛变成了一扇窗户，把窗外迷蒙的夜色框了进来。而那些潦草的铅笔印迹如墨滴般在水中不停地打转，直到变成一串串上帝的语言。

这是德拉赫给我的最好、也是最后的礼物。

第 67 章

莱茵兰普法尔茨，德国

那辆破烂的大众汽车沿着街道缓慢爬行，郊区里，除了门外草地上站岗的雪人，可能没人会注意它。如果有人看到，也一定会讶异于那辆车奇怪的行进方式。它小心翼翼地向前开了没多远，突然急刹车，停下，然后又蹒跚着继续前进。不大一会儿，那辆车已经重复了几次这样的动作。也许司机担心路面的结冰——可下午路上刚刚撒过盐消冰；又或者他迷路了，或者喝醉了，这或许才能解释那辆汽车为什么总是停在阴暗处。

"这要是在别的社区，别人一定会起诉我们，说我们招揽顾客。"尼克抱怨。

他们睡了大半天，现在已是傍晚时分。尼克又把车向前开了三个车道，然后停下。艾米丽坐在他旁边，膝盖上放着一台打开的笔记本。亮着的电脑屏幕是车内唯一的光源。

"这儿有信号。"艾米丽双击触摸板，"哦——加密了，不行。"

尼克又踩下油门。一个小时前他们从汽车旅馆出发，想找网吧。可在这冷清的小镇上，人们下了班就往家赶，找不到这样的地方。他们也试过去公共图书馆，那儿却关门了。最后，他们能想到的最好办法就是沿居民区的街道逡巡，看能不能盗用家庭无线网络。

尼克开车转过街角，在一堆被大雪覆盖的垃圾桶旁停下。艾米丽向显示屏靠近一些。"现在怎样？""豪斯家庭网络——无线网络连接未加密。"

"这就对了。"

尼克从艾米丽那里接过电脑，点击新找到的连接。

正连接至主机，IP 地址 190.168.0.1。

一个类似无线发射塔的绿色图标出现。尼克把笔记本交还给艾米丽，她马上打开浏览器，输入一个地址。显示屏上闪现一张斑驳的羊皮纸。

"是这个吗？"

"大英图书馆有两本《古腾堡圣经》，都被扫描后放在了网上。"

艾米丽把笔记本转向尼克这面，让他看得更清楚。页面上密密麻麻两栏文字，每一栏都如刀割般齐整。由于年代过久，羊皮纸有些发黑，可油墨虽历经上百年，却仍漆黑如新。除了上面的哥特式字体及其明显的陈旧感，版面设计堪称一流。

"我算知道为什么人们会对它赞叹不已了。"

"那些笔直的页边距是他的招牌。抄写员可没有办法把右手边的空白处对这么齐。你要想做到这一点，只有拥有足够的自由度，能把铅字随处移动并放置到准确的位置才可能。"

"这家伙一定是完美主义者。"

艾米丽取出那张相似的打印件。背面，纸牌人物的简要描写旁，她曾记下一串字母和数字。

"给我读一下页码。"

尼克使劲找——可是没找到。艾米丽指指其中一列。

"f.117r？"

"F 表示对开纸——就是那种双面印刷的自然页。中世纪的书可不像现在有编码，所以史学家们从第一张纸开始，给它们编了页码。最后一个字母代表纸张的正面或反面——你打开书时会出现在右手边那页的正面，或相反一面。因此我们的第三页事实上就是——"

"f.2r。"尼克接道，"也就是第二张的正面。明白？"

尼克一张张地读那些页码。一共大概有十二页，从 f.117r——大约第 233 页，一直到 f.280r，也就是三百二十五页之后。他们耗费了相当长的时间完成这一过程。关于每一个出处，艾米丽都得在网上找到上传的那页，阅读上面的拉丁文字，然后再弄清是来自《古腾堡圣经》中的哪一本。到了这一步，艾米丽先读给尼克听，尼克再粗略记在页码和人物描述的旁边。

尼克的思绪飘忽不定。不知为何，那神秘的编码机制好像总在提示他什么，令他的头隐隐作痛，就像鞋里有粒石子，硌得脚疼。尼克忧虑着，艾米丽则在计算机上不停地敲打、搜索。

"下一页？"

尼克看看单子："正面第 226 张。"

"找到了。"艾米丽盯着显示屏看了一会儿，"我所犯下的罪多如牛毛。我罪孽深重，不配抬头仰望上帝。"

尼克等艾米丽往下读那一章节，艾米丽却不作声，尼克看了她一眼，发现艾米丽正盯着显示屏发呆。

"怎么了？"

"这页配的是什么图片？"

尼克看看图表："一只正在刨地的熊。"

"和纸牌上的那只一样吗？"

尼克不用查也知道没错："怎么了？"

"那页上是马纳萨斯的祷告。"艾米丽转过身，脸上因为这一发现神采飞扬，"那祷告应该是来自被丢失的那部分《古腾堡圣经》，也就是《以色列诸王格言》。"

"他还用一种全新的印刷工艺出版了另外一本动物书籍……"

"……这本书被藏在《以色列诸王格言》中。这就是那本书，纸牌上的插图和这页上面的一模一样。"

他们坐在那里，沉默了很久。

"我不明白。"尼克终于开口，"所有的线索加起来却又绕了回去。那本由纸牌大师插图的《古腾堡圣经》还在普林斯顿，对吧？因此吉莉安要找的东西肯定不是它。那么一定还有另外一本书与纸牌、《古腾堡圣经》以及吉莉安在巴黎找到的那本《动物寓言集》有关联。"

"是另外一本描写动物的书。"

"那到底在哪儿？"

艾米丽凝视着挡风玻璃，窗上的呵气令窗外模糊一片。尼克想，以此来表达他们现在的心情真是再恰当不过：困在雾蒙蒙的车内，前路迷茫。

"一定还有一块拼图。"艾米丽说。

"也许在那本《动物寓言集》的第一页，也就是缺掉的那页上。"

"也许我们能从手头的资料获得更多的信息，我们并没有看完大师的全部图片。"

艾米丽又俯身对着笔记本，开始不住地敲打，按键的动作透着紧张和匆忙。尼克看一眼屏幕，网页上显示的是印刷页，那张十五世纪的羊皮纸重现在液晶显示屏上。尼克猛然意识到，无论科技怎样发展，这两者在本质上有惊人的相似之处：都是信息载体。不管你用何种方式书写页码——或就此事而言，书写《圣经》的章节——都不过是找寻数据的一个地址而已。

最终，两人决定一起速记，艾米丽朗读。现在到了第 223 页，即对开纸第 117 张正面，《圣经》旧约中的《士师记》第五章第四节："大地震颤，天降暴雨。"同样，豪斯家的宽带也被两人轻而易举地换成了 190.168.0.1。

可要是弄反了怎么办？要是信息反过来对应数字呢？

尼克把那张纸在手中前前后后翻来翻去。他盯着印刻模糊的那头牛，想象一头牛微笑地站在梯子上，用蹄子握住画笔的样子。

我 有 了 一 个 新 的 域 名， 地 址 是 www.jerseypaints.co.nz ＜http://www.jerseypaints.co.nz＞。

艾米丽停下动作，凝视车窗外，陷入了沉思。尼克伸手拿过笔记本。

"我还没查完。"艾米丽很不满。

"我就用一会儿。"

尼克的手指在键盘上飞快地敲打，因为兴奋，竟输了三次才把地址输对。终于，显示屏上出现了那头浑身彩条、站在梯子顶微笑的奶牛。

尼克摁下一个键。显示屏上出现一串数字，他赶忙记录在纸上。

艾米丽探过身来，看起来有些生气："这是什么？"

"每个网址都能转化成数字。"尼克拉开车门。沿街道向上五十码开外矗立着一个被大雪覆盖的付费电话亭，"这也许是另一种数字。"

尼克向电话亭跑去。飘落的雪花在路灯下旋转舞动，触碰拨号键时，他感觉自己的手指快被冻僵了。尼克等待着。

等待的过程对尼克来说如此漫长，像是永无止境。电话线每每发出一点轻微的声响，尼克都误认为是话筒被摘下的声音。终于，电话那头有人用德语说道："喂？"

"是奥拉夫（Olaf）吗？"尼克用德语问。

电话那头顿了一下："您是哪位？"

"是有关吉莉安·洛克哈特的事。"

那人没有说话。

"我打错电话了吗？"

"你是谁？"

"她的一个朋友，从美国来。她失踪了，我正在找她。"

"噢。"对方一阵长久沉默，"我不知道她在哪儿。"

尼克的手不由握紧听筒。他呼出的气在电话亭的玻璃上结成了霜。

"不过我知道她去了哪里。"

现在轮到尼克沉默了，他害怕一不小心说错话，弄得前功尽弃。

"如果你来美因茨，我就告诉你。"

第68章

美因茨

我踱出前门，走到朝圣者的雕刻下，转过身，朝向大教堂和市集。那里离这儿并不远，但这么短的距离内，道路却时宽时窄。窄的地方连一辆狗拉车都过不去，宽的地方却足以抵得上一个小广场，人们在那里闲话家常，小贩则推着车叫卖各种派和热葡萄酒。这使那里拥挤不堪，举步维艰。

有一处道路开阔的地方，就是圣·坤特教堂外，常有女人去教堂内的水池打水。对面街角有座很高的房子，朱漆粉饰，雕花绕梁，被称作汉伯瑞西朵夫庄园。那是我三表兄萨尔曼的家，行会委员几年前接管美因茨政府之前，他一直住在那里。想到这些年轻人早晚会败光祖业，萨尔曼搬到了法兰克福。房屋自那时起便一直闲置。我已和他通过信，让他明白美因茨的情况比他想象的更糟，且愈演愈烈。因此我提出象征性地给他点房租，借用那里，以免其被那些暴徒们变成妓院，或作死人弥撒的教堂，他忙不迭地答应。

我进入大门，穿过主屋下的回廊，来到内庭。福斯特和其他人早已等候在此：萨斯帕奇、甘瑟神父、德拉赫及一个我不认识的年轻人。福斯特冲那青年点点头。

"这是我的养子彼得·司考佛。"

这是个身材消瘦、样貌老实的年轻人，脸上有些雀斑，秋风吹动着他金色的头发。我以为他会羞怯，可是他却上来热情地和我握手。

"甘瑟神父和我说过您的新工艺。您绝对可以信赖我，感谢上帝让我成为其中的一份子。"

"他写得手都疼了。"福斯特开玩笑说。作为一个关心孩子的长辈，他站得可有点远。

"这就是我们的厂房吧。"葛兹说道。这座房子很合适：不太高，很宽敞，巨大的落地窗。过去，这里是个大花园，表兄萨尔曼和他的祖先将其关闭，把外屋砌成与主屋同样高度并连通，然后又将院子彻底围起，现在，房子看上去就像是旅馆或贸易大楼，不容小觑。

我展开拿来的那张纸，用钉子挂在储藏室门上。大家都聚拢过来。他们中除了卡斯帕，大都只见过一部分图纸。

"这就是我们来这里的原因。"

页面上整整齐齐排放着两列文字，和卡斯帕那天绘的草图一模一样。他用铅笔勾出的阴影部分经过在古腾堡府的精心排版和打印，已然变成文字。黑色的正文，第一行空出，印着鲜红的标题。

Here begins the book of Bresith which we call Genesis

字母"I"悬于下一行，顺着边缘下移，最后一横呈曲线卷须状，蜿蜒至页边。
"In the beginning…"

纸页被风吹得噼啪作响。我怕它被撕烂，就把它拿了下来。

"大家所看到的就是由萨斯帕奇的机器印出的作品。"这次可是真材实料，我们没在纸上动任何手脚。为了每一行严丝合缝，我们一遍又一遍排版，在字与字之间填充碎布条，以确保间距正确。我们把开头的空白处换上红色的油墨，重新印刷，最后又将整页纸在另一台机器上再次印刻，加上卡斯帕的浮雕式首字母。

司考佛首先作出回应。如果福斯特没给他看过我们的那张赎罪券，他应该没见过我们的作品。我还以为他会肃然起敬，可他只是走上前来，仔细审视那张纸。

"字看起来有些褪色。"

"我们用的是旧铅字。"我解释道，"有些已经凹凸不平，还有些长度不对。戈兹在准备一套新的，到时就会改观。"

"排得倒是很齐，几近完美。"

"肯定比你强。"卡斯帕在后面吼道。

"是非常完美。"我强调道，"如果用尺子沿着边画条线，每行的最后一个字母边缘都会触线。"天知道我们浪费了多少纸才做到这点。

"排版确实完美。"司考佛承认，"但看起来差点。"他想了一会儿。尽管他年龄尚小，有点自以为是，可大家都耐心地等着。"有些行结尾的字小些——比如连字符和逗号什么的，使该行看起来比实际要短些。"

他指着半中间的一段文字：

God called the dry land Earth, and the waters that were gathered together he called Seas. And God saw that it was good.

神称旱地为地，称水的聚处为海。神看着是好的。（旧约——创世纪，第一章）

"如果连字符不占格，文档的分布会更加均匀，看起来也更舒服。"

我扫了一眼德拉赫，那张满是疤痕的脸被愤怒扭曲。不等他发作，我忙说："我们会视情况而定。毕竟这不像用笔随便在句末添一画那么简单。"

德拉赫给了那孩子一个杀人般的眼神。甘瑟神父机智地换了话题："我们要印多少本《圣经》？"

"一百五十本。三十本羊皮纸的，其余用普通纸。我算了一下，每天能印其中的两页，冬天会少些。要用两台印刷机，萨斯帕奇准备把它们建在那里。"我指指庭院另一头，房子二楼。"建在门厅和客厅里。"

"要加固地板。"萨斯帕奇补充道。

"下面的房间是砖混结构，可以存放纸张。你装好印刷机后，可以建一个起吊机，把纸直接运到印刷室。"

"那古腾堡府的印刷机怎么办？"戈兹问。

"那台太小。我们用它印赎罪券、语法书和别的产品。印刷《圣经》时，一定会有很多的边角料可以利用。"

福斯特严肃地举起手："不行。只要是买来印刷《圣经》的东西，就只能用在《圣经》上。"他用手杖朝院落一划，指明那座房子的范围，严肃的表情令我们不知所措。"你们不明白吗？我们是合作投资。我可不希望我的投资左手进右手出。我知道你们大部分都有理由待在古腾堡，甚至还有的住在那里。你们在自己的时间或者用自己的东西干什么是你们的事，但投到这个项目上的每一分钱都不能动。哪怕是一小片纸，一个铅字，或一滴油墨都不行。"

"你的投资分毫都不会少。"我马上安抚他，"从头到尾的每一项花销都会解释得清清楚楚，保证像铸币厂清点每一枚硬币那么仔细。"

"你应该知道，我希望你把所有的精力投入到这件事上。"

"我曾经向你承诺过，绝不会耽搁。但假如上帝保佑，等我们做好开印的准备工作得好几个月，到彻底投入生产得一年光景。就算一切顺利，还要两年才能完成《圣经》的印刷。古腾堡的印刷机可以给我们带来收入，解决这几年的拮据，还能趁机培训些新学徒。"

我穿过庭院，走上台阶。

"我来告诉你们从哪里开始。"

第69章

莱茵兰普法尔茨，德国

尼克和艾米丽在汽车旅馆住了一夜。他们已经预付过房费，身上带的欧元也快用完了。到了睡觉时间，两人心有灵犀，一起脱衣上床，相拥而眠，彼此裸露的肌肤是房间里唯一的温度来源。早上七点，他们起床出发。

雪后紧跟着起了场大雾，外面显得潮湿、孤寂。两人开车穿过莱茵河，顾不上欣赏风景，就掉头向北而去。艾米丽膝盖上放着笔记本，却没有打开。她似乎完全沉浸在白色的静寂中。路上只看见一辆汽车的残骸，被扔在路边，活像幽灵。

"美因茨是古腾堡的家乡。"汽车暖风机快坏了，"咔嚓"作响，几乎淹没了艾米丽的声音。"我怀疑这就是奥拉夫选择那里的原因。"

奥拉夫定于十一点在圣·斯蒂芬教堂与他们会面。教堂雪白的墙上饰有红色砂岩，圆顶呈弹头状。教堂坐落于城市后面的山顶之上：从城外的梯田上向后望去，尼克看到一片雪白的房顶和消失在大雾中的天线。有那么一阵儿，尼克感到非常恐惧，他觉得有一个无形的敌人在雪地里嗅到了他的足迹。尼克晃晃头，想甩掉这种想法，然后进入教堂。

尼克觉得像进了鱼缸，柔和的蓝色光水一般充满教堂，浓得仿佛触手可及。它从窗户而来，是一团团旋涡般的蓝色星云，偶尔点缀些白色，是晴空中的小鸟，淡月疏星，和掠入天堂的灵魂。

那抹蓝色一直蔓延到教堂后面的圣坛之后才幻化为更具体的图像。尼克走上前去，仔细看着：长翅膀的天使怀中托着晕倒的人类；赤裸的亚当和夏娃凝视着苹果，而蓝色的毒蛇在树上盘旋；正读书的金色天使在点燃的烛台上翻着跟头。

"这些窗户是新的，教堂在战争中被焚毁了。"

尼克猛转身。一位腰板挺直的老人坐着轮椅出现在他身后，身上裹一条虫蛀过的毯子。那双浑浊的眼睛证明，他的年龄足以大到亲眼见证教堂的毁灭。他嘴唇干瘪，看不出是否还有牙齿，破帽下露出一簇簇灰白头发。

"这些新窗户是查格尔捐的。"老人一字一句、不紧不慢地接着说道。尼克猜想他可能没事做，所以拦住不算可疑的游客们说说话。而他们俩恐怕是他今天唯一的收获。"这么伟大的艺术家同意把他的作品送给我们这样的小教堂，美因茨的人都感到很荣幸。"

"是不错。"尼克越过老人的肩膀，偷偷向后瞟了一眼。奥拉夫并没有告诉他们怎么辨认他。尼克怕会错过。

"但我也喜欢那些中世纪的窗子。我在童年时就每天看它们，那时还没有发生战争。它们那么漂亮，那么独特。上面有牡鹿、狮子、狗熊、小鸟……"

"花。"尼克看着他，尽力回忆，"还有野人。"

"没错。中世纪的标志，有好多，知道吗？如果你靠近看，会不知自己身在何处。"

艾米丽插话进来："您的名字叫奥拉夫吗？"

老人大声咳着。一名修女正跪在教堂前排的长凳上，读着祷文。她抬起头来看一眼，皱皱眉。老人说："我当然不叫奥拉夫，但这个名字确实是为我服务的。我们找个地方说吧。"

尼克上前准备推轮椅，老人挥挥手，谢绝了，随后把他们带到教堂后面的长椅那里。

"很高兴我们能找到您。"尼克说，"您做得很聪明，我是指您隐藏号码的方式。"

奥拉夫机敏地看他一眼："你是说，你很惊讶一个我这样年纪的老人怎么会用电邮，甚至还知道 IP 地址。我可是经常搜索信息啊，我这辈子什么搜索方式没见过！"

他沿着长凳，移动轮椅，身子前倾，好像马上要祷告，尼克和艾米丽忙挪到他身边。他指着那面墙，墙上的照片中，熊熊的火焰从教堂里喷涌而出，只余一排排倾斜高耸的黑色残垣，貌似巫师的帽子。

"上帝之美无处不在。"他高深莫测地说道，"教堂还可以重建，或许比以前还漂亮。但历史不同，你不能指望查格尔重书历史。"他重重叹口气，"你有信仰吗？是基督徒吗？"

"不算是。"尼克说。

"我曾经是。后来我觉得我对基督教有更深的了解，可现在我又不确定了。"他陷入沉默，表情痛苦，眼睛盯着窗子，思绪飘飞到那痛苦不堪的遥远过去。

"您说有些关于吉莉安的事要告诉我们。"尼克提醒道。可奥拉夫似乎并没听到。

"战争结束时我才十四岁。"

尼克开始迅速计算奥拉夫的年龄，表情显得很讶异。

"你是觉得我看起来比实际年龄大吧？"又一阵咳嗽。"我觉得也是。不过早晚会到那个年龄的。暂时先设想我为实际年龄。想当年巴顿过莱茵河时我都能扛枪了，年纪虽轻却能以日耳曼民族为荣。即便后来战争的本质大白于天下，且国人今日均引以为耻，可我仍保留着那份骄傲。耻辱应归于纳粹，我只是个德国人。"

"因此我要成为一名史学家。我要拨乱反正，让人们明白纳粹所犯的历史错误，重塑德国的形象。我越来越沉溺于过去，想要逃避那些曾经感染我们的病毒。尽管我们这一代人创建了经济腾飞的新未来，我还是想找到它的根基所在。那就是一个全新的过去，一个没有污点的过去。"

他叹了口气："你一定明白，当时，在德国做史学家就意味着承受孤独。因为在战争中，几乎所有的档案室或图书馆的资料都遭到了洗劫、焚毁、破坏或丢失。有些原稿的副本幸免于难，可有些甚至连副本也一并被毁了。一直如此——但战后绝不容许发生这种情况。作为一个胸怀大志的年轻学者，我发表文章时需要那些文献资料，可一切却灰飞烟灭了。直到有一天，在修道院的图书馆里浏览收到的旧书时，我找到了我一直找寻的东西，一件珍宝。"

"是什么？"艾米丽问。

"一封信。出自十五世纪，只有一页纸。纸的一角有个图标，是两个盾牌，分别写着希腊字母'chi'和'lamda'，用绳索连着。绳子另一头套在一只渡鸦的脖子上。我马上就知道信是谁写的了。"

他抬头看了一眼，发现他们俩还聚精会神地听着。

"是约翰·福斯特。你们知道福斯特吗？"奥拉夫完全沉浸在对过去的回忆中，没等他们回答，接着说道，"福斯特是约翰·古腾堡的生意伙伴。当然，你们肯定知道古腾堡，大家都认识他。《时代周刊》称他是千年一遇的人才。但如果你们五百年前来美因茨的话，所有人都只知道福斯特，没人认识古腾堡。古腾堡只印过一本书，而福斯特和他的儿子彼得·司考佛出过一百三十本。得到一封福斯特的信件就如同得到圣·保罗的信件一样珍贵。而我居然找到了。"

"上面写些什么？"

奥拉夫如破旧的毯子一般"磨损不堪"的关节下，青筋暴跳。"我应该把它公布于众。我应该告诉图书管理员我的发现。一切本来可以被阻止，可我却没这么做。"

他鬼鬼祟祟地向教堂四周看一眼："我偷走了那封信。我来不及反应就把它装进口袋。我终于找到了我的睡美人，可她不肯从我，我只好抢走她。修道院没有保安系统，他们觉得那里没什么值得偷的。"

"可你并没有公布这件事，对吗？"

"那封信只是个开始，后面还有更多麻烦。当然，我本可以把它公之于众，我可以回到修道院，假装刚找到它，然后把我的发现告诉管理员。但当时我怕别人坐享其成，而且心里有些妒忌。我兴奋得就像一位老人找了位年轻的妻子一样——不过我刚二十四岁，而'她'已有五百岁高龄。就这样，我把它藏在身上拿走了。这是我的秘密。"

他说话时，食指一直在毯子上拉出来的一根线上缠绕，勒得指尖发白。可他似乎全然不知。

"我紧守着自己的秘密，却没守严。那时我年轻，想取悦女人，想战胜学术上的对手——还可能碰巧是情敌——总之，我争强好胜。我给过她暗示，说过只言片语，令她有过揣测。我太粗心大意了，还以为自己很聪明。"

"然后有一天，有人找到我。是一个年轻的牧师，也就是内瓦多神父。他来到我家。他很瘦——当时我们都瘦，可他比我更瘦，他嘴唇鲜红，像吸血鬼。他明显是西班牙人，却告诉我来自意大利。从这点我推断，他应该是为梵蒂冈（罗马教皇）服务的。他说，'有人说你有个了不起的发现。'"

"'是一个人的信，信里控诉教堂偷了他的东西。'我说道，态度傲慢，'你

是来还东西的吗？'

"那牧师眼神冰冷，'那封信属于神圣的教堂。'

"那时，他就那么盯着我。我告诉你，我见过杀红眼的俄国士兵冲到我们的枪下，直到被打得浑身是血，我还见过他们射杀儿童、当街强奸妇女。可这些都远不如他盯着我的眼神更令我感到恐惧。"

"'你要把那封信给我。'他说，'包括所有的复本、译本。你还要告诉我每一个知道这件事的人的名字。以后再也不许提起，把这件事彻底忘掉。'"

"他一下就击垮了我。我是研究中世纪的史学家，深知教会怎样对付它的敌人。即使在二十世纪也不例外。他说话的声音，他看我的眼神，都开了杀戒。我便把那封信和我所做的笔记都给了他。"

"'要是你跟任何人提起这件事，一定会受尽折磨。'他对我说。"

"因此我一直没说。之后十年，我一直埋头工作，完成论文后，在一所省立大学谋了份职。我出席各种研讨会、讲习班，邀请同事们共进晚餐，盛赞他们的妻子，到处阿谀逢迎，成家立业。但我的伤口却一直没好。"

"我还写了一本书，不是什么大作，就算有人看也可能只是一些搞学术的，可我依然感到自豪。可谁知这本书却令我蒙受不白之冤。虽然那个牧师夺走了我本可以在事业上登峰造极的机会，但我不会就此一蹶不振，何况我当时太想尝尝成功的味道了。"

"那仅仅是一个注脚。我随口提了一下那本书，非常隐晦，根本不会有人注意到。只不过为了炫耀。

"书即将出版的两周前，主编打电话叫我去他办公室。他一边擦眼镜，一边向我表示遗憾。他说有人严厉指责我的作品涉嫌剽窃。"

"'可我没有剽窃。'我申辩。你们要明白，对一个学者来说，剽窃就如同一个人被指控虐待自己的孩子一样令人不齿。我可是花了五年时间才呕心沥血写出了那本书。"

"'你当然不会剽窃。'编辑说。'但是他们要起诉我们，索赔一大笔钱。如果官司输了，我们就得破产。你的书很重要，可我不能拿所有作者的利益来冒这个险。

"'那我们该怎么办？'

"'他们要求我们收回所有的书并销毁。他们并没有恶意，还会赔偿我们因此造成的损失。'

"'他们是谁？'我追问。'这些人凭什么决定出不出版？'我试探着问编辑，当然我也是猜测，'你指的是牧师吗？'

"主编把玩着他的笔：'务必把你之前拿回家的那本也拿来。我们必须保证一本不少。'

"三天后，我和妻子参加完晚宴，开车回家。天很晚了，冷得刺骨。也许我喝得有点多——但那时大家都这样。我转过街角。不知哪个蠢货车子打滑，把车扔在路中央。我来不及躲闪。'"

奥拉夫双手合十："我妻子当场毙命。我在医院住了半年，出院后，落下了终生残疾。"

"抓住那个人了吗？"艾米丽问。

"那车是偷来的。警察说是小青年们开车兜风，车子打滑，他们一时惊慌，弃车而逃。我不相信。"

"自那之后我不再研究历史，太危险。我写写美因茨的旅游指南，或在博物馆做义工。那些人夺走我的过去，夺走我的现在，也夺走了我的未来。这四十年，我活着不过是等死，也从来没和人说起过这件事。"

"可是你却告诉了吉莉安。"尼克说。

奥拉夫重重靠在椅背上。"我的第二任妻子五年前死于癌症。我甚至有些庆幸：至少这次我不用自责。我们也没有孩子，我身边什么可以让他们夺走的了。当吉莉安·洛克哈特找到我时，我觉得那是我最后的机会。我的伤口还没有愈合。"

"她是怎么找到您的？"

奥拉夫轻笑："你知道霍金的'黑洞悖论'吗？"

"斯蒂芬·霍金吗？"尼克说，"他计算出当物质进入黑洞时，所有的信息都会消失不见。但这却违背了物理学的一个基本理论：信息不可能被毁掉。"

"事实证明霍金博士是错的。即使在黑洞中，有些信息也不会消失。我那本微不足道的书也一样。不知何时何地，有几本书从内瓦多神父制造的'黑洞'中泄露出来，摆在一家图书馆的书架上——不知是哪家——一放就是五十年。就那么摆着，直到有一家什么网络公司为了扩大自身信息量，把图书馆藏书进行数据

"谢谢你们。"

"吉莉安有没有说她在哪儿找到关于魔鬼藏书馆记录的？"艾米丽问。

"就在美因茨这里在国家档案馆。"

"我猜现在记录已经没有了。"尼克说，"拿走你书的那个人似乎很擅长毁灭证据。"

"你们的朋友在来这里之前也有所觉察，所以才把她发现的东西藏了起来。"

"她告诉过你藏哪儿了吗？"

"藏在发现它的地方。"奥拉夫说。好一阵儿，尼克都不知道他的脑子还在不在转。"线索是她没说是什么是在位于埃尔特维勒的本笃会修道院的图书清单里找到的。清单装在一个盒子里，有目录条码，吉莉安用别的条码把它换掉了。你们要是查找修道院的图书清单，将一无所获，可要是你们查找一本十七世纪的农学专著，或许会有惊喜。"他在纸上写出了参考书目。

"您去看过吗？"

奥拉夫摇摇头："会很危险的，包括现在。"

他手穿过长椅，抓住尼克胳膊。尼克躲了一下，尽管他那干枯的手指并没有多少力气。

"我说过，这个图书馆如果有的话是禁书的地狱。可书毕竟不是人，它们不怕被折磨。你们要小心。"

第 70 章

美因茨

六月的天气，湿热难耐。阳光无孔不入地泻进拥挤不堪的房子，洗好的衣服无精打采地挂在那里，雾气蒸腾。街道上的动物粪便被炙烤着，结成了硬块。圣·克里斯托弗教堂外的喷泉里，孩子们在嬉戏玩耍，一边互相泼水，一边高兴地叫喊。屠夫们不再操刀，用马尾掸子轰着苍蝇，结果徒劳无功。整个城市充斥着怪味和热浪，陷入一片混沌。

我从古腾堡出来，沿大街前往汉伯瑞西朵夫庄园。两名学徒跟在我身后，推着一辆载满小桶的手推车。汉伯瑞西朵夫庄园门窗紧闭，邻居们无法揣测里面在进行何种交易，他们只知道是一项需要水的工作。否则滚下街道的水桶该作何解释呢？

我想，我的生命之旅与这一百码距离脱不了干系：这条街上有儿时买甜派的蛋糕房；有当年卖给我书本的文具店老板；还有那位在父亲仍以为我是值得托付的继承人时打算教我击剑的剑士。虽是同样的路程，可要是以前路过汉伯瑞西朵夫庄园，我一定会去铸币厂，在那里，我第一次知道什么叫天衣无缝。而现在，我放慢了脚步，记录我灵魂的那页纸上承载着许多印迹：有些永远不可磨灭；有些书写艰难，只有持笔者自己可见。墨迹浓重，时有涂改，模糊的文本上覆盖着新单词，覆盖下的字迹仍依稀可见。有几处甚至还有笔尖分叉时滴下的墨印，被水打湿的晕痕，或火烧焦的页边。

今天，我将展开全新一页。

七个月之后，汉伯瑞西朵夫庄园完成改造。所有的墙粉刷一新；外屋的茅草顶被卸掉，换上了瓦片；院里的杂草被许多双脚来回踩踏，已所剩无几；过去的糕点房旁新挖一个锯木坑，旁边摆放着粗实的木料；所有的门都安上了锃亮的新锁，沉重的滑轮从房顶窗上探出。那些空桶堆放在墙角，外观规格一如刚运来的空桶，等着再次上路。

工人们将木桶卸下，打开盖子。里面大罐的油墨像鸡卵般挨放在一起。他们准备卸油墨，我示意停止，叫他们随我进房间。其他人见我们回来，也从外屋各个房间赶来：储纸间、油墨室、工具棚以及食堂。大家随我走上楼梯，穿过走廊，进入印刷室。

所有人都到齐了。福斯特面似焦虑，神情审慎；戈兹仍旧穿着那件铁匠铺的皮围裙；甘瑟神父满手油墨，不停地把玩着脖子上的十字架；萨斯帕奇手持铁锤，随时准备着做最后的调试；他们身后是所有的助手和工人，足足二十人有余。就连浑身金毛的塞勒姆——那只守在储纸室外抓老鼠的猫——也跟进来蜷在桌脚后，而正中间摆放的正是那台印刷机。

它就像一扇大门般，立在屋子中间：两根粗壮的立柱间支持着一面横档，立柱顶部交于一起，被固定在房顶上，底端则与地板相连。这样，整个装置与房屋连成一体，更为稳固。桌面很长，向外探出，看起来像围裙；桌子中间，一根螺丝钉固定住压板。之上有一个滑动托架，表面平整，可在印品下随意移动，也方便抽出，以更换纸和铅字。这台机器远胜过我们十几年前在安德瑞丝·德莱岑家地下室造的那台摇摇晃晃的机子。

站在印刷机旁，对着新组建的团队，我慷慨陈词。我已经不记得具体说了些什么，也不知他们有没有认真听。那天，唯一一个最重要的东西就安放在印刷机的机床上。结束时，我祈祷上帝保佑我们这小小的印刷厂，因为我们的产品借了上帝的名义，也是为了实现他的目的。

我刚说完，德拉赫走上前来，毫不理会众人的注视。以前他总是很容易引起别人的注意；可自受伤后，他近乎疯狂地漠视身边的每一个人。也许他害怕自己的畸形外表会招致外人的注意和嘲弄，故意用冷漠的外壳保护自己。

德拉赫打开一大瓶黑墨和一小瓶红墨。他先用刷子沾了点红墨，仔细涂在标题处印红色的地方，然后又把黑墨倒入印刷机旁衬板上的水槽里，流出的墨如石脑油般黏稠。

他用刀子不停地搅动油墨，直至变得均匀，之后从地上拿起两个带杆皮球，将其中一只沾上油墨，再涂到另一只上。等棕色的皮子完全变黑，又把它涂到铅字上。涂的时候要边揉边转，像和面一样。这样，一层薄薄的油墨就附在模具上。

德拉赫走回人群，我终于松了口气。我曾想过让德拉赫此时参与进来——不仅因为他那双拿画笔的手涂起油墨来比任何人都要灵巧，还因为那样做最合适。他曾是我的启明星，是他造就了今天的一切。然而，同以往一样，我心中闪过一丝忧虑。这里有一个人会令他反应失常，让他大为光火。

两名年轻人站在印刷机旁。一个叫凯弗，是我从斯特拉斯堡带来的学徒，而另一个就是彼得·司考佛。德拉赫曾抱怨过，不该把这么光荣的任务交给司考佛，但被我驳回。这是一种策略，因为福斯特从旁盯梢，而且这也是他应得的。司考佛的确是我所有学徒中最有前途的，他对书籍有与生俱来的灵性。而这种灵性为其他人所不具备：不论是金匠、木匠，还是牧师、画师。

司考佛把羊皮纸放在连接印刷机车床的衬板上，用六枚大头针固定位置。他把羊皮纸向后折叠，使它颠倒过来，悬在沾了油墨的铅字上方，再将字盒滑回，羊皮纸刚好塞进垫板下面。他和拉佩尔抓住把手，来回转动螺旋杆。

我很想自己干，但我上了年纪，这又是力气活。螺旋杆越转越紧，发出吱吱嘎嘎的声音，垫板压下来。他们等一会儿，才又将螺旋杆摇上去。

凯弗抽出字盒，扒开羊皮纸，看看纸背面，然后松开大头针，把它拿下来，双手举着向大家展示，然后交给我。一群人立刻将我紧紧围住，想一看究竟。

上千的字母像星星一样在纸上闪着光芒，墨迹未干，色泽漆黑。

> n the beginning God created heaven and earth.
> But the earth was void and empty : shadow
> covered the earth, and the spirit of God swept
> over the waters.

起初，神创造天地。但地是混沌空虚，黑暗笼罩大地，神的灵运行在水面上。
（旧约——创世纪，第一章）

工作还没做完。首字母"I"随后会由卡斯帕用他的铜版印刷加上。明天就可以印这页纸的反面；不久就能印好与它共轭的纸页；再有两天，就能把它们对折，上线，最后与书的其余部分装订在一起。单就这页纸来说，印刷得简直完美无缺。戈兹制作的每一个新铅字都印刷得清晰完整，大小均匀，常人单凭手抄绝对做不到。

我望向德拉赫，想和他分享胜利的喜悦，他并未迎接我的目光。他正盯着那张羊皮纸，苦着面孔，就像咬了一口酸苹果。我知道他正在看什么，是页边处的标点符号。彼得·司考佛说的没错，现实远不如想象那么完美。我不明白这是为什么，但事实的确如此。

我正打算前去拥抱德拉赫，提醒他这是他的成功，也是我的成功，这时，福斯特来到我面前，他兴奋地涨红脸，手里拿着一杯酒，拍拍我的肩头。

"你成功了，约翰。 这下美因茨所有的抄写员和加红字标题的人都要失业了。"

我努力冲他笑笑："愿上帝保佑，这才是第一本书的第一页，还有差不多二十万页要印。"

十分钟以后，我们真正开始试印，司考佛和拉佩尔把第二页羊皮纸放入印刷机。司考佛将纸拿下，挂到架子上的第一页纸旁边。我仔细对比这两页纸，一个字母一个字母地看，唯恐有一丁点偏差。

它们一模一样，印刷非常完美。

阳光透过玻璃窗上的气泡照进来，在对面墙上投下一道彩虹般的影子。这使我想起在巴黎时一位长者对我说过的《新约》里一句话：

它投射出彩虹样的光束，方缔造出完美时刻。这是完美的迹象。

我沉醉在自我的完美时刻中，多希望这一时刻永远不要停止。

第 71 章

美因茨

以他的身份去找那本书太过招摇，否则他早就找到了。他看不起那些在电视上自鸣得意的同僚。那些家伙将本教内部的事情公开宣扬，等从摄影棚出来回到教会，就会发现内瓦多等在那里，通知他们已被调职到遥远的其他大陆。他喜欢将别人降职，那感觉如同园丁修剪掉那些破坏树木形状的树枝。

不过，现在他马上就要迎来事业的顶峰。以他目前的身份地位，他的光芒想遮也遮不住，他是万众瞩目的焦点。上任教皇去世后，报纸上刊登了内瓦多和其他候选人的照片。一些无知的时事评论员写了些无知的文章给那些无知的读者看，通篇都在揣测他是否是最后的人选。他在自己位于梵蒂冈的公寓看过那些文章后，把它们用作火引。一直以来，对于这种无价值的东西他都这么做，既然是垃圾，就只配得到这样的处理。

但过失一旦犯下，就很难被彻底清除。那还是五十多年前的事，当时他刚出道，不像现在这样声名显赫。即便如此，他很清楚他必须这么做。也许有人会把这种事当成命运，是命中注定，可对卡迪纳尔·内瓦多来说，一切不过是上帝的旨意。

他往上拉拉围巾，挡住嘴，走出教堂。

他们盘山而下，朝那座莱茵河畔的古老城市进发。美因茨的房屋建筑规格似乎有别于他处，当他和艾米丽牵手走在积雪覆盖的街上时，那些高耸的围墙使他们显得异常矮小。

档案室位于主街道旁一座现代化的大楼里，大楼旁有座公园，再远处就是莱茵河。一艘客轮停靠在对面码头。

他们来的正是时候。档案馆正打算关门，馆里的工作人员显然想在大雪天早点回家。尽管面露不悦之色，她还是让他们进来，把他们领到了地下室。那里就像座迷宫，书架满满当当，裸露的灯泡放射着光芒。远处的角落里堆着一堆文件，管理员从那下面费力地抽出一个扁平的硬纸盒，放在暖气管下面挤靠墙壁的桌子上。

"阅览室早就关门了。你们在这儿看吧。"她看了看表，"还有一个小时，到时不出来，我们就锁门。"

奥拉夫坐在教堂里，凝视那些天使。有时，他老眼昏花，看不清楚，就幻想天使们摆脱了玻璃牢笼，在蓝天上自由翱翔，他喜欢这种错觉。他仿佛还看到他第一任妻子朱迪正在那里与天使们玩耍，他希望她现在过得比和自己在一起时快乐。

轮椅向前晃了一下，有人撞到后面。奥拉夫抬起他满是皱纹的手，准备说"没关系"——对此他早就习以为常——却没听到"对不起"。

他转过身，一抬起头就看到那张在噩梦中出现的脸。

目录有十二页，没有分栏，字迹紧凑。过了几个世纪，目录已被修改过多次。装订线处好多条目都看不清楚，还好纸边上整整齐齐记录着姓名、日期及抄写的号码。

"我们要找什么？"

"任何有关吉莉安找到魔鬼藏书馆的线索。可能是十五世纪的什么东西，也可能是一本《动物寓言集》，或者是一个我们从没听过的名字。"

尼克努力辨认目录上的第一行字。中世纪的手写体，又是拉丁文，尼克无可奈何。

"目录是按什么顺序排列的？"

"时间顺序。"

"那找到十五世纪的书应该不太难。"

"是修道院拿到书的时间顺序。"艾米丽纠正道。

尼克有些不相信地看着艾米丽："这是哪门子整理信息的方法？"

艾米丽手捂书页："卡片目录直到十八世纪才发明。在那之前，只能记录图书到馆时间。如果书被卖掉或丢失，就把它们勾掉。由此可见在过去，图书管理员对修道院是多么重要。"

她探身过来，仔细看了看第一页："这类书大多是《圣经》或祷文，或许不用管它。"

"除非那些修道士也和吉莉安一样在这儿做过手脚。"尼克嘟囔着，"如果这本书这么有争议，或者他们把它故意归错档也不一定。"他指着页面中间一个条目，"那是什么书？"

"《物性论》。"

"什么时候的？"

"最早吗？大概公元前三百年。"艾米丽忍不住发笑，"这是亚里士多德时代的。"

奥拉夫自十五岁后，恐怕就没再信过上帝，但他相信命运。活到现在的年龄，他见多了这种事情，已经能平静对待命运的来临。卡迪纳尔·内瓦多抓住轮椅把手，推他出去时，他没有反抗。走出满是蓝色的教堂，外面满是太阳发出的刺眼黄光。

"你把自己隐藏得很好。"内瓦多在他耳边低语，"我们整整找了你一周。"

"我早就猜到你们会找到我的。"

"可你却并未放在心上。"转弯时，轮椅滑了一下。"在我们这场智谋较量中，你那骗人的本性也算是发挥得淋漓尽致。不过有时候，人不能倚老卖老，别以为逃过第一次，就能逃过第二次。天网恢恢，疏而不漏。那美国女孩来找你时，你就已经背叛过我们一次，而且成功脱了身，现在你居然又在同一个地方和他们见面，真是太大意了。"

奥拉夫仰望天空："我喜欢看那些天使。"

"希望你喜欢。这将是你这段时间内最后一次看他们了。"

奥拉夫突然激动起来。他伸着脖子，使劲向后看，却只能见到那强盗的一袭黑衣如一道墙，挡在他身后。

"你想要知道什么？"

"什么都不想要，所有的事我们都知道。"

卡迪纳尔·内瓦多把手伸进口袋，掏出一把沉甸甸的渔刀。他勾住轮椅的刹车线，手腕一用力，线断了。

"上帝，请饶恕他所犯的错误。"他念叨着，一边将戴着手套的手放在奥拉夫头上，假作仁慈，一边进行祷告，然后一推。

那座小山如玻璃般光滑。奥拉夫伸出双手想要抓住轮圈，停住它们，可在踩实的积雪上，这么做毫无用处。轮椅一路向下猛冲，侧翻到山下一条双向环形公路车道上。

内瓦多站在山顶，亲眼看到轮椅被一辆卡车迎头撞起，飞到对面车道，弹起来，又被一辆迎面而来的汽车碾过。

尼克没多少事情可做，在地下室踱步，看盒子上的标签，猜想一下里面是否藏着别的秘密。不一会儿，他感到腻烦，就打开手提电脑，玩起纸牌游戏。连输三局后，尼克回到桌旁的艾米丽那里。

"有发现吗？"

艾米丽皱皱眉："不好说。好多名称都不熟悉，我根本没法确定日期。"

电脑上，时钟显示时间已经过去了半个小时。怀揣试一试的想法，尼克激活了手提电脑的无线网卡。令他意外的是，电脑上竟立刻出现了一个网址。

"或许我能帮得上忙。"

他拽过一个硬纸箱，放在桌上，临时将电脑搁在上面。艾米丽读一个名称，他就在搜索引擎上找一个，逐渐地，目录范围缩小到貌似十五世纪中期所写的那些题目中。屏幕右下角，时间正一分一秒地流逝。

"这有一个。"艾米丽说，"没有任何内容，只有一个名字 Liber Bonasi."

尼克将 Bonasi 这个词键入搜索引擎：

您要找的是 Bonsai 吗？

这行字下面，罗列了与 Bonsai 这个词有关的搜索结果。

"没什么有用的。"

"奇怪。"艾米丽盯着目录，"试试查'Bonasus'，那个拼写可能更常见。"

屏幕上，尼克滚动鼠标，搜索新的结果，将它们一个一个打开，试着搞清每一个的意思。

"'Bonasus 似乎是拉丁语中对一种波兰野牛的称呼。被这种牛的尿液浇过的草是制作伏特加酒的添加剂。'哇，真恶心！"

尼克抬起头，看到艾米丽一动不动，很奇怪。"这上面就是这么说的。"

"试试查'Bonnacon'。"

艾米丽给他拼出这个单词。尼克将它输入电脑，点击搜出来的第一个结果项。艾米丽站起身，绕过桌子，来看屏幕。

"这就对了。"

屏幕上出现另一幅画面，是一只腹肌发达的怪兽，牛角弯曲，牛蹄分趾。三名骑士正手持长矛追赶它，却遭到怪兽臀部发出的一道叉形闪电的阻击。

尼克读着上面的文字说明："Bonnacon，又名 Bonasus，是一种与众不同的动物，长有马鬃，身体像兽，兽角向内弯曲，因此不能用以进攻。当遭到攻击时，此怪会迅速逃离，同时一路排出粪便，可达两英里。袭击者若踩到排泄物，就如遭到火烧一般。"

艾米丽一边听，一边从包里拿出拼好的打印图，放在电脑旁。尼克比对着这两幅图：看完屏幕看纸上，看完纸上又看屏幕。

两处画的是同一种动物。虽然不是一模一样，却明显能看出是同一种荒诞的动物。尼克原以为后面那东西是浓密的尾巴，其实是喷射在身后的能着火的粪便。

"原来是粪便炸弹。"尼克说，"真庆幸我没在它后面走过。"

"Liber Bonas 指的就是《动物寓言集》，这可能是别名，就像离布勒斯 Libellus 是古腾堡的别名，Master Francis 其实是纸牌大师一样。"

尼克绕过杂乱的桌子，又看看那份目录："这里提到魔鬼藏书馆了吗？"

"没有。"艾米丽指着记录，"书目被整理过，但与别的书有些不同，空白处没有日期或是任何有关该书下落的描述。"

"奥拉夫说吉莉安是从这里找到线索的。"

"如果要把一本危险的书送到秘密的图书馆去，或许不会记在目录里。"

"不这么做别人会看到。"尼克拿出手机，开机——这是他离开巴黎后第一次用手机。屏幕发出蓝白色光。

"这不是紫外线，但也许能给我们点启发。"

他将手机挨着纸，平放在中世纪目录处，屏幕发出的光顷刻洒遍纸上。尼克一点一点移动手机，来回变换角度，希望能找到任何一处盲点记录标志。

"那是什么？"

果然被他找到。纸上有一处不明显的印痕，在微弱的灯光下几乎看不到。尼克调亮屏幕，像考古学家筛查沙子一样追查那些凹痕。他得一个字母一个字母地拼，好几次，他拼错了，不得不重来一遍。

比伯·迪亚布。 波特斯·加里多思。

钢楼梯上响起脚步声，尼克惊得跳了起来，原来只是档案馆馆员。艾米丽迅速收起目录，放回盒子。

馆员敲敲手表："到时间了，你们该走了。"

他们跟随馆员返回上面。上楼梯时，尼克问她："您听说过波特斯·加里多思吗？"

馆员皱皱眉，面露惊讶之色。

"波特斯·加里多思是历史上对上温特的称呼。那是莱茵河边的一个小村庄，在深山里。"她推开门，走进大厅，透过前面的窗户向外指去，穿过繁华的街道，能看到几面旗子无精打采地挂在码头过道上。"你们可以从那里坐渡轮过去。"

内瓦多在街道上核查——还是空空如也。帽子遮着他的脸，从上面任何一扇窗户看，都看不清他的长相，就是中央电视台的摄影机也拍不到。他怀疑警察根本就没盘问肇事者：事情再简单不过。一位老人的轮椅在打滑的路面上失去控制，导致车翻人亡。真是悲惨。他离开那里，脚步轻快地走到山脚下的街道，发现人行道上的雪已经被清铲干净。远处传来汽笛声。

大衣口袋里的手机震动起来，提醒他任务并未完成。他"啪"一声翻开手机，放在耳朵上听。

"什么也不要做，等我。"

历史上，美因茨是有城墙的：现在它被雪墙围起。高速公路的双向车道两边堆满积雪，将河堤与这座城市的其他部分分隔开来。车流停滞不前，所有的汽车都靠边停放，让救护车可以缓慢前行。一定是有人车子打滑了——这种天气，极易发生这样的事故。尼克想看看事故现场，却什么也看不到。

他们穿过阻滞的车辆，来到一处位于莱茵河上的宽阔散步区。寒风凛冽，莱茵河水被风吹得波涛汹涌，白色浪花翻卷。旗杆下，一个身着蓝色连体工作服的船员正在松开跳板上的绳索。他们赶忙上前。

"这艘船是开往上温特的吗？"尼克问。

渡轮开动马达，准备离岸，机器轰鸣，尼克听不清对方的回答，柴油机冒出阵阵烟雾。船员从圆环上撕下两张票，丢到尼克手里。

"上船买票。也许能去那里。"他看看天气，"也许不能。"

他们摇摇晃晃走下跳板，进入船舱御寒。他们并未回头，并不知道有人鬼鬼祟祟地绕开终于开始前行的车辆，跑过马路，来到码头，查看布告牌上张贴的渡轮时刻表，更不知道这个身穿黑色大衣，帽檐压低的男人紧随其后，上了码头。

尤格听到内瓦多来了，转过身子："第一站是林德赛——不远。如果我们开车，或许追得上他们。"

主教摇摇头。莱茵河里，渡轮正穿过两艘大型的运煤驳船。

"我们知道他们要去哪里。"

第 72 章

美因茨

渡轮离开码头，小心翼翼穿过两艘装载着木材的驳船，那些木材来自上游的森林。八月多雨，强劲的水流从大船背风一侧涌出，拍打着渡轮的船舷。一波褐色的浪从船边溢进来，水手们使劲划桨，而乘客们则互相抓扶，交错站立。我站在安全的河岸上，看着他们挤成一团的脸。年轻时，我也坐过那种渡轮，当时我如此稚嫩，刚步入社会。可现在，我已经老去。

福斯特走出货仓，从一群刚下船的游客后面穿过，来到我面前，像往常一样跟我打招呼。

"印了多少页？"

"九页。"

"应该印多少？"

"二十页。"

"落后这么多！"他皱皱眉头，"怎么会这样？"

"这么大的工程，必然会随时出现某些问题。这些铅字磨损的速度比我们预料的要快。我们使用的油墨也超出了计划——我也不知道怎么回事，而且首字母还是对不齐。"

"另外那台印刷机呢？"

"萨斯帕奇承诺半个月内一定准备好。"

"他半个月前就是这么说的。"

"有一根柱子装得不太合适，他坚持要拆了重装。"

福斯特翻翻白眼："吹毛求疵。"

"这并不是进度拖延的原因。排字工人排版花的时间比印刷工人印刷所耗的时间长得多。我已经把他们分成两组来排版《圣经》的不同部分，但是甘瑟神父发现错误太多。昨天，有一页被送回来返工十五次才算通过。即便这样，仍有错误遗漏。昨天，我们印了一页的九份后才发现其中有两行印颠倒了。"

"普通纸还是羊皮纸？"

"羊皮纸。"

"你们应该先印在普通纸上，"福斯特指责我，"那样错误的代价会低些。还有，你不应该抓住细节不放。如果每一页有拼写错误都重印，我们岂不是得干到世界末日才能完？"

我的脸一阵发紧。只要想到书中存在错误，我就感到皮肤下有伤口隐隐作痛。

福斯特转身离开："跟我来。"

我急忙跟上，避开河岸上的水洼。我看了一眼乌云密布的天空，看来天黑以前还会下雨，我得在睡觉前检查一下储纸室的房顶。

"你所做的事意义非凡，约翰。"

我没有说话，不敢相信他竟对我直呼其名。头顶上，一架起重机隆隆作响，正用绞盘将大袋的石灰粉从驳船上卸下。有些粉末从粗布袋的口子里漏出来，落在水中，发出"嗞嗞"声。

"我知道任何一种新工艺的出现都会遇到无法预料的问题。但我们不能自满。要么积极应对，要么先把问题攒起来，事情总会有解决办法的。"

说着，我们离开码头，来到一个货仓前。货仓建得像座城堡，狭长的窗户，屋顶周围环绕着有雉堞的城墙。福斯特向门卫出示了一个陶制的通行牌，门卫挥挥手，示意我们进去。货仓里充斥着一股木屑和葡萄酒的味道。到处是一捆捆的布和一坛坛的油，一堆蜡封的箱子摆在一个隔间里，箱上印有葡萄标志。

福斯特从皮带上挂着的钱包里拿出一把折叠刀，撬开摆在最顶端箱子的盖儿，割开包裹东西的油布。我知道那里面包的是什么：我在汉伯瑞西朵夫庄园的储纸室里曾开过不下十包这样的东西。那是一包上了浆的纸，轻脆易碎，泛着微光。

"我没有定过别的纸。"我说。

"是我定的。"

我数数其他的九个箱子，每箱装有两令，总数差不多一千张。是我们已储备总数的四分之一。

　　"这花了多少钱？就算有损费，我们的纸也够用。"

　　"我一直在和买家商量。"他把手放在我的胳膊上，打消了我的顾虑，"我精心算过一笔账，你说过，你自己主要负责排版，这是我们工作中比重较大的一部分，而这部分是固定成本——不论印一份还是一千份都一样。一旦这部分工作完成，进行印刷就会相对快一些。所以印得越多，排版所花的成本就越少，这样节省出来的钱足够应付多出来的人力、纸张和油墨的成本。"

　　"再印多少本？"

　　他拉着我，离开那堆箱子，回到外面码头。"三十本，普通纸印刷。我计算过，成本将增加九十荷兰盾——这个我付——而盈利能增加九百荷兰盾。"

　　"可如果我们卖掉这三十本。"我提醒他，"将更无法在预定日期交货。"

　　"决不能错过最后期限，我投资在这本书上的钱是有息贷款，必须在两年内还清。"

　　"债务可以重组。"我轻松地说道。或许是我说得太轻松，他猛然回头，严厉地瞪着我。

　　"书必须按时完成。我们一定要加倍努力，或许印刷过程中的某些方面可以重新考虑。"

　　"哪些方面？"

　　"红字标题算一个。我去过印刷室——亲眼见过给模具上两种不同颜色的油墨有多么费时。有时黑墨溢出来，流到红墨中，就得把整个模具清空，擦干净，然后再重新灌墨。"

　　"这确实比较费时。"我承认，"但如果没有红字标题，我们的书卖不了那么高的价钱。"事实上，我讨厌别人插手我的书，破坏整体的一致性。

　　"无稽之谈。买方根本不知道漏掉了什么。每一个买《圣经》的人都以为自己被迫为加红字标题者付钱，就像被迫为装订者和插图者掏腰包一样。"

　　"并不是单纯的插图，他们将会见识到卡斯帕的凹版印刷技术。"

　　我们在岸堤旁停下脚步。河水拍打脚下的堤坝，石头周遭，杂草丛生，一群天鹅在悠然啄食。

"凹版印刷也必须去掉。"

福斯特没有看我，他一定已经想到了我脸上是什么表情。

"我知道他是你的好朋友。但我们在这个项目上投资太大，决不能仅仅因为朋友义气而威胁到此事的利益。"

仅仅因为朋友义气。"他绝不仅仅是朋友那么简单。他是我们现在所做一切的奠基者、支撑者。我还在巴黎印课本时，他就已经自己印刷纸牌了。"

"那他就更应该明白一项新的工艺需要妥协和让步。"

我对此深表怀疑。

"还有别的事吗？"我问。

"你应该好好看看页面构成。彼得说，每一页可以再加两行而不影响外观。每页行数多，意味着书可以少几页，这样省时省纸，能多赚些。仅此一项节省出来的纸张和时间就够我们印刷额外那部分书的一半。"

"我会考虑的。"我淡淡地回应。活这么大，我感觉自己现在就像一个小孩子没得到他应得的玩具。我想哭。

福斯特从腰间拿出一串念珠，短促、精准地拨动珠子，动作就像用算盘算账。

"你不能事事完美，约翰。这本书的印刷已经创造了奇迹，我们在两年内印出的书比一个抄写员两辈子抄的书都多，千万不要弄巧成拙。"

"这是我的梦想。"我轻声说，"依上帝之意，打造上帝之书。"

"句子并没有改变，只是装饰不同而已。看在上帝的分上，免谈红字标题吧，我们投了那么多钱，绝不能因此而失败。"

"我做这些并不为赚钱。"

"是吗？当我告诉你我们额外多印能挣多少钱时，我看到了你脸上的表情。不过，就算你不是为了钱——可我是。而你是在为我工作。"

"是合作。"

"你不喜欢这种说法，我可以换掉。"福斯特把念珠放在手心，用手握住，"我并没有别的意思。我知道这对你意义重大，但是所有人当中，你最应该实际一点。"

他注视我一阵，把念珠戴回手腕，叹口气，作势要走，然后又想起了什么。

"我昨天清点了一下羊皮纸，少了三张。"他眯眼细看我，"我听说你上周在古腾堡庄园印了一批语法册子。"

"我们要用的羊皮纸受潮了，干了以后，会变得像酥皮一样脆，没法再用。我承诺过要按时交书，所以就从汉伯瑞西朵夫庄园的储纸室里先借用了一些。等新定的货一到，我会马上归还。"

福斯特眼睛冒火："你还记得我说过什么吗？所有属于我们投资的东西都不许碰。什么叫'借'，像葡萄园里的工人那样，嘴里塞满主人的葡萄吗？这次就算了，但绝不允许再有下次。"

福斯特把我丢在码头，走了。河里的磨船开始工作。我突然意识到，几十年前，我的母亲一定就是站在这里，目送她的小儿子登上开往科隆的驳船，他身上除了一件干净的衬衣，别无长物。母亲当时流泪了吗？她是否感到撕心裂肺的痛苦：先是丈夫离开，然后又是儿子？她是否想过将来？

下雨了，雨水混杂眼泪，打湿我的脸庞。

第 73 章

莱茵河

尼克站在船头，水花时不时地飞溅到他脸上，可他宁愿待在这里，也不愿回到令人窒息的船舱，呼吸满是烟草味的污浊空气。他感觉自己正驶入一个童话世界，不过不是现代童话，而是老式的，没有爱说俏皮话的小动物和清脆悦耳的音乐，只有土地、黑森林和冷山编织而成的复杂故事情节。莱茵河流过这里，河岸两边，山谷陡峭，白雪皑皑，悬崖峭壁，高耸在上，崖壁里有女妖出没，多少水手曾受到引诱，葬身于此。荒凉的城堡驻守山顶，目视船只沿河而下。有些已成残垣废墟，有些仍精神抖擞，似乎只消一声号角就能唤起它的守卫者投入战斗。

"幸好我们坐船来的。"艾米丽戴着手套，指指岸边。一条单向公路沿河岸蜿蜒向上，在雪中几乎看不到了。"一辆车也没有，公路一定封了。"

"太好了，"尼克说，"这样有人想追我们就更难了。除非还有别的渡轮？"

"酒保说这是今天最后一班船，他还说，如果明天河面结冰的现象更严重，可能一班船都发不了。"

"太好了！"尼克又说了一遍，其实是在安慰自己。他有些担心，并不是害怕被人追赶——过去的十多天里，他经历了太多这样的事，而是感到一种更深的恐惧，他觉得自己落入了一个空间，无路可返，一只冰冷的手扼住他的咽喉，令他无法呼吸。

艾米丽拿出一张皱巴巴的纸巾，五指发力，把它撕烂，将碎片撒到河里。"你觉得我们能找到它吗？"

"你是说找到她吧？"

"对不起。"艾米丽注视着一片纸巾飘然落下，被河水吞没。

尼克没有说话，走过来站在艾米丽旁边，紧挨着她。艾米丽把头靠在他肩膀上。

"我很奇怪为什么《马纳萨斯的祷文》会与这件事有关。"艾米丽说。

"什么意思？"

"我们在追查吉莉安的下落，可她到底在追查什么？如果她去了上温特，那是因为她在美因茨档案馆里发现了什么，而跟《马纳萨斯的祷文》或那只刨地的熊一点关系都没有。"

"也许我们不该追查那些图片。"尼克说，"《以色列诸王格言》应该是《圣经》中遗失的一本书，对吧？也许作者是用这种方式告诉我们，他的书到了丢失的书才会去的地方，也就是魔鬼藏书馆。"

"可怎么解释那头熊呢？纸牌上的熊和《马纳萨斯的祷文》里那头熊一模一样，你认为这只是巧合吗？"

答案是 bear。

"你自己说过，中世纪的艺术家经常互相抄袭。"

"感觉就像我们在追寻的线索已被人在五百年前设计妥当。那些铭文题字，隐藏的书，重复的形象……但我并不确定这指上温特。"

"可吉莉安这么认为。"

尼克轻轻向旁边挪挪，想把手伸进口袋取暖。手指碰到了手机的小巧外壳，他感到指尖麻酥酥的，仿佛血液在回流。

　　不对。他突然意识到那并不是血液流动，而是手机在震动，铃声也在响，只是船上充满发动机的轰鸣声与河水的呼啸声，他根本没听到。他上次用手机寻找目录中的盲点记录后，一定忘记了关机。

　　尼克拿出手机，像发现天外来物似的盯着看。之后，实在因为看得累了，手机又不停地响，他才接听。

　　"尼克吗？我是西蒙。"

　　尼克大吃一惊，差点扔了电话。艾米丽看到，做出"谁"的唇形。

　　"阿瑟尔登。"尼克小声说，然后对着话筒，"你是怎么知道这个号码的？"

　　"你在纽约用这个号给我打过电话。我已经给你打了一天的电话，你收到我的短信了吗？"

　　"你现在在哪儿？"

　　"美因茨。莱茵河畔，离法兰克福不远。"

　　西蒙说这话的语气太随意，太自负，太老练？抑或是尼克自己偏执？

　　"美因茨漂亮吗？"尼克尽量让声音显得平静。

　　"有个罗马式教堂不错，还有出售刻有古腾堡图案的巧克力店。"这听来并不像开玩笑，"但我并不是来玩的。我给巴黎的办公室打过电话，得知我们离开的第二天，有一个寄给我的包裹抵达。盖着美因茨的邮戳。我的秘书认出是吉尔的笔迹。"

　　"寄的什么？"

　　"你应该亲眼看看。你能来美因茨吗？"

　　"现在不行。你能告诉我什么内容吗？"

　　"你还是亲自看看好。"

　　尼克开始头疼。"看在上帝的分上，阿瑟尔登，我们正到处找吉莉安，你就别再和我兜圈子了。"

　　"完全同意。你为什么不能告诉我你在哪儿？"

　　尼克在犹豫。阿瑟尔登懊恼地叹了口气。

　　"你听说过'囚徒困境悖论'吗？两个囚犯同处一个牢房，如果彼此信任，就能逃避罪责；相反，则都难逃绞刑。我俩现在就处于这样的困境。"

尼克依然沉默。他脑子里塞满各种揣测，难以转动。

"吉尔半个月前肯定在美因茨。我去过这里的档案馆，馆员们对她还有印象。我们俩一前一后，尼克。"

"吉莉安邮寄的包裹到底是什么？"

阿瑟尔登顿了顿，然后说道，"好吧，你想以此作为交换是吗？里面是你从布鲁塞尔拿走的那本《动物寓言集》上的第一页。有人把那页撕掉了——我想吉莉安一定找到了它。我已经用手机拍下来了，现在就给你发过去。等等。"

尼克等着。这会是又一个陷阱吗？他觉得每多等一秒电话，自己的焦虑就增加一分。

一声铃响，短信到达。电话那头，阿瑟尔登肯定听到了。

"现在能说了吧——你在哪儿？"

也许是因为尼克太累，也许是因为阿瑟尔登的声音虽然缺乏诚意，也不怎么友好，可毕竟是可触碰到的，熟悉的，弥足珍贵的，又或许是因为他的恳求中流露出的绝望，尼克动摇了。如果我们不能彼此信任，我们都难逃绞刑。

"我们在莱茵河上，正前往叫上温特的地方，我到了会给你打电话，我们可以合计合计。"

"我看看能不能去那儿，眼下出行很难。"他清清嗓子，"嘿，对于在布鲁塞尔分道扬镳的事我很抱歉，我们本应该团结在一起，为了吉尔。"

"我得挂电话了。"

"等等。有……"

阿瑟尔登的声音中断了，他的话变成断断续续的杂音。过了几秒钟，他的声音才又响起。

"她是……"

"是什么？"

尼克四下张望，他们的船正绕行一个两面夹山的弯道，信号受阻。

"我听不清你说什么。"

杂音更大，然后，什么都听不到了。

尼克挂了电话。焦急之中，他差点关了手机，这时，屏幕上一个闪烁的图标使他想起阿瑟尔登发过来的照片。

"我想如果没有信号，也就没办法追踪到手机的位置吧。"

他打开图像，把电话递给艾米丽。这么小的屏幕，很难看清，艾米丽手忙脚乱找到按键，将它放大。

"是标准的《动物寓言集》开篇。'狮子是所有动物中最勇敢的，它们无所畏惧……'然后是图片。"一只狮子弓着背，咆哮声震耳欲聋，图旁的文字似乎都被吓得发抖。

尼克接过电话，滚动翻看图片，他手指僵硬，差点把电话掉入河里。

"那是什么？"

页面底部空白处有一个图标，很不起眼，几乎看不到。

"难道是污垢？"

尼克将它放大。图像先变得模糊，随后又清晰起来。是涂鸦——没有比这更适合的词语了——一个矩形塔的草图，塔有三扇门，塔边是一个巨大的十字架。

"十字架一定表示这是教堂，或修道院。这倒比较说得通。如果真有魔鬼藏书馆，修道院将会是最安全的地方。"

尼克又盯着那幅图片看一会儿，然后关了机。

"我真希望告诉阿瑟尔登我们去哪儿是对的。"

艾米丽把手放到尼克手里，紧紧握住。

"反正现在已经这样了。"

尼克凝视河水。船头外，河面下潜伏着北部黝黑的礁石，犹如逡巡的鲨鱼。

如果我们不能彼此信任，我们都难逃绞刑。

第74章

美因茨

整个冬天，我们都在拼命工作。当秋雨淹没农田，将道路变成沼泽之时，我们也正深陷于自己的"沼泽"——油墨和铅字之中。我看到马车夫为了把沉重的马车拖出泥浆，弄得肩膀瘀青，伤痕累累，感到同病相怜。

十一月，下起大雪，福斯特不允许在汉伯瑞西朵夫庄园里生火，大家只能挨冻。我只得让所有人轮流回到古腾堡府，在我们用来煮沸油墨和重铸铅字的炉旁取暖。这样一来，本来又阴又短的白昼变得更短。一天早上，我们发现一堆堆纸冻成冰块，印刷机也冻住了，油墨根本印不到纸上。

然而更为脆弱的还是人这台机器。我现在印的书可能比史上任何人都多，但我的手却几乎没碰过纸张和油墨。如今，整个房间里的人就是一台巨大的机器，和萨斯帕奇所造的一样复杂。而我则是操纵杆上的螺丝：拧得太紧，机器会断；太松，不起作用。我必须知道排字工人每小时、每天、甚至每周能排多少页，还得计算完成这项任务需要多少人，这样，印刷工人才不至于要么闲坐，要么忙得要命；我还得观察那些工人：哪些生性好斗，哪些脾气温和，哪些粗心大意，哪些一丝不苟，再据此进行调配；同时还必须确保印版经审核无误后才送去印刷，以及决定印好的整刀书页如何摆放在储存室，以便日后装订成书时不会分错。这些机械装置看不到——属于思维、条理和想象系统——但在我们的新工艺中，它和真正的机器发明一样，必不可少。

还有德拉赫。最初，我让他负责印刷部分，但是三天后他却不见了。我们一早上都在找他，印刷进入停顿状态，福斯特对此大为光火。我们在一家酒馆找到了他，他告诉我他不想干了。我说那就让司考佛接手，卡斯帕被激怒了，这才答应继续留下。但我马上就后悔了。他总是迟到，与助手也纷争不断，很快就开罪了汉伯瑞西朵夫庄园里一半的人。有时，哪怕出现极微小的瑕疵，他都坚持要重印；而真遇到极其严重的错误时，他却大手一挥，示意通过，害得我整个下午翻遍储存室才找到出错的书页。

太迟了，我承认德拉赫不是做这工作的料儿。他喜欢新鲜，喜欢发明带给他的那种狂放不羁的自由感。而我们的工作多设规矩，讲究艺术，就算偶有新鲜，也还是老一套。

一天傍晚，我试着向德拉赫解释："在这间房子里，大家都是兄弟，一起为上帝服务，为我们这个行业服务，也为彼此服务。我们出的书既不属于我，也不属于你或福斯特。它们都属于上帝。这些书越完美，离上帝就越近。"

"你卖这些书的时候，上帝会获利吗？"

我沮丧地摇摇头："你没理解我的意思。这项工作很无聊，要不断重复——"

"像用锤子钉钉子。"

"——但重要的是我们在做。就好比修道士靠祷告完成他们的职责，向上帝如实反映一切，周而复始，亘古不变。"

"毫无疑问，你已经是一名很好的修道士了。"德拉赫刻薄地说道，"如果我想过一种单调重复的生活，不如去种地：耕地，播种，收割；再耕地，播种，收割；拉着犁在同一条古老的犁沟里耕种，直到我死。"他脸上的伤疤抽搐着，"可是我能做的不止这些，你也一样：远不止像磨面工人似的，只是拉拉操纵杆，又印出一本你的书而已。"

下一次，他辞职了，我知道早晚会有这么一天。我同意他离去。为了不让事态更为恶劣，我把他的工作交给了卡夫，但这却将卡夫推入尴尬境地，还开罪了司考佛，因为他俩都清楚，司考佛才是更好的人选。我向德拉赫支付了工资，但他在汉伯瑞西朵夫庄园已经没有任何职务。有时——其实很少——卡斯帕会来造访，在庄园到处转转，做些令我不舒服的事，然后离开。我觉得他喜欢给我们的工作制造混乱。其余时间他待在古腾堡府，负责插图工作，打发时间。

尽管事情的发生不可避免，但我依然感到伤心。我们跋涉到人生旅途中的此处，原本属于我俩的事业易主，只剩我一人独自打拼。

四月，情况开始有所改变。白天变得越来越长，我们的时间压力减轻，不必再分秒必争；大家也不再满目忧愁，而是开始以一种新的眼光看待工作；原来冻得哆嗦、瑟瑟缩缩去拿冰冷铅字的手，现在排版时也变得敏捷起来。工作开始有了节奏，日子在每天印版的噼啪声、印刷机的嘎吱声和手推车运送新油墨的咯咯声中度过。福斯特一见我就问："印多少页了？"我的答案不再令他不悦。

我曾和德拉赫说我们就像修道士，一点不假。所有人如同被锁在修道院里一般，与世隔绝。大街上的人听到了院子里发出的声音，心存疑惑，但无法看到大门背后究竟在干什么。印刷工作是我们的清规戒律；早上取来纸张和油墨是我们每天的晨课；所有人在印刷室集合，分配一天的任务——要印刷的章节——然后工作，黄昏收工，我们洗净模具和印刷机上的油墨，卸掉模板里的铅字，放回铅字房，以备第二天之用。大家一起工作，一起进食，一起争辩，一起欢笑：我们是手足兄弟。

我的大部分时间都与印刷无关：解答疑问，处理纷争，支付薪水及结算账目。当然也有平静的时刻：整个庄园像围绕地球运转的行星那样，进入井然有序的运行状态之时。每逢此刻，我便在庄园中来回逡巡，审视我所创造的这个世界，惊奇于每日屋檐下的伟大创举。

当然，日子并非总是充满阳光。大家有过争吵；印刷机出过故障；文中发现过错误，通常还是在我们把那页可恶的铅字拆得四分五裂之后；要是丢失了存货，则少不了和福斯特激烈争辩几句。随着时间的流逝，公司的重担开始对我产生影响。我独自一人躺在床上，急切计算已经印好了多少页，排好了多少页，以及还差多少页。我不再对投资担保的事感到激动，相反，我希望它尽快到期。每次路过古腾堡府的门槛，我都不忘抬头看看石雕中的朝圣者，隐形的重担压弯了他的腰，我深感同情。

但我不能抱怨。较之以前发生过的事及以后将要发生的事，那些日子还算不错。

第 75 章

上温特

除了尼克和艾米丽，没人在上温特下船。那艘船几乎没有逗留：他们刚走出码头，目之所见的只有沿河远去的灯光。他们越过空旷的高速路，穿过铁路下的涵洞，沿着一条碎石铺成的甬路进入村子。房屋呈倾斜状，好像屋内的大梁仍然残留着它们曾为大树时的记忆。看不到汽车和行人，雪地上甚至连脚印都没有。如果不是屋外残留的圣诞节彩灯，他们还以为回到了中世纪。

他们沿河堤向前，途中路过几家旅店，但都关着门，一片漆黑。门上贴有通知，大都写着到复活节来临才会再营业。尼克的脚冻得生疼，他开始担心会因找不到地方住，而在这个荒芜的小镇上四处游荡，终被冻死。

高速公路尽头有一个形状不规则的小镇广场，一座宽敞的三层建筑巍然耸立，屋顶看上去像姜饼屋，石灰墙上，用潦草的哥特字写着店名"三王旅店"。里面亮着灯，尼克长松一口气。

店内与屋外一样冷。他们摁铃后，等在那里，尼克看到桌子后的挂钩上挂着一排排钥匙。

"看起来应该有房。"

艾米丽冻得发抖："只要有热水和被子，壁橱也行。"

后门打开，走出来一个人。他身穿浴袍，嘴里叼着一根过滤嘴香烟，烟头短小，尼克担心该人的胡子会被点着。他是尼克他们来上温特见到的唯一活物，可他对他们的到来却没表现出丝毫诧异。

他从墙上拿一把钥匙，指指楼上："二楼，七号房间。"

房间里没有多少摆设：几件重漆漆过的家具烟迹斑斑，地板上铺着一块陈旧地毯。尼克用手摸摸桌子，手上沾满水珠。一股冷风从浴室敞开的门吹进来，拂过他肩膀。尼克向里面看了一眼，窗户上少了块玻璃，窗台上堆满了雪。尼克想，或许可以用毛巾堵住。

尼克跨入浴室的一瞬，感到一阵眩晕。眼前的一切变得模糊起来，房间也似乎暗了下来。仿佛眼前出现的不是浴室窗子，而是千里之外一间起居室内的高清显示屏。自那天之后，这个画面每日都在尼克的脑海中重放：一样的镜子，一样刻有圣诞树图案的浴帘；所不同的是，这里的墙是白色的，而录像中的是棕色的——他记得很清楚。

尼克冲出房间，来到走廊上。

"你要去哪儿？"艾米丽在身后喊。尼克没有理会。这一层共有六个房间，其中五个房间房门虚掩，透着渴望客人光顾的凄凉；另外那间房门上，德语标牌写着"私人房间"。尼克用脚尖一个个点开那五个房间的门，仔细看浴室的墙，没有一面是棕色的。

尼克回到走廊。凭直觉，他又近距离仔细看那扇有标牌的门。门框是新的，还未上漆，而门锁绝对算得上是整个旅店最耀眼的。门中间有四处微凹，曾是螺丝孔所在，现在用烟灰填平了。尼克后退几步。褪色油漆下，数字"14"幽灵般若隐若现。

尼克试着转动门把，门是锁上的。他扭回头，看到艾米丽站在他们房间外的走廊里，迷惑不解地看着他。

"你在干什么？"

尼克偷偷潜回大厅，数数桌子后的钥匙。十三把，空的一处挂他们房间的那把钥匙。他只听到后面那间房里传来电视中足球比赛的呐喊声。

尼克心跳加快。他四下扫视一眼，飞快从钩子上拿下最后那把钥匙。铭牌上没有数字，黄铜钥匙像一枚崭新分币，闪闪发亮，表面没有任何划痕。尼克把钥匙握在手里，紧紧扣在大腿边，以防发出响声，之后蹑手蹑脚上了楼。

"不管谁来都替我拦住。"尼克嘱咐道，艾米丽一头雾水。

尼克走向那扇门，那梦魇般的场景挑战着他的想象。尼克把钥匙插进锁孔，轻轻转动钥匙。门"咔嗒"一声打开，尼克打了个冷战，仿佛有幽灵从他身边飘过。

尼克马上意识到，这正是他要找的房间。走廊里的灯光透过门涌入，整个房间好像被拆了一般，一片狼藉：地板翘起，墙裙脱落，床被拆毁，床垫断裂。见此情景，尼克的心不由缩紧。但屋内并无血迹，而且床垫上的刀痕太过笔直，看似是直接砍在上面，不像是瞄准上面躺的人，挥刀砍下而留的痕迹。

尼克摁一下开关，灯没亮。他抬起头，见天花板上电线裸露在外，灯已被卸掉。

"这里发生了什么？"

尼克被吓得几乎魂不附体。艾米丽跟了过来，站在他身后。她越过尼克肩膀，看到屋内被破坏的场景，也露出惊恐的表情。

"你应该在那儿把风。"

"你应该告诉我到底怎么回事。"

"吉莉安呼叫我时——就是她失踪那天——她的网络摄像头没关。"

尼克小心走进房间，竭力在枕木般的地板托梁上保持身体平衡。浴室门开着，门板由于受到重击而裂开，锁旁的门框也烂成了几段，松垮垮地悬在那儿。尼克向里面看了一眼，证实了自己的猜测。

"这里就是她当时和我通话的地方。我记得墙上铺的是棕色瓷砖。这个浴帘。"淋浴器一侧的调控板已被扯下，但圣诞树图案的浴帘还在天花板上挂着。尼克拉开帘子，墙上有个小窗台，齐肩高，窗外是积雪覆盖的房顶。

"这窗台肯定就是她放笔记本的地方。"

尼克四下张望，试图摆脱回荡在记忆中的尖叫声。地上的油毯卷到墙脚线处，镜子被卸下，斜靠在毛巾架旁，一卷用了一半的卫生纸放在暖气片上，塑料纸架已被从墙上取下，但仍连着纸卷，仿佛破坏者折腾到这里，中途休息了。

"这不是简单的破坏，他们在找什么东西。"

艾米丽审视着一地的残骸："如果他们要的东西在这儿的话，他们很可能已经找到了。"

"也许。"

"那我们就没有必要待在这里，等他们再回来发现我们。"艾米丽朝门口走去，"说真的，尼克，已经什么都找不到了。"

但尼克并没有听到。他盯着暖气片，陷入回忆。

那天是情人节。睡醒后，吉莉安依偎在他身旁，那是尼克度过的最美好的情人节早晨。他把华夫饼和血腥玛丽送到吉莉安床头，担心她嫌太劣质。尼克原以为吉莉安没有时间过情人节，要是她建议去瞻仰烈士纪念碑或去施舍处，尼克也不会奇怪。但她只是微笑，像只小猫似的在他身上蹭来蹭去。尼克想去亲吻她，她却挣脱了他，还把番茄汁撒到了床上。

"你得先找到我送给你的礼物。"吉莉安说着，眼里闪着狡黠的光。尼克知道，他的亲密行动得暂时中止。

他把整个公寓翻了个底朝天，乱得连布莱特见了都吓一跳。吉莉安不时给他点提示，但似乎一点都不认真。华夫饼放凉了。好几次，尼克央求吉莉安告诉他答案，可她只是笑，说他要是爱她，就一定会找到。最后，尼克心生怒气，穿上衣服，摔门而出，来到公园。

她一直没告诉他。

四天后，布莱特找到了那份礼物，当时，他一边上厕所，一边看黄色杂志。他发现没有手纸了，拖着垂到脚面的裤子，从厕所一摇一摆跑出来。一手拿着小巧的信封，另一手握着卫生纸芯。

"我想这是给你的。"

布莱特已经打开信封，里面有一张卡片，上面写着"开启我心房的钥匙"，字下边是一把金色的塑料钥匙。信封口上，吉莉安写了几个字：

"你得到了我的心"。

"吉莉安过去总和我闹着玩。"

尼克走到暖气片那儿，从纸轴上拿下了那卷卫生纸，手指插进纸筒，同时在心里对自己说：别异想天开。

纸芯上有裂缝。尼克塞进指头，用指甲抠开纸芯。纸是卷着的，可他摸到的不是轻薄的卫生纸卷，而是脆生生的信纸。尼克搜出来，有两张，纸顶端撕得乱七八糟，显然是从活页笔记本上撕下来的。

楼梯上传来响声。

第 76 章

美因茨

汉伯瑞西朵夫庄园闹鬼。很多工人对此深信不疑。第二年秋天和冬天，我们的工作始终充满阴郁、压抑的气氛。工人们从未在我面前提及此事，他们知道我不喜欢听。但由于门开着，所以当他们压低声音，神情紧张地交谈时，我还是听到了只言片语。我知道有人对那台印刷机还抱有疑虑。他们觉得印刷机太强大，有点不合常理，对它轻易就能超越人类的力量这一事实感到面上无光。有些人认为是巫术在作怪。我知道这些说法肯定来自那市井之徒，因为那些人迫切想知道我们关起门来在做什么，可又偏偏一无所知。可是，很显然，原本清楚事实真相的好多人也与他们同流合污。

同时——我不得不承认——是有一些奇怪的事发生。我发誓，有时在半夜，我确实听到下面的房间里，印刷机发出吱吱嘎嘎和叮叮当当的声音。起初，我以为是日有所思，夜有所梦，可渐渐我发现其他人也听到了。一天夜里，整个庄园的人被巨大的撞击声惊醒。我们冲到印刷机那儿，一罐新打开的油墨被撞倒在地。大家都猜是从窗户进来的野猫或燕子干的。

最后，这件事竟变成笑料。当排版工人把手伸进箱子，发现字母 "e" 变成 "x" 时，当一令纸莫名其妙只剩两张时，当戈兹的工具一夜之间变钝时，当放在印刷机上的模具次日早上背面朝上时，大家就在胸前画着十字，说印刷机闹鬼。

一天早上，我发现排字工人们围成一团，异常兴奋。很少会看到他们这样：他们大都是生性稳重、沉默寡言之人。所有人都在观看一根装满铅字的排版条。等他们安静下来，我才明白怎么回事。甘瑟神父解释说，他们早上来开工，看见这个东西在桌上，没人知道它从哪儿来的。

我把它拿到上胶室，擦去表面的油墨，用大拇指把一小片纸压在上面。一行粗体字出现。

tifex is a most curious beast with mouths at

tifex 是最为好奇的野兽，嘴巴长在。

"这不是《圣经》里的句子。"甘瑟神父说。

我给他一个警告的眼神，不想让他惊吓他人。

"很显然，这句话毫无意义。一定是昨晚有一个工人爬进来，想自己排版。"

"可房间上了锁。"甘瑟神父的助手说。

"那一定是你忘了把钥匙拔下来。"

"或许是卡斯帕·德拉赫打开的门。"

我生气地瞪他一眼："德拉赫和这件事没关系。他根本就没回来过。"

"我昨天下午看到他在储纸室旁鬼鬼祟祟的。"

"你肯定看错了。"我准备找把尺子或棍子之类的东西，教训他的无理，但唯一能够着的就是那个排版条。我把它翻过来，铅字撒了一桌，那句话被破坏了。

"看——没了。"

但我却无法轻易将那句话从我的脑海中抹去。等最后他们都回到自己的工作岗位上时，我离开那里，匆匆踏上赶往古腾堡府的路。经过印刷室时，我进去看了一眼，里面放着一批刚印好的赎罪券。随后我上楼，直奔德拉赫住的阁楼。

我好几个月没有来过了。房间很乱——绝对是卡斯帕的风格，甚至当时还残留着苦行僧般的"气味"。不论地板上，还是墙角桌子上，到处都铺满羊皮纸和普通纸。有些上面写着只言片语；有些画着彩图或素描；有些看起来像是准备装订的书页；还有些什么都没有，一片雪白。

我站在门口。"这些东西都是从哪儿来的？"

"山羊身上。"卡斯帕说，他穿着画画用的丝质工作服，"还有烂布。你应该敲门。"

他从高脚凳上爬下来，跪在地上，把所有的纸抱在怀里，堆到角落的草垫上。我绕过卡斯帕，穿过房间来到桌前，想看看他到底在忙活什么。

是《圣经》中的一叠纸。有一瞬间，我被眼前的东西迷惑了，坚信这肯定是我的一刀印品。好在我还没开始自讨没趣，就恢复了理性。印品很大——比我的至少大四分之一，哪怕折起来，都无法放进卡斯帕这张桌里，其他画品只能给它腾地方，被放在地上。字母采用大胆的棕色，写得很工整，但是——因为我一连数月看《圣经》的印刷版——排得歪歪扭扭，像老朽的残牙。说来奇怪，我看到它，心中竟涌上一阵反感。

"不是你的。"卡斯帕说。"是大教堂的一名助理牧师委托我做的。"

我很欣赏他的插图。页边框饰有盘绕的藤蔓，一些颇具卡斯帕风格的动物隐藏于须间。一个野人挥舞叉状长矛，正欲进攻一头牡鹿，牡鹿身体后缩；玫瑰花朵后藏着一张鬼脸，花茎上蜷着两头表情忧伤的狮子；页脚画着一头蹲伏的熊，正使劲挖刨此植物的根。

"你已经超越自我了。"

卡斯帕用手抚摸着柔顺滑软的羊皮纸。"如果你坚持自己的风格，就不会像现在这样。瑞斯曼你认识吧，那个住在三皇的抄写员？写这些东西花了他一年零三个月，而同样的时间，你能造出他的一百倍，甚至两百倍。他怎么能生存？"

"你的纸牌到现在也有二十年了，这个世界永远不缺艺术家。"我耸耸肩，"多一个或少一个人有什么分别？"

我离开桌子，去看看房间里还有没有别的画作。大部分纸页已经被卡斯帕堆在床上的毛毯下面，还有几张没收拾。我看到有一张上画着一只长着黑色弯角的兽，还有一张上画着一条长有男人面孔的巨蛇。

"你还接了别的活吗？比如《动物寓言集》什么的？"

他没有回答。

"我们今天早上在排版间发现一段奇怪的铅字，看上去像是《动物寓言集》里的文字。"我试着与他对视，可他却目光游离。

"那一定是印刷机闹鬼。"卡斯帕眼神诡异，"或者是彼得·司考佛。他可是个野心勃勃的年轻人，一定不想一辈子就只印刷《圣经》而已。那天，我在铅字铸造间听到他说，他觉得你应该用第二台印刷机开始新活计。"

"有一个工人说，昨天看到你在汉伯瑞西朵夫庄园偷窥。"我继续说。

卡斯帕转过身，看着桌上那本巨大的《圣经》，拿起一支画笔："他一定把我和福斯特先生搞混了。对了，他还好吧？"

"如果我们储藏室里的纸不再丢失的话，他也许会高兴些。"我紧紧盯着床上的那堆纸。一如从前，卡斯帕根本不接我的茬儿。

"他的女儿克莉丝缇娜怎么样？"

我惊讶地看着他："我怎么知道？我只见过她两次，还是福斯特请我去他家吃饭的时候。她最多不超过十五岁。"

"这个年龄已经可以出嫁了。"

我笑了，那是一个上年纪的男人充满愤怒的笑。

"你还打算为我安排婚姻大事？感谢上帝，我已经得到福斯特的投资，对他女儿的陪嫁不感兴趣。"

卡斯帕在盛满紫色颜料的牡蛎壳中沾沾画笔："姑妄揣测而已。或许你应该弄清楚……"

"我已经得到他的投资了。"我重申。

"……别人可得不到。"

他的画笔如蛇芯一般舔舐纸页，将野人身体涂上颜色。我见问不出所以然，转身准备离开。

墙上的一道银光闪过眼前，那是一面产自亚琛的镜子。我以前没见过。我凝视镜中有点变形的自己，祈求它那神圣的光芒能弥补我们之间的裂痕。

第 77 章

上温特

楼梯上传来响声。 尼克和艾米丽吓得一动不动。外面，寒风吹着屋顶上的雪花，窗棂吱吱作响。他们等待着，看那响声是否是有人上楼发出的。

什么也没有发生。

"我们赶快出去。"尼克把手纸芯放回原处，朝门外走去。他出去后，锁了门，没有回头看，他不愿再想那天晚上里面到底发生过什么。

他们踮着脚尖下楼，速度尽量快。二层走廊里，尼克听到下面传来低沉的说语声。

"我们不能待在这儿。"尼克小声说，"他们把房间弄成那样，主人一定知情。"

"我也这么认为。可是我们能去哪儿呢？"

"哪儿都比这儿强。"

房主在大厅里倚着柜台，低声打电话。由于他嘴里叼着烟，同时打电话，所以见到他只是咕哝一声，挥手示意他们下来。

尼克把钥匙放在柜台上，迅速走出前门。

"我们出去吃点东西，大概一小时后回来。"

他们离开中心广场，来到了一家葡萄酒屋，从那里可以俯瞰莱茵河和铁轨。那里很舒适，墙边立着书架，窗台上摆放着陈年葡萄酒。服务生示意他们坐在前面靠窗的位置，但尼克坚持要最里面的桌子，那桌子隐藏在一个古老的葡萄榨汁机后面。他不知道自己在躲谁。这里恐怕是上温特唯一开门的地方。

尼克并没打算待很久，但看到菜单时，他才意识到自己已经饥肠辘辘。早饭后，他没再吃东西。他们点了兽排和意大利面。等服务生的身影消失在厨房，尼克从口袋里拿出那几张纸，平铺在桌子上。

"是吉莉安的笔迹吗？"

尼克点点头。他强打精神，想看看那张满是折痕的笔记本纸上写些什么。那好像是他最近所经历事情的重放。还未待他整理好纷乱的思绪，一些对他来说一周前还没有任何意义的名字跳入他的眼帘。"范德维尔德——B42 油墨？？？《古腾堡圣经》里的其他 MPC 图像？ 08.32 到达巴黎，斯特拉斯堡 14.29。给西蒙打电话。bear（熊）是答案？"

纸的正反两面写满笔记，字迹潦草，出自不同时间和不同颜色的笔。上面圈圈点点，周围画有箭头，指向不同的问题，吉莉安过去三周的生活再现。

纸的第四面，内容有所不同。上面几乎没什么字，而有一幅类似房子的草图，大致呈五角形，有不规则的边和尖角形凸起。一条虚线从其中一角延伸至房屋，连接处用红墨水重重标着"X"。旁边空白处，吉莉安写着"克劳斯特·马瑞那般德"，下面简单列出一张单子：

绳子，铁锹，探照灯，利刃，手枪？

"克劳斯特指的是修道院。"尼克说。

"这就和阿塞德南发给我们的图片吻合了。"

侍应生走出厨房，把两盘冒着热气的食物放在桌子上。尼克忙用袖子挡住那页纸。

"您还需要什么吗？"

艾米丽挤出微笑。她满脸憔悴，嘴唇因疲惫而不听使唤："我们刚才正在说——我们想问问你是否知道——你是否听说过这附近有一个叫克劳斯特·马瑞那般德的地方？"

"在上温特吗？"

"就是一个修道院。"

服务生抱歉地摇摇头："我不知道这个地方。"

"那有城堡吗？"

服务生笑了："这里可是浪漫的莱茵河，我们这儿每隔五百米就有一个城堡。"

"附近有吗？有没有不在旅游线路上的？"

服务生想了一会儿。

"这儿倒是有沃夫史鲁赫特城堡，但不对外开放。"

"你是指冬天？"

"全年都不开，私人产业，我记得主人是美国人。"

服务生双手叉腰，越过他们头顶，浏览书架上的书。尼克和艾米丽等着。最后，他拿下一本很旧的布皮书，封面已磨损，页角也折起。书名是"美丽的上温特"。

"您要是想了解更多东西，也许这本书上有。"

尼克迅速翻阅那本书，而艾米丽狼吞虎咽地吃着她的食物。

"我们来了，沃夫史鲁赫特城堡。"

在中世纪，这座建筑是供奉玛丽亚修女的一个修道院。据传，它当时被建在当地的一个圣坛之上，不过并未获得审批。这个修道院隶属于美因茨大主教的管区，德国最著名的图书馆之一就建在那里。在十六世纪新教改革时，大部分这样的组织都被解散，但是该修道院向当时的国王查理五世提出诉求，后来国王宣布其为"自由区"，从地方当局独立出来，直接受命于国王自己。传说当时教皇代表修道院与国王斡旋，许诺在查理五世与法国的战争中支持他，作为交换条件。上温特的居民现在说起这事，仍津津乐道。

修道院最终于1802年依《宗教世俗化法例》而解散。圣职传给肖恩堡伯爵，伯爵后来将修道院改造为一个城堡。事实上，修道院非常符合这一身份转换，因为它建于陡峭的石崖之上，向下俯瞰莱茵河，三面又被"狼谷"环绕。当拿破仑的大军穿过莱茵省的时候，甚至都不曾动过占领那里的念头。

1947年，该古堡被卖给一个匿名捐助者，自此不再对公众开放，但是我们依然可以在莱茵河上一睹其风采，揣测那些古老的城墙后面隐藏着怎样的历史。

"最后一句话听起来颇为伤感。"艾米丽说，"好像作者和我们一样好奇。"

"那是个不祥之地。"服务生又送来一篮面包。他压低声音，向空无一人的饭店四下张望，动作颇具戏剧效果。"我祖父曾经告诉我，战争时期，纳粹分子经常出入那里。总是在半夜。我祖父说甚至纳粹的宣传部长——约瑟夫·戈培尔都可能去过那里。"

尼克正打算问他戈培尔是怎么进去的，就在此时，厨房里传出女人的声音，叫侍应生进去。侍应生说句失陪，然后离开。尼克将视线收回到书上。

"这里有一幅图。"

尼克将书平摊在桌上，转过去让艾米丽看。图像灰暗，却很生动：两山之间的峡谷中，一座孤零零的城堡坐落在突起的岩石上。浓重的线条勾勒出阴郁的天空，前景是一条奔腾汹涌的黑色河流。

"这就是我们要去的地方吗？"

"那要看吉莉安是不是去了这里。"尼克把草图放在旁边，在这种木刻画中，很难看清城堡到底什么样子，但有两个角楼和吉莉安画的五角形刚好契合，城堡后部，一座矮胖的塔离地而起，很可能就是图书馆。他转转图，想看清楚。

"一定就是这里。"

"很明显，听起来教皇为保住这里，经历了不少波折。那里一定有什么东西，他不想让新教改革者找到。"

"还有纳粹。"

艾米丽琢磨着方案："那她是怎么进去的？"

"从这座塔。"尼克指着标"X"的地方，"大概在城堡后部。吉莉安一定是在那里找到了入口。"

艾米丽看看页面空白处吉莉安列出的单子："或是用铁锹和探照灯挖地道进去的。"

"或许我们可以就地取材。"尼克示意结账。服务生走过来，尼克说："我们的汽车在小镇外的雪地里抛锚了。我想你们应该没有铁锹和绳子可以借给我们，好把汽车弄出来吧？"

服务生看起来有些吃惊，但仍彬彬有礼，并未对尼克表现出的优越感进行辩解。他出了门，几分钟后，拿着一把园艺锹、一只手电筒和一节蓝色尼龙绳回来了。

"太好了。"

尼克用身上仅剩的欧元结账，因为没钱付更多的小费，他感到有些惭愧。他穿上大衣，拿起了铁锹。

离开时，服务生为他们开门。雪花夹杂着阵阵冷风，飘落在地。服务生瞟一眼屋外漆黑的街道。

"祝你们好运。"

第 78 章

法兰克福，1454 年 10 月

当我们重返童年时去过的地方，大多数人会发现，与记忆中那些雄伟的建筑物相比，自己多么渺小和浅薄；而法兰克福则不同。那一年，似乎全世界的人都涌到了韦特劳的商品展销会。广场上，布料商的货摊形了一个帐篷的海洋，里面汇集各种颜色和质量的织物：从厚重的粗布和华达呢到最最轻柔、绚丽如天使之翼的罗马丝绸，应有尽有。顶棚下，市场大厅传来柔和的香料味道：胡椒、糖、肉桂、丁香，以及好多我从未尝过的，不胜枚举。

我把摊子搭在市场一角，位于造纸商和羊皮纸商中间。对成千上万的参展商来说，这是偏僻的位置，我们是展会上唯一的书商，因此我竭力使自己的声音在这种喧闹的环境下能够被人听到。由于这许多年的工作一直处于绝对保密状态，我几乎忘记了如何吆喝。

这本应是福斯特的职责。他负责我们的销售，而且他坚称此次计划可以令我们初次的劳动成果公诸于世。可前天，他突然打了退堂鼓，不停地抱怨，说自己发高烧，所以我只好替他尽职。幸亏还有我。我最近在汉伯瑞西朵夫庄园里承受的压力很大。福斯特定的最后期限日益临近，可《圣经》的印刷进度仍然落后。我得时刻操心——不停地重新计算、安排时间，原料供应，工作时数——所有的担子都压在我的背上。我对此行十分担忧，不敢想象工程没有我，或是我离开工程，后果会怎样。但福斯特坚持要我来。"彼得会和你一起去，此行对你有好处。"

他这样说。

在去往法兰克福的路上走了一小时后，我知道他说的没错。秋日的空气令我感到面色红润，神清气爽；熟透的苹果和落叶的味道让人呼吸顺畅；甚至那些冒着激怒当局的风险，在市场外面兜售物品的垄断贩子的叫卖声，听起来也充满生气，丝毫不令人厌烦。那天晚上，我和客栈里的其他商人闲聊到很晚，这是前所未有的事情，还豪饮不拒，第二天，我头痛欲裂。

展会的第一个早上，一共有三个人来过我的摊位。第四个人来时，我差点把他也算上，可他只是问我到哪儿能找到皮革工人。除了拍打前一晚蹿到我身上的跳蚤，我几乎无事可做。离开美因茨时的兴奋慢慢消退，我脑子里构思好长篇大论，准备冲福斯特暴怒诉怨，让他知道这是多么愚蠢的差事。但当天下午，客流量却增多了。到第二天早上，我忙得几乎应付不过来。来客多是牧师和修道士，但他们是被派来看有什么物美价廉的东西，以便回去汇报。有点小钱的拿起普通纸观赏，富裕的捏起羊皮纸摩挲。这些人中，我见有修道院院长，副主教，骑士；后来，竟还意外地看到了一个主教。

每隔半小时，我都得重复一件事：站在书摊后，向人们介绍书的优点。这时，突然有一名年轻人挤出人群，来到前面。他身上穿一件沾满墨迹的工作服，头发乱得像野人。年轻人瞟了一眼《圣经》内容，转身冲着人群大声喊："他是个骗子。"

他把书展开，让每个人都可以看到。

"这个人宣称他的书是完美的，但显然他连读都没有读过。这里面一处修正的地方都没有。"

他在工作服里摸索了一阵，拿出一卷羊皮纸手稿，打开向众人展示。

"而我这份作品才是完美的。"

围观的人明白了怎么回事，爆出大笑。与我这本书页乳白、光滑的《圣经》相比，他的书十分可怜。页边翻卷，羊皮泛黄（前一天我们用啤酒泡过），文字经过潦草的修改，几乎消失行迹。

"里面一个错误也没有。"他声明。

"我的书里也没有。"我接茬。

他弯下腰，背对人群，撅着屁股，脸贴在书上，看我的《圣经》。

"我找不到任何错误。"他极不情愿地承认。

围观的人低低议论。

"但这次只不过是侥幸而已。"

我又拿起两本给众人看。"三次都是侥幸吗？实际上，如果你们来我在美因茨的作坊，还有一百多本这样的书待售，本本都是这样完美。"

彼得·司考佛（因为他就是那个愤怒的抄写员）喘着粗气。"我也能做出这么多书。"他飞快地估算一下，挥舞手指说，"到1500年就能交货。"

"我的书六月就能交货。"我提高嗓门对所有围观的人说，"任何想买，或是想去见识一下这种奇迹般的新书写模式的人，欢迎来访。周二之前，可以到我下榻的地方，那儿有一个野鹿标志，或者之后去我位于美因茨的古腾堡府。"

围观的很多人涌到我们货摊前，大声询问。司考佛脱掉工作服，梳好头发，跑到桌后帮我。

"二十个人在两年之内就印出将近两百本这样的书。"我听到他向两个德国商人吹嘘，就在桌子下面踢了他一下：我不希望他透露太多有关我们新印刷工艺的事，哪怕让人据此引发联想都不行。

我还没来得及说话，一位新来的顾客吸引了我的注意力。我看到他从远处走来——确切地说，看到众人纷纷为他让路时引起的骚动。我眼里只有他那顶主教王冠。即便那东西在人群中仅露出了一点头。我整理了一下自己的衣服和桌上的书。

"特里亚斯特主教到。"一位牧师通报。

我鞠一躬："欢迎阁下。"

"是约翰吗？"

来人的尖帽子向后倾斜，脸上的胡子刮得干干净净，脸部皮肤呈橄榄色，正对我微笑。就算这样，我也没有认出眼前站着的这个男人：他的头衔蒙蔽了我的双眼。

"埃涅阿斯？"

"埃涅阿斯居然越发虔奉宗教，你曾发誓永远不会接受圣命。"

"有吗？"埃涅阿斯看来非常惊讶，"我当时一定是说还没准备好。"

我们走在教堂回廊里。广场那头，一群牧师和仆役在门口向这里张望，猜测我是何人。

"我在斯特拉斯堡最后一次见到你时，你还在为市政会工作而打击教皇。"我用手指指他价格不菲的长袍，"现在你却成了他的代言人。"

"我这么说并非为自己开脱，但当时确实是因为无知才做了错事。后来我向教皇祈求宽恕，他应允了。"

虽然他说这番话时很真诚，可埃涅阿斯并没有做到有感而发。我感觉这番言辞他一定跟许多人都说过。

"当时你还打算勾引一位已婚女士。你征服她了吗？"

他优雅的脸登时变得通红——因为尴尬，而非悔恨。

"小点声。你应该知道，在上帝的世界里，人们最津津乐道的就是忏悔的罪人，而不是从不犯错的常人。"

我们在回廊上拐了个弯。

"没错，我的身份和你最后一次见到我时不同，我不再是巴塞尔市政会的一员……"他摇着手，好像要驱散什么味道，"他们那些人无聊透了，约翰。他们根本看不到自己注定要失败的结局。他们不仅谴责教皇，还互相指责，有的甚至指责我。最后，我被指派去为佛雷德里克国王做秘书官，我欣然接受，便去了维也纳。"

他冲我笑笑，忘却了他的愤怒。

"我祈祷在基督教统治下的城市中，别再让我遇到比巴比伦更无趣的地方。我在那里所经历的苦难比当地的犹太人还多。不过，上帝的力量真是神秘莫测，也正是在那里，我听到了他的召唤。宫廷里的急功近利、拉帮结派和结党营私让我明白我们的朋友尼古拉斯说得对：统一即一切。"

"在斯特拉斯堡，你更注重完美而非统一。"我提醒他。

"没有统一何谈完美？统一是完美的基础。而你的书同时达到了这两点，这简直是奇迹。"

"如果真能称为奇迹，那也是洒下辛勤的汗水得来的。"我想到安德烈·德里策恩以及卡斯帕被毁的容貌，"还有血水。"

他把手放在我肩膀上："我不会拿走你的任何东西，约翰。你是个了不起的人，真的很了不起。让我再看看你的书。"

我把带在身上的那本书递给他。

"完全没有错误。"他惊叹，"你刚才所说的——你还有一百本一模一样的书——是真的吗？"

"事实上将近两百本。"

"你是怎么做到的？"看到我的表情，他急忙改换语气，"我知道你得保密。但这实在是——我得再说一遍，除了'奇迹'，没有别的词可以形容。你这种新工艺什么都能印吗？"

"只要是写的就能。"

这个回答令他十分兴奋。尽管还拄着拐杖，可他在回廊上已近似于手舞足蹈。等我们走到下一个拐角，他大声说道："想想看，约翰。在基督教世界的每一所教堂里，都有相同的《圣经》，相同的弥撒曲和相同的祷文。不管罗马还是巴黎，伦敦还是法兰克福，抑或维滕堡与巴塞尔，全都一样。简直是完美的统一。你的书将成为教会的支柱，一个令教会更强大、更纯粹、更完整的支柱，它胜过我所见过的任何东西。连上帝都会为之欣喜。"

"不过是本书而已。"我提出异议。

"书是什么？是油墨和羊皮纸吗？是纸上用刀片改过的痕迹的累积？你更清楚，书是播撒圣洁思想的雨露。"他顿了顿，为自己这番精彩的言论感到沾沾自喜，"主和圣人们可以直接与我们对话，但他们更经常通过书与我们倾谈。既然你能创造出数量这么多、内容这么无瑕的书，那么整个基督教界所发出的声音将可以响彻云霄。"

他的一席话，令我返回美因茨时一路上心里暖融融的。我把事情详细复述给彼得，与他谈论我们可能要为教会印书，并为了教会的利益售书。我们度过了一个愉快的旅程。我很高兴，因为我们之间从来没有这么融洽过。通常，在我看来，他对工作的热情太盛气凌人，所以我会故意冷落他；当我真的想鼓励他时，他又觉得我在干涉。现在回想起来，我觉得他可能对出书的工作既怀有满腔热情，同时又心存嫉妒：他怀疑自己以外任何人的动机。

当骑马过桥进入美因茨，继而路过城门时，我依然沉浸于未来书籍印刷工作的梦想。彼得拿着那些样书回到庄园；我把马还给租借的客栈。天快黑了，但我已经迫不及待地想与福斯特分享成功的喜悦。我匆忙赶往汉伯瑞西朵夫庄园。

大门上了锁，我插入钥匙，居然打不开。我大为恼火，拉响门柱旁挂着的铃铛。

大门上的窗子"砰"一声打开，一只惺忪的睡眼向外张望。看上去像是福斯特的脸，虽然他不可能在这里充当守门员的角色。

"能让我进去吗？"

他表情生硬。

"很抱歉，约翰。这里已经不再属于你了。"

第 79 章

上温特

门洞里黑得超乎尼克的想象。他边往外走，边冻得发抖。又向前走了几步后，尼克回过头。浓雾笼罩下，小镇已经在他们身后逐渐变得模糊，被城墙安全护住。城墙里面，柔和的灯光透过窗帘舞动着；有扇窗内，一棵圣诞树莹莹闪烁；录音机里的女高音吟唱着一首孤独的歌。而城墙外，只有漆黑一片。

他们走上高速公路。尽管路上没有车辆，不用躲闪，他们却依旧习惯性地沿着路边行走。很快，他们拐到了路中央，肩并肩地行走。鞋子踩在齐膝深的雪地上，"嘎吱"作响；铁锹拖在尼克身后，留下一串蜿蜒的痕迹。有几次，他们听到右边河上传来汽笛声，看到驳船经过时遥远如星辰的灯光。

尼克不知道他们到底走了多远。在地图上看，这段距离也许可以忽略不计，而在这冷冰冰、白茫茫的世界里，只能用脚步来计算时间，路漫漫，无尽头。尼克完全沉浸在自己的思绪中，若非艾米丽拉他的袖子，尼克差点错过转弯的路口。

"那是条小路吗？"

他们来到高速公路与一条陡峭盘山路交汇的地方。快到路口处，有一个停车带，旁边高耸的峡谷上生长着茂密的树木。艾米丽手指所向，一道黑森森的口子在积雪覆盖的树丛中若隐若现，十分诡异。

尼克打开手电筒。他还没找到那条小路的位置，视线就被路边什么东西吸引住了。是一个路标，几乎已被犁沟边沿堆起的雪掩埋。尼克走上前，擦掉上面的积雪。

"狼谷桥。"尼克念道，"狼之谷的桥。"尼克四处张望，想看清桥在哪里，这才意识到自己就站在桥上。尼克仔细查看周边的护栏，发现道路下面有一个巨大的波纹管道出口。

"我估计这才是那条路。你刚才看到的小路一定是结冰的溪流。"

他们爬过冰冷的防护栏，顺着堤坝往下滑。因冰冻而泛白的狭窄河流引领他们进入森林。

尼克伸手拉住艾米丽的外套："你不需要来的。"但她只是摇摇头，一言不发，登山而上。

即使有河流引路，森林仍很难穿越。树木像是有生命似的，树枝低矮，有的钩破他的肩膀，有的拍打他的脸，有的戳疼他的小腿，还有的将一树雪花抖落到他的后颈部。脚下同样危险重重，大雪掩盖一切岩石或树根裸露的痕迹。尼克不敢开手电筒，以防城堡里有人监视。可即使是平坦的地方也并不见得安全，因为那通常意味着他们正行走在冰面上。一次，尼克在冰面上行走，脚下突然一滑，站立不稳，仰面朝天摔倒在地，手里的铁锹"梆"一声砸向岩石。尼克躺在那里，听到撞击声回荡在树林中。

因为到处白雪皑皑，丛林茂密，他们差点儿错过通往城堡的路。幸好黑暗中有微弱的灯光从右侧发出，虽然这是他们唯一的线索，但已经足够。尼克一路劈砍树枝，朝那个方向走去，踉踉跄跄穿过灌木丛，宛似一头野猪。暴风雪在他身边呼啸；断裂的树枝噼啪作响。尼克想，如果他不快点找到出口，也许永远都出不去了。

树木在一块巨石前戛然而止。尼克靠在上面，大口大口地喘气，冻得发抖。融化的雪水顺着他的后背滴落下去。灯光已经消失不见，不过，如果伸长脖子，使劲向后，他可以看到矗立在悬崖顶上的石墙，映衬在灰蒙蒙的天空下，黑得可怕。看来要想上去，还有很长的一段路。

身后传来树枝断裂的声音，艾米丽走出树林，出现在眼前。她的帽子丢了，雪花落在她的秀发上，如钻石般闪闪发光。

"我们怎么上去？"

尼克极力不去想那有多高："你爬墙的技术怎样？"

"十岁以后就没再爬过。"

吉莉安曾热衷于攀岩，至少有一阵如此。他们有过不太成功的约会，其中一次，吉莉安带他去攀岩，那里是吉莉安每周三都去的地方。她像蜘蛛一样，爬到顶部，一路谈笑风生；尼克却还没搞明白怎么扣安全带。等他终于能爬上墙——也就八英尺高——他的手腕酸痛了一周。

"我想我最好试试。"

尼克盯着悬崖，试着分析吉莉安怎么登上去的。漆黑的石面令他无计可施。尼克手指摸索石面，看能不能找到一处裂缝或是凸出物，以落脚起步。只要有一块膝盖高的凸起物就完全可行。

"这儿什么都没有。"

尼克踩住一块裸露的岩石，双脚离地，使劲伸手向上，想找到可以抓住的东西。然而只摸到玻璃般光滑的冰面。他摸索了半天，还是一无所获，反而失去平衡，摔倒在地。可能因为积雪过厚，尼克并不觉得疼。

艾米丽俯下身问："你没事吧？"

尼克掸掸身上的雪，站起身："吉莉安不是登山运动员，所以她不可能从这么陡峭的冰山爬上去。"

他回到崖边，又仔细查验一遍。艾米丽留在原地，从口袋中翻出吉莉安留下的那页纸，仔细研究。那张纸上沾满雪水，又皱又湿。

"或许她根本不是爬上去的。"艾米丽拍拍尼克肩头，指指那张纸。"Mariannenbad 意指圣母的圣泉。饭店那本书中也提到在中世纪修道院旁有一个供奉圣母的圣殿。"

"你是说吉莉安靠祈祷进去的？"

"圣母的圣殿通常建在泉水之上。人们认为泉水能治病。"艾米丽的声音落在空旷的雪地上，越发衬得四周是如此静寂，仿佛树木都在倾听。"我们在路上见过河床，一定有水源。"

他们蹚着厚厚的积雪，在悬崖下艰难地挪动身体。崖壁看上去时间久远。任何洞穴或凹陷一定早在几周就被填封了。

"这是什么？"

艾米丽的声音充满兴奋，尼克赶忙跑过去，以手遮光，用手电照着崖石。

"看起来像山崩什么的。"

崖脚下，一堆石块散落在地。覆盖的积雪薄薄一层，凌乱不整，一个凹陷的小坑从悬崖弯弯曲曲向外延伸。尼克用脚踩踩，有冰。

"这就是那条小河。"

艾米丽已经爬到落石上，平趴在那里，腹部紧贴碎石，扒开积雪。

"我觉得……"

一声隆响，石头在她的重压下，滚落开去，艾米丽从石上跌落，尼克冲上前，扶住了她。

"你没事吧？"

艾米丽掸掸雪："我觉得那上面有洞，被雪封住了，不过雪并不厚。"

尼克小心翼翼、一点一点沿石坡向上爬。好几次，他身下的石块差点滚落，他只得暂时停下，心提到了嗓子眼。不过，艾米丽分析得没错。碎石的顶部和崖面之间似乎有裂缝。尼克用铁锹铲掉积雪，探查究竟。什么都没有。他手伸进裂缝，半只胳膊深入缝内，还是空空如也。

坡下，艾米丽向上仰望："你能进去吗？"

尼克摸索了一下："只有试试了。"

尽管所有的积雪已被清除，但高度根本不够，尼克无法挤入。他只好匍匐向前。岩石擦伤了他的脸；积雪落到脖子后。裂缝比尼克想的要深；有一刻，他整个身体都钻到崖壁下面，他突然有瘫痪无力之感，唯恐岩石落下，把他压扁。

突然间，地面下降。尼克伸出手，想稳住身体，却什么也没抓住。石块崩坍，尼克从斜坡上滚落，身体被石块擦伤，"砰"一声摔在坚硬的地面上，水花飞溅。

尼克打开了手电筒。

他正坐在一条流经岩洞的小溪里。岩洞狭窄，仅容他伸展双臂。洞顶挂着石蜡般的钟乳石，水中是乳白色的石笋。碎石下，一条通道裂化，水流在其中消失。

"尼克？"

艾米丽的呼喊声穿透黑暗，响彻周围。尼克用手电筒照照，看到她惊慌失措的脸在洞口出现。

"下来时小心点。"尼克提醒。

艾米丽头朝下，从坡上滑下。尼克接住她，帮她站稳身体。洞穴的高度只够他们弯腰站立，后面墙上刻着圣母玛利亚怀抱男婴的神像。雕工粗糙，只有婴儿头顶上一处地方光滑可鉴。手电筒光从上面反射，好似一圈光环。

"那一定是圣徒们的抚摸所致。"艾米丽说，"中世纪肯定有这种习俗，摸摸那里，身体就会痊愈，或祷告应验，或运势较好。"

雕像下是石凹池，不深。溪水漫过池沿溢出，池底有东西闪闪发光，吸引了尼克的注意。他跪在池边，手伸进冰冷的水中，抓出一枚扁平银币。

"这是吉莉安的东西——她总爱往许愿池里投硬币。"

"那她去哪儿了呢？"

"没事，反正我们已经知道城堡在哪儿了。"

尼克用手电筒照着洞顶。虽然他清楚自己找什么，但林立的钟乳石及它们投射出的影子还是让他眼花缭乱。在岩洞边缘，尼克发现一处乌黑的地方，却并非影子。是一个天花板的洞，一个通往城堡的竖井。墙上的岩石刻出一个个突起，不太深，像是梯子。

艾米丽碰碰尼克的胳膊："你确定要这么做？"

"不管他们想对吉莉安做什么，事情在旅店发生。记得吗？我通过网络摄像头看到了。如果吉莉安曾进入这个城堡，那她也一定又出去了。"

"要是他们发现了吉莉安是怎么进去的怎么办？"

"那样的话，他们早就堵了那个洞口。"尼克不想瞻前顾后，"一定是在他们还没有发现的时候，洞口就被雪封住了。"

尼克把背包搭在肩上，开始往上爬。

岩壁很光，壁上的石粉滑溜无比，尼克的手难以抓握，不过竖井狭窄，他能靠稳身体。有石梯可抓，尼克爬得很快，艾米丽举起手电筒，为他照路，他的身影在光束下忽明忽暗。尼克尽力不向下看。

等尼克爬到顶端，手电筒的光已变得模糊而遥远。他根本不知道已经爬到尽头，伸手够下一阶梯，却摸到一块光滑的大石，去路被挡。尼克靠墙休息了一会儿。不会又是死路一条吧。但他体内涌动着一种莫名的兴奋：他知道吉莉安就是这样进去的。尼克用肩膀顶住大石，用力上推。

他用力不大，却轻而易举挪动了大石，这让他始料未及。尼克用墙支撑着身体，差点松手。他定了定神，推开大石。一个狭窄的裂口候在石外，刚够塞进一人。尼克从洞口挤了出去，四下打量。

他已身在城堡。他现在位于一个圆形房间内，这一定是某个塔楼的地下室，有楼梯盘旋而上，漆黑一片。尼克探头向后，想看看有没有监控或警报器的指示灯闪动。什么也没有。

艾米丽从洞里爬出。她紧抓尼克的胳膊，手挡电筒光，打量屋顶很高的房间。

"你说会有人听到我们说话吗？"

"希望没有。"

他们踮起脚尖，走上楼。一层，一扇门通向一道穹顶很低的长长走廊。拱门后安放的壁灯发出黄色的光，照在石板路上。

艾米丽打了个冷战："看起来像地牢。"

墙上一排橡木做的门，门上镶有突起的铁钉，看起来诡异，门闩很厚重。所有的门都带格栅，想必是几百年前，值班的狱卒用以查点那些可怜犯人的。尼克来到最近的一扇门前，率先走了进去。

一个人趴在地上，血泊之中，双臂张开。

一瞬间，尼克的所有噩梦，所有曾令他感到窒息的恐惧感，陡然将他一锤击垮。他瘫软在地，不停呕吐。一切努力都付诸东流。

即便绝望至极，他感到有些不对劲。他强撑着站起身，迫使自己看清楚。透过格栅，尼克再次望向那阴暗的牢房。

他刚才惊恐过度。不是吉莉安。

那人穿一件白色长袍，这是令尼克误解的原因之一——他以为那是条裙子。鲜血遮住了此人的半张脸，这也误导了尼克。不过那绝不可能是吉莉安：那是个男人，一个身穿道袍，腰缠绳带的修道士。他的头发已被剃度，尼克看到他前额的正上方，一个射穿脑袋的子弹孔。

如释重负的感觉迅速涌遍全身，差点又令他呕吐。尼克强撑着让大脑运转。血迹看上去还未干——血泊仍在扩散。不管是谁干的，那人一定还未走远。

尼克眼角余光看到艾米丽从他身后上来，想一看究竟。尼克把她推了回去。

"不要看。"

艾米丽疑惑地看他一眼，待在原地没动。

尼克走向另一扇门，心中慢慢升起更强烈的恐惧感。上帝保佑，这次不要发现尸体。房间堆满汽油桶，尼克心下一惊，在一座收藏中世纪书籍的城堡里，这无异于自掘坟墓。他能闻到从铁筒中渗出的汽油味。另一个房间放着成排的钢制书架。下一个房间空空如也，只是墙上溅有一些深色的污点。它们历经了多长时间？

尼克走向最后一扇门。潮湿的裤子粘在腿上，令他很难迈开步伐；莫名的兴奋感在体内涌动。头脑中，有声音大声呼喊，要他撤退。他还是向格栅内望去。

地上坐着位年轻女子，头抵膝盖。长发遮住了她的容貌，赤裸的双臂满是瘀青和划伤的痕迹。她一定感到门旁有动静。她抬起头来。

"尼克？"

第 80 章

美因茨，1455

"你不能进来。"

福斯特透过门上的窗户盯着我，他的脸紧贴玻璃，好像要挤到门里，脸上的毛孔如同大门木料所刻。

我不解："你在开玩笑吗？"

"你违反了我们的合同条款，我要向你索要贷款。"

我依然无法理解。虽然感觉自己即将脑浆喷涌，口吐鲜血，我还是强忍着，继续和他讲道理。

"你说我欠你多少钱？"

"两千荷兰盾。"

我狂笑，除此之外，我不知道还能做什么。"你知道我付不起。我的每一分钱都投在了《圣经》里，每一片纸都用来抵押贷款了。"

那只眼睛毫无感情地看着我。"如果你还不了，那么你将失去一切。我将接手印刷工作，自己把《圣经》完成。"

"你怎么可以这样？"心中的万千疑惑顿时只化为一个问题。福斯特却避重就轻。

"工人们都知道是谁在付给他们工钱。他们会监督工作进展。我明天再找你讨论这件事。"

他"啪"一声关上了窗户。

十年来的希望瞬间破灭。我不停地用拳头捣门，几乎将它砸烂。我大声谴责福斯特的罪恶行径。很快有路人聚集围观，但没人对此表示同情，也没人从汉伯瑞西朵夫庄园出来，尽管里面的人肯定都听到了我的声音。

彻底发泄完我的愤怒，我一步一步挪回了家。

我们见面的地点是圣·史蒂芬教堂附近的小山。我上次去时，那里还只是片泥泞的工地。现在已经围起一堵石墙，成排的葡萄架整整齐齐，已生长至腰际。明年春天，这些葡萄就能结第一茬果实；从现在起一年之后，就可以用来酿制葡萄酒。我想把它们连根拔起，烧个精光。

按照福斯特的建议，我们各带一名证人。我差点带卡斯帕去，可临到最后，经过慎重考虑，我邀请了印刷大师凯弗和我同往。福斯特的证人是彼得·司考佛，他和凯弗站在墙边观望，我和福斯特在还未长叶的葡萄园里边走边谈。

"事情弄成这样我很抱歉。"他说。

福斯特直视着我，眼神透着强硬：这个精打细算、胜券在握的男人，已经在考虑下一仗该怎么打了。山顶上，他身后除了空旷、灰白的天空，别无他物。

"这是你一直以来的计划吗？先引我上道，然后等我们的目的就快达成时，再像强盗一样把我一脚踢开？"

福斯特的脸上满是失望："我对你期望太高，古腾堡。我本以为我们可以一起做些不寻常的事情。没想到你每晚趁我睡着以后，行盗窃之事。"

我惊讶地看着他。

"你去法兰克福期间，我查了查汉伯瑞西朵夫庄园的账目，清点了所有与我们共同投资的项目有关的东西。你知道你偷了多少东西吗？两百张羊皮纸，十二罐油墨，五十荷兰盾去向不明。你真以为没人会发现吗？"

"我从没偷过任何东西。"

"对了，是'借'。你一定又会说自己打算到时候把所有东西都放回来。"

"我什么都没拿。我们在古腾堡府所用的一切和《圣经》的东西都分得很清楚。"

"那些赎罪券怎么解释？"

"那是我两年前犯的错，我没有再犯。"

"'狗改不了吃屎。'"福斯特用拐杖指着我，"我已经查清了你的底细。这么久以来，你的经历不同寻常，却没在这世界留下什么污点——不过并不是你所有的脚印都会消逝。斯特拉斯堡的市长迫切想要讲几个故事。"

现在，我彻底糊涂了。"斯特拉斯堡的市长？他是谁？"

"一个叫乔戈·德利岑的人。他告诉我，在一个他不太懂的投资项目中，你怎样陷害他哥哥，榨干他的血汗钱，在其死后，又将原本属于他的那份遗产据为己有。"

"我和他哥哥所做的每件事，都是遵照合同来办的。"

"那我所做的一切也是如此。你发过誓，你将用我贷给你的钱为我们赢利，而不是自己私吞，而且是我一个人承担着印刷《圣经》的所有风险。"

"我发誓我没做过。"我脑中闪现一幅画面：我那美丽的《圣经》，那穷尽毕生的完美之作，远离我而去，被锁在汉伯瑞西朵夫庄园之内。"就算我做过，为什么非要现在揪住不放呢？几个月后，我们都会有很多的钱。等卖掉《圣经》，不管你说我欠你多少钱，只要能使我们的合作恢复正常，我会连本带利还给你。"

福斯特回我一记轻蔑的冷笑。我知道，他以为我是在招认不讳，甚至，这很可能是他一直以来的阴谋。现在诉诸法律，我根本无力偿还。那么，未完成的《圣经》也不会按完成后的价值，而只能按原材料的价值来估算。这样，只要法庭判我赔偿他申诉额的一半，福斯特就可以毫不费力地将《圣经》据为己有——还包括印刷机，铅字和存货。他出售之后，所有的钱都涌入他的口袋。

我看看等在围墙那儿的彼得·司考佛。

"我想他可以监督《圣经》的完成。"

福斯特点点头："你已经教了他不少东西。"

又一阵愤怒袭来："你恐怕得重新找座房子。汉伯瑞西朵夫庄园的承租人是我。"

"不再是了。"福斯特递给我一份盖章的文件，"你的表兄萨尔曼签的。他已经取消了你们之间的合同，把房子转租给了我。"

"他为什么这么做？"

"我答应会凭我在行会里的声望保障他的财产不受影响，而且我会付给他两倍的房租。"

我想让土地把我掩埋，黏附到葡萄根上，被那些根须碾碎。我倚着一根篱柱。

"不要。"我乞求福斯特，"没有必要——"

"审判的日期已经定了。"他打断了我，掉头走开，"在十一月六号中午十一点，地点在赤脚行乞僧居住的修道院里。不论你有什么辩词，可以到那儿说。"

第81章

上温特

尼克拨开门闩。门闩很旧，但很润滑。铰链发出"吱吱"声，很快，门被打开。

"你来了。"

吉莉安从房间那头飞奔过来，扑到尼克怀里，亲吻他的嘴唇，尼克也吻着她。尼克一直在渴望这一刻——早到他听说八只怪兽，纸牌大师或任何一件事之前。在纽约时，因为希望得到她，多少个夜晚，尼克躺在床上，无法入眠，直到天亮。为了这一刻，一切都是值得的——与他曾经想象的一样甜蜜。

但这只是瞬间之事。这些想法转瞬即逝，尽管吉莉安仍在他怀里。尼克已经开始考虑他们的安全问题，考虑怎么出去，考虑所有他希望吉莉安没做过的事情，考虑艾米丽。尼克仍抱着吉莉安，睁开眼睛。他看到艾米丽正看着他们，表情冷静，满脸同情，他对她尴尬地笑笑。

直到感觉吉莉安抓着他的手渐松，尼克才放开了手。万千疑问淤塞胸口，很多回答或许他不想听。不过这是后话。

"我们得离开这里。"

吉莉安向后退了退，脸色阴暗，神情疲惫，脸冻得通红。头顶的灯泡令她的黑眼圈更加明显，身上好像穿着睡衣。

"你没事吧？"尼克问。

"我已经好多了。"她马上改口，"不对，是现在好多了。感谢上帝，你来了。"这时，她才看到艾米丽，"还有你——我还没见过你呢。"

艾米丽礼貌地笑笑，好像她们是在鸡尾酒会上见面一样："我在修道院工作。当然，如果还能回去工作的话。"

"我不记得见过你。"

"你走后我才去的。"

"我们还是离开这里的好。"尼克看到吉莉安光着脚，"外面的雪有两英尺厚，而且回镇里要走很远的路。你有鞋吗？"

"我们还不能走。"吉莉安脱下手腕上的橡皮筋，把头发扎成马尾。尼克和艾米丽不解地看着她，"城堡里没有人，从昨天早上开始，我没听到任何动静。"

"别废话了。"尼克说，"走廊尽头的那间房里有具尸体，现在还在流血。开枪的人不可能走远。"

"好了，尼克。你难道不想看看这一切到底是怎么回事吗？"

"这一切都是因为你。"

吉莉安对他露出绝美的笑容。这笑容曾令尼克倍感幸福，现在却有些不自然。

"我已经在这个囚室里待了差不多两周——之前还花了一个月时间追查这些混蛋的下落。他们做过的事情……"她目光向艾米丽，"如果你们两人要走，走吧。达不到此行的目的，我绝不离开。"

"我们当然也不走。"尼克惊讶地发现，他竟然也动了心。他曾设想过的场面与现在不一样，他曾以为这时会只顾表达感激。相反，他发现自己还是一如以前一样糊涂，总是慢半拍，看走眼，这感觉似曾相识。

吉莉安曾遭遇绑架，被关地牢，天知道还发生过什么别的事。你难道以为她会融化在你的怀抱中吗？

他看了艾米丽一眼，她只是轻轻耸耸肩，算是回答。

"只要五分钟。"

吉莉安似乎认识路。她领着他们穿过走廊尽头的一扇门，顺楼梯盘旋而上，来到外面宽阔的城墙上。夜里的寒冷令她身体一缩。她右边是一个积雪覆盖的小院，两座尖塔之间有一个门房，一个广场在暗夜中伸向远处。另一侧，城墙下很远处，可以看到积雪覆盖的森林，一直向下延伸至河边。远处传来号角声。

"猫下腰。"吉莉安小声说道。

"我记得你说过，城堡里没有人。"

"没必要冒险。"

他们沿着墙，猫腰向前，不敢把头露出城垛，一直走到另一截楼梯处，下到院中。他们顺着院墙边，在仓库和棚子阴影的掩护下，穿过枯萎的葡萄藤蔓架子，绕过石井。雪地上到处都是轮胎印和脚印，尼克一直在揣测这些印迹在这里有多久了。

尼克只顾预测危险，没注意脚下的路，被什么东西绊了一下，摔倒在地。他用手撑地，站立起来。

一头三只眼的怪兽正在雪地里盯着他，像《动物寓言集》里的恐怖现身。它身上蓝黑相间，紧闭着嘴，并未发出吼声。尼克吓得张大了嘴，害怕之极，却发不出声。他掉头向后，可膝盖又被什么卡到，翻滚在地，脸对脸撞上了另一头怪兽。

是修道士。还有两个，额头上各有一个枪眼，却不怎么流血：一定是被寒冷的冰雪冻得即刻凝固了。

尼克站起身："我们真得马上离开这里。"

现在，甚至吉莉安也是一脸惊恐。只是她一贯逞强好胜，未等尼克制止，就已经沿墙根跑到了藏书馆门口，转动门环，打开大门。尼克骂了一句，紧随其后。

"这里不是都紧锁不开吗？"

"进入城堡的唯一通道——外人所知道的唯一通道——是通过一座一百英尺

高的吊桥。五百年来，这招一直有效。"

吉莉安一边说，一边领着他们穿越走廊，猛地打开双层门扇，来到目的地。尼克和艾米丽目瞪口呆。

就像一座用书建造的教堂。哥特式立柱直冲房顶，足有八英尺厚，屋顶高悬，房椽依稀可见。偌大的空间排满书架，架上塞着满满当当的书。立柱上每隔一两层就雕有木刻，环柱而上，活像一个画廊，遮住了面前的书架。地板光可鉴人：宽阔，镶饰着卷边木刻，花饰呈双向螺旋状缠绕在一起。

"这就是传说中的魔鬼藏书馆。"

进入房间，尼克发现书架上的书并不能随意拿取，而是锁在一个细铁丝做成的格框内。有些看来年代很久了，令人难以置信，书脊上竟然还有隆起的线绳。还有些似教科书般，封皮开裂，页边翻卷。整个房间弥漫着一股旧书的陈腐气味——还有一种刺鼻的味道，是汽油？

艾米丽透过书架上的格框浏览，仔细辨认着书脊上的名字，吓得发抖。"难怪把这里叫作魔鬼藏书馆，每本描写妖术的书差不多都在这里。有的我连名字都没听说。"

"这是有原因的。"吉莉安转回头说。

吉莉安快步走到房间后部。这里的汽油味更浓，有些书已经潮湿。还没等尼克寻索原因，吉莉安已伸手去够一本不大的羊皮书，在周围一大堆书籍中，那本书并不起眼。以尼克非专业的眼光来看，这边的书要比房中其他地方的更古老：他很惊讶这里没有格栏保护。不过，他立刻就知道了原因。吉莉安取下书，书发出"嘎吱"声。当那本书被完全抽出，他看到一条沉重的锁链将其拴在墙上。大多数链环颜色发黑，看上去有些年头了，然而其中一节链环却闪闪发亮，散发出金属特有的光泽。

"利刃。"尼克想起吉莉安列的那张单子。

"我没想过你会来，他们把我的夺走了。"

尼克的脑袋因为高速运转而疼痛不已。他不知道自己一直心心念念来拯救的人到底是谁，但至少不是眼前这个吉莉安，这个在戒备森严的城堡中能像主人一样随处踱步的人。下次玩电脑游戏时，可要多加小心。

"'他们'是谁？"

"教会？暴民？"吉莉安耸耸肩，"自从罗马帝国起，意大利人只有两大组织：天主教堂和黑手党。我想，要是他们联手也不奇怪。"

"但为什么——"

吉莉安把书放在书架上，滑了过来。

"你看看。"

第82章

美因茨，1455 年 11 月 6 号

夜里起了雾。天亮时，整个城市一片朦胧。透过卧室窗户，已经再也看不到对面的房子，只剩一点屋顶如船头般在雾中若隐若现。我穿上毛皮滚边外套，回想起三十五年前，一个年轻人在这间同样的屋内穿好衣服，等待法庭因他出身不够好而宣判无法继承父亲的遗产。

房子空荡荡的。我已经通知和我一起的其他人，今天不用开工。连佣人们都离开了。我没要求德拉赫离开，可等我来到他的房间，人已不在。我有点失望，同时又觉得如释重负。一个人孤零零地在房子里游来荡去，沮丧气馁，火气全无。我本该好好琢磨一下法庭辩词，可一想到这些，我心中就淤满强烈的恐惧。

我来到工坊，注视着那台印刷机。它像一个绞刑架般立在房间中央，滚筒高挂，墨盒干涸，旁边堆着一叠叠白纸。我手抚结实的印版，指头压在铅字底上，看它留下的红色凹印在皮肤上渐渐散去，感到异常空虚——就像在巴黎的那天早上一样。我一直在正视着火焰，幻想着彩虹，现在却只剩灰烬。

我还记得在巴黎的那天，也是我第一次见识德拉赫的手艺之时。我来到自己的卧室，从书架上拿下他那本《动物寓言集》。翻着这些再熟悉不过的页面，我又一次惊叹于他的娴熟的技术。许多动物看上去和人一样有灵性：例如那只下巴藏在胸前的、害羞的鹿；那头只顾盯着雌兽，却不知猎人已在身后布下天罗地网的、失恋的独角兽；那头用粪便火焰驱赶追逐者的、爱恶作剧的野兽。

翻到最后一页，我看到了那张卡片；这么久来一直指引着我的四只狗熊和四头狮子。

由里贝拉斯著，弗朗西斯大师插图。

他用一种新的印刷技术制作出另外一本动物的书。

我眨眨眼。第二句话是补加到末页上的，用棕色墨水书写，墨迹未干，是卡斯帕的笔迹。他一定是从印刷间出来后直接写的这句话，因为卡下方有一滴油墨。

"我很好奇你多久可以找到我的钱。"

我登时一个激灵。德拉赫出现在门外，像幽灵般毫无声息，坏笑着看我。我合上书。

"这是什么意思？"

"就是上面说的意思。"

他走到亮处，拿出一本皮革包边的薄书，递给我。

"送你的礼物。"

我双手颤抖，打开了那本书。

尼克颤抖双手，打开那本书，顷刻间泄了气。在巴黎的旅馆中，当他打开吉莉安的书信，最后看到卡片时，也有过这种感觉。第一页他再熟悉不过——就是在卡尔斯鲁厄时，电脑为他们合成的那页纸的翻版，不过更干净、更整洁罢了。野兽带着坏笑，正把它的粪便火焰喷到后面的人身上，即一名修道士，一位骑士和一个商人。

"狮子是所有动物里最强壮的，无所畏惧。"吉莉安的手绕过尼克，翻着书页，同时抚摸着他。尼克退缩躲开。"但虫子这种最弱小的动物却比他们勇敢得多。虽然总是担忧会被踩扁，却依然在那些庞然大物的脚下卑微地觅食。而最后，哪怕是最尊贵的动物也将被攻陷。"

"这并不是文中要表达的意思。"艾米丽说。

尼克看下一幅图片。是一只狮子，但不像纸牌上的华丽动物。它身体侧卧，王冠歪戴。兽皮已被撕烂，皮上满是污秽，内脏已被一群蛆蚕食殆尽。眼皮耷拉，目光呆滞，像是还活着一样。它身后是一个身穿披风的人潜伏，面罩遮脸，只露着一排巨齿，注视着发生的一切。

尼克永远也忘不了那晚所看到的一切。那本书的内容就像是给所有执迷不悟的人立了一座纪念碑：野蛮的性爱、畸形的躯壳、凶残、痛苦和腐朽。多亏布莱特，尼克曾在网上看到过一些图片。较之那令人毛骨悚然的现实，书上的黑白图案简单朴素，几乎有些幼稚。然而即使在五百年后，这些图片依然保持着一种原始的力量，用那些扭曲的表情和卑微的躯体将现实放大，比任何一种照片都更能震撼人内心。

书的每一页都有新创造的动物：马纳斯提克斯，身体可以弯曲的太监，毕生时间都在疯狂舔舐他那被阉割后的伤口；爱奎瓦尔，马头人身的怪物，长着一个巨大的阳物，需自己用链甲和头盔保护。一串被他强暴至裂成两半的女人躺在他身后。每张画里都有那身穿斗篷的家伙，面罩下露出凶残的牙齿，狞笑着，对此表示赞同。

倒数第二页，一个人头猪身的怪物全身赤裸，只戴一顶帽子，跪在地上。一只头戴王冠的狗蹲在猪身后，对猪怒目而视；另一只狗拽住它的耳朵，把它推向猪的嘴里。从那头猪因兴奋而变形的脸上可以看出，他对此很是享用。很难分辨这头猪的性别：他长着男性的生殖器，却长着女性的乳房，从腴着的肚皮上垂下，哺育脚下一群嗷嗷号叫的野人。所有动物的身后，站着那个穿斗篷的家伙。他已蹿至原来三倍高，斜着眼睛，轻蔑地看着他们。

"那人是谁？"尼克问。

"戴帽子的猪是教皇。"艾米丽说，"狗指的是法国国王和神圣罗马帝国的皇帝。根据已知的时间和地点，我猜画的目的是暗指十五世纪四五十年代时的阿马尼亚人袭击事件。"

"他们后面的那个人呢？"

吉莉安转过身来，双眼因兴奋而发亮："你猜不出来吗？"

《动物寓言集》中的最后一个是老鼠。看起来好像是事后想起添补的——书页上没有那个一直阴魂不散的穿斗篷的家伙。

"老鼠尾随鹅回到它的窝里，杀死了鹅的宝宝。"

文本旁边的画里是家被毁掉的场景。那只老鼠戴着一顶像福斯特那样的方布帽，坐在被孵的蛋上，从蛋壳里往外拽一只毛茸茸的小鹅头。小鹅稚嫩的大眼睛里满是恐惧，呆呆盯着母鹅，不理解妈妈为什么不救自己。母鹅在一旁无助地看着这一切。她的翅膀已被撕下，扔在地上；心脏被挖出，胸口血流如注。在极度的痛苦中，母鹅根本没注意到一只老鼠，长像简直是彼得·司考佛的翻版，爬在她腿上，啃咬着她。

我承认，起初我并未对德拉赫这么做感到愤怒，或是觉得他在诽谤，我只是有些妒忌。我的《圣经》在汉伯瑞西朵夫庄园的储藏室里一本本地慢慢减少，而德拉赫却摘了我的第一个创作成果。他击败了我。

德拉赫急切地看着我："你觉得怎样？"

"有点……"我跌坐在床上，他的书实在是一针见血，"太猥亵。"

"可是很漂亮。在福斯特出面干预之前，我们的梦想都实现了。"他蹲在我身旁，抚摸书页，"我插图，你执笔。"

"这些并不是我写的。"

"我们俩双剑合璧。这是我们两人的杰作。"他指着章节标题，"我甚至想方设法把它印成红色。"

我浏览了一下。某方面，他说得对：这本书确实完美无缺。比例适中，页面齐整：一笔一画似乎都大放异彩，插图闪着淡淡的金色光芒。然而，这却是有毒的光芒。

"你一共印了多少本这种书？"

"三十本。"

"放在这儿吗？"

"在一个不远的地方。"

"把它们都给我拿来。"我命令他，"你必须把它们都拿回来销毁。"

德拉赫依然嬉笑，不过不大自然："为什么要销毁？因为它们完美吗？"

"它们令人深恶痛绝。"我喊道，"你亵渎了我这种新工艺的美好和崇高，这原本是用来帮助拯救世界的。你简直就是撒旦，是花园里的毒蛇。"

"你是个瞎了眼的蠢货。"一瞬间，德拉赫的脸因愤怒而扭曲，"你就是个毫无判断力的笨蛋，不过无意中发现了连自己也无法参透的能量，我要驾驭这股能量，让它在应该得到它的世界上发挥作用。"

我坐在床上，说不出话来。沉默中，楼梯上传来脚步声。我们盯着门口，像书中休战的野兽和猎人，一动不动。

甘瑟神父出现在走廊上："约翰？快十一点了，大家都在法庭上等你。"

我骨头如蜡，浑身瘫软："我去不了。"

甘瑟神父看看我，又看看德拉赫，猜不出我们之间发生了什么冲突。

"你必须去。不然法庭就会做即时宣判，那样你会失去一切。"

我仰面朝天，躺在床上。法庭、法官、福斯特——都不算什么。卡斯帕已将我击得四分五裂，令我丧失了对生活的所有信念。

"你和卡佛去吧。回来告诉我福斯特说了什么对我不利的证词。"

甘瑟神父犹豫不决："要是你不能辩驳他——"

"去吧。"

"你病了？要不，我申请法庭延期。"他看了德拉赫一眼，想让他帮腔。德拉赫把玩着那本书的封皮，没有作声。

"别管我了。"我气若游丝，"就这么定了。"

甘瑟神父一头雾水，最后看一眼德拉赫，匆匆忙忙走了。我听到他下楼的脚步声渐渐远去，"砰"一声关上大门，走了。

透过泪水模糊的双眼，我抬头看着德拉赫。他那本可恶的书上，羊皮纸如羔羊皮般柔滑。

"福斯特对我的所有指控：丢失的羊皮纸和油墨，重新出现在不同地方的铅字，原来都是你干的。"

"有些是——不是全部。甘瑟神父可是谋了份有钱的副业，他去年一年都在为美因茨的代笔人提供纸张。还有，我半夜爬进去打印时，经常会看到彼得·司考佛在偷练手艺。或许他早就知道有这么一天。"德拉赫嘲笑我，"你老是看错人，约翰。"

我极力克制心碎的感觉，注视着他："你为什么这么对我？"

"我在帮你。我要让你知道，你所创造的东西有多么大的潜能。这有点类似于那条毒蛇把亚当从上帝囚禁他的失乐园里解放出来，我想让你知道自己都能做些什么。"

他指着那本在斯特拉斯堡时送给我的《动物寓言集》："你知道这本书的委托人花了多少钱吗？五十荷兰盾。这本书除了表明他的无知，又算得上什么？一分价钱一分货。可是如果有了你的印刷技术，约翰，我们就能掌握主动权。"

他摸着脸上的伤疤："你知道我的伤怎么来的。还不是因为一个国王、一名君主、外加一个主教——都是基督徒——打着上帝的旗号抢占阿马尼亚人的土地。不过在我被他们折磨的那段时间里，我也从他们身上学到了一个道理——还有别的力量能够统治世界，那就是秘密，连教会都害怕的秘密。"

"秘密？"我重复。

"这本书不过是个开头。有了你的印刷技术，我们可以印很多自己写的书，让那些有钱人和教会势力挡都挡不住。我们用源源不断的书把他们彻底扫平。你知道教会的人为什么垂涎你的《圣经》，是因为他们觉得如果能掌握这种印刷工艺，就能控制全世界。"

我差点因沮丧而哭泣："那也是我想做的事——彻底统一。"

"怎么会有你这样的人？"他生气地握紧拳头，"竟然愿意顺从一方面压榨穷人血汗钱，一方面主教却穿金戴银的教会？一个只知道收费而不为人们提供服务的教会？一个你犯一点错都要交罚款而牧师们罪行哪怕比你严重十倍都可以一笔勾销的教会？他们根本不配拥有这项发明，约翰。而我们可以借此壮大起来，利用这项发明击垮他们。"

他拿走了我手里的书："书里的动物并非凭空想象，是我根据现实生活画出来的。我觉得所有人中只有你会明白。"

我以手掩面。他把书放在我身旁，落在床上，发出沉闷的一声"砰"，随后就是下楼的声音。或许我还感觉到温柔的一吻或是额头上的爱抚，或许那只是我的痉挛。等我抬起头来，卡斯帕已经不在了。

"我明白教会为什么要保守这个秘密了。"

尼克合上书，浑身发痒，好像那些蛆从书里爬出来，开始吞噬他的身体。他很久没见过这么恶心的画面了。

艾米丽看上去也大受打击，脸色苍白，面无血色："太残忍了。书中充满仇恨，很难想象这本书和《古腾堡圣经》竟出自同一个人之手。"

"字体表明确实如此。"

"难道这就是他们要把它藏起来的原因吗？"尼克说，"为了保护古腾堡的声誉？"

吉莉安轻蔑地看他一眼："你到底有没有看？这本书并不仅仅是讽刺作品，看看页边。"

尼克不情愿地又把书打开，瞟一眼装饰用的边框。只消一眼，他就知道自己这辈子也忘不了。总之，比框里的插图还糟糕，他几乎无法描述。

"真恶心。"

"比你想的还恶心。这可不是装饰，是说明书。"

"你这话是什么意思？"

"还记得那个穿斗篷的人吗？你知道他为什么每一页都会变大吗？是因为他离得越来越近。这本书的图里藏着一个秘密，就好像古时候的炼金术一样。这是一本权力之书。"

尼克凝视着吉莉安。和她在一起总是这样，尼克猜不透她到底在想什么。

"你不是真的以为这行得通吧？"话虽这么说，尼克却从她的表情中看到她的渴望。

"有人信。"这就是吉莉安的回答。

尼克无言以对。看着这些图片，他想起从布鲁塞尔救下的那本书里的动物，他们那么活泼、聪明。"这和另外一本《动物寓言集》简直大相径庭。"

吉莉安身体一僵："在朗布依埃的那本吗？你找到了？能给我看看吗？"

尼克从背包里拿出那本书，放在它"同伴"旁边，简直一模一样。他翻开后面的封皮，看卡上的题词。

由里贝拉斯著，弗朗西斯大师插图。

他还用一种新的印刷技术制作出另外一本动物的书。

"该书被藏于《以色列诸王格言》中。"艾米丽将未说完的句子补全。

吉莉安皱皱眉："我一直没弄明白那句话到底是什么意思。我猜肯定和这个地方有关——所有失传的书都在这里。"

尼克抬头看看高耸的书架。这些古老而陈腐的羊皮纸下，到底还藏有多少不为人知的秘密？那些试图寻找世界上最黑暗力量的人们，又曾重复过多少这种恐怖而残忍的画面？

一阵阴风从脖子上刮过。阵阵寒意使尼克意识到，他们不宜在此逗留。

"我们怎么从这里出去？"

"你们出不去了。"

尼克掉转身。一瞬间，他几乎以为书中的咒语应验了。门开着，一个头发花白、目光如炬的老者正站在那里，注视着他们。他长长的外套被风吹起，飞舞在脚边。

"我想你们有些东西要给我。"

我躺在床上，哭泣着。我遭到了背叛，而福斯特和卡斯帕从中得到了一切。

我昏昏欲睡，朦胧中做了一个噩梦。梦里，贪婪的野兽，疯狂的男人和放荡的女人从卡斯帕·德拉赫的书里走了出来。一台磨粉机残忍地把那些人吞到嘴里，碾成粉末。一个长着兽蹄的大主教坐在王位上，递给我一份可怕的判决书。

前门一阵有力的敲门声将我吵醒。庭审这么快就结束了？法庭判决了吗？我不知道自己睡了多长时间，看看窗外，只有雾蒙蒙一片。

前门被撞开。楼梯上响起脚步声，可那声音比甘瑟神父的重得多。一切都太晚了，我有如半空中懊悔不迭的自杀者，突然意识到生命的重要性，我曾丢失的完满丰富、精彩绝伦的风景尽收眼底。

两个人冲进房间。他们不是法警，而是全副武装的大主教侍从。他们对我大喊大叫，可我头太晕，根本没听明白他们说了什么。他们把我拖下床，一个人驾着我，另一个朝我的脸挥拳打来。我迷迷糊糊，以为又是一个噩梦，直到尝到嘴里的血腥味，才明白这是现实。

他们把我的手绑起来，拿起那本《动物寓言集》，看都没看。而另外一本，卡斯帕的那本混账书，滑到了床垫下面，他们并未看见。然后，他们用一个麻袋套住我的头，把我带走。

第83章

　　见那老人独自一人，尼克想冲上去制服他，但吉莉安抓住他的胳膊，将他拖了回来。

　　"不要。"

　　话音未落，又进来一个人，是那个断了鼻子的意大利人。尼克和他在斯特拉斯堡打过一架，他拿枪指着尼克，做了个鬼脸。

　　老人踱进房间。尼克终于逐渐看清了他的长相：红光满面，眼窝深陷。尤其是那双眼睛，发出钻石般刚毅、清澈的目光。

　　"你是内瓦多神父？"尼克猜道。

　　"是红衣主教。"老头更正，"我升职了。"

　　"我好像和西班牙宗教法庭没什么瓜葛吧。"

　　老人冷笑一声："现在我们以另一个名字称呼它，不过八九不离十，你真是见多识广。"

　　"爱去图书馆罢了。"

　　尼克想，自己当时一定是吃了豹子胆，才能在神经高度紧张的情况下保持冷静。否则真不知该怎么解释这种情况下，他还能站在那里与一个要杀死自己的人斗嘴。

　　至少我找到吉莉安了，尼克自我安慰。

　　"如果这里是魔鬼藏书馆，那你又算什么呢？"

　　"我是守护那些遗失著作的天使。"

　　艾米丽环顾四周："这些书都是遗失的吗？我敢说其中有些我肯定见过。"

　　尼克惊讶地看着她。她真的关心这个问题吗？到了穷途末路，她还对学术问题感到好奇？还是仅仅出于一种人类的本能，想靠说话尽可能拖延时间？

内瓦多似乎很乐于回答她的问题："这里的书除了一小部分，多数外面都有，有些甚至颇具影响力。那些无知的人都以为，这个图书馆不过是存放一些禁书罢了，但事实远非如此，教皇皮乌斯二世建立这个地方，教育人们对抗异端，尤其是那些冲锋陷阵、与邪魔搏斗的勇士们，可以在这里更清楚地研究敌人。"

"真是可笑。"尼克不屑地说，"我有幸看过一本，不过书中只见教皇，不见其他人。"

"你面前的《动物寓言集》，就是收录在这里的第一本书。虽然历史不是最悠久的，但对于教皇皮乌斯本人来说，这本书意义非比寻常。他和约翰·古腾堡曾有来往，并推崇印刷术。当时的教会急需改革，而教皇认为印刷术会是良方，可用于缓解信仰危机。但事与愿违，他没料到这种技术更适合传播谎言和谬误。"

"你是说像恶意程序。"尼克说，"这本书就是病毒，而印刷术加快了它的传播速度——比以前快得多。人们读了这本书后，就像感染了病毒，易受蛊惑，最终所有染毒的人将被利用，挑起争端。"

"是宗教改革。"艾米丽说道。

"我怀疑教皇皮乌斯没想到会有这种结果但他想到了。当然，这个世界上还没有什么教会不曾见过的事。皮乌斯知道，如果古腾堡这本《动物寓言集》被人发现，印刷术将成为邪教的替罪羊，那时谁还管当初发明人的初衷是怎样的。于是，教皇决定打压这本书，颁下教令将其销毁。这部书一共印了三十本，这里有一本样书，在之后的几个世纪中，教会经过追查，从图书馆和收藏者手中抄出并销毁了其余的二十八本。而这最后一本，在你们身上。"

尼克觉得一阵眩晕，他抬起头，想清醒一下，却只看到堆积成山的书在黑暗中若隐若现，让人更晕。

"你们何必这么麻烦？"艾米丽不解，"古腾堡也好，纸牌大师也罢，不管谁写的这本书，都是赢家。任何有价值的技术都可能被不当使用。《动物寓言集》印了多少本并不重要，只要你们能印出更多的《圣经》就行。这难道不是一个更好的折中办法吗？"

内瓦多开始有些失态。岁月本没有在他的脸上留下什么痕迹，而此时，他仿佛突然衰老。"正邪之争自古存在，互不相容。教皇皮乌斯想错了。事实上，教会力量只有在一种情况下最为强大：那就是当书籍稀少而昂贵，由个人用一种语言抄写而成，只有受过教育的人才能看懂的时候。所以留下这些书无异于养痈遗患，早该销毁掉的。"

"我从不知道教会还有焚书的怪癖。"

内瓦多平静下来，血红的唇牵出一丝冷笑："时移世易而已。那你知道为什么我费这么多周折，让你们到这儿来吗？"

之前的兴奋荡然无存，尼克感到真正的打击马上就要来临："我们自己闯进来的。"

"你们凭什么能找到隐藏的地图，找到通往塔楼的梯子？难道真以为我们生活在中世纪里，连怎么锁门都不知道吗？"

"那也不奇怪。"尼克小声说道。

"好吧，现在是时候把教皇皮乌斯做的蠢事做个了结了，这也是他的临终遗愿。这间藏书馆将被焚毁，而你们则是陪葬。之后会有人在灰烬中找到你们的尸骨，而且会把你们当成纵火犯。"

"那你怎么不自己动手，非要把我们牵扯进来？"

内瓦多举起双手，手面青筋爆出，透着冷酷："你们难道以为我真的老了，不中用了吗？我不方便自己下手，不过是因为我虽已功成名就，却依然大志未酬而已。我还有宏愿未了。"

"烧掉这批珍贵的书籍，你就能成为教皇吗？"

"红衣主教团的人不会听到风声。就算有人知道，大多也只会拍手称快。因为他们听到的是：一群专门窃取艺术品的江洋大盗闯入这里，偷走原稿——他们制服了修道士和警卫，长驱直入。然而由于贪婪，他们一时大意，将香烟掉在纸上，引燃纸张，焚毁了藏书馆。而他们也被困在火中，烧得面目全非。"

"那我们应该就是那伙盗贼吧？"

"当之无愧！一个是在纽约被通缉的杀人犯，而且还是电脑专家，能破坏这里的安全系统；一个是专门研究中世纪文化的学者，以反对教会而闻名；再加一个名誉扫地、监守自盗的拍卖师。何况你们还是根据自己查到的蛛丝马迹，自愿来到这里的。"

"看来你为了引我们来到这里，并设法除去我们，可谓煞费苦心。"

"我还是操之过急了。要是我的人没有失手，你们可能已经死在纽约，或巴黎，或布鲁塞尔，或斯特拉斯堡。结果你们每次都能脱身。我很好奇你们是怎么做到的，毕竟我们实力如此悬殊。我甚至曾向上帝祈祷，希望你们能快点落到我手里。现在我终于明白了，原来上帝是要你们来到这里，给我送来这本书，然后再达成我的愿望，或者说是他自己的愿望。说真的，上帝可真是神秘莫测。"

内瓦多从大衣中掏出一支烟点燃，深深吸了一口，露出怀旧的笑容。

"十五年没抽了。医生说，抽烟会要我的命。"

"不过还有一个问题。"艾米丽说道，"你拿错了书。"

"其他的书在哪里？"

还是同样的声音，问同样的问题。我也想回答，可回答不了。我身压重物，被折磨得不成人形，喘不上气来，连骨头都快被压断了，几近崩溃。

"我不知道。"

我的确一无所知。不知身陷何处，在这里待了多久，也不知谁把我抓到了这里，更不知道他们怎么知道了那本书。我的头套在麻袋里，只能听到周围的铁链咯咯作响，闻到石头的潮味和沥青燃烧的味道。还有没完没了，却无法回答的问题。

我被扒光——这我知道——绑在一个架子上，就像是一张要被拉展晒干的羊皮纸。一块木板平放在我的肚子上，用许多大石压着，越来越多。更多的石头还在被加放上去。用这种刑罚处置我，再合适不过——我一直都在印刷书籍，总是用印刷机把油墨、铅字和纸张压在下面；而现在，该把我压在下面了。我真怀疑是不是福斯特要他们这样折磨我。

"有人举报你发明的新工艺。说！你的意图何在？是不是要为邪教徒提供工具？"

"我想让世界变得更美好。"这本是我的狂热追求，对我至关重要，可现在听起来，却有些软弱无力。

"你是否有意攻击教会？"

"不，我想让它更强大。"

"你是不是要召唤黑暗的力量？"

"不，只是传播真理。"

审讯者低头俯视着我。我知道他这么做，是因为我闻到了他嘴里的洋葱味。

不知他在我面前挥舞着什么东西，我感到一阵风拂过我的脖子——难道是那本书？

"这就是你所谓的真理吗？真理就是谎话连篇和污蔑诽谤吗？哪怕看一眼这本书，都罪该万死！"

"不是我写的。"我艰难地答道，胸口火烧火燎地疼。

他装作没有听见——这是他的一贯做法。酷刑的折磨或许可以毁掉人的肉体，而人的灵魂却是在无助中被摧毁的。同样的问题，同样的无人相信。

"你一共写了多少本？"

"三十本。"我急切地回答，对于他能给我这个机会，几近感激涕零。"他说有三十本。"

"有一本送到了大主教那里，还带着一张下流的便条。另外一本放在圣·昆廷教堂的台阶上——简直一模一样。这一定就是魔鬼的杰作吧？"

"是我发明的印刷工艺。"我喘着粗气说道。

"这么说你认罪了？"

我心中充满惶恐。我认罪了吗？我是在辩解；我想推开板子，喘口气，可谁知徒劳无功，只能发出一丝呻吟。很快，我便意识到这么做太离谱，重又躺下。那样只会让我陷入比目前更糟糕的境地，他们会要我的命。

一阵阴森的笑声响起："我们不会让你死在这里的。"

我一定把那话说出口了。

"等我们知道了该知道的，就会把你定为异教徒，在美因茨处以火刑。"

我轻轻地叹口气，也许这是我最后的一口气。我早就知道会有这样的结局。父亲当日在法兰克福就曾教训我，说我最终将背上异教徒和伪造劣质钱币的罪名死去。

死就死吧，豁出去了。我发现自己竟然笑出了声：那是我腐朽的灵魂脱离身体的笑声。我大半辈子都生活在恐惧中，以前所犯的那些有违天理伦常的滔天大罪无时无刻不在煎熬我的良心。而现在，我屈死在一本不是我写的书上，也算是罪有应得。

我的笑声激怒了审讯者。他朝手下吼了几句，我听到搬石头的声响，我的两条肋骨被压断。

"其他书在哪里？"

巨痛袭来，我失去了知觉。

艾米丽的一句话霎时令内瓦多呆若木鸡。等回过神来，他推开周围的手下，大步走到房间后部的书架旁。门口持枪的手下渐渐向我们逼近。

内瓦多拿起那本《动物寓言集》："这就是你们拿来的那本书？"

尼克没有回答。他有一种不祥的预感，觉得还是不说为妙。刺鼻的汽油味和烟草味让他作呕恶心。

内瓦多翻开封面，对他来说，一瞥足矣。

"这确实不是那本书，只是一本普通的《动物寓言集》。"他气得满脸通红，把书扔往旁边，转而朝吉莉安吼道："你说过他们会把另外那本《动物寓言集》带来的。"

"版本记录是这么说的。"吉莉安结结巴巴地说，"上面提到有另外一本《动物寓言集》，我们看到了，就顺着线索来到了这里。"

"这本书毫无价值。"内瓦多泄气地靠在书架上，似乎没留意手中的烟离那摞书只有几英寸。尼克也没有注意，内瓦多刚才说的话在他脑子里还余音未绝。"告诉我。"尼克转向吉莉安。

"是你告诉他我们要来这里的？"

"当然不是！"吉莉安手伸到肩膀上，手指挑起一缕头发拨弄，心虚道，"我只说过我们在巴黎找到的那本书是他要的，我也是逼不得已。一定是他自己认为如果把你们引到这来，能得到那本书。"

她直视尼克眼睛，祈求他的信任。尼克也愿意相信她的话，而且他差点就信了。突然，艾米丽轻声问道："那张便条又是怎么回事？就是写着如何进入这里的便条。"

"我不知道。他抓到我的时侯就找到了那些便条，然后又藏在你们找得到的地方。"她发现尼克的表情不对。"怎么了？"

"那你知道他把便条藏到哪儿了吗？"

吉莉安盯着尼克。尼克熟悉她这副表情：他以前曾经见过。那是当她与别人发生纠纷，搜肠刮肚寻思对方想听的答案时才会有的表情。吉莉安意欲开口，又忍住了。

"藏在卫生纸芯里。"尼克说道，"是你告诉他的吗？"

尼克看得出来，吉莉安的心理防线彻底崩溃。"我是被逼的，尼克。如果我不这么做，他会杀了我。"

"那你有没有想过，如果我们被他抓住，而他发现我们带来的书并不是他想要的，会放过我们吗？难道他会说这是个误会，然后放我们走吗？"他脑袋疼痛，双眼一看她就刺痛。他感觉自己已变成了硬石。

"够了。"内瓦多转过身来。香烟已烧了一半，烟雾缭绕，看不清他的脸部表情。他用意大利语朝门口的守卫不知喊了句什么，然后说："我决定——"

突然，吉莉安朝内瓦多扑去，他猝不及防。趁守卫还没反应过来，她一把夺下内瓦多嘴上的烟，转身扔到书架里。浸了汽油的书顷刻蹿起火苗，好像五百年来一直在等待这最后一刻的到来。

"不！"

内瓦多好像改了主意，但一切都已经太迟。他跑到书架前，把点着的书拖到地上，猛力跺着上面的火苗。一阵风从门口吹来，卷起地上散落的纸张。纸张飘到书架高处，引燃了更猛的火焰，触不着够不到。内瓦多的大衣下摆也被点着。

整面墙壁在大火中轰然倒塌。

第 84 章

烟越来越浓，尼克看到内瓦多朝门口跑去，他紧跟其后，然而马上有子弹呼啸而来。尼克扑向艾米丽，同她一起趴倒在地，用自己的身体掩护她。等他再次抬起头，刚好看到房门"砰"一声被关上。

吉莉安去哪儿了？尼克环顾四周，浓烟从燃烧的书本上冒出，找不到吉莉安的踪影。难道内瓦多把她带走了？难道这又是他们的交易？

终于看到吉莉安了，她卧在离书架不远的地方，双手撑起身体，想要爬离这里。炽热的灰烬和火星落下，在她的背上飞舞，仿佛在催促她加快速度；可她还是那么慢。她动不了：她的一条腿受伤，在身后吃力地拖着，地上流了一大摊血。那是内瓦多送她的临别礼物。

尼克跑过去，用胳膊架起她，把她拖到房间中央。艾米丽吓得脸色苍白，撕下一只毛衣袖子，绑到了吉莉安的大腿上，止住血流。

"对不起。"她含糊不清地说道，"尼克，真的对不起。"

没有时间了。火苗开始从房间后部向大厅两边蔓延，屋子里到处都是烟。尼克从口袋里掏出手套，递给艾米丽一只。

"捂住脸。"

尼克用浸湿的手套捂住鼻子，冲向门口。那扇门光溜溜的，上面什么都没有，既看不到门锁，也看不到把手。

难道你真的以为我们生活在中世纪里，连怎么锁门都不知道吗？

尼克踢了门一脚，只觉得脚疼，门却纹丝未动。双手一推，只感到金属的厚重。看来就是把他们烧得尸骨不留，这扇门也烧不掉。

他跑回艾米丽和吉莉安那里："情况不妙。"

艾米丽捂着脸，用一只手指了指房顶，上面浓烟翻滚。

艾米丽一把拿掉手套，抓紧时间说道："烟，往外飘，"然后换一口气，"房顶上一定有出口。"

有吗？尼克有些怀疑，不过也没有其他出路了。尼克抬头看看那些书架，简直就是攀爬墙壁的巨型台阶。书架上下有梯子和画廊连接，只是逐渐蔓延的火舌马上就要烧到那里，情况危急。即便他们能爬到房顶，可能也难逃一劫。

总得试试吧，尼克给自己打气。他搂住吉莉安，把她扶起来，开始朝最近的梯子进发。

院子里的寒冷空气是一种恩赐。内瓦多瘫软在雪地里，大衣下摆上的最后一丝火苗灭了，腿上的烫伤疼痛也缓解了。尤格在旁边，惴惴不安地看着他。

"要救火吗？"他问道。

内瓦多回头看看，由于塔楼的窗户很久以来一直封闭，因此从外面完全看不到藏书馆里火光冲天的景象。房顶溢出的浓烟也如羽毛般飘散在暗夜中，唯有烟味在雪夜里透露出着火的讯息，这着实令他宽慰。

"您没事吧，大人？"

内瓦多这才意识到自己在发抖。他没料到事情会是这样的结局——将这里烧为灰烬，然后草草收场，事态已经完全超出他的掌控，教皇皮乌斯的遗愿也未达成。而且眼见那些书被烧——尽管反映的是邪教思想——带给他的震撼比想象中要剧烈。

然而上帝是神秘莫测的。内瓦多想，也许这只是上帝小小地修正了一下他的计划，警告他别那么自负，记住，只有上帝才是完美的。他的计划将依然奏效。

他转向尤格："把枪给我。"

尤格有点惊讶，但没说什么，递过了枪。枪挺沉。比他年轻时用过的枪要小巧很多。那时他是在跟共和派的匪徒作战，那些人常潜伏在安达卢西亚的森林里，旁边就是他父亲的教堂。内瓦多检查了一下弹匣和保险栓，虽然枪不一样，但一样可以杀人。

"上帝保佑你。"

他朝尤格的胸口开了两枪。那个意大利人倒地而亡，毫无声息，鲜血渗入雪里，像洒了一地红墨水。

他们制服警卫，长驱直入。很遗憾要死人，但是没办法。没人会责怪他没有提前防备。

内瓦多怕他没死，又开了一枪，然后把枪扔到藏书馆旁的雪地上。这样不论谁来调查，都各有说辞。做完这一切，他匆忙前往停车的马厩。

塔楼的后墙已经被大火烧黑，像铅黑色的彩色玻璃窗，而书架依然耸立未倒。大火吞噬空气，把整个房间变成了一个大火炉。房间另一头，尼克已经脱得只剩一件T恤，但还是被汗水湿透。他用两片书架上的木板做了一副简易夹板，用自己的衬衫把它绑在吉莉安的腿上。有了它，她就可以沿画廊蹒跚前行。

通道是用铸铁做成的格框，人走过时，只要往下一看，就知道从那里摔下去要摔多久。虽然那是金属，不会着火，但却很烫。尼克脚隔着鞋底，都能感到温度越来越高。虽然现在石柱暂时阻挡着火势向他们这边蔓延，但坚持不了太久。大厅里，燃烧的碎纸随着浓烟和热气的流动，像雪片般漫天飞舞。

设计图书馆的人让他们吃尽了苦头：梯子交替放置在画廊两头，这样想爬到下一层就得不停地从一头跑到另一头。这情景令尼克想起一个很早以前的电子游戏，里面的玩家要设法爬到关顶，而那里有一只猩猩向下投掷香蕉和火球阻止玩家前进。他们现在就在冲关，只不过这里的火球都过于真实。

对吉莉安来说，爬梯子是最大的难题。艾米丽先上去，趴在上一层，用手拉住吉莉安，尼克在下面抱住她的腿，支撑她的重量。吉莉安想自己抓住梯子隔板爬上去，但是浓烟、疼痛和失血过多使她非常虚弱。一次，她手一滑，没抓住，差点从边上摔下去，尼克紧紧拉住她，把她拽了回来。

"别管我了。"她伸手抚摸着尼克脸颊，"自己保命要紧。"

如果现在有任何征兆表明他真的只能保住自己的命，他说不准会考虑一下。可现在情况并非如此，尼克把她举到肩上，开始往上爬。吉莉安并未反抗。

艾米丽把吉莉安拖上来，朝尼克喊了一句，然而熊熊燃烧的大火吞没了她的声音。她没再说什么，只是用手指指下面。大火已经蔓延到石柱周围：火苗迅速地蹿上来，已经烧到了他们下面的那层书架上。

生死关头，他们把吉莉安夹在中间，拖着她跌跌撞撞向下一个梯子进发。浓烟四起，如毒气般无孔不入，从铁框上的洞冒出。尼克的肺火烧火燎地疼，皮肤也因高温的炙烤滋滋作响。

终于，他们来到最顶部的露台。尼克往下一看，以为自己站在一条火柱的顶端。烟雾将火焰变成暗红色。而这里浓烟缭绕，几乎什么都看不到。

但是，艾米丽说得没错：烟雾还在不断上涌。尼克眯缝着被呛得流泪的眼睛，在天花板上找到一个深色出口。但是出口太高，爬不上去，离墙壁又太远，书架根本派不上用场。

"在这儿等我。"

尼克跳到地板上，沿着承重架往前爬。灼热的金属架烫伤了他的手。他抄起两本书垫在手下，就像用微波炉时要戴手套来保护自己一样。书架尽头那行的一根柱子后面，摆着一张老式木制课桌，积满灰尘——可能是为那些跑这么高的读者准备的，这样他们就不用拿着重重的书本再跑下去。烟太大，尼克闭着眼，拽过桌子，沿着承重架往回拖，全不理会书架上落下的书。中途，桌子歪过来，卡进扶手里，尼克费尽力气才把它拽出来。

直到感觉艾米丽的手放到了他后背上，尼克才知道自己已经回到刚才离开的地方。艾米丽马上明白了尼克的意思。她爬上桌子，伸手够天窗，但还差一点。尼克紧紧抱住她的腿，把她举了起来。

艾米丽的身体摇来晃去，有一刻晃得很厉害，尼克以为她会摔下来，连带他一起从边上翻下去。之后，她终于稳当下来，用手抓住了天窗边。艾米丽一点一点向上爬，终于爬了上去，尼克感觉手中一轻。然后，他又把吉莉安也架了上去，最后是他自己。尼克的头刚露出窗口，感觉到凉爽的空气，就深深地吸了一口气，但喷涌而出的烟马上把他呛得几乎窒息。

他们所在之处很暖和。大火融化了房顶的积雪，雪水流到他们站着的石头通道上。尼克捧起雪水，洗洗眼睛，发现水是温的。通道里的水开始外溢。

尼克把吉莉安交给艾米丽照顾，他蹚着雪水，四处查看塔楼上或墙那边是否有梯子和消防通道，或凸出的砖瓦可供攀爬。可惜，根本找不到下去的路。

房顶上的积水开始冒泡。恐怖的是，尼克发现不只是水在冒泡那么简单，房顶上的电线正在熔化，从房顶上爆裂开来，落入往外溢水的排水沟。看来过不了多久，房子就要坍塌。他把吉莉安的身体滚动到栏杆处，使她尽量远离熔化的金属。然后将艾米丽拥入怀中，一言未发。此时此刻，似乎没必要再说什么。

尼克听到自己的心在跳，声音越来越大，竟盖过了藏书馆熊熊燃烧的大火。一道耀眼的白光出现在头顶上空，如同上帝审判时揣度的目光，扫遍他的全身。

我就快死了。身上的重物压得我身体好像要断开，心脏要破裂。脑袋涨得如膀胱一般，似乎全身的血液都涌到了头部。我觉得自己像在一架天平上，它和金匠用的一样精准。一边是石头，一边是我的性命。哪怕石头那边再加一枚硬币，都会使天平倾斜，令我形神俱灭。

"在你家里找到的另一本《动物寓言集》是用来干什么的？"

审讯一直未停。我胸口的重物早已让我无法讲话。然而我还得呻吟，还得喘息，还得含糊不清地发出声音，好让他们相信我不是不合作。如果我真的不说话，他们会放更多的石头在我身上。

"还有，谁是你的同伙？"

我沉默。被折磨到现在，我一直没有回答这个问题。即便到现在，我依然非常爱卡斯帕。

我的沉默惹恼了审讯者。那声熟悉而可怕的命令再度响起："再加一块。"低沉的脚步声。石头的摩擦声。

随后"砰"一声，模糊的喊叫声陡然升高，一股风吹过。搬石头的人出于惊讶，将石头掉在了地上。难道是我身上的木板断了，石头滚到地上？可感觉又不像。还是我已经死了？

我努力想听听他们在说什么。除审讯者之外，任何其他人的声音恐怕对我而言，都是天籁之音。

"你必须马上停下。"有个声音说，"把这些石头拿掉。"

"这里是大主教的城堡，您无权命令我，主教大人。"

"是红衣主教。"那个刚刚出现却异常熟悉的声音更正道，"我升职了。如果你现在不马上放了我的朋友，你就会像其中一块宝贵的石头那样被投入深井。"

"这个人是异教徒。"

"他对上帝的虔诚永远胜于你。"

随后一阵沉默，充斥着希望的沉默，这种感觉比我所受的酷刑更难以忍受。之后——感谢上帝——我听到一块石头从身上被搬走的声音。听起来好像他们把石头拿开了。我试着吸口气，胸口的压抑感有一丝减轻。

"快点。"红衣主教催促道，"如果他死在这里，你们也别想活。"

一块块石头被拿开，落地声从开始的零零星星到连续不断，仿佛塔楼被拆，只剩地基。零星碎石迸到我脸上，我却感觉不到疼。

胸口的木板被挪开，好似打开了一扇门。有人用手费力地解开套在我脖子上的绳索。

光线绚丽夺目，好像莱茵河上初升的太阳，晃得我睁不开眼，也给眼前这张凝视我的脸庞笼上了一层光晕。即便是在这令人痛苦的地方，面前的这张脸也保持着一贯的微笑，只是这微笑因担心而显得有些沉重。

"说真的，你是最了不起的男人。"

车尾一摆，汽车又突然急转弯。内瓦多知道他开得太快。他驾车沿这条路在森林中七拐八拐，刚过一个 U 形急转弯，车子忽地陡然向下，笔直插入一条冰雪覆盖的丛林小路。透过车前灯，内瓦多看到这里的道路起伏不平，到处是树木和积雪。他紧盯着前方。

道路终于平坦下来，内瓦多这才开始放松。前往美因茨的高速路已经关闭，而他坐的船又泊在上温特。他得在天亮前赶到法兰克福，然后乘快车前往巴塞尔。那里会有一位朋友为他作证，证明他两天内并未离开过瑞士。之后警察会打电话通知藏书馆失火的事，而他就可以"被迫无奈"地给梵蒂冈的教皇打电话，报告这则不幸的消息。

内瓦多意识到自己有点走神，赶紧把注意力拉回到路面。汽车马上要驶入一条弯道，那里的树木由于山崩已不复存在，因此视野开阔，可以清楚回望山谷的另一边。他轻轻踩下刹车，汽车颤抖着停住。他目光越过山谷，看到一大片烟正飘向夜空。火焰闪着红光，从天窗处喷涌而出。那里是他故意打开的，以便让火势更加猛烈。他努力平抑一下急促的呼吸，笑了。计划进展顺利。

一道明亮的白光如天使降临般划过内瓦多头顶，巨大的轰鸣声使整个汽车都在颤动。会是谁的飞机？有没有人看到他？突然间，他开始对自己的整个计划产生怀疑。

内瓦多心中满是恐慌，他一脚蹬在油门上。用力太猛——轮胎飞转，发出抗议的哀号声，被卷起的积雪向后飞溅。他脚踩踏板，加大油门，把变速杆推得咯咯作响。随着车轮的呼啸声，汽车猛地向前一跃，冲上冰冻的路面。内瓦多还在为刚才看到的搜索灯而心烦意乱，没有发现前方的弯道，等他反应过来，一切都太迟了。他试图调转车头，一脚踩向刹车，结果一不留神踩向油门，一踩到底。

没有护栏，没有树木阻挡。汽车直接飞出悬崖，大头朝下，坠入山谷。内瓦多最后一眼看到的，是汽车的头灯照在雪地上反射出的两个光点，那光点飞快向他冲过来，仿佛是上帝复仇的眼睛。内瓦多一声惨叫。

山谷南坡的树林中迸发出一小团火焰，像着了火的纸团，燃烧一阵，很快熄灭了，只在圣洁的雪地上留下一片污黑。

尼克用手挡住晃眼的聚光灯，望向夜空。纷飞的大雪中，他看到直升机如巨大剪刀般转动的螺旋桨，闪烁的玻璃天篷，以及舱门打开透出的一方光亮。机舱门口站着一个人，正注视着他们。尼克疯狂挥舞双手，呼叫救命。然而轰鸣的螺旋桨吞没了他的喊声，将其抛入暗夜之中。

不过，一定有人看到了他。一根缆绳从飞机上蜿蜒而下。不一会儿，他看到有人抓住了绳子，像蜘蛛一样滑下来。来人脚一沾地，就摇摇晃晃走向尼克。他穿的好像是军队的那种绿色跳伞装，脸藏在一个硕大的头盔中。

尼克指指躺在栏杆后的吉莉安。她的临时夹板已被鲜血浸透，身旁也聚集了一大片血。那身着跳伞服的人朝尼克竖起大拇指，然后和他一起扶起吉莉安，把她绑在背带上。

艾米丽拢着手，在尼克耳边问道："他们是什么人？"

尼克耸耸肩。探照灯的光太刺眼，根本看不清直升机上的任何标记。他曾想过直升机上是内瓦多的人，来这里接走吉莉安，而把他们留在房顶上烧死。然而很快——感觉却像一辈子那么漫长——那个蜘蛛人又滑了下来。这次，他带了两条背带，还有防噪声耳罩。尼克和艾米丽戴上耳罩，被直升机吊起。他们脚下，一团大火从坍塌的房顶喷出。像是飞越火山。

等他们登上直升机时，螺旋桨的噪音已经大得震耳欲聋。气流顶得他难以上爬，肩上也像被重力狠压。缆绳不停地摆来摆去——还好有人伸出强而有力的双手，把他拽了进去。

机舱后部，吉莉安裹着绷带，躺在担架上。一名医务兵给她打了一针，戴上了氧气罩。她已被吓得脸色铁青，尼克注意到，她嘴上的氧气罩里有哈气，这表明她仍活着。

尼克感到有只手轻拍他肩膀，他扭过头去。对面长凳上坐着两个人——一个一脸焦急，略带病态；另一个皮笑肉不笑——都是他最想不到会遇见的人。

第 85 章

我躺在一家小客栈的床上——具体在哪里，我也不知道。这种没什么铺盖的硬板床本会让我的四肢很不舒服。但在经历过那样的痛苦后，没有什么床比这张更为舒服。埃涅阿斯端着一杯水，送到我唇边。我现在连喝水都困难，有一半洒在了外衣上。

"你真成红衣主教了？"

虽然这里不可能有外人偷听，他还是做了个禁声的手势："很快就是了，不过那些蠢货现在还不知道而已。"

"多谢你。"

"你也救过我一命，现在，这债还清了。"

他拿起那本从审讯者那里要来的书，静静地看了一会儿，眼神黯淡下来。

"他们怎么找到这本书的？"我问道。在审讯中，我知道他们没找到那本滑落床下的书。要不然，我早就死了。

"放在大主教教堂的台阶上，专门让他看的。他看过几页你印的《圣经》，熟悉你的印刷风格。所以马上认定这本书是你印的。"

埃涅阿斯看我一眼，那眼神仿佛可以看穿一个人的灵魂："是你做的吗？"

"确实是在我家里，用我的工具印的。"

"但那个人不是你对吗？"

我摇摇头："请别问是谁。"

我的要求并不合理，埃涅阿斯有点不悦。但很快，他的不悦就消失了，脸上换了一副无奈的表情。

"如果你在那么残酷的刑罚下都死守没说，我不会用友谊撬开你的嘴巴。我们会查到的。"

我想起德拉赫，想起他的机智善变。如果这个世界上真有人能令他消失的话，那个人只可能是他自己。

"你们永远也找不到他的。"

"那也得找。教会中许多人都把他看成是继胡斯后最危险的异教徒，甚至有过之无不及。至少胡斯还不懂得用印刷术传播他的言论。"

埃涅阿斯把书放在一边："记得在法兰克福我跟你说过什么吗？你的印刷术提供了与人类进行心灵对话的方式。这本书太危险。借助你的技术，它会把异端的瘟疫传播得比以前更深更远，还可能引起整个基督教的分裂。"

"同样也可以令其团结。"我挣扎起身，一把抓住他的胳膊，"我能发现的东西别人也一样会发现，所以不可能通过毁灭我的艺术来打击异端，因为那不过是工具而已。要是我早想到它有这么大的威力，一定会倍加小心，可工具还是工具。书本纸张不过是语言的载体，而人类才是其创造者。因此打击异端的思想比打击他们使用的工具更加有效。"

看到他点头赞同，我虚弱的声音越来越小。

"所以我们必须保护好它。"他把书装到一个皮革袋里，扎紧袋口，"我们会找到邪恶的根源，彻底摧毁它。我们会找到写书的人，让他的名字在历史上消失。我也会竭尽全力保护你——你也看到了，我还有点影响力——而你则不能向任何人再提这件事。"

这是我唯一一次听他用这么严肃的语气说话——他内心的力量由此可见一斑，也正是这种力量使他有了今天的成就。

"至于你，我觉得你不该遭受朋友这样的对待，我会看看有什么能帮你。"他探手到一张边几上，拿起一本书，塞到我手上。乍一看，我以为是卡斯帕写的那本《动物寓言集》。一想到要碰那本书，我就浑身发抖。后来才反应过来是我的那本，里面还贴着那张纸牌。这两本书很容易搞混。

"审讯者找到这本书，现在我把它还给你。目前，我还要尽量发还你的财产。"

他冲我微微一笑："不过你会发现，教会并不是你唯一的敌人。"

尼克望着对面那两人：偏偏是这两个最意想不到的人救了他。一个是阿瑟尔登，穿着不合体的羊毛大衣；旁边那个人穿蓝色风衣，戴顶棒球帽，帽子上还写着"纽约市警察局"，是尼克以为在纽约就已经彻底摆脱的人。

"罗伊斯侦探？"

他还不如打手势：机舱里噪音太大，什么也听不清。一名机组成员递给他一副耳机。

"你是来抓我的吗？"

罗伊斯摇摇头，指指机舱后部："是抓你的女朋友。"

"吉莉安？她——"

"她是窃贼。"

尼克无法相信："你们百般周折，就是为了控告她在巴黎拿走了那张纸牌？"

"跟纸牌没关系，西蒙已经跟踪她好几个月了。"

尼克打量着阿瑟尔登，怎么看都不像："你是警察？"

"我是拍卖师。但是我有朋友在伦敦警察厅的艺术小分队，有时候会给他们临时帮忙。几个月前，他们让我监视吉莉安，因为纽约的修道院博物馆丢失了很多艺术品，然后被发现在伦敦出售，博物馆方面又拿不出证据。最后只好将吉莉安极力推荐给史蒂文斯·马西森。很快，我们这里也出现了同样的事情。"

尼克翘起大拇指，指着罗伊斯："他也参与了？"

"当你在巴黎出现后。"罗伊斯冲他咧嘴笑了，看起来比在审讯室时顺眼很多。"西蒙联系伦敦方面，当然，他们有国际刑警跟踪你。然后，他们就找到了我。我总是有特别的感觉，觉得不应该以谋杀和妨碍司法的罪名逮捕你，而应该跟着你，那样或许会找到些有意思的线索。"

"那阿瑟尔登呢？他差点在布鲁塞尔被杀那事？那也是计划的一部分吗？"

阿瑟尔登把玩着衣服上的扣子："那不是演戏，当时我吓得魂飞魄散。通常，我只是在有人出售赃物，或者企图以赝品诈骗保险金时，才被艺术小分队叫去帮忙辨别真伪。我可从来没接过这种活。"

直升机斜行绕过山脉。天上的云已经散去，空中出现一轮冷月。

"那里怎么了？"阿瑟尔登指着下面半山腰的地方。林子中，一团火在燃烧，看上去像是银色森林里的一粒金珠。

飞行员带有德国口音的声音从耳机中传来："可能是场车祸吧？我通知上温特警方派人来。"

"他们能再派辆消防车吗？"阿瑟尔登伸长脖子，这样才能看得到城堡。房顶肯定已经塌陷：大火现在必定正毫无障碍地从塔楼窜出。

"那么危险的路，消防车根本不可能来。也许早上还差不多。"

"那可是魔鬼藏书馆啊。"阿瑟尔登念叨着，"真想去看看，哪怕只有半小时。"

"我倒愿意和你换换。"尼克嘟囔道，"不过你不会喜欢那个图书管理员的。"

"言之有理。可那些书太可惜了。"

艾米丽把手伸到自己衬衫里面，拿出一本磨损得不成样子的、棕色皮面的书。

"并非全部。"

阿瑟尔登差点绕过机舱冲上去，忽地意识到自己的失态。"这就是那本？"

"不是。那本书被铁链拴在墙上——我拿不下来。但是我想办法拿到了这本。总之，我还是喜欢这本。"她把那本书递给尼克，"这是送给你的。"

尼克摇摇头。他看到机舱后部，吉莉安盖着毯子，发出断断续续的呼吸声。

"我此行的目的已经达到了。

后记

我在暗中告诉你们的，你们要在明处说出来；你们耳中所听的窃语，要在房上大声宣扬出来。

回来后，我对汉伯瑞西朵夫的一切都感到很陌生：印刷机工作的咔嗒声，铅字在模板中碰撞的叮当声，工人们隔着院子索要更多纸张、油墨的喊叫声或讨要更多啤酒喝的玩笑声。而今，这一切已不再属于我。赋予这所房子生命的目的已经不复存在：这里现在变得现实、老套，不再有发明让人兴奋。卡斯帕和我，戈兹和卡佛，还有其他一些人已经离开这里，另起炉灶。如今这里已经换了一拨人在铺路建厂，湿地排水，种植庄稼及驯服野兽。许多面孔都很陌生：我走过时，他们看到了，不过表情木然；有几个认出我来，或别过头去，或出于愧疚和我握手。彼得·司考佛未在其中。

"他去了法兰克福。"福斯特在他的房间接见我时这么告诉我，"他和一个书商在那儿谈点生意，现在也应该回来了。如果与你错过，他会很遗憾，肯定又被哪个女人绊住了。"

我没拆穿他的谎言，心中猜想福斯特是否知道司考佛正和他的女儿混在一起。显然福斯特误解了我的表情。

"他十分钦佩你，觉得你不仅是一个艺术家，还是发明家。没有什么事比让他在你我之间做出选择更令他痛苦的了。他虽然是我的干儿子，可也是你的徒弟。"

他从桌上拿起一个刻了字的小合金块递给我，不料它却断成了两半。我先是赶忙道歉，随后才发现它是被故意设计成这样的。小点的那部分球状的字母"B"，刻着复杂的图案：盛开的鲜花，茂密的枝叶，一方草坪上，一条猎狗在追赶一只小鸭；另一半合金刻有茂密的叶片图案边框，上面还有槽，刚好能把小点的插入，组成一整块合金。

"彼得发明的。你是把里面灌上红墨，外面灌上蓝墨，再放到涂了黑墨的模板上来印首字母。我们就学你的样子，用这个给总教堂印诗集。"他在一张纸上印了一下给我看，果然比任何人制作的插图或加注的红标题都更为清晰。

"很漂亮。"我赞道。可能之前是我错了，也许这座工厂里仍然不乏新发现。

"不过还是太慢。彼得对品质的要求真是精益求精，根本不考虑成本，在这方面简直和你一样。"

一阵有些尴尬的沉默。福斯特将桌上的纸翻来翻去，想掩饰自己的不自然。终于，他找到了什么东西。

"我想有必要把我们的事做个了结。"

他递给我一份要签署的文件："我很抱歉必须这么做。诗集已经超期，教堂又迟迟不肯付款，所以我得投更多的钱。那个犹太人听说了我们的纠纷，要求你作出保证，接受法庭的所有判决。我这么做只不过是个形式。"他点燃蜡烛，伸手去拿封蜡。

"如果我对你让我签的任何文件都谨慎处理的话，你不会怪我吧。"

"当然不会。"他露齿一笑。我不可能这么容易就伤害到他。

我从头到尾看了一遍文件。汉伯瑞西朵夫庄园里的东西归福斯特所有，那些印品、铅字、油墨还有纸张、家具，哪怕一个排版条，都是他的，同时，已经完成的《圣经》出售后的收益也归他所有。而古腾堡府，里面的印刷机及所有东西仍是我的。一度，我曾对此感到不公，怒火中烧。现在已平静下来。一切都已过去。

我在下面签上了自己的名字，把印章按进柔软的封蜡，压好印鉴，福斯特也如此。

"你的印鉴是新的。"我注意到那上面的图案。一只黑色的鸟，脖子后顶着扁担，两头各担一面黑色盾牌，分别饰有字母和星星。

"是福斯特和司考佛书厂的印鉴，彼得设计的。我们打算盖在所有的作品上，作为质量标识。顾客将无后顾之忧。"

我不喜欢他们这么做。这种方式比卡斯帕所做过的任何事都更为亵渎神灵。在艺术品上留下自己的印记，声明自己的所有权，无异于从上帝那里顺手牵羊。

福斯特再次误解了我皱眉的原因。"我很抱歉。"他又是这句话，想让我相信他真的遗憾。"我们两栋房子之间离得并不远，没理由不互相来往，希望我们能做朋友。"

到我这个年龄，已经不会再对谎言介怀："我也这么想。不过现在不行，我要离开美因茨一段时间。"

他明显如释重负："你要去哪儿？"

"我在斯特拉斯堡谋了份差事。"

整个城市都沐浴在春天的阳光里。半露木架的房屋和哥特式的塔楼闪着温暖的光；色彩明亮的花饰装点广场，到处摆满了货架，有茶餐厅的、卖明信片的、提供旅游小册子的和出售冰激凌的，像春天盛开的鲜花般层出不穷。成群的游客悠闲涌动其中，享受他们的复活节假期；教堂石柱上雕刻的国王和天使，还有狮子、骑士和毒蛇等，都高高在上，看着他们。

没有人留意，一对年轻情侣手拉手穿过广场，跨入大教堂的西门，从纪念碑正下方穿过，进入到总是光线昏暗的内堂。他们左手边朝北的墙上，一排彩色玻璃制成的国王图像在身后的灯光照射下，绚丽夺目，栩栩如生。尼克的心跳加快，紧紧握着艾米丽的手。

阿瑟尔登在快到正厅中部的地方等着他们，就站在被那一排国王图像遮住的礼拜堂前面。他西装外罩一件荧光马甲，有点不伦不类，头上戴顶安全帽。身后的立柱下，一名穿工作服的石匠站在液压梯上。

"希望你的判断是对的。你想象不到要从一个哥特风格的代表建筑上拆一部分下来要批多少文件，何况想这么做的人还都是不受教会高层欢迎的。我可是把这辈子的钱都搭上了，不惜血本外加溜须拍马才搞定的。"

尼克从背包中拿出那本《动物寓言集》。陈旧的纸牌有一角折起，把书的最后一页顶了起来，尼克用手将它抚平。过不了多久，他就得把这些东西上交——承蒙史蒂文斯·马西森的精心安排，纸牌将重回巴黎的国家图书馆，书则交给伦敦的大英图书馆。除了一本第 61 期的《超人》杂志，还没有哪一本书能留在尼克手里这么长时间。现在就要把它们交出去，他还真有点舍不得。

不过这本书还有最后一个秘密。尼克翻开修补好的第一页（吉莉安当时把它撕下来，现在已经被巧妙地缝了回去），页面下方角落处画着一个十字，交叉处有一幅方形建筑的草图，他们坐船去上温特时曾看到过这个建筑。

最终，艾米丽破解了这个秘密。

"那不是一座有十字架的建筑物。"回到纽约的某天晚上，艾米丽如是说，"而是一座位于十字路口的建筑物。"

尼克没有印象："那样，寻找的范围就可以缩小。"

"那也得你对古腾堡的生平多少有些了解才行。"她恼火地叹口气，"斯特拉斯堡——道路之城，通往欧洲的十字路口。"

"那个建筑物……"

"就是那里的大教堂。"

那幅画不过是涂鸦——建筑物可能是任何一座有拱门的建筑。它甚至连尖塔也没有。

"这就都符合了。十字路口，墙上的国王，还有那本《以色列诸王格言》，再加上古腾堡。"

于是，他们又回到斯特拉斯堡，回到这座位于十字路口的教堂，回到那些被封在玻璃中的、时时疆土不保的二十四个国王身边。

"马纳萨斯是以色列的第十六位国王。"艾米丽点数玻璃窗中的国王像，一次四个，刚好数到他们所站位置对面的那个，"虔诚路易。"

"好像差不多。"

"要是我们猜对了，吉莉安一定懊悔死了。"阿瑟尔登说。

尼克沉默。为了寻找吉莉安，他曾穿越整个欧洲；更令人难以置信的是，竟然真的救了她。可他还是无法相信这一切。虽然他已不再夜间失眠，设想如果什么都没发生该多好；也不再期望吉莉安会向他道歉，在他耳边轻声说对不起，求他再给她一个机会；但有些东西他还是想不明白。也许吉莉安一直就是疯狂的女人，一个不受约束、不可理喻、喜欢铤而走险的女人。

尼克和艾米丽穿上荧光背心，戴上安全帽，乘坐柱旁的电梯一路向上，高高俯视下面人头攒动的游客。有一两个人抬头看见他们，不过见到他们身上穿着反光衣，认定没什么趣事发生。这伪装确实够招摇的。

"古腾堡是怎么上来的？"尼克不解。

"他来斯特拉斯堡时，这座大教堂正在修建和翻新，可能柱子旁有脚手架吧。"

电梯到站。他们现在几乎和国王雕像的头顶一般高，与立柱上的雕刻刚好面对面。柱上有穿过浓密树叶的男人的头，有鹰钩鼻子上盘踞着蛇的天使，还有……

"那只刨地的熊！"尼克早就知道这上面有那头熊：阿塞德南在地面上就认出来，还给他发过一张照片。即便如此，尼克还是觉得始料不及，受到震撼，惊叹连连。离这么近，他才发现这头熊和纸牌上的那只实在太像。可能稍扁，因为要考虑柱子上的空间；但那更为平坦的后背，愈加弯曲的膝盖，使动作看上去更加生动形象。它用来刨地的鼻子位于底端一个角落，旁边那块石头上有个不大的洞。

答案是 bear。

石匠拿出一个牙医用的细铁钩。"要是弄下来水泥，必须马上停止。"他警告。

然而没有水泥固定那块砖——只有又黏又黑的污泥，由一层层污垢和油烟堆积而成。因为有工具，石匠干得得心应手，石头上很快出现一条窄缝。

"真是磨洋工。"阿瑟尔登说。他用手拉住熊鼻子，一点一点往外抠。砖松动了，差点掉下来。阿瑟尔登和石匠把它抬下来，搬进电梯。柱子上立时出现一个长方形大洞。

"里面有东西。"

艾米丽伸进手，拿出一个生锈的铁盒。盒子大约饼干桶大小，放一本书足矣。阿瑟尔登用颤抖的双手把小刀插到桶盖缝中，撬开铁筒。三人伸长脖子往里看。

"是……碎的。"

盒子里什么都没有，只装着一层厚厚的碎片，宽度不超过一英尺，像是肥皂片或堆在一起要点燃篝火的落叶。大部分上面有字迹；还有一些是插图，光线透过彩色玻璃窗，照在那些碎片上，闪着或金色或红色的光泽。

"里面一定受潮了。如果先前羊皮纸被阳光晒过，再受潮就会裂开。"

艾米丽戴上一只橡胶手套，拿起其中一片。就是到现在，油墨依然黑得发亮。

"这正是《动物寓言集》里的字体。"

"有的不太一样。"阿瑟尔登指指另一片，上面的字是棕色的。连尼克都看得出是手写，而非印刷。

"……许多名字……鹅肉……"阿瑟尔登松开手，纸片飘落回去，"不知道写的什么。"

艾米丽又迅速筛查了几片："看起来这里面好像有两本书。一本是《动物寓言集》，还有一份手稿，篇幅要长得多，都混在一起。"

尼克盯着铁盒，想数数有多少片，却无从下手。成千上万片？还是上百万片？也许有的已经碎成渣；有的已无法辨认。不过没关系，他有的是时间。

尼克冲艾米丽笑笑，"我们可以把它拼起来。"

我最后一次踏进古腾堡府大门，照旧又看了一眼门楣上的那个朝圣者。被审讯者折磨后，我和他更像，弯腰驼背，脑袋低垂。遇上天冷，连喘气都觉得疼。好在这么久以来，一直藏在我斗篷下的重担就快卸下了。

其他人都在楼上等我，有萨斯帕奇、戈兹、甘瑟神父、卡佛及拉佩尔——此外，还有六个人，他们中，有的名字前文并未出现，不过做印刷工作时几乎天天见。抄写员曼特林已经开始工作，他正用着一套全新的铅字，因为福斯特把我的拿走了；其余五个人是奴迈斯特、思维汉姆、森森施密特和乌厄里奇·韩恩。唯独缺了卡斯帕。中间立着那台印刷机，比他们都高出好多。和我们所有人一样，它也老了：机身沾满油墨，还有每次不出墨时，用锤子敲打而致的凹痕，操纵杆也有点弯曲——不过遇上熟手的话，一个小时还是能印十六页左右。

"我要走了。"我开门见山地说。大家失望地低声议论，没表现出太大惊讶。自从发生庭审那件事，以及之后发生的一切，他们眼见我对这里的工作越来越不上心。在完成《圣经》印刷的伟大工作后，我对日历和语法书这种活计实在毫无兴致。

"卡佛将接替我管理工厂。目前，将主要印刷我们已经排好版的那部分文本——赎罪券之类的——同时积累资金和培训新手。"

"至于其余的人，你们在这里想住多久就住多久。不过别消磨时光，多学学自己不会的技术。如果是排版的，就学学做铅字；如果只会熬油墨，就学学怎么涂墨才能每次都把墨涂匀。大家要畅所欲言，互相学习。然后回到你们魂牵梦绕的家乡或城市去，建立自己的印刷厂。培训工人，再让他们培训自己的工人。不要加入任何行会，而要激励每个人都制作出自己的代表作。把这项技术传遍基督教世界的四面八方，让所有人都能读书、学习、明理并成长。你们可以犯错；因为只有上帝才是完美的。也许有些人，甚至就是你们中的人，会利用我们发明的这项技术做坏事。不过这也难免。印刷这种工具力量太强大，绝不会只掌控在一两个人手中。只要我们为这个世界印出更多的好东西，而不是反其道而行之，这项技术就会造福人类。"

　　我抛下他们，出了门，沐浴在早春温暖的阳光中。我已放弃自己的梦想：不再创作任何完美的东西。我仅仅是普通人。早几年，这种想法会令我感到悲伤；而现在，我只感到重担卸去后的轻松。我安于一个不完美的世界。

　　走出美因茨还不到五英里，我就想出了一种改进印刷的方法。

史注

　　作为一个发明者，约翰·古腾堡的活字印刷术给全世界的印刷业带来一场变革，然而历史上对他的记载却少之又少。只有一些收据，他的名字在市政文件中略有提及，还有对本书中出现的那四场官司的只言片语。大部分有关他的记录都令他的生平显得更加扑朔迷离。文献中所揭示的现实问题——诸如工业间谍、私下协议、知识产权、寻求风险投资、财政运行困难以及法律诉讼——对今日美国硅谷内的任何一个企业家来说，都不陌生。这些问题提醒我们，过去，印刷业是一个极其复杂和昂贵的行业，需要多年大量的资金投入，运用管理手段，组织生产线进行生产。然而中世纪时并没有这些名词。由此可知，古腾堡在金融工程和物流管理方面所展示出的天分，一定并不逊色于他对印刷技术的精通。本书中，有关古腾堡的早年经历中有我虚构的成分；而后面的章节，也就是他在斯特拉斯堡和美因茨的遭遇，则更多来自于受到广泛认可却为数不多的史实记载。

然而相对于古腾堡而言，那位纸牌大师的一生更是一本秘而不宣的书。历史上除了对他的作品以及生存年代和地点有些模糊记载外，再也找不到此人的任何痕迹。而且史上公认他是使用铜版刻印技术第一人。因此，不单《古腾堡圣经》是传世之作，纸牌印刷也同其他艺术一样，不仅象征着一次伟大的技术革新，还同时代表印刷业在当时所取得的真实成就。

尽管没有史实证明，但让这两位同是早期印刷业的巨人相遇并产生合作的想法却一直在我的脑中挥之不去。二人同时于十五世纪前半期活跃于莱茵河沿岸，同时在机器化批量生产的一些早期作品中采用活字印刷技术。并且据《圣经》所载，确有一些纸牌大师创作的形象出现在《古腾堡圣经》的插图中，该书现在就收藏于普林斯顿大学，而还有一些出现在一本巨大的《圣经》手抄本中，证实其与《古腾堡圣经》在同一时期出版于美因茨。

如果中世纪艺术大师们的理想就是最终为上帝创造艺术作品，而又不在上面留下自己任何印记的话，那么纸牌大师和古腾堡堪称典范。历史上连纸牌大师的名字都没有留下；而古腾堡这个名字，两百年来在历史对福斯特和司考佛的大力鼓吹下，也同样几乎被人们遗忘。然而他们倾注在书籍批量生产上的那种热情，不论在文本还是图画方面，都已将他们永远铭刻在当代世界的纪念碑上。致谢！

我要感谢所有在我写作本书过程中给予我帮助和鼓励的每一个人。感谢兽津大学萨默维尔学院的娜塔莉亚·纳瓦考斯佳博士为我提供早期印刷业的研究资料；感谢供职于巴黎国家图书馆的马克西姆·普莱德先生慷慨允许我查阅纸牌原件；感谢艾伦博士和《密书》的创作团队；感谢本书的合作者及编辑奥利弗·约翰逊；感谢班斯一家和伊莎贝拉·保尔对我在德国期间给予的热情款待以及他们所做的一切；感谢我的家人，尤其是我父亲在德国文化方面的专业知识；感谢萨拉·霍金和安格尼斯·金使《莱茵河旧约》成为最大的一个虚构物之一；还有我的经纪人简·康维·戈登，尽管她威胁说不准我再吃巧克力蛋糕，可我还是要感谢她；此外我要感谢内陆书展；感谢约翰·凯利；感谢夏洛特·哈克和兰登书屋；最后我还要感谢供职于伦敦大英图书馆及资料库、约克大教堂藏书馆和约克大学J.B.莫